读客文化

征服法国外籍军团的
华人特种兵

朱洪海　著

山西出版传媒集团

山西人民出版社

图书在版编目（CIP）数据

征服法国外籍军团的华人特种兵 / 朱洪海著. —— 太原 : 山西人民出版社, 2023.3

ISBN 978-7-203-12643-0

Ⅰ.①征… Ⅱ.①朱… Ⅲ.①传记文学-中国-当代

Ⅳ.①I25

中国国家版本馆CIP数据核字(2023)第029933号

征服法国外籍军团的华人特种兵

著　　者：朱洪海

责任编辑：郭向南

复　　审：高　雷

终　　审：武　静

特约编辑：王羽彤　　丁　虹　　沈　骏

封面设计：王　晓

出 版 者：山西出版传媒集团·山西人民出版社

地　　址：太原市建设南路21号

邮　　编：030012

发行营销：读客文化股份有限公司

天猫官网：https://sxrmcbs.tmall.com　　电话：0351-4922159

经 销 商：山西出版传媒集团·山西人民出版社

承 印 厂：河北中科印刷科技发展有限公司

开　　本：710mm×1092mm　　1/16

印　　张：19

字　　数：250千字

版　　次：2023年3月　第1版

印　　次：2023年3月　第1次印刷

书　　号：ISBN 978-7-203-12643-0

定　　价：59.90元

谨以此书献给我的青春，还有那些喜欢军事且用执着和
善意铺垫人生道路的朋友！

自 序

我先后在中国人民解放军和法国外籍军团服役15年。

1999年至2004年的5年里，我在中国人民解放军服役，其间曾荣立两次个人三等功。

2006年我进入法国外籍军团伞兵团，随后考入GCP（LeGroupement des Commandos Parachutistes，伞降突击队），曾被部署至12个以上的国家和地区，在山地、沙漠、城市等各种环境下完成保卫、侦察、撤侨等多种训练或任务。

其间，我接受了大量国家级的高等级培训，包括跳伞、机降、格斗、爆破、通信、两栖作战、野外生存、轻重武器使用、各种武装车辆驾驶、卫星通信技术、专业战斗导航、沙漠生存、战地救护、辅助医疗等。

历经10年的训练和实战，我积累了约500次跳伞经验，以及大量的野战、夜战、城市作战经验和数十次战场救护经验。

这是我35岁前的人生经历。跨过数不尽的坎儿，回过头来，我细数其中的每一个时间节点，心中都像是打翻了一个五味瓶，思绪会不自禁地翻滚。

无论如何，一个一个数不尽的坎儿都已经跨过去了，那是我珍贵的军旅生涯。而在今后的生涯中，我希望自己可以勇敢地面对更多的新挑战。

目　录

| 第一章 |
揭开法国外籍军团的神秘面纱

第一节　为何会选择这样一条路

当兵的想法到底从哪里来？很多人问过我这样的话。我在无数个寂静的深夜中，抱着枪、枕着石头、望着星空也常常思考这个问题：你为何会选择这样一条路？

我出生在一个军人家庭，小时候在军营里跟一群当兵的生活在一起，所以从小我就朦朦胧胧有一个长大了要当兵的想法。

18岁那一年，我瞒着父母报名当了兵，绿皮火车载着我到了北京郊外的怀柔。在那里，我度过了五年的军旅生活。

入伍的第二年，我被选进团里的应急分队，备战全师的军事比武。那次比武，我们获得集体成绩第二，好多人的单项科目破了师里的纪录。比武结束，我就留在了侦察排。

后来，我又参加了很多次比武和集训，在为连队和个人争得荣誉的同时，借着这些机会，跃出墙头和其他部队的军事尖子一起集训、比武。这种交流，让我在增加阅历的同时眼界大开。

入伍一年后，老兵退伍，我被选为侦察排一班长，同时也是应急分队抓捕组组长，是当时连里唯一没做过班副的班长。

我那时天天拉着战士跑3000米、5000米，还动不动来个8000米或上万米的武装奔袭。有时自己设计综合演练方案，然后带队出去完成，在演练里穿插射击、战术、地形学、搏斗、攀登等项目。

我还在电脑上用3Ds Max做81式自动步枪的模型，想让我带的那些新兵，在见到真枪前就学会操枪流程和精确瞄准。但因为不懂新软件，加上好多软件那时还没有完全汉化，遇到英文问题和术语我就不得不到处去请教。先是学会了一些基本的软件操作，慢慢地，我领略到了其中的奥妙，并且完全沉浸其中。越研究越感兴趣，我硬是把那段看似枯燥的日子过得多姿多彩。

在军营的那段日子，我不是在训练，就是在学习。因为清楚自己最大的问题就是知识储备不足，所以只有不停地前进，才有可能让自己实现质的飞跃。

在国内，我前后当了五年的兵，做过一期士官，立过两次三等功，当过侦察班的一班长。我既是优秀共产党员，也是一名优秀带兵骨干。

到了2004年，我和很多老兵一起，告别装满了记忆、割舍不去的军营，选择了退伍。

我的国内军旅生活就这样画上了一个圆满的句号。然而个中酸甜苦辣却一直深深地徘徊在我的心田，正如泰戈尔在诗中写到的：天空中不曾留下鸟的痕迹，但是我早已飞过。

参军之后，我从未想过会有退伍的一天。在刚退伍的那一段时间里，我很迷茫，不知道自己应该何去何从。后来，我开始一点一点地适应新生活，进行新的尝试。

我先是在北京给一家小公司做出纳助理，后来去了北京驰野探险俱乐部，一开始做助理，再后来做了领队，每个月的收入有4000多元吧。我是单身，还住在公司，感觉钱多得甚至花不完，因为天天在山里工作，没地方也没时间花钱。

做拓展培训工作，身心确实是比较愉悦的，但是当教练也不是我的追求。

在这个过程中，我认识了很多朋友，他们大多是国内院校毕业或国外留学回来的学生、公司员工或领导。他们很多人建议我出国去留学。

国外学校的大门宽进严出，可能更适合我的现实情况，而且留学还能让我丰富人生阅历、拓宽视野，并且多掌握一门语言。

就这样，2005年的夏天，我在"驰野探险"的帮助下一边兼职做户外，一边到北京外国语大学去学法语，开始了我的留学申请之路。

申请过程很顺利，我的法语水平测试是一次通过，签证也是一次就通过。

2006年4月，当飞机在巴黎上空下降时，我就像一只懵懂的幼鹰，虽是猛禽但尚不强壮，在陌生的天空中孤零零地飞翔，那是一种说不出的滋味。

当飞机降低高度准备落在戴高乐机场的跑道上时，我透过舷窗打量着外面的未知世界。就在这时，我突然看到了IKEA（宜家）的蓝色大楼。望着这座与北京一模一样的宜家大楼后，内心瞬间就没了陌生感，一下子觉得巴黎不再那么神秘。

在巴黎这段时光中最难忘的，还是我那段短暂而又特别的留学生活。

说它短暂，是因为不久后我就去了外籍军团；说它特别，是因为我一生中少有的几回出洋相，都发生在这段时光里。

我最尴尬的一次，是去超市买东西。因为没钱，所以尽挑便宜的买，加上爱吃肉，于是第一个想到的就是最便宜的肉制品——火腿肠。

我在那一望无际的超市货架间开始寻觅，不是寻觅口味，而是仔细地看着一个个价签，试图找到最便宜的那一款，直到我走到一个独立的火腿肠冷柜旁。

这个冷柜上贴着一个亮黄色的爆炸贴，上面用粗粗的记号笔写着"5€"（5欧元）！我心里面一合计：5×11 = 55元。再一看柜子里火腿肠的样子，真是喜出望外啊！那些火腿肠比我手腕还粗，跟我小臂一样长，那分量足足够我吃上好几顿，太划算了，于是我毫不犹豫地买了一根。

回到住处后，我做的第一件事情就是把这个发现告诉其他的中国同学，就有同学纳闷儿：怎么会这么便宜？怎么他们没有发现？有些同学就跑到我房间来蹭饭。

结果那几个人到了后，看到火腿肠便哄笑一片，原来那是一根给宠物吃的火腿肠。

难怪包装上印着的吉娃娃头像，看起来有些诡异，还好我买回来后没有迫不及待地一口咬下去！

在巴黎的留学生活中，最令我难过的一次经历，是一个周日，那天我快到中午了才睡醒。

我起来后打开冰箱找东西吃，发现里面除了果酱、黄油和面包，别无他物。我想起橱柜里还有半盒意面，于是就想应付一下，端锅烧水，准备下面条。因为没有意面酱和配菜，所以在水里放了很多盐，觉得只要能充饥就行。

就在这时门铃响了，开门一看，是楼上的那位河南兄弟。

河南兄弟满脸微笑地说："磊哥，咱中午吃啥？"

我一听，一个劲地哈哈笑，笑了好一会儿才能正常说话，问他："你也断粮了？"

他看到我笑成那个样子，不好意思地说："嘿嘿，昨天放学忘买菜了。"

其实法国这个地方挺让人抓狂的，尤其对于初来乍到的新人。

每到周日，法国的商场、超市、饭馆、便利店都是关门的，所以需要提前储备好食物。没有提前买到食物的话，就只能去找自动售货机买点儿薯片和饼干充饥。因为我们都是初来乍到，所以都还没有养成周六买粮的习惯。

听到他的诉苦，我就让他进来，好歹这还有锅面条，就又往锅里加了些面一起煮，最后面条煮熟后，滤了水，过了凉，拌上点儿黄油，盛到一个大碗里，俩人狼吞虎咽地吃完了。黄油的味道还是很香的。

两个月后，我开始重新思考今后的路要怎么走。

我心里很清楚，现在要进入大学学专业课肯定是跟不上，我的文化基础很不牢靠，语言还是不过关。

我办的是留学签证，只有三个月的使用期。签证到期前，我需要去当地警察局补签六个月继续学习语言。等考上大学了，再补签一个大学的期限。我是4月到的法国，5月就该去办补签手续了，但是第一次约见就给耽误了。由于我的语言还没过关，打电话完全是鸡同鸭讲，相互听不懂对方的话。警察局距离很远，我又没有钱，不知道他们几点钟上班，完全不知道该怎么办，好几次急得就像热锅上的蚂蚁一样团团转。

第二次约好了，又因为某些事情给耽误了，总之生活方方面面都不太顺利，加上经济方面的压力，接连不断的新问题让我对自己的选择产生了怀疑。我开始意识到凭着学生签证待在法国这条路走不通了。

接下来怎么办?

我想起,在来法国后曾经看过有关外籍军团的介绍,突然意识到,去外籍军团当兵也是一份职业啊!而且它的收入还不低,可以免费吃住,再也不用担心一个月600欧元的房租了。

同时,我也很好奇西方国家的军队到底是什么样的,以我的素质,在这里的军队中能排到什么位置。

我在少年时代就已经知道法国外籍军团,在家里的《苏联军事百科全书》里看到过。后来又看过一部中国香港电影,叫作《战龙在野》,是讲一个中国香港青年被追杀,逃到法国,走投无路之际参加了正在征兵的外籍军团。当时看完这部电影我深受震撼,现在想起这部片子,心中还会生出很多浪漫的情感。

于是,我决定去外籍军团报名。

第二节　成功地打了一个时间差

法国外籍军团招外国人是一个历史传统,当年法国有大量的海外殖民地需要管理,所以就从世界各地招兵买马,一直延续到现在。

外籍军团的巴黎征兵站,看起来像19世纪军事堡垒的兵营,围墙就是营房,营房就是一座座翠绿的草丘,隐藏在居民楼和街区之后。

我怀着忐忑的心情走向堡垒的铸铁拱门,向门后那个沉默注视着我的哨兵递上护照。他身上的军装和我过去在军事杂志上看到的一样,有白、金、红、绿、蓝的配饰,胸口斜挎着的黑色FAMAS步枪和银色的刺刀。

那扇古老的铁门打开了,我被带到哨位旁一间防空洞般的石房子里,坐在一张淡色原木的长条板凳上。板凳上还坐着另一个人,金色的头发、蓝色的眼睛,看起来比我大不了几岁,但面色有些苍老。他叫"波兰",也是一个应征者。

"波兰"是我给他起的名字,因为他是波兰人。那时候我们都不太会说法语,相互就用国籍称呼对方,好记又顺口。我们都是彼此进入征兵站之后认识的第一个人,所以我俩的关系一直不错。

巴黎征兵站要做全面体检，这样以后到了马赛总部，只需要复查一下就可以了。

但是在马赛总部有政审，而且非常严格，它和国际刑警方面是有直接联系的。不但要了解你这个人，还要看你的性格是否能和别人相融。比如说你体检、智商测试、情商测试、体能测试、文化课测试全都过了，但若负责政审的军官感觉到你某个回答好像在说谎，你就会被淘汰。

我的各项面试都极其顺利，但几天后我突然收到通知被淘汰了。

那天下午，一个征兵人员把我叫过去说我可以走了。我愣住了，问为什么。他说不知道，然后就让我走。我当时特别沮丧，没想到会是这样的结果。

我的身体是没有问题的，也没有人品或者作风等方面的问题，而且我是留学生，我既然可以到法国留学，就说明我的身份是符合他们要求的。

后来经过我一番推测——可能是听力测试的缘故，因为那天上午刚刚检查完耳朵。

检查耳朵时，是背对着检测听力的人，坐在一个像电话亭一样的空间里，它是密封的，有一面玻璃墙，里面非常安静，一点儿噪声、杂音都没有。这时他们会让你戴上一个耳机，如果左耳听到声音你就举左手，右耳听到声音就举右手。

可是我的法语不过关，根本没听明白他们要让我干什么，我也是第一次接受这种检查，当时就戴着耳机在那儿傻坐着，听到声音也不知道举手，直到他过来敲玻璃提示，我才明白过来。

但是他并没有重新检查，而是在那时就把我淘汰掉了。

于是，我想了想办法，评估了一下他们的信息传递系统。我了解到这些体检资料是由带兵的带在身上，最后与选拔合格的报名者一起被带去总部。他们不会把淘汰者的资料也带到总部去，就算是带到总部，恐怕也是体检全部结束后的事情。所以我想碰碰运气，换一个地方再报名。

于是，当天下午我坐火车赶去了马赛，这里是外籍军团总部的所在地，也接受应征者的报名。

这里的体检流程与巴黎的相同，结果我的体检完全合格。

就这样，我在马赛征兵站的兵营里住了一天后，那些在巴黎体检合格的人才被送了过来，我和"波兰"再次相遇了。

我成功地打了一个时间差!

后来我听别人说,外籍兵团对各个国家及地区的录用人数是有严格比例管控的。如果把某一个国籍的士兵比例上调到10%,那将来派到海外基地的每100名士兵里,就可能有10名这个国籍的士兵。万一在当地和这个国家发生了冲突,而对方国籍的士兵在外籍军团里占比很高,这时再临时调换就会削弱战斗力。

还有一个因素也会影响录用比例,就是某一国籍的士兵在部队里特别踏实肯干,整体评价较好,那么再招兵时也会相对增加这个国籍的名额。

所以这是个有弹性的比例。

第三节　朋友的牛肉和垃圾桶里的炒饭

我是2006年6月12日参加外籍军团的。

在征兵站里,我和"波兰"一同起床、一起吃饭、一起挨骂、一起打扫卫生、一起在厨房替厨子刷锅、一起拿着餐刀在院子里的石砖路上除草……看起来有些苍老的"波兰",实际却是一个十足的话痨。每次干活的时候都会听他不停唠叨:他有几个女儿啊,他才32岁,他以前是波兰陆军的士兵等等。他平日里还会用极其蹩脚、几乎没法让人听懂的法语掺杂着英语来拍老兵的马屁。

不过爱说话也有爱说话的好处。

我们在征兵站里主要负责营房里的杂务,每天工作结束后都是又累又饿。晚饭虽然吃得不少,但对于我们这群从早到晚拼命干活,体能代谢非常迅速的青壮年来说,即使吃两顿晚饭也不会饱的。

所以,几乎所有的应征者,在睡前都会去自动售卖机买饼干和饮料充饥。

但我实在不舍得用相当于20元的钱去买5片奥利奥饼干。

但也有撑不住的时候——有天晚上实在太饿,我就决定拿着两张5欧元纸币找波兰来换硬币,好去自动售卖机买零食解饿。

于是我用蹩脚的法语问"波兰"："你……硬币……的……有？"

"你……吃……想？"

"很饿！"

"噢，（等我）一秒钟……"

见他一个转身去摸他的毛毯，结果从棕黄色的毛毯下摸出了一坨锡纸包裹的东西，递给了我。

我吃惊地接过这包裹，知道这种厨房用的锡箔纸里包着的一定是食物。果然，打开一看竟然是块牛肉！当时我真是兴奋极了，他居然可以在管理这么严格的地方得到食物，于是我迫不及待地问他："见鬼！哪里……你……找到的？"

他看着我又吃惊又兴奋的样子，立马摆出了一副既得意又牛气的样子："吃，我的朋友！"

我发现他没有明白我的意思。我咬了一口后，指着肉又问："这个……哪里……找到……你？"

他终于明白了，不屑地一摆手说道："嗯……朋友……的我……他……厨师……军团士兵。"

我明白了，他说的是一位在征兵站工作的厨师朋友送给他的。

我又咬了一口，接着问："他，波兰（人）？"

"不，我们……邻居，我波兰……他……白俄罗斯。"

"这太好了！太感谢了！"

"嗯……没关系……小事，我朋友……每天……（丢进）垃圾桶……很多很多……牛肉。"

"（丢在）垃圾桶？牛肉？"

"是，很多，每天……牛肉……吃……（不）完，一锅……嗖！（丢进）……垃圾桶……"

"天！我……"

"这里……吃得很好，但……这个……垃圾桶的……"

那时以我们的语言能力实在没法交流更多的信息。但在军团这个地方，很多事情的沟通其实并不需要语言，只需要用你的行动、用你的心就行了。

后来我和"波兰"一起在厨房干活时，遇到了他说的那个白俄罗斯籍军团厨师，发现人家完全不是"波兰"的朋友，只是心地善良又嫌"波兰"啰里啰唆太烦而已，所以每次干完活都睁一只眼闭一只眼地允许"波兰"带回去点儿吃的。

这么看来，会磨嘴皮子，在外籍军团里至少不会饿肚子。

但我错了。

一个月后，我们这些通过选拔的志愿者，被送到图卢兹附近的第四外籍军团（4RE）进行训练，这里也是军事技术培训中心。在那片大黑山的老林和泥浆雨水里，我们才真正见识到了什么叫作挨饿、什么叫作讲废话会害死人。

外籍军团下属有很多个部队，除了第一外籍军团和第四外籍军团，其他的部队都叫第几外籍某某团。例如我后来被分配去的就是第二外籍伞兵团（2REP）。

离开征兵站时，入选的志愿者都被剃光头发、剪碎银行卡，领了军装帽徽，量身定做了礼服。被选上的一共有近30人，除了"波兰"，还有"匈牙利""罗马尼亚""乌克兰""德意志""马达加斯加""英国""巴西""加拿大""西班牙""俄罗斯"等等，其中包括另一名中国人，来自香港的"宋"，我们都被分在新兵一连的同一个排。

新兵训练分为在营区内部的训练和营区外部的训练，营区内的训练以队列纪律、唱歌、军容风纪这些基础内容为主。

宋戴着一副近视镜，人很瘦高，但并不显得精干。他原来是一家电子产品公司的小职员，后来觉得上班很无聊，加上从小到大都被人欺负，在公司又被上司骂，于是买张机票就跑来当兵了。

刚到第四外籍军团营区的头几天，我和"波兰"、宋总是可以吃得很饱。食堂的一日三餐，饭菜量很大，吃得也好——有各种肉、奶制品、蔬菜、水果、甜品、饮料。

综合服务楼的楼下还有军人超市和付费快餐厅，每个建制连队或单位的楼道里，还有自动售卖机。

但好景不长。

2006年8月，我们这些新兵刚适应了外籍军团的作息规律之后，就被卡车载去了新兵训练基地。

那些基地有的是被部队买下来的，有的是过去农场主捐赠的，里面有很大的空地，还有用石头砌的两三层的小楼。因为这些训练基地都是由以前的农场改造的，所以我们也就把这里叫作"农场"。

外籍军团的每个连队成员，左胸口上都会挂着连徽，看到这个徽章就知道是哪个连的，右胸口上挂团徽，看徽章就知道你来自哪个团。我们新兵一连的徽章上面是一个马的头像和一颗蓝色的五角星。

在"农场"的日子，几乎没有队列训练，几乎不需要打扫卫生。虽然有丰盛饭菜，但几乎没吃饱过；虽然有热水浴室，但几乎没时间洗干净；虽然有床和房子，但几乎不在里面睡；虽然有起床和熄灯，但几乎没有过规律的作息。唯有两点非常受益——这里没有语言老师，但法语每天都在进步；这里没有制式的训练场，但每天都能学到正规的作战方式。

外籍军团的新兵没有队列训练，内务也仅限于收拾好自己的行囊和行军床，睡觉用的不是被子而是睡袋，没有柜子只有背囊，每天起床就把行军床上的寝具塞进背囊，加上穿衣服的时间，合计用不了三分钟。

"农场"的训练以野战为主，包括射击、扔手榴弹、跑障碍，有时到了晚上再让我们出去摸个哨。

这里的一切都以实战为目的，顶多就是通过唱军歌、背诵战斗术语和作战理论来学习法语，最多的还是体能和作战训练。

所以我们一到"农场"便领了枪，学了分解结合和安全操作后，立即开始单兵战术和空包弹演练，接着是战术理论和班组战术，其中还穿插着无数体能、战术和战斗生存技能培训……一遍一遍反复训练，风雨无阻，我已经记不清这期间挨过多少骂、受过多少伤和惩罚。

还不到两周，很多像宋一样从未当过兵、摸过枪，法语几乎零基础的菜鸟，居然能如形成肌肉记忆般地操作手中武器、利用地形，并在班长的指挥下执行巡逻和简单的任务了。

在"农场"里训练的目的，就是要把我们从普通老百姓训练成为合格的军人。同一个科目的训练内容就有很多变化，比如射击训练课，可以趴在地上打，可以跪着打，可以打单发，可以打连发，可以打固定场地，可以移动打野战等，这种训练是永无止境的。

我自然是新兵中感觉较为轻松的一个，因为过去当兵时的底子和素养还在，在很多训练和战术上甚至处于碾压班长、排长的状态。

当别人都已经崩溃时，我没什么感觉。在外籍军团的新兵连训练，对我来说就像过家家。

排长吼着命令："快！趴下！全都给我从这头爬到那头，从那头爬到这头。"他们都累得够呛，我却爬得挺"嗨"，因为我在国内接受训练时爬过的距离比这个长十倍。

有的人一跑步就说要当逃兵，我会让他把包给我，我给他背。

法国外籍军团新兵连的训练对我真的不算什么，但"波兰"和宋就没有那么轻松了，尤其是宋。

"波兰"老了些，每次长跑都跟浴火重生一样痛苦。我偶尔会故意跑得很慢，在他身旁跟跑并激励他。万幸的是"波兰"的军人素养和意识还在，没捅过娄子，没掉过队，有时间观念和纪律性，因此表现得还不错。

而宋，则处于一个完全懵懂的状态。这是他第一次亲历军队生活。他在以前的成长环境里没有过什么吃苦的经验。虽然他在进入训练营后的两周内进步很大，但像外籍军团这样的"战斗速成班"式训练，在细节上根本改变不了他。宋的大脑里毫无军人意识，所做的一切事情都是被动的。

比如，别人行军的时候都把背包重量减到极致，他会带上整根牙刷和整管牙膏，增加了重量还用不上；别人的背包里都装了备用袜子，他却只有一双穿在脚上，直到把脚磨烂又被病菌感染；别人把喝空的矿泉水瓶挤瘪，留在包里取水时备用，他却把瓶子当垃圾筒塞满了糖果皮、饼干袋，水壶里的水喝光后，几乎就处于快渴死的状态……反正，每次都是在受到打击或处罚后，他才知道正确的做法是怎样的。在这方面，没有任何人可以帮助他，包括我在内。除了能帮他背些东西，帮他处理脚上的伤口，在他艰难的时候给他一口水喝、给他一块饼干吃之外，真的帮不到他更多，因为没有人能够预见他下一步又会遇到什么样的困境。

对教官们来说，他们更希望宋这样的人能够自己意识到他在成长过程中经历的这些痛苦是以集体的成败为代价，并能主动举手放弃、离开部队。

终于，宋又一次在训练中做出蠢事，我们再一次经历了教官狂风暴雨般的连坐惩罚后，宋的一位同班战友再也忍不住了，揪起了他的衣领，并朝宋怒吼道："你是个小孩吗？军团是战士的训练营，又不是一所学校！"

最终宋没有坚持住，在所有人都为成为军团一员的长行军考核做心理和生理准备的时候，宋举起了他那只刚刚晒得有些古铜色的手臂，选择了退出。之后，他再也不用参加训练了，被派去了厨房。一直到临走前的最后一天，他都在厨房里干活。

但这里伙食很好，虽然在五分钟之内必须吃完饭的规定之下，很多人都吃不饱，但毕竟顿顿伙食都是牛肉、奶酪，各种水果、蔬菜，所以营养摄入还是充足的。有一天，我们训练回来，仓促得连枪都没卸，三分钟就吃完饭，然后在教官的怒吼下奔跑着出去集合。刚列好队，一个新兵就被教官狂骂，原因是他的军装上还沾着刚刚用餐时掉下的米粒："是因为广东炒饭很好吃吗？""你准备把米饭带回去一起睡觉吗？"听到这里我才回味过来，刚才吃的原来是蛋炒饭，一顿非常地道的中国蛋炒饭。这顿饭一定是宋做的，做得那么地道、那么好吃。

晚上站警戒哨，我刚好跟"波兰"一起。

"波兰"一看带队的班长回去睡了，便对我神秘地说了声："吴，你等我一会儿。"

几分钟后"波兰"回来了，手里拎着一个塑料袋。他把我拉到月光下的树丛里，端着那袋东西对我说："吴，吃！快吃！"

我闻到了袋子里食物的味道，又紧张又兴奋，什么也没问，什么也没说。就跟"波兰"一起，你一把我一把地用手抓着袋子里的东西吃了起来，夜色里看不见，入了口才知道是中午的炒饭。

我吃到被噎住，在捶胸缓气的间隙问"波兰"，他是怎么钻进厨房把炒饭搞出来的。"波兰"一边伸手抓着饭，一边笑着反问我："你觉得呢？"

"难道又是你朋友送的？"

"你觉得我会跟那些该死的教官做朋友吗？"

"那么，是不是宋临走前把饭藏在什么地方，留给你的？"

"宋？他是你的朋友，不是我的朋友！"

"但……那你怎么做到的？"

"垃圾桶！"

"……"

好吧！要不是因为在站警戒哨，我一定会毫无顾忌地用那句已经骂得娴熟的法语脏话破口大骂，我想骂的不是自己居然吃了垃圾，也不是骂"波兰怎么像乞丐一样龌龊"，而是骂那些教官，为什么宁可把饭倒掉，也不让我们吃饱。

在他们眼里，我们这些新兵就和垃圾桶一样。

第四节　白礼帽行军

在法军的服饰体系里，有很多种颜色的礼帽，但除了海军，各兵种帽子的形状几乎都是一样的。

在外籍军团，不管是军官还是士官，他们的礼帽都是黑色的。这一点和法军的其他部队差不多，只有士兵的礼帽是白色的。而其他法军部队士兵的帽子，有蓝色、红色、黑色、卡其色的，甚至还有紫色的，唯独没有白色的。

外籍军团士兵的那顶白礼帽，是成为军团正式一员的标志，但必须通过一场连续数日的行军来获得。

这顶白帽子是有历史的。

很多年前，外籍军团并不在法国本土服役，新兵都直接被带到非洲去，在那里进行训练、作战。当时戴的帽子和法军一样，都是卡其色的，但是因为当地气候酷热，他们的帽子经过风吹日晒后都普遍泛白了。

在一次阅兵的时候，指挥官觉得大家的帽子颜色都特别旧，就干脆把所有士兵的帽子都换成白色的，白礼帽之后就成为外籍军团的传统了。

但对外籍军团的每一个新兵而言，这个白帽子不是白来的，而是要通过白礼帽行军才能获得。只有通过了这场行军，才能成为一名合格的、真正的战士，如果得不到白礼帽，就意味着被淘汰了。

白礼帽行军的路程很远，通常要走两三天，一共几十公里路，途中还有作战演习，因此都是全副武装。所以就会有人在行军途中被淘汰，他们可能因为脚被磨坏了无法继续，也可能是因为太难熬了而主动放弃。

我们那次是一个新兵排参加行军，加上所有的保障人员，一共40人左右，每个人都走得很累。

行军时需要把配备给班里的机枪、狙击步枪、电台都带上。我们这时还是新兵，并没有专业的分工，所以这些装备就由新兵轮流负责背。

我背着一部叫BB11的电台，款式非常老，就挂在脖子上，样子就像是过去用的大哥大，但是比大哥大重很多也大很多。

把BB11挂在脖子上，是因为这样可以随时收听电台里的信息，但是挂久了走路很不舒服，所以大家要轮流背。我有时只需背自己的背包、头盔、枪，有时也需要去扛机枪、狙击步枪。

就是在这次行军的过程中，有一回，我把喝光的矿泉水瓶顺手扔进了身边的垃圾桶。这时旁边一个战友忽然用很轻蔑的语气喊我，我当时一下子火就上来了。

结果他对着我做了一个动作，他把空矿泉水瓶拧成一团，压扁了再扔进垃圾桶。我顿时明白这样做不仅可以节约垃圾桶的空间，还能防止一阵大风吹过来，空水瓶会被吹得到处都是。

在行军路上我的脚起了水泡，还好我提前做了准备，早在来"农场"前，就在军人超市里买了好多防止运动拉伤的胶布，行军前我把它在脚上裹了好几层。

虽然这样走起来脚部会很热，就像泡在开水里一样，但它有效地保护了我的脚。尽管到最后我还是起了水泡，但比起其他队友已经算好多了。他们有的人脚起水泡后掉了皮，换袜子时又揭开伤口，到最后脚就流脓发黑了。

行军那几天，我就没敢洗过脚，因为胶布一旦遇到水就不粘了。

那些老兵也跟我们一起走。他们的鞋穿得久了都比较合脚，另外由于当了很多年的兵，天天这样走已经习惯了。

可对于我们这些新兵，别说是长行军，就是穿皮靴都不适应。过去从没穿过这么硬的皮靴，也没走过这么长时间的路，每天至少要走七八个小时，那么厚的硬皮靴，就不停地在那儿磨，很痛苦。

路上发生了一件事，一个法国籍新兵被班长激怒后，拿枪要打班长。

他是法国人，没什么文化。我那时法语不好，有时会主动跟他聊天练语言。这个人是外强中干的性格，很要面子，实际上什么都不懂，而且经常犯错，但总还硬着头皮固执己见。大家都心知肚明，于是叫他巴拿涅（Bananier），这个词的在法语中的意思是香蕉树。为什么叫他香蕉树呢？是因为踩上香蕉皮后会滑倒摔跤，而香蕉树上有很多香蕉皮，在法语里面这个词就是形容一个人很差劲，是个经常会捅娄子的人。

在外籍军团实行连坐制，尤其在新兵连的时候，连坐制尤为突出。当一个人犯错了，这个人所处的集体都要受处罚。所以大家经常被他连累。虽然他不是故意的，但久而久之大家也就不愿再理他了。老兵很看不起他，哪怕他是法国人。行军期间，我们都是在野外搭帐篷。法军的单兵食品里有加热器，有点儿像酒精片，把它掰开放在一个铁架子上，点着火就可以把罐头加热。

但是在野外用火时，部队要求所有人都要在一起点火，这样一旦失火，大家都能看得到。如果分头在各自的帐篷里面用火，帐篷里面铺的都是塑料油布，会很容易着火，有可能发现不了。

自从新兵入伍，只要在野外训练，部队就会不断地强调用火安全，特别是不要在帐篷里或者旁边点火。

但是那天，那位法国籍新兵到了宿营的时候，可能是太累了，也不知道怎么想的，就坐在自己的帐篷里用加热片点火来热罐头，结果被班长看到了。班长也是教官，不仅骂了他，还一脚把架子给踢倒了，然后踩灭了火。由于班长踢倒的不只是他的火，还有他的食物，所以他没得吃了，于是就和班长对骂起来。

按道理说，新兵见了班长都应该是站直了敬礼的，平时跟班长像朋友一样随意说笑，都属于不礼貌的行为，更不要说直接和班长对骂了。当然他是骂不过班长的，在班长转身离开后，他回身就从自己的帐篷里拿出了装有空包弹的自动步枪，追着班长就过去了。

这是一个非常严重的事件，不但顶撞上司，还用武器指向自己的战友，无论是在哪个国家的军队，都要被踢出部队，甚至会遭受极其严重的处罚。

我们一入伍的时候，就被教育使用枪支最基础的四条理论，其中一条就是永远不能将枪指向自己不想摧毁的目标。这是新兵在摸枪之前就要铭记的基础理论，所以当他把枪口指向教官时，就说明他是想摧毁这个人，想杀人了。

好在那个班长眼疾手快，立马就把枪给夺了下来，其他教官上去把他摁住了。

当时所有人的心里都像被雷击了一样，因为他这个行为很可能会导致我们全排新兵都被淘汰。

要是他真开枪的话，我们排长都可能会坐牢，还好他没来得及开枪。

后来他就被带走了，没有人问他去了哪儿。

这次白礼帽行军结束后，在营区外部的野外训练也就结束了。

我们回到部队后，主要是做一些简单的武器擦拭工作，紧接着我们迎来了第一个假期。

新兵连训练期间，我们根本就没有机会花钱，主要是我们去任何一个地方，包括上厕所都要向老兵打报告，被看得死死的。

唯一的机会就是每个周六下午5点全体集合，一起到电话厅去打电话，每人可以打5分钟。这时提前打完电话的人可以向班长申请去服务社买点儿吃的，班长一般都会同意，但还是会派副班长跟着，一个是怕新兵不懂事，出问题；再一个也是想故意给我们施加压力，所以很不自由。

而那次放假是第一次真正意义上的放假，没有班长和老兵跟着，还往我们的银行卡里打了工资。

那次放假，部队规定了我们必须穿什么样的军装，军装必须熨成什么样，还要提前给班长审核一遍，最后由部队派一辆车，把我们送到第四外籍军团所在的小镇中心，告诉我们两小时后要回到这里集合。

小镇有商业区，还有一条运河，风景非常美。我在商店里花了200多欧元，买了一台算是比较贵的三星数码相机。那时即使在法国数码设备也还没有普及。

我自从到了法国，就没有拍过照，所以这次就买了一台照相机。我们班长会帮我们到照相馆洗照片。我想拍点儿照片，在给父母写信时寄回去，算是报个平安。

不过这台数码相机之后也没有派上多大的用场，因为平时管理很严，没有那么多机会拍照。到科西嘉的伞兵部队后，相机被一位分到二连的俄罗斯新兵借走了，后来他找各种借口不还，我就再没有见过这台相机了。

我们拿到白帽子以后，就有了外籍军团士兵的待遇——可以外出了。但是部队怕我们惹事，还是在外出时间上有所限制，规定在多长时间之内必须回去。

休假期间，我还参加了一次民间组织的半程马拉松赛事。

第四外籍军团团部所在的小镇叫卡斯泰尔诺达里（Castelnaudary），这个小镇每年都会举行一次马拉松、半程马拉松以及迷你马拉松的长跑比赛，这是当地的民间体育活动，老百姓和军人都可以参加，很多周边城市的人也会来参加。

因为这是当地组织的活动，外籍军团也得捧场。人多了气氛才好，部队就安排一批人去参加比赛，全部报了半程马拉松。

这样的比赛肯定是拉着一群新兵去，所以我也参加了——跑了108分钟。

第五节　一辈子从来没有那样玩过

新兵连的那段时间过得很快。

我每次给家人写的信，都是报喜不报忧。不过无论我把在法国军队的生活形容得多么天花乱坠，爸爸凭借自己当兵的经验，仍然会在给我的回信中不断地强调"注意安全"……

但其实"安全"这俩字，却是我当时最不担心、最顾不上的。

戴上了白帽子，就说明我们都是合格的士兵了，部队就开始在我们身上进行技术投资，比如让我们学通信、学急救、学驾驶，都是教授偏技术领域的知识。渐渐地，我们的生活和工作开始有了轻松的氛围。

然而有些项目，比如山地攀岩、飞拉达、定向越野，这些不属于部队必修的项目或者特殊技能，在第四外籍军团所在的小镇是训练不了的，必须去外籍军团在比利牛斯山上的一个度假中心进行训练。那个度假中心其实也是一个训练基地，靠近西班牙，我们新兵连的最后一个训练周期，就是在这里进行的。

那是比利牛斯山脉上一个叫浮米哲的小镇，有着绝美的风景和高山地形，古木参天，夏天是探洞、攀岩、漂流、徒步的好地方，冬天还是滑雪的好去处。

有很多军官和士官会带着家属到这里度假。基地有一座公寓楼，是专门用来接待的。外籍军团的度假中心，不但在比利牛斯山有，在科西嘉、马赛很多地方也有，都是风景特别好的位置。

度假中心不仅会用来接待新兵，也接待和山地作战有关的老兵集训。那里有专业的滑雪教练和滑雪装备、专业的攀岩教练和攀岩装备、专业的探洞教练和探洞装备等，是一个培养特殊技能的小基地。

出发前领导告诉我们是去度假中心度假，大家都很兴奋。的确，我们那次去也是度假，只不过度假的内容是探洞、漂流、激流勇进、攀岩、武装行军等。我们要在这里进行一些特殊技能的训练。

那段日子，虽然说眼睛在天堂，但身体却始终在地狱。

我们去的时候正巧是个好季节，9月，对高山活动来说不冷不热，除了滑雪之外，其他能训练的项目基本都赶上了。

那次我是真玩"嗨"了。

我们的训练项目中有自行车定向越野，就是一个人骑自行车在前面，另一个人在后面跟着跑。后面的人跑累了就骑自行车，轮流着跑，连续跑几十公里。这样的定向越野就是给你一张地图，上面画一条线。这条线有三五十公里长，在山地上沿着路跑。

还有集体项目，比如飞拉达，就是岩壁探险。岩壁非常高，有二三百米，完全是垂直的悬崖，有钢索保护，所以掉不下来。

我们还要上钻下爬地在满是地缝悬崖的溶洞里穿越，不让开灯，必须摸黑蹚过地下河。

至于漂流，就是穿着类似潜水服的橡胶衣，顺水而下被水冲下去。

最刺激的是从瀑布上溪降，就是从瀑布悬崖上扔下一根绳子，让你顺着绳子滑下去。但那天教官捉弄我们，那根绳子没有直接垂到水里，而是离水面两米的时候绳子就没了，这种骇人的幽默也只有当兵的才想得出来——滑到一半绳子忽然到头了，那种两手一空的瞬间以及忽然从高空跌落时的惊心动魄，让我们每个人都不由自主地放声尖叫。

这样的训练虽然很累，但是很好玩。

高台跳水时，我们要从一块大概有10米高的岩石上跳到水潭里去。排长给我们做示范先跳了下去，然后老兵跳下去，接着就是我们跳。

好多人都不敢跳，站在那腿在发抖，有的甚至是被教官踹下去的。其中有个人脸色煞白，一屁股坐在悬崖边上。教官怕硬推他下去，万一落水时姿势有问题有个三长两短太麻烦，最终就罚了他做100个俯卧撑，让他从一旁的小路走了下来。

新兵里面我是率先跳下去的，感觉特别刺激。那也是我第一次从这么高的地方跳水，所以浮上来后兴奋极了。

我游到了水边，准备爬上岩石，因为岩石经常泡在水里，上面有青苔，非常滑。我就顺手拉住了站在岩石上的一只脚，岩石上的人顺手把我给拉上去了。

结果抬头一看是我们排长，他还对我笑着说，小伙子跳得不错。

平时我们看这些军官就像看到神一样，因为部队里军官和士兵的工作区是分开的，生活区包括食堂也是分开的，远远见到他们就要立正，向他们敬礼。

但这一次完全改变了排长在我心中的印象。他与大家一样都是普通人，而且特别和蔼可亲。从他的眼神里面能够看出来，他对我的表现非常满意。那一瞬间，我觉得和他就像是朋友一样，没有了距离感和敬畏感，因此对他的印象也非常好。

这个排长之后去了别的部队。奇妙的是，后来我进了GCP后，也就是在这次高台跳水之后的五年左右，他又成了我所在的第二外籍伞兵团CEA（侦察和支援连）的连长。

他是法国人，长得其貌不扬，头发有点儿发白，个子矮矮的，很瘦，做什么事情都很有绅士风度。每次敬礼的时候，他的下巴一定是抬得最高的。

虽然这些训练项目听起来非常惊险刺激，但实际上并不危险。而教官也都是长期驻扎在这里、以山地训练为专业的，训练背后的组织程序和安全防护其实非常到位。

从这些训练的侧面也能看出外籍军团培训体系和内容的多样化。外籍军团希望在新兵训练阶段就让士兵掌握尽可能多的知识和技术，并将训练作为人才选拔和综合素质评定的手段。

我们每天都是快要日落的时候，才收队返回训练中心。这时所有的人都已筋疲力尽。

我们的住处是带有阁楼的小木屋，古色古香，各种军团的纪念品、战利品、古董级的雪具和攀岩用品琳琅满目地挂在屋内的石墙上。

晚饭前，大家会在楼下的大厅里喝咖啡、饮料，谈着今天的经历，或者较量一盘桌上足球舒缓压力。

我回屋后都会躺着看看书或者军事杂志，有时洗完澡就跑回卧室躺下，赶在吃饭前小睡个十来分钟。

但是那一次我正坐在大厅里翻杂志，大家都在旁边玩着，一个个都是长官不在就无法无天的样子。这时候，我突然闻到了空气中弥漫着咖啡的味道，抬起脑袋，发现好多人都在喝咖啡。

咖啡，我的那些战友天天都喝，只不过在那天之前我从未注意过。也许是一种尝尝鲜的心理，我问了问队友哪里能买到咖啡，于是就朝角落里的咖啡机走去。

那个自动售卖咖啡机是CARTE NOIRE牌的，投币后先选择咖啡口味，在对应的按钮上按一下就会掉出来一个长方形的咖啡胶囊。拿了胶囊，把它塞到机器里，再从旁边拿一个杯子放点儿糖，按下按钮，一杯咖啡就冲出来了。

我面对着咖啡机，手里攥着硬币，却在那里发愣。我只能看懂咖啡机上面用图文注释的操作程序，能看懂一杯咖啡50欧分，却看不懂咖啡的种类，根本不知道Café allongé（相当于后文中的"Lungo"咖啡）和Café serré的区别在哪里，也不知道Lungo（意大利语，是一种拉长了萃取时间的浓缩咖啡）和Espresso（意式浓缩咖啡）是什么。

这时一个巴西籍新兵走过来，也打算买咖啡。他叫萨尔瓦多，精瘦得跟个猴子一样，动作敏捷有力，有时一高兴就会来几个前空翻、后空翻。他算是我们这二十几个新兵里综合素质靠前的一个。

萨尔瓦多见我站在咖啡机前发愣，便问："有问题吗？"

"没，哪个咖啡好喝？"

"你想要咖啡因吗？很多？"

"无所谓，咖啡就好。"

"你有硬币吗？"

"有，一欧元。"

"OK，给我。"

他把硬币投入自动售卖机里，按下按钮前又转头问我："无所谓？"

"是的，无所谓。"

于是他按下了按钮，掉出了一个胶囊。

萨尔瓦多刚想接着帮我冲咖啡。我对他说："谢谢，我会做。"

于是他又扭头看我，说："真的？"

"真的，我会做，谢谢！"

于是他后退了一步，在那里看着我弄咖啡。

出于礼貌，我冲完咖啡后并没有立刻离开，而是等着萨尔瓦多也冲好了，和他一起端着咖啡，边喝边往大厅里走。我边走边看着杯子里的咖啡，觉得用折合人民币六块钱的价格买了大约半杯的黑色液体有些奢侈。这时突然想起来，咖啡机里找我的零钱忘拿了。

于是我赶紧转身，想回去拿。

萨尔瓦多看到，问："忘了东西？"

"五毛钱。"

"哈哈哈。"他在那里笑。

我回去翻了一下咖啡机的硬币找零处，居然没有。再扭头却见那萨尔瓦多在不远处幸灾乐祸地笑着："哈哈，谢谢你的咖啡。"说完还朝我举了举杯子表示感谢。

"啊，OK，OK，没问题！"我知道他的那杯咖啡肯定是用我的零钱买的了。

一杯咖啡让我和萨尔瓦多之间的关系变得亲近，晚饭后他又邀请我去喝咖啡。当然，这次是他付的钱。

买完咖啡后，我们就去院子里，一边喝着咖啡一边聊天。

萨尔瓦多问了我很多，大都是"中国有多大""解放军是不是很厉害"这样的问题。

以我的法语能力当然没有办法向他解释清楚，只能回答他："中国有17个法国那么大，从北边到南边坐火车要好几天。""我们一个团有2000多人，没有人当逃兵，法军的管理太松了。"

后来聊得更深入了，我问他："你在巴西做什么的？"

"警察。"

"为什么来外籍军团？"

"因为这里是外籍军团，不是吗？哈哈。"

"……"

"听着兄弟，在巴西警察的日子并不好过。"

"是很危险吗？有很多毒贩？"

"是，很危险，有很多毒贩，但我是因为那边很烦，你知道吗？特别烦！"

"好吧！"

"但这里很安稳，外籍军团，工资也高。"

"这就是说，你……你想一辈子都待在法国？从军团退伍后？"

"当然是的，你不想吗？"

"我还不知道，我觉得父母比较重要，对我来说，要看他们生活在哪里。"

"OK。"

在比利牛斯的最后两天，连长突发奇想地告诉我们：走！带你们去看看远处那两座最高的山。

我们都是新兵，没有多少经验，白天穿越各种溪流山谷，鞋子全被打湿，脚上结起一层又一层血泡，再加上背包很重，衣服也全被汗水浸透了。

那次日夜兼程的行军，走得很远很累。但那次行程给我留下的最深印象，既不是周围漂亮的风景，也不是吃苦，而是其间发生的一件事情。

那天我们凌晨3点才到达目的地，连长一下令说安营扎寨，所有的人都在一瞬间钻到了睡袋里。因为天亮后我们还要接着赶路，睡觉只剩两个多小时了。

当时我特别饿，为了补充体力，就随手拿出一个军用罐头，狼吞虎咽地吃了几口，就把剩下的罐头放在旁边，倒头睡去。

但是没想到，这个行为差点儿给自己招来杀身之祸。

没睡多久我就被惊醒了，感到脸上有东西在动，一睁眼看到一只动物就出现在我的眼前，吓得我立马坐了起来，把它吓跑了。原来这是一只嗅着罐头气味而来的野生动物，它在舔罐头盒的时候，尾巴在我脸上蹭来蹭去，把我痒醒了。

但是接下来就无论如何也睡不着了。出发前，连长告诉我们，比利牛斯山是有熊的。如果刚才偷吃罐头的是只小熊，我再埋头睡去，等到它把熊爸熊妈带过来，我该怎么办？

从那一晚起，我就知道在野外露营随便扔东西是错误的，所以切记不要乱扔垃圾，这一点对在野外生存的士兵尤为重要。

到11月，新兵训练结束了，法国排长挨个找我们谈话。

在法军的管理系统里，每当士兵面临一个重要时间节点时，领导都会跟下属进行面谈，是一对一的谈话。

比如新兵入伍，你刚刚进了这个排，排长是要跟你面谈的，要去真正地了解你。等到新兵训练结束，排长还要当面问你：这几个月过得怎么样？你觉得自己的表现怎么样？你对我们的印象怎么样？你觉得我们有哪些地方还需要改进？你想去哪支部队？如果给你选择你想做什么样的技术兵种？在未来你想做什么样的职务？这个过程有点儿类似人力资源部的负责人跟员工的谈话。

关于那次谈话有一个细节，我到现在都难以忘记。

报名参加外籍军团时，我就很想去伞兵部队，也就是空降兵部队。在训练的过程中，也一直想去当空降兵。因为我注意到带我的那些老兵，从副排长到班长，以及一个特别牛、特别瘦的巴西老士官，他们都是伞兵，其他人在左胸口只戴着一个连徽，但他们每个人在连徽上面都还有一枚伞兵章，很漂亮。

那时候我的法语不怎么样，只知道空降兵的法语是怎么写的，但说得不流利。面谈的时候，当小个子法国排长问我将来想去哪支部队时，我非常激动地告诉他，自己想去伞兵部队。

伞兵的法语发音叫"巴哈苏蒂斯特"（Parachutiste），我现在说得很顺口，但是那时由于法语不好，再加上紧张，就说成了我想去"巴哈……"，后面的"苏蒂斯特"怎么也想不起来是怎么拼写的了。我学外语都是把它们像拼音字母一样拼起来才会读，没有从词根去记，所以我就"巴哈、巴哈"地说不下去了。

还好所有人都能听明白"巴哈"是什么意思，因为"Para"就是伞兵单位的缩写。排长就在那里笑，他知道我想去伞兵部队，但是他一直忍着，就想让我把这个词完整地说出来，可是我真的忘了后面是怎么拼的了。

这时，坐在旁边的士官，也是我的班长忍不住了，就瞪着我恶狠狠地说："Parachutiste！"

这一下就测试出我的语言水平了。

在科西嘉岛上的伞兵部队训练很辛苦，对士兵的综合素质、法语水平的要求很高。我以为这下排长就不会让我去伞兵部队了，因为那里就没有中国人。整个外籍军团的伞兵部队，也没有几个中国人，你连法语都说不好，还想去当兵？

但是排长接下来暗示我，我能听明白他的意思，就是一定会让我去伞兵部队的，我很有志气，我是他见过的第一个要求去伞兵部队的中国人。隔了一天，我就知道自己能去伞兵部队了。

排长谈话的时候会做笔录，谈完话把笔录交给行政办公室士官，士官拿给连长签字后上报，由团长签字核准后下发命令到我们连，再发到排里。

我知道自己能去伞兵部队的时候，正在打扫厕所，有一个班长从我旁边走过去，笑着拍拍我的肩膀说："见鬼，中国人去伞兵部队，可以！"

当时我一听，超激动！

一个星期后，我们这些新兵就各奔东西了，我和"波兰"还有十几个人被分到了在科西嘉岛卡尔维城（Calvi）的空降兵部队——第十一空降旅第二外籍伞兵团。

萨尔瓦多如愿去了奥朗日的第一外籍骑兵团。

又过了一年多，我们刚巧在一次集训中重逢了，那时他已经不叫"萨尔瓦多"，而是改回巴西籍的原名，叫"斯迪"。

我喝咖啡的习惯就是从萨尔瓦多给我买咖啡的那天开始养成的，一直保持到现在，基本上每天都要喝。

不过萨尔瓦多给我们买的那两杯咖啡，我觉得应该不是真正的咖啡，而是喝起来有咖啡味道的脱因咖啡。这是我后来经常喝咖啡后总结出来的，要不然怎么可能两杯咖啡下肚后，那晚依然睡得很香。

当初我到马赛外籍军团总部报名的时候，把护照交给了报名部门，然后被安排到一个宿舍里住下。等凑够一定的人数了，再对报名人员进行初步调查、问话，做一些简单测试，这个流程很快，差不多小半天就完成了。

最终确定合格的，就把你的私人物品全部收存起来，包括衣服、鞋子，记录好你的个人信息，然后存在仓库里。让你脱得干干净净，换上统一的运动服去理发，全部都剃成光头后，把你分到新兵连。

现在我们在第四外籍军团已经完成了新兵培训，有了军衔，帽子上也有帽徽，于是就能回到马赛的奥巴涅外籍军团总部，来拿当初报名时寄存在这里的物品，并在这里等待各个部队把我们接走。

第六节　军团的公司化管理

我的部队番号是法国外籍军团第二外籍伞兵团，它的驻地在科西嘉岛西北角的卡尔维市，从那里坐高速客船在地中海上航行三个小时，就到了北面的法国城市尼斯或者马赛。

科西嘉是地中海的一个岛——拿破仑的老家，非常漂亮。对游客来说是个舒适的旅游胜地，但对驻地的士兵来说就没有那么舒服了。

卡尔维是一座小城，非常漂亮，也是整个地中海有名的城市。

我们驻扎的军营距离卡尔维市中心有五公里。从军营去卡尔维市，上下班有班车，也有人开汽车或者骑自行车，还有跑步上下班的。

像我们这种住在军营里面的人，就经常坐"navette"，它是部队的一款民用大屁股五座车，是专门为军营服务、随叫随到的军队内部运输工具，24小时运营。你只要打电话，说清楚在哪个位置，就会过来接你。

我们的营区在卡尔维湾，就在海滩边上，兵营里常驻官兵1000人左右。

法国外籍军团是一个荣誉群体，有着光荣的历史，这让法国人民倍感自豪。它成立于1831年，是由法国国王路易·菲利普在法国殖民地阿尔及利亚创建的，参加过两次世界大战，由外籍军团司令部和十一个团或单位组成（法国本土十个，海外两个），定期参加外部行动（OPEX）、内部任务和法国陆军的短期任务。

在法国，如果外籍军团的士兵穿着军服或者礼服到酒吧的话，可能就会有人客气地邀请士兵喝酒，表示他们对外籍军团的敬仰和认可。穿着便装坐火车时，别人会问你是做什么的，你自报家门是外籍军团的，就会迎来赞许的目光，交谈时都是很尊敬的语气。

外籍军团里有一条不成文但是众人皆知的规定，那就是强者会享受一定特殊的待遇。大家都尊重强者——我做不到的事情他能做得到，他就值得我尊敬。

我们的工资跟法国其他部队是一样的，伞兵有跳伞的补助，稍微高一点儿，我那时的年薪是两万多欧元。

但这些钱还要用来买保险和交税，这是部队要求的。我们都是自己买保险，买什么样的保险，买哪家保险公司的，是自己选的。不买保险是不能当兵的，不买战争险是不能去打仗的。每次要开赴前线或者出国执行任务前，部队会统一让我们把保险公司的所有信息都报上去，一旦在战场上受伤或者牺牲了，部队会把这个信息通知到家属，帮助家属向保险公司索赔。

外籍军团的条令很简单，一共就七条：

1. 军团成员，你是一位以荣誉与忠诚来效命法国的志愿者。

2. 每位军团成员都是你的战友，不论国籍、种族及信仰，你将永远展现出如家人般的团结。

3. 尊重传统，敬爱长官。纪律和友谊是力量，勇气和忠诚是美德。

4. 以军团成员为荣。你的穿着，优美雅致；你的言行，虽谦犹尊；你的居室，永保整洁。

5. 精英战士，你必须严格地自我锻炼；保养武器如同你最珍贵的财产；永远保持身体在最佳状况。

6. 任务是神圣的，你必须执行到底。行动中如果必要，付出你的生命。

7. 战斗时，行为不受激情及怨恨左右。尊重战败的敌人。不论是死伤的同伴还是所有的装备，你绝不弃之不顾。

书面的规定就这么七条。

但其实军团还有着许多古老的传统和不成文的规矩，比如那些更琐碎的事情，就不是依靠条令，而是要靠那些有经验的老兵来教传了。

像怎样熨衣服；像进入长官办公室应该怎样做怎样说；像新人初来乍到或晋职晋衔了之后，应该怎么做，是一个怎样的程序。

就是因为这些没办法写成书面的，也无法纳入作战训练范畴的传统和规矩太多，所以每个人除了白天要训练、干活外，晚上还要拎着啤酒瓶自我介绍，甚至熄灯睡觉的时候还得拿着熨斗在走廊熨衣服，或在厕所里继续背书。

这和军团采用的管理方式有直接关系。法国是以管理企业的方式来管理军队。

首先说工作时间。

法国军队采用的是"有军队特色的上班制"，也就是早上几点钟上班、下午几点钟下班，这种作息方式感觉就像在一家企业里工作。

外籍军团采用的不是集中管理，不管是对住在营区集体宿舍的士兵来说，还是对租房居住在外的士兵来说，都是每天早上6点30分换上军装开始集合点名，就像公司里的打卡，然后打扫卫生、吃早饭。7点20分连队集合进行早操。早操会训练到9点左右，回来把衣服往洗衣机里一扔，去洗个澡，吃点儿东西，9点30分开始正课。

所谓正课，就是按照工作计划，该训练的训练，该劳动的劳动，该办公的办公，大家都是各忙各的，直到中午11点半左右回到连队集合。中午有一个多小时的午休，这个时间你可以吃饭，也可以为下午做准备。

下午2点钟连队再一次集合，接着正课。

到了五点半的时候就可以下班了，但如果工作没有忙完，一般都会加会儿班。这些和公司很像的。

除了那些夜间出勤的，其余不管是住在营区内的还是住在营区外的士兵，下班后都可以回家，也可以请假外出放松一下，只要别忘了第二天早上6点半之前出现在连队早点名的队列里就行。

外籍军团的管理方式有些"大企业"的特点，后来才知道企业管理的一个分支就源自军队。这和我以前认知里的军队管理有些不同。

再看一下行政程序。

外籍军团的排长就像项目经理，连长像是一个分公司的老板，团长就像总裁。士兵们平时很少跟连长打交道。

就像在公司里，你是很少能见到老板的。如果你想要见老板，就必须跟他约时间。但约时间的方式不是直接去敲老板的门，问他什么时候有时间，而是要先找到你的项目经理提申请。如果你的理由比较充分，项目经理会帮你约。

在外籍军团，如果你想买手机就必须走这个流程。

你要跟项目经理——你的排长说，你要买一部手机，需要见连长。排长同意后会给你一张制式的会议申请，你填好姓名、军籍号以及申请面谈的理由。排长会把这个申请递到连长的秘书办公室，秘书办公室会和连长根据事情的轻重缓急进行排序处理。最后你会收到由连长签字和盖章的申请单，通知你什么时候去见面。

到了约定的时间，要换上礼服到场，见面是有一套程序的。在外面走廊等待连长叫名字的时候，连务助理会检查你着装是否整齐，还会一遍遍地问："记得叫到你名字时应该怎么回答吗？敲门之后如何开门，进门之后眼神往哪里看？记得进门后往哪里转吗？往哪里走多少步、步速多少、同连长的办公桌保持多远距离停下？怎样敬礼并自我介绍？连长说稍息时应该怎么做？什么时候摘帽子，什么时候戴帽子？什么时候转身离去？办公室门是关死还是留一条缝……"

连务助理士官一般是由全连资历最老的士官担任，他的工作就是用各种凶神恶煞的方式来震慑那些想耍花招的新兵蛋子，以保证主官工作计划的顺利执行。

在面谈时，连长会告诉你在什么样的场合可以用手机。他也会警告你不要在执行任务时使用，不能拍什么样的照片，对外打电话时，部队里哪些信息是需要保密的。

连队里每个人都在用手机，如果偷着买，那就不会有这个面谈，也就不清楚连长的这些警告。然而一旦出问题，连长不需负任何责任。

这个面谈是有秘书做记录的，如果你后来犯了什么错，但是秘书的记录里没提到，那你就不需要负责，责任是连长的。

走这个程序的道理就是留一个底。

除了买手机，其他很多事也需要走程序，就像西方企业的管理模式一样。这样做的好处是有备无患，防止以后出现问题。在小事上养成这种习惯，以后在应对繁杂、重大的事件时，也会用这种方式去处理，道理都是一样的。弊端就是很麻烦。

在法国军团里，士兵是可以用智能手机的，哪怕到了海外的驻地也可以。你的手机想怎么用就怎么用，但是电话卡必须用部队发的，而且流量是免费的，每个月可以免费打若干分钟的国际电话。所以部队不担心泄密，因为通过这个电话卡发出去的每一条信息，全在掌控之中。

士兵通话时，有可能会无意识地把保密的信息说出去，这时通话会立即终断，因为属于无意的，也不会有警察出现。

但我听说有人就在这方面出了问题。

听说第二外籍工兵团有一个士官，跟他的老婆不和，打电话给另外一个人说打算怎么弄死他老婆，第二天就被抓走了。

外籍军团里曾经有中国人，因为服役期间在微博、微信、朋友圈上发很多有关法国军队的信息，其中有些内容和图片涉及机密，被惩罚干了十几天的活。

还有一个波兰人，因为打电话谈论走私枪支的事情被发现了。

也有因为买毒品被抓的。

法国的电信监察很厉害。

外籍军团的军队结构和企业结构也基本一样。

军团中的士兵几乎都"身兼数职"——既是战斗员，又是后勤或技术人员。

每一个步兵都要会几项技能，例如开装甲车的也会开其他车。这样在战场上如果所乘车辆坏了，换辆车可以接着战斗。

假如要单独配属汽车来配合行动的话，出车的司机可能都没摸过几次枪，那么他和坐在副驾驶的指挥官默契程度就要打折扣，因为他不是作战兵，上了战场也打不了仗。一个步兵团2000多人，因为要配备大量的后勤人员，有战斗力的只有不到1000人，而每次打仗时还是要把这2000多人同时送到战场去，这样战斗力也就打了折扣，人员上会有很大的浪费。

所以外籍军团送到战场上的人基本上是多面手。在这一点上，我们和传统军队有很大的区别。

拿第二外籍伞兵团的组成来举例，这个兵团共有十个连队，每个连大约120人。其中，第一、二、三、四、五和CA是战斗连，分别负责城市、山地、两栖、爆破、狙击、沙漠、特战、侦察、反器材与反坦克等战斗任务。各个战斗连旗下的四个战斗排又有专业分工，比如每个战斗连的四排都是狙击、反坦克和迫击炮排，同时这个连的每个排、每个班里，还有同等技术水平的狙击手、反坦克手和迫击炮手。

此外，第六连是预备役连，只有普通步兵的装备；CAS是司勤连，负责军需和给养；CMR是修保连，负责所有武器装备的维护和保养；CCL是行政管理连，负责作战训练的指挥统筹和高等技术支持。

这十个连的士兵都是战斗兵，相互间只有专业技术的差异和技术等级的高低，没有非战斗人员。就像企业中的员工，除了实习的和新入职的，大家都是业务人员，不同的只是职务和职称。

在2REP之所以能做到这一点，原因就是在后勤方面大量采用公差制。所谓公差制，就是把战斗连的战士派到后勤单位进行义务劳动。

比如在保障近千人吃饭的炊事系统里，专职负责餐饮的只有不到10人，其余都是战斗连派来的帮厨，每天换一批，这样既不会影响部队吃饭也不会影响战斗连队的整体训练。

医疗系统、通信系统、军械系统、伞降系统也是一样，派往这些专业系统出公差的士兵，之前都接受过相关专业培训，都有资质证书。战斗部队能全面实行公差制，也是因为战斗连队士兵的素质高，每个班都有接受过相关培训的专业人员。

这样看来，外籍军团更像一个公司了。

一个公司出于生存方面的考虑，不仅需要研究如何挣钱，还要会节约成本。外籍军团其实也是将钱和精力投在士兵素质的培养上，从而节约大量供给后勤人员的成本，同时还能提高整体战斗力，等于一个人既减了肥又增了肌。

第七节　你知道什么是GCP吗

第二外籍伞兵团创立于1948年，成立后长期驻扎海外。1967年，第二外籍伞兵团的驻地从阿尔及利亚迁入科西嘉岛的卡尔维，多次参加海外行动。

伞兵团的下面没有营，都是连级建制，团部就设在CCL行政管理连，这个连设有通信排、卫生排、指挥作战排、行政管理排。

在伞兵团，五湖四海的人都聚集在一起，不同的国家、不同的文化、不同的风俗，每个人不同的品性都展露无遗，需要不断地磨合。

我每个月的工资1900欧元左右，除了偶尔买些吃的、日用品和电话卡，没有别的地方可以花。因为军团对新兵的管理非常严格，在刚刚入营的前几周，我每分每秒几乎都是被压榨干的状态。所以确切一点儿地说，是没有时间去花钱的。

每天除了想找机会给家里打个电话、报个平安外，也顾不上别的需求。不能买手机，不能买电脑，不能熬夜，打电话只能每周一两次由班长带着，在其他新兵后面排长队。有时候时间紧，好不容易排到了，电话还没拿起来就被班长带了回去。

无论是企业还是军队，最难的都是日常的内部管理，人与人之间的矛盾便算是一项。

刚到伞兵团的时候我也被老兵欺负，天天被迫打扫卫生！

越是偷奸耍滑的人老兵越整他。有时甚至让他一个人把所有人的活都包了，其他人坐在旁边休息。

做事非常踏实的新兵，熨完衣服拿过来给老兵看，老兵说："你这个地方有印，稍微再改一下。"改完后，老兵一看说："行，回去休息吧！"对那种偷奸耍滑、做事不认真、总是耍小聪明的新兵，衣服拿过来后，老兵说再熨一遍，这就是老兵在给他制造麻烦。

面对这样的事情，我能理解，他们只是想通过这种方式给我们这些新兵一个下马威，同时彰显自己的地位而已，并无恶意。

所以这时我会继续认真地做事，不管是不是我应该做的，是不是我的错。

大部分老兵看到我这个样子很快就不折腾我了，甚至有些老兵主动抛出橄榄枝。

我只是想说，我和折腾过我的人之间从没有产生过矛盾。

导致冲突的则恰恰是另外一种情况，比如我和第一个班长之间的一次矛盾。

其实那位班长平时对我挺好，从一进入伞兵团到跳伞集训，再到基础作战训练，他教会了我很多东西，平时也算通情达理。

有一天，我们连突然接到紧急出发去科特迪瓦作战的任务，可能因为班长负责的都是没有经验和物资准备的新兵，怕在战前组织上出差错，他有些紧张。

我们一边在他的组织下准备个人装备，一边在连队的安排下去替换那些勤务岗位上的老兵，好让他们回来做准备工作。

在整个战前准备过程中，每个人几乎都在跑着行动。

我们这群新兵更是要跑得勤快，一会儿去换这个老兵下岗，一会儿去领装备，一会儿去办公室签文件，一会儿到保险办事处提升战时保险。一上午的时间，有些人都快跑虚脱了。

这时接到连队集合的消息，又要赶紧把大家找齐，拼命往集合场跑。

我们还是慢了几步，到达集合场时其他班已经听完动员令解散了。这时，在一旁的班长像疯狗一样朝我们叫："趴下！趴下！俯卧撑！一群蠢货！我叫你们趴下！"

此时所有的新兵都觉得这不是我们的错，每个人都已经尽力了。要是有错的话也是班长没跟上级沟通好，给我们安排工作却没安排好时间。

大家心里都很不舒服，其实是不服，趴在地上做俯卧撑的时候，有些人嘴里就开始小声地嘟囔和抱怨。

班长察觉到我们的嘴在动，又开始大吼："你们叽歪什么呢？啊，你们又叽歪什么呢！"

我当时又气又急，没忍住又小声嘟囔了一句，班长的大皮靴"啪"的一下就踢在了我脸上。

我当时眼冒金星，嘴巴发麻，嘴巴和鼻子里滴下来的水混着血水一串串流下来。我那股怒火再也压不住了，就大声地说了一句："明天就要去科特迪瓦，战场上小心子弹！"

我没起身，也没有抬头目视班长的那两只眼睛，但我知道他能听见我在说什么。

在职业军人生涯中，这种人与人的摩擦肯定是不可避免的。这是我在外籍军团第一次以直接的方式处理矛盾。

后来班长没把我怎么样，我们的关系也保持得比较好。再后来他调走了，去了法属圭亚那的3REI（外籍军团第三步兵团），我很多年后才又见到了他。

被班长踢了一脚后，我们就留在了驻地，没去成科特迪瓦。为防止战场上出现意外，最后就没安排服役期少于10个月的新兵去。

战斗准备和开赴前线是两回事。

老兵都被紧急拉走奔赴科特迪瓦前线了，整个营区的勤务就由留守的新兵来承担。

那是2006年12月，我来到伞兵团已经一个月了。

我们白天劳动、训练，晚上每隔4个小时起床去巡逻和站哨，执勤2个小时，再休息4个小时。每个哨兵位都很远，最远的有近2公里。

这种没日没夜的连轴转很累，主要是导致睡眠不足，感觉生物钟都乱了。

军营的巡逻队叫EIU，是法语Éléments Interventions d'Urgence（紧急干预措施）的缩写。巡逻队的人员要24小时轮换，随时待命，执行营区内的武装巡逻和武力干预任务。既然是执行内部干预任务，就要对营区非常了解。

我是新兵，熟悉营区的大部分地方，但犄角旮旯儿真不了解。

那个晚上我们几个新兵一会儿熟悉原则，一会儿紧急集合，一会儿考察会不会用装备，一会儿一群人抱着个本子在那里背，一会儿一个新兵趴在地上做俯卧撑……

天快黑下来的时候，第一次巡逻任务终于开始了，由一名士官带队，一队新兵在后面紧张地跟着。

夜间巡逻除了例行公事外，也是让我们了解伞兵团团史的课堂，因为我们是新兵，对部队不了解，对营区也不了解，所以巡逻到一个地方，带队士官就会问：这栋楼叫啥名？驻着哪些单位？这个单位是干什么的？擅长什么？用什么武器？有什么历史？团队的歌是什么？长官是谁？英雄人物是谁？甚至会问到这个连都有哪些排，每个排是干什么的，有什么特殊武器装备，哪个是武器库，武器库的后门在哪，如果有人偷枪你会在哪个位置等问题。

带队士官用那满嘴匈牙利口音的法语反复地问着这些问题，一方面帮助我们了解这支团队，另一方面，也是因为晚上巡逻比较闷，老兵用这种教学方式，让大家的脑细胞处于兴奋状态。

对这些问题，大个子巴尼回答得最好。他是一个年龄小、个子大的加拿大籍法国人，法语说得好，而且从小就喜欢外籍军团，在报名前就看过很多关于2REP历史的书籍。

我和其他新兵，在观察周围、移动脚步的时候，不自觉地就有点儿往巴尼身后躲，想用巴尼那高大的身体来遮挡士官的视线。

但再高大的巴尼，也挡不住一队人，何况是那位像神一样的士官，他用余光就能看到我们。

当我们走到一处建筑前，终于问到我了。

"你？"

"是！中士！"

"你什么国籍？"

"我是中国籍，中士！"

"太巧了，一个中国人。这是哪个连？"

"这是CEA，中士！"

"CEA是什么意思？"

"是侦察与支援连，中士！"

"OK，有几个排？每个排都是做什么的？"

"呃，一个侦察排，中士，一个狙击手排，还有个反坦克排，还有一个……"

"什么？还有一个什么？"

"嗯……"

"俯卧撑，你！"

最后一个排我没有回答上来。我从没有意识到，这方面的信息也需要掌握，我很想知道剩下的那个是什么排，另一个新兵答上来了，说是"GCP"。

这时那名士官就站在我趴着的正前方，用鄙视的口气对我说："中国人，你知道他刚才回答的GCP是什么意思吗？"

我摇头。那时候我法语还不太好，而且GCP是三个法语单词的缩写，听过，但不知道怎么写。

"你，告诉他！"

"是伞兵突击队，下士！"

"中国人，你知道什么是伞兵突击队吗？伞兵突击队就是特种部队！你知道什么是特种部队吗？"

我刚想说知道，那士官便提高了嗓门，用看出洋相般的一脸不屑瞅着我刚刚抬起的双眼，说："你知不知道无所谓，特种部队里面没有中国人，GCP里面从来没有中国人！所有的GCP都是精英，是战士！但你们中国人来这里都是为了做厨子的，不是吗？"

听到他这番话，当时我就什么都不想说了。对这种把有色眼镜戴进了眼珠子里的人，解释什么都没用。

我那时才当了五个月的兵，法语能力也很有限。这个新环境对我的挑战是很大的，周围的人都一直叫我中国人，而不是叫我的名字。

我有一种忍辱负重的感觉，那个趾高气扬的士官不仅看不起我，也看不起中国人，认为中国人不可能成为精英。我必须比以往更加努力地学习新技能，让那些不了解我的人看看什么是中国人。

那次巡逻之后，别人放假我训练，别人睡觉我看书。

三年后，我终于让GCP里有了第一个中国人，也是第一个亚洲人！

我要做的就是在训练和工作上尽可能超越他人，让那些看不起我的人尊重我这个中国人，直到某天早晨起床后他们主动跟我打招呼说早上好，还有晚上睡觉前跟我说好梦。

"早上好！吴，你去吃早饭吗？""晚上好！吴，想不想跟我们去酒吧喝一杯？"这是后来在空降兵学院每个早晨或夜晚的对话，是在我考入GCP后，被派到那里和全法国的军事尖子们一起学习、训练时的日常情景。无论是军官还是士兵，在那里我们的身份都是一样的，待遇也一样，大家都是从各个部队层层选拔出来的。

从那时起，再也听不到别人叫我"中国人"。

很遗憾，自从进了GCP，一直到退伍我都没能再见到那位老士官。

新兵连训练结束后，"波兰"跟我一起被分到了伞兵部队。

我们这十几个新兵本来应该都分到一连的，就是城市作战连。但是由于一连已经去了科特迪瓦，刚好二连，也就是山地作战连，要去新喀里多尼亚执行驻扎任务，就从我们当中带走了一半的士兵，其中就有"波兰"。

因此"波兰"就成了二连的人，而我则被分到一连，从那一刻开始，我们就分开了。

他从新喀里多尼亚执行任务回来后，我们偶尔会在出公差干活或训练的时候碰到。我们一连穿绿色运动服，他们二连穿红色运动服，每次碰面的时候他都会跟我发牢骚，说有老兵整他。

虽然外籍军团的士兵主要是东欧人，也有很多波兰人，他们是比较强大的群体，但对于那些表现一般的本国人或者东欧人，这些老兵也会欺负。

而"波兰"的年龄偏大了，已经36岁，难免会出错。

由于我们不在同一个连队，平时见面很少，彼此的工作安排都很满，再加上刚进入部队，老兵管得也比较严，不让互相走动。至于他发生什么事情，我不太清楚，但应该是回来没多久，大概是三四个月之后，他就当了逃兵。

他跑了也没给我留个信，从此再也没有听到他的消息。

我在军团中只要遇到华人面孔，哪怕是华裔美军、华裔荷军，只要他会说点儿中文，甚至连中文都不会说只要他长着华人的样子，互相就会感到一种亲切感。所有军队里的士兵，都存在着这种特殊的情感牵绊，彼此都会感觉那就是老乡。

我在为进入GCP做准备时，认识了一位中国籍老兵，我们不是一个部队的，我是2REP，他是2REG（第二外籍工兵团），而且他那时就已经是士官了。

他年龄比我大，30多岁，文化水平非常高，会给我讲很多人生道理。我和他的关系特别好，一有什么想法和问题就给他打电话，把他当成人生路上的兄长。

2015年，我退伍的前一年，在外籍军团又结识了一个中国人，我们住在同一连队。他在中国上的大学，之后去美国留学，毕业后在华尔街从事了一段时间的金融行业。他很想当兵，在美国没当成，就跑到法国来参军了。

他一到部队，就在计算机方面表现出很强的能力，尽管他不是学计算机的。

后来听别人说，连长的秘书办公室每天都要处理各种文件、文档，他给编了一个程序，以前一个星期的活，用这个程序不到一天就处理完了。

厉害到这种程度的人，没有人会去欺负他。

我们同住一层楼，他的宿舍离GCP的办公区不到10米。但是我住的区域属于保密区，他过不来。如果有什么问题，他就发一条短信给我，然后我就走10米的路，拐一个弯到他屋里去，把事解决了就走。

他会问我怎么才能提高法语水平，或者跟我借本法语书，再就是有关武器装备的事。

但是我找他的次数远远比他找我的次数要多，他在很多方面的能力比我强，尤其是他擅长的英语、计算机，都是我想要学习的。

所以说人以群分，这个群不一定就是国籍，而是能力强的人和能力强的人之间，他们有一个磁场，能互相吸引。

这种交往的选择不一定是刻意的，有的人你交流一两次就能感觉得到。

每个人身上的气质是不一样的，自信的人身上永远都有一股自信的气质。这种独特的气质不是凭胳膊上的肌肉彰显出来的，也不是靠脑袋里的文采换来的。

简单地说，自信的气质，就是既要向人展示强大，又能给人表现乐观。该拼搏的时候一定要拼搏，该好强的时候一定要好强，因为外国人崇拜的不是守规矩的人，而是强者，守规矩的人最多能获得个尊重。

所以，强大很重要。

第八节　考核通不过要"坐牢"

项目考核如果通不过的话就要"坐牢"，这是外籍军团甚至整个法军普遍存在的一种规章制度。

进入伞兵团后，我先后经历了跳伞训练和空降步兵的基础训练。

2007年3月，我被送到4RE的新兵训练学校去学驾驶。我很熟悉4RE的环境，因为当初新兵连训练时就是在这里。

部队要求每一个士兵必须在入伍一年之内拿到驾驶执照，此外还要拿到几个特殊技能执照，例如伞兵的跳伞执照、叠降落伞的执照，再加一个特殊专长执照，要是没有这几个执照的话，就要被辞退。

部队追求的是公司化管理，要把效益最大化，尽量让一个人能做很多事情，这样就可以录取更少的员工。

法国驾校的考试最难通过的是计算机考试，而不是驾驶技术考试，因为考试时每一道选择A、B、C、D的题，都是由驾驶考试网络平台中心出题和打分，所以心理压力很大。

外籍军团的教官都比较严厉，晚上让你加班加点学，教开车时也是连吼带骂。

当时对我来说最大的问题还是语言关，所以基本上都是夜以继日地学习，白天在教室里学理论、去公路上开车，晚上回到房间就在那里背交规，或者拿着跟室友借的笔记本电脑，在洗漱室里做模拟题，忙到夜里12点后，才顶着个昏昏沉沉的大脑袋往床上一倒。

我们这个班一共有42人，都是从各个部队派来的，最后有一半的人没通过，甚至还有法国人没通过，没有通过考试的都要去"坐牢"。

"坐牢"这个词是军队内部的俗称，但这不是真正意义上的坐牢，也不是关禁闭，用法语表达就是给你点儿惩罚。

那些没有拿到驾驶执照的，后来都被罚"坐牢"一个星期。"坐牢"一般都是一个星期，听说最长的有坐40多天牢的。

"坐牢"并不是被关在屋里，而是去干部队里的各种杂活。每天4点多就要起床，背着背包围着营区的小广场跑步转圈，晚上值班军官来点名。伙食特别简单，睡觉时还要把门从外面反锁起来，所有个人物品都没收，没有烟抽，没有手机，穿的军装是老式的，白天干活时要戴着遮阳帽，穿一件橘红色背心，颜色特别明显，总之是一种挺丢人的体验。

在部队里，所有的学习，诸如学通信、学卫生、学狙击步枪等，只要是学习没有达标，没有拿到结业证书的，都要去"坐牢"。

因为每一次培训，部队都是付出了成本的，有些培训甚至是国家级的。如果没有通过，就等于浪费了国家资源，所以要给你点儿教训，惩罚你"坐牢"。

在外籍军团里"坐牢"是司空见惯的，毕竟很多士兵都是外国人，语言不过关，各方面的基础也不好。

在法军立功是没有标准的。

他们的激励模式不是立功受奖，所以一般没有人会提立功受奖这个事情。

有些人立功了自己都不知道怎么回事，他们就是去了一趟海外，回来就被发了几枚军功章。

可能他做的是和别人同样的事情，也没有比别人更高明，有的就立功受奖了，这主要还是看连队主官对他的整体评价。

我认识的一些士官，也不是什么特殊单位的，默默无闻地在一个岗位上干了一二十年，身上全是勋章。他可能就是参加过很多次海外行动，那些勋章不一定是功名，更多的是一种荣誉。

这就是一个显而易见的道理，你服役的时间越长，去过的地方越多，工作做得越好，勋章就越多，不一定要在战场上冲锋陷阵才能获得。

很多部队里边的规矩，并不是印在纸上，而是一种融在血液和集体中的传统。

我们早上的体能训练方式很多，有的在游泳池游泳，有的去海滩，有的借皮划艇去划船，有的拿着霰弹枪打飞盘，有的在健身房锻炼，有练拳击的，有练巴西柔术的，也有去跑步、去攀岩的，训练很像是一种兴趣班，每个人可以自由选择。部队偶尔还会组织打排球、打羽毛球。

我们在自己的柜子里放一些贵重的东西是很安全的，也许会有人拿你的东西吃，但是贵重财物没有人敢动，因为一旦被发现了，就没好果子吃。谁敢偷东西，都不需要军法处置，光是周围的战友就"黑"死他了。

第九节　毕加索和洋葱面包

在4RE的驾驶训练结束后，我拿到了驾照，还没喘口气，一回到科西嘉就又被派去参加狙击手训练。

刚刚经历了连续两个星期的备考，我的精神已经疲惫不堪，回来又要立即参加集训，结果第一天早上15公里跑就把左腿肌肉给拉伤了，第二天早上体能选拔时，又把右腿膝关节外后侧的肌腱也拉伤了。

教官给了我两个选择：放弃或继续。

我是绝对不愿意放弃的。教官也希望如此，因为我是这些参选人员中射击成绩最好的，也是他历次组织的狙击手培训中服役时间最短的士兵。而且，他还是我的原建制排长，我的射击技术是他亲手教出来的。

所以，我必须去卫生队走个过场，去说服军医，然后拿着他开的一张证明才能回到集训队参加训练。

所以那一次训练，我的肌腱从集训的第一天痛到了最后一天。

我后来写过一篇短文，描述的就是狙击手训练时其中一个晚上的情景：

> 伤并没有想象中恢复得那么快，尤其在登坡的时候，疼痛感太强烈！
> 于是我向搭档发出两下"刺刺"声，示意他停下来。
> ……
> 夜照样是无情的黑。
> 群风狂奔着掠过巉岩间的灌木，嬉戏并发出阵阵怪叫，却毫不在

意眼皮下这两个已经筋疲力尽的人。

我带着背囊，就势往灌木丛里一躺，深呼了几口气后，拉开袖口看了看表……

此时是3点45分，我们已经走了5个多小时了。

这时搭档无声地靠了过来，递给我GPS，提醒我说："山头那面没有风，留在这里我们会冻死。"

然而，现在可是8月啊！正是一年当中最热的时候！

我心想：既然当初没放弃，那就再坚持一下，把最后这段走完吧。我熄掉GPS的光源，从灌木丛林中慢慢撑起身体。

4点25分，我们已经在山头这边了。

山头的这边没有一丝风，整个世界突然变得那么平静，月亮和满天星辰洒下薄纱似的银辉，缓缓而下铺落在山坡上，低处遥远的小镇闪烁着温暖的橘光，蛐蛐还在不远处的草石里兴奋地歌唱……

这一切太催眠了。

我恨不得就倒在这里，永远不再起来，化成大山的一部分。

我们在几棵高大的灌木背后找到了一处可以歇脚的地方，于是，我迫不及待地放下了背囊，搭档又拿出GPS，确定了位置，然后按照惯例将参数读给我，坐标、方位、距离、海拔、仰角、气压、日出时间……我趴在地上，借着荧光棒的暗红色光线，仔细地在地图上做着通视判定……

之后竟然不知不觉地睡了过去。

突然，和抓绒帽一起戴在头上的手表响了。

我立马睁开了眼睛，看了一眼时间：5点45分。

天空的颜色有些变了，不再像刚才那么黑，满天的星辰也快散尽，只剩下那几颗最亮的星星在闪烁。我一骨碌地从雨布下钻了出来，吐出了临睡前忘在嘴里的那粒糖果，朝搭档踢了一脚，对他说："开始吧！"

最开始的三五天，肌腱的疼痛越来越严重，腿像被火烧一样难以忍受，别说是训练，就连往厕所走都很艰难，不过我都忍下来了。

参加训练的一个捷克人，中等个头，身体结实得像一头小牛。大概在集训时由于负重行军太多，把脚磨破了，他也是一直忍着。集训时根本没有时间或条件洗漱，加上没有经验、好几天不换皮靴和袜子等因素影响，后来，他脚部的伤口开始溃烂，直到整只脚都变黑了。

没办法，最终他被塞进了救护车送到医院，不得不放弃这个他连做梦都在参加的狙击手集训。

我比他幸运，只有疼痛，没有表面上的伤口，所以我没有理由不坚持下去。

但是我除了要克服肉体上的伤痛，还要在心理上克服老兵的排斥——因为我的服役时间只有七个月，连其他队员服役时间的零头都不够。

所以我经常是被老兵指挥的，经常跟在他们屁股后面转悠。论经验，他们比我丰富；论资历，他们的军衔都比我高；论法语，他们所有人都比我好，理解力都比我强；论强壮，哈哈，他们欧洲人的胳膊也都比我粗！

不过到了射击水准、计算弹道、军事地形学和战术意识这些方面，他们就比不上我了，在这些方面我是碾压他们的。哪怕做个乘法算数，五五二十五、六七四十二、九九八十一这样简单的乘法，他们大部分人都是要用计算器的。

在计算弹道的窍门上，他们也不如我。比如400米距离打靶，我第一枪打得偏左了，按照FRF2的J8瞄准镜内的分化线"1密位在100米距离上＝1厘米"和"1clic＝0.1mil"的测量理论，我观测到弹孔位置在靶心正左方3密位处。

这时教官下令："第一枪未中目标，后撤200米到安全地带进行第二枪射击。"

于是，我迅速爬起来，拎着枪一边往后方安全地带跑，一边在心里计算、校正瞄镜："刚才往左打偏了3密位，所以我要把瞄镜水平分划向右拧30个刻度点，或者直接用分划中心向左3密位进行瞄准。"

这样一跑到位置我就能开枪。

而他们则往往会使用非常复杂的方式进行计算："400＋200＝600，600×0.0003＝0.18"，我也不知道他们是怎么计算的，反正效率很低。

这时我才意识到中国式教育的优势，无论是校园教育还是军队教育，都比欧洲的教育要扎实。

我当年在怀柔新兵连训练时，如果在100米的距离打靶打不到40环以上是很丢人的，仅实弹射击前的据枪和三点小孔训练，我就练了好几个星期。

但是在外籍军团，讲完射击理论和武器操作直接就打实弹，战术射击的动作一个个都很炫酷，但射击精度就差中国士兵太远了，最大的原因就是他们的基本功不扎实。

还有军事地形学，当我还在国内当侦察兵时，为了学好这门理论，每天中午我都顶着太阳，靠着一棵大树背书——在屋里背书容易睡着，在屋外背书容易中暑，所以靠着树既睡不着又有树荫可以防中暑。

基本上我在两三个星期之内，把两本好几百页的军事地形学教程全都记在了脑子里。什么是地形、地形的分类、平原对战斗行动的影响、高斯克吕格投影、比例尺的概念、等高距、等高线、图上距离的量算、平面直角坐标的应用、磁子午线和磁方位角、防界线、地貌符号、坡度的判定、交叉法方位判定、绘制战场略图……

外籍军团士兵对军事地形学的概念，只停留在定向越野的水准，连指北针都是从小卖部买的那种透明塑料材质的，我的军事地形学水平和他们比起来，可以算是大神级的了。

最让教官和参训队员们震惊的，是我在一次夜间的狙击训练。

本来教官们可能是出于对我照顾，给我安排了一个性格稍微温顺点儿的搭档。那家伙是东欧人，五大三粗的，而且长得很显成熟，不过他脾气比较好，好到有点儿没主见。我觉得教官是怕我法语有问题，和搭档沟通时太费力，要是给我安排个脾气不好胳膊又粗的，怕三言两语不合把我打一顿。

毕竟在整个集训队里，这时的我还是个菜鸟级的新兵。

那晚的夜间射击是一次集体盲打训练，轮到我的搭档做小队长，他用电台调度我们射击，可是由于他没主见，所有人在电台里跟他沟通都很费劲。而且每次发现目标发出的灯光后，他都原样不变、按照标准的训练程序给我们来一套：

"Vue?"（看到了吗？）

"Vue!"（看到了！）

"Feu dès qu'il prêt!"（他一准备好就开火！）

害得所有人刚想开枪目标灯光就灭了，一枪都没来得及放。

眼看目标下一次出现的时间就快到了，我急了，一把夺过电台告诉那位搭档："你来打！"

也不知道夜里他能不能看清我那张画着迷彩油的生气的脸，反正到最后他认输了，乖乖地爬到步枪跟前，做好了射击准备。

我看他准备好了，对着电台用带着口音的法语说："看到亮光就射击，靶子的中间和上下左右各打一枪！"

他听到，扭过头来不解地问我："你想干吗？"

我不理他，接着对电台说："所有人要在灯光熄灭之前打五枪！"

有人用电台回话道："我做不到……"

"我不管！开枪！越快越好！"

……

晚上收队回去，教官讲评的时候我们才知道在电台里的一切交流都被他们窃听了。当时我吓得要死，以为教官会罚我抱着石头冲山坡，结果点评到我的时候，教官露出诡异的笑容，看了我一眼。

从那以后的每一次训练，战术指挥方面的天平就开始朝我倾斜。虽然大多数老兵都有点儿不服，但他们又都不愿承担太多责任，所以我做计划和分配任务时，只要尊重他们，通常都完成得很好。

训练结束前的最后一个行动开始了。太阳落山前，我们被卡车载到十多公里外的大山里，要求在第二天下午3点前隐蔽地回到射击场，并解决射击场上设计好的目标。

狙击手在行动时要携带很多装备，光携带一支狙击步枪就能让胳膊受累，因为它的长度和重量都非常别手。还有那个瞄准镜，拿下来怕突然遇到假想敌来不及安装，不拿下来怕磕了碰了。

外籍军团对单兵技术装备过于依赖了，比如GPS，集训的时候几乎人手一个，甚至一个民用的戴在手腕上，一个军用的放在背包里。

训练中有一对搭档决定从大山上翻越过去回射击场，我们再三提醒，从山上走可能第二天晚上都到不了。但他们不听，认为自己体力好，还嫌我们害怕困难，那哥儿俩义无反顾地向山上爬去。

看着他们远去的背影，我只能叹气："军事地形学差劲真的会害死人。"

他们选的那条路线，从地图上看，等高线与等高线间基本上是粘在一起的。

那哥儿俩后来果然迟到了，比我们晚到目标点将近两个小时，而且遍体鳞伤，几近崩溃。他们说，为了赶路一夜都没敢睡觉，而且走的都是大山尖上的夜路，要是一不小心掉下去，肯定摔得连个全尸都没有。

我们相比那哥儿俩安逸得多。大家经过一番思索和斗智斗勇的讨论后，在地图上选了一条最让教官们意想不到，走起来又不是最难的路线。

这条路线其实就是直奔距离我们最近的村子，然后在村外相对隐蔽的地方休息。因为从战术原则的角度来看，教官们一定以为，我们会趁着体力充沛和黑暗掩护在晚上赶路，在日出前到达目标点附近，再隐蔽起来睡觉。

那天我们到达距离最近的村子后，在村外找到一处石板地和水源，点了堆篝火，一群人围着篝火一直睡到第二天天亮。一夜平安，不但没有被教官们发现，连早睡早起的村民们都不知道。

大家轮流放哨，始终有一个人持观察器材负责警戒和监视目标点，记录教官们的巡逻频率、方向、用时等。

其实，即使教官们察觉到有哪里不对，也都懒得大半夜的跑个十多公里路，来检查我们是不是躲在了什么地方。越是残酷的训练，队员就越是需要休息，钻空子是两兵交战的不变法则，包括军事训练。

清晨出发前，我们的意见又出现了分化。其中有三对搭档六个人，选择徒步走向目标点。十几公里的野路用七八个小时的时间完全可以赶到，弊端是白天赶路容易被发现。

我们剩下的七个人，决定把空子钻到底，打算去搞一辆村民的汽车。

于是大家分头去村子里转悠，希望找到早起的村民说服他们送我们一程。20分钟后，所有人按规定时间回来了，但每个人都很沮丧。因为时间太早了，除了一辆清晨起来干活的垃圾车外，还没有村民起床。

怎么办？再等一会儿还是另想办法？

我们当中服役时间最长、已经有三年兵龄的高达突然说："我有一个办法。"说完他丢下狙击步枪和背包，转身向村里跑去。

十多分钟后，他笑眯眯地回来了，然后背起背包拿起枪，叫我们先潜伏起来，说车马上就到。

我们赶紧分散躲到路边的草丛里。草丛里很安静，不时有小飞虫撞到我的脸上，太阳刚露头，温暖的阳光照在身上，感觉晕乎乎的。

正在半醒不醒时，突然听到一辆汽车在鸣笛，大家赶紧露出头探望，只见不远的路旁停着一辆毕加索，车顶上挂着明晃晃的"TAXI"的标志灯！

在看到车里那位正左顾右盼的司机时，我和搭档几乎同时喊道："这不是真的！"

就如一名新兵应该做的那样，我主动钻进了毕加索的后备厢，把座位让给了老兵。

车子开动后，我蜷缩在后面听大家一个个都兴奋地叫着："见鬼！高达你真够胆！哈哈哈哈！"

"那当然，哈哈哈！"

"你怎么找到出租车电话的？！"

"你知道，在法国，像这样的小村庄，邮局大门上总会贴着出租车电话号码。"

"你太聪明喽！"

"这是正常水平，不是吗？哈哈哈！"

连出租车司机都无比兴奋："小伙子们，你们是特种部队吗？我有个堂弟在土伦那边当兵，你们知道那个地方叫……"

"那他一定是海军，我们是外籍军团！"

"见鬼！你们是Légionnaires（军团）？噢，见鬼！哈哈哈。"

毕加索在山路上一会儿往左转一会儿往右转，我蜷缩在后备厢里被晃来晃去，最后睡着了。

好久之后，我被弄醒了，晕晕乎乎地从后备厢滚了出来，然后又晕晕乎乎地跟着老兵们钻进路边的灌木丛。

在灌木丛里，我看到高达在给出租车司机付钱，司机还是那副一脸兴奋的样子，离开时一个劲地朝我们挥手："祝你们好运，小伙子们！祝你们任务成功！"

出租车走远了，我们隐蔽在灌木下，围成一圈。高达拿出地图和GPS，定位后说："现在我们离靶场只有三公里，但现在才8点，还早得很，不如先吃点儿东西，再原地休息会儿，11点出发。"

他的搭档从背包里拿出来几根长长的棍子面包，还有两个洋葱。

原来当毕加索路过一家面包店时，他们下车买了面包并跟店家讨来两个洋葱。

我伸手接过高达递来的温热且香喷喷的面包时，高达说道："每人9.7欧元，包括出租车的费用，回营区后给我。"

直到今天，只要有朋友问我："你吃过的最好吃的东西是什么？"我就会回答他："你把新鲜的洋葱切成丝，然后夹在面包里，再在上面撒些盐，那种美味真的会超出你的想象，不相信你试试。"

那天我们钻过几个充满臭水、枯枝的公路涵洞，躲过教官搜寻我们的热成像，在规定的时间内，隐蔽运动到打靶场，各自分开，找好自己的狙击位置后朝目标开枪。当然人人都上了靶，只是环数有高低而已。

后来每当回忆起这段经历，给我启发最大的就是如何务实地去完成任务，而不是只看靶子上的环数。

在战场上，没有一个目标是摆在远处的固定靶，而是和你一样会吃、会喝、会埋地雷、会使用武器的狡猾对手。

面对这种真实目标的时候，我们的征程永远都远着呢，远在十多公里外的大山里。

不过不要怕，如果你可以呼唤毕加索的话。

第十节　筛子的法语怎么说

所有的新兵进了伞兵团之后，有三个专业是必须选一个学的：一个是厨师，一个是吹号，还有一个是叠降落伞。三选一，所有的人都至少要学会这三项中的一项。

狙击手训练我拿了第一。几天后的一个下午，连长突然和排长一起来到我的房间，问我愿不愿意参加厨师培训。

我一听，很爽利地跟连长回了一句："不，上尉！"

一直在连长背后给我使眼色的排长听了这个"不"字后，直接就苦笑了。

外籍军团的连队主官到战士的房间里来谈话，是非常罕见的。如果让我去学吹号、修车、叠降落伞，那我就去了，但去参加厨师培训我绝对不干。

后来排长叫我去他的办公室，说连长是好意，他在司令部开会知道下周一开始厨师培训，没回办公室就直接来找我了。而且他还对我说："你们中国人不都喜欢做饭吗？"

我当时挺尴尬的，向排长道了歉，但还是不愿意去学厨师。排长问为什么，我没说觉得去炊事班做饭丢人，就说："我怕影响训练成绩。"

"但在这个培训中你可以学到很多特殊的法语单词，很多你将来用得上的单词，而不只是武器零件的名称和稍息立正。"

听了排长这话，我突然想道："对啊！平时正没时间学法语呢！"于是我立马回了一句："是，中尉！"

"什么？你同意了？"

"是的，中尉！"

"好的，我会给连长打电话，你可以去准备了。"

"我去准备了！在您的指示下！中尉！"

就这样我去参加厨师培训了。

周一一大早我就去了团里的大食堂报到。

我还以为学厨的这三十天都会住在食堂里，没想到值班士官告诉我，只需要带上笔和本子就行。

于是我回房间拿了笔和本就出发了，一路上还忐忑会不会遇见熟人，如果他们问我去哪里做什么，我应该怎么回答？告不告诉他们，我是去炊事班学厨艺的？还好时间还早，大家都刚起床，所以我这一路上谁也没见到。

空荡的餐厅中央只有几个人坐在那里聊天，看他们面前餐桌上的笔记本，我便知他们也是来参加厨师培训的。我跟他们打招呼握手，但还是难免被他们反复出现的"你是中国人？"的问话刺激到。

我发自心底地对"中国人就是做厨子的"这样的话很反感，也极恐惧自己变成个厨师。

正在我做心理斗争时，一个老下士长到了。看到我们，他夸张地朝我们大吼道："你们原来都躲在这里啊！"

偌大的空饭堂被他的嗓门震得"哗啦啦"地响，但大家一点儿也不害怕他，因为我们知道他虽然看上去身体强壮，长得也凶神恶煞，但实际上人很和气，也很幽默。

他接着朝我们吼："你！你！还有你！跟我来！快点儿！"

被他点到名的学员跟在他后面，进了厨房。不一会儿，几个人手里都拿着几个盘子走出来，我离着很远就看到盘子里全是巧克力面包、果酱、黄油、牛奶、焦糖葡萄卷——没想到今天的第一项任务居然是吃。

用老士官的原话说："做餐饮首先要了解这个工作，了解它最好的方式就是从吃开始，什么时候你们自己都觉得手里的食物太难吃了，什么时候来饭堂吃饭的人才会有机会吃到好吃的东西。"

他的言下之意就是，如果这支部队的饭菜是由我们这群个个都像饿死鬼一样，见什么吃什么，对食物一点儿也不讲究的饭桶来做的话，那这个部队的伙食质量肯定不会好过我们这群饿死鬼和饭桶的品味。所以老下士长一早的任务，其实就是来看我们当中哪一个不是饭桶或饿死鬼托生的。

让他遗憾的是，在场的所有人全是饭桶，吃巧克力面包时连掉在盘子里的渣都不放过。

接着理论课开始了。

第一周每天都是理论课，需要背书、查字典。我们很多人都以为参加厨师培训就是来练做饭手艺的，比如怎么把握火候、怎么配置调料、怎么摆盘、哪种杯配哪种酒等。结果一个星期的理论课就让这些梦想成为米其林厨师的战友像掉到了浴盆里一样，清醒了！

理论课是一位法国中士讲授，这位中士当兵前是学会计的，他人很文静，但也很精明。

最初几节课是讲食品卫生知识和厨房安全操作，比如用多少水和多少醋做成稀释液来给沙拉菜消毒；多高温度的情况下，储存什么样的食物既保鲜又能防止变质；什么佐料和什么蔬菜配到一起会对人体产生不良影响；如何洗手、如何搬运重物、如何防止香肠切片机切到手；如何杜绝煤气爆炸、机器漏电；等等。

然后就是了解各种奇形怪状的锅碗瓢盆勺叉刀钩都叫什么名字。

光是记这些理论，大部分人就快睡着了。我倒是挺喜欢，因为我来的目的就是背单词、学法语。

但这些单词中也有我不喜欢的。

一天下午的理论课，我们学的是厨具名称和作用，授课的那位中士手里拿起一个东西问大家：

"谁知道这个叫什么？"

我仔细看了看，其实就是一个圆锥形的不锈钢筛子，估计是洗菜或淘米用的，便开始在我的文曲星里查起"筛子"的法语怎么说。

我一向都很积极，因为每次上课我都不犯困，总是在积极地做笔记和查字典，所以授课中士对我的印象非常好。

但这次，当我正在低头翻字典的时候，中士故意打断我说："哎！吴？"

"中士？"

"其他人不知道这个叫什么，你总该知道吧？"

"是的，中士，我觉得它是用来洗米的，但我不知道用法语怎么说。"

"不，嗯……它不是用来洗米的，的确，大米和茶都是中国的特产。"

"查到了，中士！它叫Crible。"

"不，不……工地上干活的那个才叫Crible。"

"呃……"

"你真不知道它叫什么吗？"

"不知道……中士。"

"好吧，谁知道？没人知道吗？OK，不用记，吴，它叫中国人。"

"什么？！"

"中国人，对，写法和中国人一模一样。"

"为什么？！"

"因为你们的帽子不就是这个样子的吗？"

"我们不戴帽子也不留尾巴（扎辫子）了，中士！"

"呃？可是电视中……"

"那是100年前的事！中士！"

"可词典里一直是这样写的，等下，对，是这样写的：Le chinois est un ustensile de cuisine. C'estunepassoire fine à grille, généralementconiquemaissouvente nformesphérique, utiliséeen particulier pour passer les sauces ou le thé……你能听得明白吗？吴？有不认识的单词告诉我。"（"Chinois"是一种厨房用具。它是一种细筛网过滤器，通常为圆锥形，但也有球形的，专门用于过滤酱料或茶）

当时我真想写封信给法国文化部要求改掉那玩意儿的名字，同时，跳起来打死那些坐在我周围大笑的战友。

第二周开始，我最忌讳的工作来了：给吃饭的人分餐和打饭。

我害怕干这个活，不是因为打饭这个工作很难，而是打心里还是不愿意让人看见我是一名厨师。

那些天，每当穿着白色厨师服和蓝格子厨师裤，拿着勺子站在饭菜前，面对一个个穿着作战服的那些认识或不认识的面孔时，我都觉得自己像是在闯关。

外籍军团的伙食以肉类、蔬菜和水果为主，生食比较少，做法上煮、蒸、烤都有，就是没有炒。肉有牛肉、蜗牛、鸵鸟肉、鹿肉、马肉等。他们碳水化合物吃得少，因为营养价值很低。

但吃碳水化合物会感到身体有劲，如果第二天早上要跑二三十公里，那头一天我们会吃大量的碳水，因为碳水化合物会转化成糖。但身体有劲并不代表身体健康。碳水不能转化为肌肉和血液里的营养，它只有热量和糖分。馒头不管吃多少个，都只是在摄入碳水化合物。没有肉，没有油，没有水果，就会导致体力不够好。

我们吃饭不吃馒头，只有面包，而且面包一年四季都是法国的那种棍子面包，只不过做得特别小，有十多厘米长，装在一个大筐里，通常每个人只能拿一个，因为是按照人头来分配的。

有一些人是不吃面包的，所以有的老兵可能会拿两个面包，但是很少会有人一顿饭吃两个面包，除非真的是特别饿，或者是想带回去到晚上再给自己加顿餐。

法国的面包不是用来填饱肚子的，它就是吃饭前用来垫肚子的，要想吃饱主要还是吃肉和蔬菜。而且那个面包也不是用嘴咬的，不仅咬不动，还会把牙龈给你割烂，因为它表面的那个壳特别硬，只能用手掰着吃。欧洲国家的面包都是这么硬，这就是他们通常的做法，我们中国人吃的软面包是改良过的。

我在外籍军团的十年没吃过盒饭。他们会做大米，但不会熬粥。也没吃过咸菜，法国人不吃咸菜，法餐里有一种腌橄榄类似于咸菜，这种食物是用来下酒的。

我们平时吃的东西脂肪含量也不低，但都是食材自带的脂肪。我们在煎牛排时是不放油的，因为牛肉本身就有油分，煎的时候不会粘锅。除非是做那些特别差劲的食材，比如做汉堡包里面那种打碎的肉块时，是要放油的，因为那些都是边角料，它本身没有油，会粘锅、易碎，必须放油。

越好的食材越不需要调料，就像喝威士忌一样，喝好的威士忌，是不需要放冰块、掺饮料的，都是把玻璃杯放到冰柜里面去冻凉了，再倒酒进去，或者直接把酒瓶放到冰柜里，这样喝的是它的本来味道。只有喝劣质酒的时候，为了压住浓烈的劣质酒精味，才会掺饮料。

法国人会做炒鸡蛋，但他们的鸡蛋都是提前打出来装在塑料桶里，一桶5公斤、10公斤，连鸡蛋清加鸡蛋黄，全都在里面，做饭时只要拧开桶盖，往锅里面一倒就行了。

部队里所有的食材，都是可以在短时间内批量烹制的，而且绝对不存在卫生问题。蔬菜是在工厂里就处理好的，并且切成了段，基本上把箱子一拆，往锅里面直接倒就可以。一个1000多人的作战单位，每个人的食量都特别大，但是每天只需要几个人就能做饭，其中真正的厨师只有两个，剩下的都是帮厨的。

比如做蜗牛，厨师只需要把蜗牛从冷库里成箱地拿出来，拆封后往烤箱里一放，定好预定的温度，就去忙别的事去了。时间一到，设备发出提示音，厨师就安排帮厨把烤箱里的食物拿出来，装车后推到饭堂的分餐架上去，完全都是流程化的，类似于麦当劳的工作方式。

大家用过的餐具分门别类放到回收架上。这个架子是自动运转的，餐具会被运送到水龙头下面，水龙头一直在向下喷水，第一道是滚烫的热水，第二道是加清洁剂的温水，第三道是高压的滚烫的水，最后是吹风加紫外线照射，再转出来的时候餐具就已经洗得干干净净了。

做好的饭菜，第一个吃的人是厨师，如果厨师觉得味道不好，就要把这个菜回锅再重新做一遍。如果觉得可以了，厨师还要把每一道菜里面的每一种食物，分别装一点儿到保鲜袋里，袋子上注明时间、是谁做的，然后把它们放到冰箱里，至少保存一个星期。在这一个星期之内，如果发现食品卫生问题，就要把这些封存袋拿出来，一个个地检验，查看到底在哪儿出了问题，这是一套流程。

厨师通常只有两个人，另外有五六个帮厨的，都是从战斗班调过来的，叫出勤务。一个士兵一年要出5次到10次勤务，每次一天。整个做饭的过程都是和食材无接触的，所有的人都要戴手套、口罩、帽子。

食堂里没有清真餐，但是军用罐头上会标注。

我在外籍军团十年，到过很多个海外基地，每个基地都具备这样的食堂条件，这是标准化程序，是最基础的。

法餐在军营的伙食里基本彰显不出它的特色来，我们吃的只能说是法餐体系里最垃圾的，因为绝大部分食物都是速冻的或者罐头食品，但是很健康。外国饭肯定没有中国饭好吃，它不像中国菜那样，有那么多种味道，有那么多款菜式。

在法国，隔两天就会有一辆卖比萨的车停在部队的大门口，有想调剂一下饮食的，有没赶上食堂吃饭又不想吃方便面和罐头食品的，就会出去买。不过做的口味很一般，却一点儿都不便宜。

我们开车出去训练时，经常会去途经的服务区里吃自助餐，拿着分餐盘买一份25块钱的配餐——一块300克的牛排，面包、薯条、配菜随便吃。

军营里的每个连都有自己的俱乐部，下班后喝咖啡、喝酒都可以。

学厨艺时我创造了一招学单词的办法，每晚临睡前拿一支笔和一张纸片，再拿一本词典，然后，随便翻开词典的任意一页，将左上角的第一个单词记在纸片上，同时看一遍释义。合上词典再任意打开一页，看一眼右下角单词的定义，再将这个单词记在纸片上，再合上再打开，再记。就这样反复记到20个单词，便开始回忆这些词的释义和拼法，一直背到0点才睡觉。

第二天，一早醒来边收拾床边看小纸片，没记住的就在纸片上加标注，上厕所或吃早餐时再看一遍。到了饭堂干活时，就蘸点儿水把纸片贴在瓷砖墙上，边工作边记。

当然这些记过的单词也必须会用，例如我背了一个新词"reconsidérer"，这个词就是"重新考虑"的意思。我一有机会就会把它放进与战友们的对话中："什么？你要去偷那块奶酪？要不要先reconsidérer一下啊？""我觉得他在打开这些罐头前应该reconsidérer，要不然万一开错了怎么办？""那个谁迟到了，可能他睡觉前没有reconsidérer怎么定闹钟？"

基本上，所有的战友听到我这种语句后，脸上都露出了无奈的表情。

他们觉得我既啰唆又装相，但我真的只是想练习法语而已。

于是我的说话方式就得罪了人。

那个人就是萨科夫，一位身高一米九、壮得跟狗熊一样的俄罗斯籍战友。

刚开始的时候，我们还互相打招呼握手、互相尊重地望着对方，后来再打招呼他就背对着我了。再到后来，无论是在工作中还是休息时，他基本上不愿接触我，而且在言语里也对我越来越不友善。

萨科夫的法语比我还烂，只是因为军团中说俄语的人很多，所以即便他法语不好，也不会在工作和生活中太被动。

但到了食堂就不一样了，课堂上听不懂，答不上来，那就是没有努力，工作中做错了、失误了，那就是不称职。

每次轮到我和他一起搭档时，他若是把四季豆罐头里的番茄汁全都倒掉了，或者在鸡腿上撒了过多的盐，即使踮着脚尖我也一样会在他面前啰唆："下次你是不是要reconsidérer一下该不该把汁倒掉？""用这么多盐之前你就没有reconsidérer一下？"

我时常会感觉到，他那只和熊掌一样厚硬的手就快要掐到我脖子上了。

怎么办？

一天晚上我翻词典，无意间翻到了一个单词叫"Détestable"，看了一眼定义和例句，才知道词尾的"-able"具有"可能性"的意思。而它的词根"Détest-"，恰恰是"厌恶"的意思。

当时我就想，那么我对于萨科夫来说，是不是有厌恶的可能呢？怎么样才能把这个可能性去掉呢？到底哪里让他讨厌呢？

那天晚上我想得很累，单词也记不下去了。

第二天一早在去厨房的路上，我攥着那张昨晚没记几个单词的小纸条，边走边背，边背边想。来到厨房外面，发现好多学员已经在吃早餐了，边吃边聊，特别高兴，空荡的饭堂中，满是他们的欢声笑语。

我停在那里，隔着脱了油漆的木框玻璃窗，往里面观望着，心里也终于明白萨科夫为何对我不太友善了。

在这个集体中，大家相互间并无成见，无论你的出身、国籍、种族或信仰如何。那些平日对我还好的学员，包括各个教官，也许只是性格比较温和，不愿与我直言相对、造成难堪，唯独萨科夫，表现得稍微外露而已。

倒是我自己，从心理上和举动上脱离了群体。

好吧，既然想明白了，就别再像一个偷窥的愤青，隔着玻璃窗看饭堂里面的人了，是时候进去跟大家重新握个手了。

但法语，还是要继续学！

第十一节　每年九个星期的带薪假

外籍军团在训练上特别艰苦，但是其他各个方面的条件都比较好。

我们的房间里可以做饭，有电视机。虽然规定五年之内不准结婚，但是可以同居，晚上可以离开军营，只要第二天点名时回来就行。

虽然不能买车，但是可以租车；不能买房子，但是可以租房子；有各种各样的相应补贴，补贴还都挺高的。

我们有双休，不过星期五下午必须去CSA（CLUB SPORT ARMEE，军队运动俱乐部），参加马术、射击、高尔夫等各种运动。但有些连队星期五下午就不上班了。

在法国当兵，每年有九个星期的带薪假。

这九个星期的带薪假日，是不包括周六、周日和法定节假日的。众所周知，法国的法定假日比较多，再加上九个星期的带薪假，法国军人一年也就上班两百多天。

一般情况下，在出国执行任务前会放一段时间的假。执行任务回来后，还会放一段时间假。每年还有几个星期的假期，可以根据连队的作战和训练任务，在比较清闲时申请。

九个星期的假期每个人都有不同的过法。

一些来自欧洲国家的士兵，如果休长假，他们就回家了。从兵团的驻地科西嘉坐一夜船到法国大陆，再坐火车去西班牙、比利时，或者去德国，都非常近，几个小时就到了，甚至还有开车回家的。

不过大多数人都会选择坐飞机，因为机票的价格也不是特别贵。

但是如果是我回中国的话，往返时间太久，中间转乘也比较麻烦。所以我放假时，基本就是看电影、休息、散步、游泳，再就是看书学习，也写点儿东西，主要还是学法语。

我直到退伍前的那几年，回国才比较频繁一点儿，差不多一年一次。

我第一次回国的时候特别兴奋，那时当兵两年多了，回国就直奔家里，哪儿都没去。假期结束离开家的时候特别郁闷，因为不知道下次什么时候再回来。

第二次回国，因为有过一次回国的经验，知道不像想象中那么困难，就在北京见了见朋友。

我休假有一个习惯，比如说我休四个星期假的话，实际只休三个星期。剩下的一个星期，扣除路上的时间后总是提前几天回部队，开始恢复性锻炼。虽然这时还是在假期，但是该起床时就起床，该锻炼时就锻炼。

但有些人放假了就是玩，一直玩到假期最后一天，恨不得第二天早上7点钟集合，他直到最后一刻才到。

部队往往在假期结束后的第一天早上搞一次跑步训练，而且距离比较长，实际上是一次有叫醒功能，或者叫有咖啡因功能的活动，目的是把放假归队的人，从假期喜悦放松的状态中迅速唤醒过来。部队里常见的项目就是跑步、冲山坡，一跑就是十几公里、二十公里。

经过大汗淋漓甚至上吐下泻后，大家的魂就回到军营来了，但是这个恢复性锻炼在身体上特别痛苦。

为了避免这种痛苦，我总是提前回去预热。

头几年放假我哪儿都不去，基本上都是在科西嘉岛度过。因为想进GCP，要努力，很有压力。

科西嘉岛上有山有水，特别漂亮，那里六七月份时就特别热了，攀岩、潜水、坐飞机、跳伞、划皮艇、徒步、登山，这些游玩项目都有。有很多国外游客，海滩上到处是人。

坐在海滩上一转头，就能看到背后的一座大山，几千米高，山尖上还有雪。科西嘉的自然环境非常好，属于海洋性气候，完全能满足我度假和训练的基本需求。

考进GCP后，忽然发现我已经在法国待了三年，哪儿都没转过，所以那一段时间就特别喜欢往法国大陆跑，去各个地方。因为在这个特殊单位里认识了很多法国朋友，他们很多是在一起培训的同学。他们回家度假时，我就到处去串门，巴黎、波尔多、法国北部、南部，这些地方都挺有意思的。放一个月假，我可以转悠十来个地方，每个地方就待一两天，以朋友家为据点，在周边风景比较美的地方自助游，有时候坐车，有时候徒步。

到处旅行，到哪儿都要费用，钱包就吃紧了，这个阶段过了之后，我就低调了一点儿。但差不多每年还是会去法国大陆玩一两个星期。

假期带给我的好处是，不管此前是训练还是执行任务，那些劳累、饥饿、疼痛、担惊受怕带来的各种压力，经过这一个假期，全都释放出去了，假期对一个人的身心确实特别有好处。

部队在出国执行任务前，或者要进行一两个月的大项训练前，都会给我们放假。

士兵知道这次放完假要去非洲了，就会好好利用这个假期，跟家人、朋友团聚在一起，享受一段悠闲的日子，享受家庭的温暖。

那阵子感觉每天都是晴空万里，透过玻璃窗的阳光非常温暖。和朋友聊天，喝一杯热茶，累了就往沙发上一躺，捧一本书，闻着身旁花盆里泥土的味道，可能还有一只小猫在身上爬来爬去。

这就是出国执行任务前的一种放松。在那个艰难困苦的日子到来之前，再过一次平静安宁的生活。

几个月后，执行任务回来，一身土，一身黄沙，一身乌烟瘴气，胡子、头发一大把，这时就又可以放一个小长假了。好好地洗个澡，疯狂地睡一觉，睡到饿了再起床，吃完东西可以接着睡。或者到外面转一圈，呼吸一下新鲜空气，然后再回来睡。用两三天的时间调节过来后，再到处去玩，坐在太阳下面的街角，在一个咖啡馆的外面，看繁华都市里匆匆忙忙、来来去去的人群，慢慢喝完自己杯子里面的咖啡。

放假对一个军人的心理和生理健康是有很大帮助的，法国上班族也就有一个月左右的假，但是军人可以放六十三天，两个多月的假。

这不仅仅是对军人的特殊优待，也是让军人在服兵役这个过程中，感受到正常的生活。他们可以贷款买车买房，能够娶妻生子，可以陪伴孩子成长，能够孝敬父母，从而融入社会。假期有助于军人经过自我调整，恢复气力。

军营里可以看电视，没有限制。法国的卫星电视能看到全世界的台，但是需要购买频道。

一个房间里睡四个人，有的人会把房间打扮得跟自己家一样，有电视、冰箱、做饭的地方、衣柜等。因为军队是职业化的，长期住在这里，还是要讲究一点儿生活品质。

我们那个房间的四个人就商量，有负责买冰箱的，有负责买微波炉的。轮到我的时候，我说我买电视吧，因为电视是最贵的，不是电视机贵，是每个月都要给那个卫星盒子交钱。

2006年的法国，100欧元就可以买到电冰箱，微波炉大概几十欧，电视机也就是两三百欧，电视机盒子是不要钱的，付押金就可以了，但频道是需要购买的，要不然就没办法看。所以买电视不是一次性消费，而是每个月都扣钱，大概400多元，所以谁都不愿意交。

我愿意买电视的主要原因是想学法语。我需要一个语言环境，每天早上一起床就打开电视听新闻，把它作为一个强制性信号，抓紧时间学法语。

我不想像那些已经当了两三年兵但还是一天到晚被罚做俯卧撑的人一样，别人说什么他根本听不懂，他表达什么别人也听不懂。这中间就会产生误会，一个发出命令的人和一个接收命令的人，彼此要是无法沟通的话，就会产生非常大的问题。

所以每天晚上睡觉前我都会先看会儿字典，平时也抓住机会拼命去和别人交流，如果我说了一句话别人没听懂，我就反复问，这个单词到底是怎么发音的，然后把正确的发音记在纸上。

所以买电视看新闻实际是我快速提高自己法语能力的一种办法，完全是实际需要。我可以是一个能力超强的士兵，但如果不能很好地跟别人沟通，这个能力是发挥不出来的，大打折扣，一切都会落后。

这样看来，一个月交400多元并不算贵，我觉得很划算。

第十二节　重新给你一个身份

在外籍军团最初将近一年的时间里，我的每一秒几乎都被榨干了，难得的片刻休息时间被安排了打扫卫生这种活，老兵肯定不干，大多是由新兵来完成的。

外籍军团的管理看上去比较随意，只要不出现严重后果，领导几乎可以随心所欲地管理团队。事实证明，这样看似随意的管理方法却很有成效。

他们的管理制度，就是由很多不成文的规矩所组成。

外籍军团的管理规定没有想象的那么复杂，它非常精练，只有简简单单的七条，剩下的都是靠士兵在今后实践中慢慢体会和恪守。

早上几点钟起床，晚上几点钟睡觉，中间几点钟吃饭，这个是有统一要求的。但是几点钟该上什么课，该做什么训练，这个就由排一级或连一级做计划。它是随时都会变的，时间可以变，内容、地点也可以变，剩下的时间和琐碎的事情，就由那些老兵或者班长来安排。

被子不用叠，因为他们不盖被子，只盖床单和毛毯，所以每天卷起来就行。如果在外籍军团的小册子上能找到衣服要熨几条线这个要求，那就必须熨。手册上没有规定几点钟熨衣服，一件衣服需要熨多长时间。所以你只能白天训练，下午干活，晚上加班背材料，只有等别人都睡了的时候，才有时间练习如何把衣服熨得符合要求。

但其实这是传承下来的一种习惯，新兵平时就是要干活，熨衣服就是在晚上熨。班长就是这么要求的，这是一种口口相传的条令。

后来到我当班长的时候，我就想这些新兵明天要见连长了，那就应该熨衣服了，可是什么时候熨呢？上午有训练，下午有劳动，到了晚上还要唱歌，那怎么办呢？只能是夜里了。这不是我欺负他们，而是如果想把我的本职工作做好，就必须这样去要求。

其实这也锻炼了士兵的时间管理能力，用有限的时间创造无限的可能，学会随机应变，这样的管理是没有道理的道理。

在外籍军团，所有人都拥有一个统一的身份，那就是Légionnaire，即军团士兵。

连队里的士兵来自各个国家——西班牙、德国、匈牙利、蒙古、法国、中国、俄罗斯等。

他们中的大部分人都希望能够拥有一个新的身份，或者说是重新拥有一个能够拥抱生活的机会，而外籍军团圆了他们这样的一个梦。在这里，可以改变那个过去的自己。

比如说，我们当中有一个法国人，他以前和当地警察有过矛盾，警察有时会故意难为他，他最终选择来当兵，这样可以得到一个焕然一新的身份。

还有一个西班牙人，原来在西班牙部队服役，军事素质很厉害。我们新兵连每次跑步的时候，跑在最前的永远都只有两个人——我和那个西班牙人，不是我超过他，就是他超过我。

他就是为了当兵来的，身上有很多文身，都是古代勇士的图案，看得出他当兵的愿望很强烈。

还有一个匈牙利人，刚刚大学毕业，性格比较温和，但是体型很健壮。闲暇时聊天才知道，他是觉得自己性格比较懦弱，希望通过当兵，来改造自己的内在气质，甚至脱胎换骨。

还有一个德国人，他的经济比较困难，生活上也比较拮据，原来是在一家修车铺打工的，时不时跟别人打一架。他其实是为了混点儿钱才来的。但他后来没有坚持下去，因为他发现，为了挣这点儿钱，吃这么大的苦可能不太值得，所以等到新兵连训练结束就离开了。

一个有血有肉的、积极向上的年轻人，当他无法感受自己在社会里所占的地位，无法体会自己的人生和社会价值时，也就无法享有成就感。那些不想安于现状、虚度人生的年轻人，渴望将自己的生命延展到最大的长度和宽度，就会很想做一件能够满足自己精神需求的事，他们当中有的人就选择了当兵。

外籍军团里的强者会享受一定特殊的待遇，而评判一个人是不是强者，要看有多少人来向其求助。

在伞兵部队里，有一些老兵问我："吴，船票是怎么买的，你告诉我一下。"

我睁大眼睛，非常吃惊地看着他，心里默默地嘀咕道："我才有几个月的服役期，你怎么会来问我船票是怎么买的？"

到后来，越来越多的人都来找我帮忙，甚至是让我帮着买机票。

有些人的肌肉很发达，耐力和体能非常好，智商也非常高，还能说六七个国家的语言，但是他们的生活能力就跟孩子一样。

外籍军团的大部分士兵，思想非常简单而且单纯。他们来自世界各地，有不同的成长经历，不同的宗教信仰，不同的语言和肤色，唯一的共同点就是他们都尊重强者，尤其是强者中的强者。我做不到的事情，他能做得到，就值得我尊敬。

我喜欢这种生存法则。

可以说，外籍军团对每一个新兵来说，都是一个新起点，这里有新的期待，也是一个公平的平台。相当于重新给你一个身份，重新给你一个生活，但是需要你珍惜这次机会。

军团也是一个大家庭，有着一个个情深义重的兄弟和哥们，每天也会发生各种各样的故事。

比如用防毒面具给一起训练的英军灌啤酒，透过面具的镜片看到啤酒淹过了他的红鼻子，淹没了他那双充满恐惧的眼睛……

比如在演习中给对手制造陷阱，吃着薯片看他们小心翼翼地走进布满石灰手榴弹的伏击圈，再喝着咖啡目送他们满身白面连滚带爬地躲进另一个布满石灰手榴弹的伏击圈……

一个战友喝醉晚归，另一个战友早起的时候发现床头有一大片水渍……

一个战友偷我冰箱里的剩菜吃，隔天如厕后痛哭流涕地问我到底在菜里放了多少辣椒，我说没放辣椒，只放了点儿珍贵的Ta maman sec（"老干妈"的直译）……

夜间进行偷袭训练，走在我前面几米的队友突然间就从我夜视仪目镜中消失了，真的是突然间，0.5秒前他还在我的视线里。我站在原地愣了一会儿，心想这不可能，灵异事件不可能发生在我身上吧，我手里可是攥着一把真家伙的……

正在我犯晕时，听到前边有动静，往前走几步，才发现这几步的尽头便是悬崖。那巴西哥们儿掉悬崖下边去了，十多米的高度，还好巴西人比较皮实，除了夜视仪摔坏了，他本人完好无损。真不知道他怎么那么皮实。

这样的故事不计其数。

每次我一想到就特开心。

我们一个班通常有9～10个人，多的时候会有12个人。9个人里有通信兵、卫生兵、机械师（驾驶员），还有狙击手、机枪手、火箭筒手。每一个兵种的士兵身上都有特殊的军兵种符号，通信兵的肩章上会多一个TS，戴着像闪电一样的无线电信号，非常漂亮，卫生兵在胸口上会有一个红十字。

一般情况下，每个班里面只有一个通信兵和一个卫生员，假如说一个班里面出现了两个通信兵，就会有一个被调到其他没有通信兵的班里去。因为通信兵和卫生员的培训需要花四个月的时间，是一项很昂贵的培训，接受过这方面培训的人数量有限，不像狙击步枪培训一个星期就会了。

狙击手一个班里会有两三个，有的老兵在接受完培训后，做过一两年的狙击手，以后新人来培训时，这个职务就交给新人去做了。虽然他不再是狙击手了，但是也不能把他身上的符号给拿下来，因为他已经接受过专业培训。

在军队里，这些特殊技能的标志，会给士兵增加荣誉感。其他士兵一看到那些炫酷的符号，就会自然而然心生崇拜。

这个和军衔没有关系，但是会反映出个人能力，能力低的人，身上肯定没有这些符号。一个戴着军种符号（军人、部队属何军种的识别标志，图案由单一或多种象征性图形组成）的士兵往那里一站，不用说话，别人一眼看过去就能明白这是一个优秀士兵，是专家，做错的人张嘴就会问："我应该怎么做？"

军队彰显军衔和技能符号，其实就是一种激励措施。

当一个下级士兵看到一个身上挂满了各种符号的上级时，他会感到信心百倍，觉得自己现在没有，但是早晚有一天要做成他那个样子，这就是一种激励。

但是在战场上我们连军衔都不戴，身上是空空的，什么都没有。

我们的军衔分为普通军衔和低可视度军衔，低可视度军衔是迷彩军衔，和周围环境的颜色是一样的，不仔细看是看不出来的，它起到一个伪装的效果。

我们去沙漠地区时，会穿黄色的沙漠作战服，军衔的颜色也是黄色的，跟沙漠的颜色一样，只有离得非常近才能看得清楚。

作战服有沙漠的、丛林的，还有雪地的。

我们每年发的被装都多到穿不完，一双皮鞋、一副眼镜折合人民币好几千元是很正常的。

我们每个士兵每年有600个点，是用来结算物资的，这600个点折合成人民币的话，差不多相当于6万元。

我们需要什么东西，就到军队的内部网上面去订购，比如你需要一双皮鞋，就到内部网上看，有的可能需要30个点，好一点儿的可能需要50个点，你就根据你自己的需求去下单。大概半个月到一个月的时间，这双皮鞋就会通过物流以包裹的形式寄到部队军事仓库，仓库会给你打电话，通知你去领包裹。

这样就避免了军队在物资保障上库存的积压。不然的话，为这么一双鞋，不说款式和颜色的区别，光是大小号，同一款鞋就要从38备货到46，为了一个士兵在一年内能穿一双满意的鞋子，仓库就要囤几十双，这样的话部队就要有大量的库存。这些库存如果长时间没有人用，就会造成浪费。

在网上订货，部队就不用囤积了，唯一的仓储点就是法军的中心仓库。这样就可以避免囤积大量的军用物资，可以省很多钱。

我们在科西嘉可以买，在各个海外基地同样可以网购，物流一看地址是军人的特殊邮箱，就给你走特殊通道，速度很快。

600个点如果花不完也不退，年底归零，第二年给你重新发。

我们的服装、鞋子非常多，每一种衣服都不止一套，衣柜里、床底下到处都是，我光是在床底下就扔了十多双鞋，各种各样的运动鞋、皮鞋，厚的、薄的，高帮的、低帮的，不同颜色的。

外籍军团规定，新兵必须训练10个月到一年才能去海外执行任务，在这段时间里，因为要去不同的地方训练，所积累的被装就已经足够一年后去执行海外任务了。到网上订购服装，主要是为了预备，如果鞋底快磨坏了，你就要预定一个新的来备用。

我们的训练太频繁了，所以各种装备一直都在用。就拿鞋来说，早上起来跑步就要穿各种运动鞋，往山上跑要穿全地形运动鞋，往海里面跑要穿沙滩运动鞋，在操场里跑要穿普通运动鞋，如果有雨就要穿高帮的防水运动鞋，若是在楼房里做一个简单的训练，就穿轻软的很像皮鞋的运动鞋。

这些鞋之间有很大的功能性区别，当你的技术水平上升到了顶点，想再提高一点儿都是非常困难的，这时只能通过辅助品、食品、药品、装备才能再有所提高，从而帮助你完成正常人完成不了的那些工作。

而装备就是一个工具，对我们来说它们不再是穿在身上好看的东西。军用的鞋子都是不怕脏的，所以很多鞋一直穿着直到报废就扔了，最常洗的是运动鞋，尤其雨水天跑完后全是泥，把它跟运动服一起往洗衣机里面一扔，洗得很干净。

我们每个排都有好几台洗衣机、烘干机，大家集资买的，这些东西都很便宜，每个人出几欧元就能买一台非常好的洗衣机。

后来到热带雨林里训练，我会穿防水袜子。那种袜子倒一瓶矿泉水在里面，就会变成一个可以喝水的水袋，一滴水都不会往外漏，而且还透气。我最贵的一双袜子70多欧元，折合人民币800多块钱。

外籍军团不讲究太多的统一，鞋、手套、帽子、眼镜这些东西，也可以去服务社买，或者到普通的网店上买。因为部队配发的装备，在款式和材料上都比较传统，在网店买的反而更舒适。民间工厂每天要应对商业竞争，因此装备的质量都做得非常好。比如知名品牌的军靴就不计其数，阿迪达斯的、萨洛蒙的、UV的、耐克的，可以随便买。这样买还有一个好处，就是能减税，我每年在工作上花掉多少钱后，今年的个人所得税就可以不用交了。

我们有工资，有收入，是要交税的。

因为我们是职业兵，领的是工资，不是津贴，因此要交税。

普通步兵的工资是一个月1100～1200欧元。空降兵的基本工资和步兵是一样的，另外再加600欧元的伞兵补助。另外每年还有2000欧元的科西嘉驻防补助，因为不是驻扎在法国大陆。平均下来空降兵的月收入是1900多欧元，在2006年的时候，相当于人民币2万多元。

每年我们都要自己填税表报税，例如我今年为了工作，购买了多少装备，花费了多少，我住在什么地方，有一辆什么车，油耗是多少，每天开车去部队上班，要行驶多少公里，家里面有没有电视机，有没有孩子要抚养，每年有没有寄钱给国内的父母，有没有读什么学校，是否做过义工等，涉及生活的各个方面。报税就是把你今年一年都做了什么事情，花了多少钱，挣了多少钱，都填到表里面，然后由税务部门去评定，是该补钱给你，还是该从你那里拿一笔钱交给政府。

我差不多每年要交税2200多欧元，基本上不申请避税，即使往家里寄钱了我也不避税。因为税务部门为了防止偷税漏税会抽查，一旦抽查到我，就要把给家里寄钱的单子打印出来拿给他们看，所有购物的票据也都要留着，很麻烦，所以我干脆就不合法避税了。而这十年来都没有抽到过我，税务系统直接把我给忽略了。

第二章

从一等兵到下士

第一节　我是空降兵

我的第一次跳伞是在图卢兹旁的空降兵学院进行的。

那次其实是蹭了特种部队的飞机，我们被带到4000米高空，在这个高度已经看不清地面了。一开始我的心里非常紧张，但是看着身边特种部队的队员一个个顽皮地一跃而下，心里恐惧感渐渐消失，反而开始担忧自己出飞机做动作时能不能像他们那么帅。

再就是害怕落地时摔伤，虽然在地面上学了各种动作、各种理论，知道落地的冲击力和从二层楼上跳下来差不多。

特种部队跳完了，飞机下降到400米，这时两侧的机门打开，能清楚地看到地面的建筑物、门窗、小牛、小马和游泳池、电线杆。那一瞬间，我甚至有点儿后悔选择当伞兵。回过神来之后，我想明白了，只要别人摔不死我就摔不死。

飞机里噪声很大，听不到别人在说什么，军官下命令全是用吼的。飞机随着气流一会儿上升一会儿下降地颠簸，冷空气掺杂着航空煤油的味道从打开的舱门吹进来，警示灯不断地在响。要仔细地去检查别人的装备，还要仔细地检查自己的装备，脑子里面还要过程序：有没有做对？有没有做错？跳出飞机之后第一件事情应该做什么？第二件事情做什么？要是有人飘在我旁边的话，我应该怎么做……

这时自然而然地就会有一种压力。

在机舱里准备跳伞时的要求是，起立后不能抓任何东西，除了手里面那根挂在钢丝上面的伞钩扁带。飞机的舱门以及所有设备的设计都非常科学。我们站起来后，那个椅子就自动折叠起来，以防止刮到我们身上的衣物或装备，也防止有的人由于第一次跳伞过度紧张抓住不放。尤其是在跳伞的舱门前，每个地方都设计得非常光滑，你的手只能去扶着，没有地方可以抓。

训练的时候就严格要求我们，不让抓任何东西，手里的那根带子也要根据出舱的方向，决定握在脖子的右侧还是左侧，否则跳出飞机后，那根带子很有可能会围着你的脖子绕一圈。在降落伞打开的瞬间，你的脑袋就已经被勒飞了。

从心理学角度来看，当手里抓住一根带子时，会明显感觉比手里什么都不抓要安全很多。

跳伞运动是一项小众又专业的运动，所有的产品，全部是由那些做过跳伞运动的人——在天上飞过、跳过的人来设计的，是一代一代的经验积累而成的。

第一次跳出机舱，降落伞打开时，是我这一生中最激动和喜悦的时刻，我感觉自己的人生又成功了一次。

低空伞出现事故的概率有10%左右，当时法军使用的是低空自动伞TAP696-26，下降的设计速度不超过每秒6米，所以落地时的冲击力很大，几乎每次跳伞都会有人摔伤，而且是不止一个人摔伤。

所以跳低空自动伞摔伤不摔伤不是技术问题，相当一部分靠的是运气。因为这种降落伞下落时，漂移方向几乎是不可控的。你可能会落到石头上，落在电线上，落在公路上或跟别的伞兵撞到一起，跳出飞机时主伞没打开的情况也有，但相对罕见。

降落伞没打开有两种可能。

一种是跳出飞机后，开伞扁带没把主伞囊从伞包内拉出，或主伞没有成功脱离主伞囊，因此人仍被挂在飞机上。

这时飞机会保持匀速飞行，如果是从飞机尾部跳出来的话，会用绞盘尝试着把你收回来；如果是从飞机侧面跳的话，人在空中受气流影响上下左右摆动，强行回收很可能导致伞兵与机体不断碰撞，造成骨折或死亡。

这是一种几乎不太会发生的情况，但如果出现了这种情况，飞机将控制在一个对伞兵更安全的高度和速度下运行，投放人员会探出身体观察伞兵的状态，如果伞兵的意识和身体状态正常，投放员就把扁带割断，让伞兵脱离飞机后自行打开备用伞。如果伞兵的状态不正常，比如晕了过去或已严重受伤，机组人员就会尝试把他拉回机舱。

怎么确认跳出飞机的人是不是有正常意识呢？就是看他的身体姿态。有正常意识的身体是缩成一团的，因为每个伞兵都被警告过，遇到这种情况要缩成一团保护自己。并且当伞兵的身体缩成一团时，气流对他的冲击会变小，身体摇晃的程度也会相对小，且稳定，当身体和机体碰撞时，会更加耐撞一些。要是没有意识的，身体肯定是放松的，这时身体摆动的幅度非常大，像一片树叶一样，来回转圈或无规则地打飘。发现人没有意识了，投放人员就只能用绞盘把人硬拉回来，没有其他办法，因为运输机不能垂直起降，不可能拖着一个人在跑道上降落。

另外一种情况是人跳出去了，拽的绳子断开了，但是降落伞还没有被拽出来，或者降落伞被拽出来了，但是由于各种原因没有完全打开，没有在头顶上形成一个像蘑菇一样的伞盖，不能产生有效阻力。

所以跳伞时的要求是，出去后的第一个动作是缩成一团保护自己，感觉降落伞被拉出来后抬头看天，看降落伞是不是真的被拽出来了，降落伞刚刚被拽出来时是一条布卷，然后逐渐充气变成半球状，这时就能感觉到下降速度明显减慢。接着再看降落伞绳有没有断的、乱的，降落伞体如果有破断的，伞绳会飘动、缠绕，直接影响到安全。比如一根伞绳从伞顶部兜了过去，让本该半圆的降落伞看起来像一座奶头山，这种状态下的降落伞，下降速度远远不止每秒6米。

抬头观察发现降落伞没问题后，接着观察周围有没有距离太近的伞兵，虽然降落伞的漂移方向是不可控制的，但你可以操纵漂移角度来避免两顶伞缠在一起。比如，风把你往东吹，你不可能控制降落伞往西飞，但可以控制它飘往东北、东南或垂直下降，否则就容易撞到一块、缠在一起，出现在上面的人把下面伞兵的伞踩塌掉的情况。

如果真的发生无法解决的意外，打开备用伞就行，胸口挂着的那顶备用伞（TAP511）还从没有发生过打不开的情况。

法国降落伞设计得比较特殊，就像一个倒扣的、破了四个洞的碗，伞顶那四个洞是对角线上的四个长方形窗口，气流从碗口进去，从窗口喷出来，这样它可以下降得更加垂直，或者通过关闭一侧的窗口来让降落伞改变它的漂移角度。这样设计的好处是，因为下落得快且垂直，所以空降场就可以更小，坏处是我们总是摔得很惨。

这种设计可以在更小的区域和时间内投下去更多的人，比如在山区、丛林很难找到大面积的空降场，且这种地形上的敌情一般都很复杂，如果飞得高、落得慢、降得散，对伞兵和飞机都不是件好事情。

落地前的那种感觉是非常恐怖的，尤其是在将要落到地面上的一刹那，就像眼睁睁地看一辆车朝你急速开过来，但是你又不能动，只能把身体绷得紧紧的，就等着它来撞你。每一次落地都像是被车撞了，很痛苦，且整个过程都不可控。

新兵训练跳伞时，我们会从一架水泥搭建的飞机上跳出去，高度一米左右，练习着陆的翻滚卸力。

到实际跳伞的时候，翻滚着陆的动作几乎没有人去做，还是该怎么摔倒就怎么摔倒，因为要么是气流把你折腾得无法做动作，要么是下落速度太快还没来得及做动作就被狠狠地砸在地上，要么是过分紧张忘了做。

所以在法军当伞兵是件比在其他部队当兵更需要勇气的事情。

在空降兵学校的第四跳，我遇到了第一次意外。

当时由于风大，落不到场内的安全区域，我只能眼睁睁地看着双脚离空降场边界的树丛越来越近、越来越近。我的脚下用负重绳拴着一个二十公斤重的装备包，坠在脚下六米的地方，它就像钟摆一样晃悠着擦过一枝枝树梢，最后被一棵树挂住。

风吹着降落伞拉着我继续往前飘，尽管我没落在树上，但是脚下的包已经被树挂住了，降落伞瞬间停顿，腿上的绳子一扯紧，我就倒栽葱掉下来了，从双脚朝下变成脑袋朝下向地面坠去。那一秒钟，我脑袋里蹦出一个词：完了。

我头朝下砸断了无数树枝一直往下坠，瞬间看到地面越来越近，本能地整个人缩成一团，用双手护住头颈，闭紧了眼睛，绷紧了全身每一根肌纤维，等待着脖子被落地时的巨大冲击力折断。

还好，还好那棵树高于六米，刚好快落到地面上时绳子到头了，距离地面还有二三十厘米时顿住了，脑袋就没着地。由于树枝的弹性，接下来我就像被一根皮筋倒吊的葫芦娃，头朝下荡来荡去，离地面近时，伸手都能摸到地面，可以看清爬行在野花花瓣间的蚂蚁。

这是很舒服的一次落地，因为脚不痛，之前每次跳伞落地的冲击力都是相当大的。

那次幸亏这棵树的高度超过了六米，不然我就麻烦了。

我跳低空伞时出过几次问题，但是都没有受伤。

有一次是全副武装跳下来，落地的一瞬间，腿是要紧绷着下蹲的，我的步枪的弹匣就磕在了大腿上，弹匣都变形了，大腿上的裤子也撕烂了，但奇怪的是大腿连皮都没有擦破。

还有一次，距离地面几十米的时候，我踩在别人的降落伞上了，一踩上去就失去了重心，被裹在塌陷的降落伞里狠狠地摔到地上。我还以为自己会摔死，结果爬起来除了流鼻血外居然啥事都没有。

落地后，我们有规定，在最后一个人落地之前，所有人都不准摘头盔。"在最后一个人落地之前"的潜台词就是你的眼睛一定要看着天，要不然你怎么知道最后一个人没落地。"所有人不准摘头盔"的潜台词就是要随时保护好自己。因此我们都是边收降落伞，边抬头往天上看，如果发现天上的人快要落到身上了，就赶紧跑开。

当然也有两个人降落伞缠到一起同时落地的。

我们每年的跳伞训练，至少有一次是要把主副伞都打开。这是件很简单的训练，双伞打开只会增加安全性，会让下降速度更慢，落地的时候更舒服。

备用伞是挂在胸前的那个，主伞在背后，备用伞面积更小一点儿，伞绳的长度也短一些。虽然主、副伞的伞绳不太可能绞缠到一起，但要小心缓慢上升的副伞会缠绕到你自己。

低空自动伞和高空自由伞不一样，那种长方形的高空伞如果两个伞同时打开，是很危险的一件事情。

第二节　一直没机会跟排长握手

科西嘉的土特产除了果酱还有香肠，那里的香肠很特殊，是用野猪肉做的。因为科西嘉的自然生态环境非常好，经常有一些野猪出没。

2007年，我们去了科西嘉南部的一个野外训练中心，那是一座被遗弃的小村落，到处都是残垣断壁。在那里我们要进行为期一周的封闭式训练——城市作战，每年都有很多士兵被送到这儿来训练城市战。

在那里，我们被要求必须把每天的生活垃圾在固定的时间堆放在村落外很远的一片指定草丛里，还必须封存好。饼干纸放到空塑料瓶中，罐头盒压瘪，燃料块等有毒物质垃圾必须剔除。

白天，我们进行各种攻坚战斗，把那座小村抢了下来。晚上，我们不能睡觉，因为被打走的对手方随时还会回来。就这样僵持了一个星期，我们被对手方包围了，到了最后一晚，几乎处于弹尽粮绝的状态。

其实在头三天里，我们就非常饥饿。因为军粮只能提供一部分的能量，能提供其他能量的食物，比如新鲜的蔬菜、水果、肉食都没有，只吃军粮导致我们非常疲乏，哪怕在晚上伏击的时候也会睡着。

直到最后的战役打响前的那个晚上，我一直在担心第二天最后的战役要怎么打，我是不是会被饿死，是不是要自己举起双手，对敌方说："你给我点儿吃的，我就投降。"

后来一个老士官突然在半夜，把躲在阴沟里的我和其他两个士兵给叫醒了："有东西吃了，你、你还有你，带上刀子起来干活！"

我一听就特别兴奋，但也非常纳闷，到底吃什么东西？

他带我们一直走到一堆垃圾旁，从垃圾堆后面拖出一头刚被打死的野猪。我才想起，这儿不就是第一天的时候，老士官让我们把吃剩的食物、不喜欢吃的东西按时堆放的地方吗？

我们边吃肉边问老士官野猪哪来的，他说是用那堆垃圾换的。

饼干纸装到瓶子里，是因为它们有食物的味道，如果非常分散堆放，风一吹就散开了，可是把十几个人吃的食物垃圾都集中堆在一个地方，就会吸引来动物，尤其是野猪。

我们这才恍然大悟，原来老士官是别有用心的。当时还以为是出于卫生的考虑——当我们躲在阴沟里的时候，不至于和老鼠、苍蝇一块混日子。

我和其他人非常惊奇地问老士官，为什么第一天不打死几头野猪？这样也省得我们一直担心会饿死。

老士官告诉我们，不是不想打，他时不时用热成像仪在夜间观察垃圾堆的动静，但是头几天来的都不是公野猪。他说在他搞训练的这片土地上，如果有人敢打母猪和小猪，他就会被当地人给枪决了。

然后他非常诙谐地跟我们说："如果你们把母猪和小猪都给吃光了，那我下次再带人来训练要吃什么？耗子吗？"

2007年4月底，由于各方面成绩比较出色，我在兵团的卡梅伦纪念日那天晋升为一等兵，当时我刚刚服役十个半月。

但晋升为一等兵后，并不能马上就戴军衔。因为，要完成从二等兵到一等兵的过渡，还有一个必须经历的坎儿，那就是按照规矩，向所有老兵和直接长官进行自我介绍。

和所有的前辈们一样，我的自我介绍是从一顶洗干净了的钢盔和几箱子啤酒开始的。

虽然法国的啤酒瓶子比较小，每瓶只有250毫升，但在每一个老兵的面前，都要恭敬地喝下一钢盔的啤酒，在完成这个仪式后我直接就醉倒在了地上。

醒来后，听一个搞卫生的新兵说，我们排厕所里的五个马桶都被我给吐满了。我在前面趴着吐，他在后面给我刷马桶，上一个被我吐过的马桶还没来得及刷完，我又跑回厕所把头伸进另一个马桶里吐。

晋升为一等兵也就标志着我是个老兵了，一下子感觉好多事情都变得格外惬意。那些老兵对我的称呼也一下子由"嘿！吴！""喂！你！""哎！中国人！"变成了"嘿！你好啊！"

后来，连队知道了我会画画，就让我做设计，我们二排的标志、楼前的装饰、连长办公室的地毯、张贴在全连楼道里的城市战漫画，包括连长、排长们升职调动前的纪念品，都是我设计的，有的可能到现在还在使用。

在外籍军团，连长、排长的升职调动，正常情况下每两年一次，也就是说连、排主官每两年就会换一批人。我的老排长是个强壮但温文尔雅的法国人。他幽默而且从不紧张，因此我总觉得他身上有一种贵族气质，既和蔼又威严。

我刚来第二外籍伞兵团报到的时候，要领很多伞兵的装备，就跟在班长后面到处领东西，半路上遇见了我们的排长。

班长向他敬礼，并客气地握了手，告诉排长说："这就是我们的新兵，一共领回来了12个，这是位中国人。"

排长微笑着看了我一眼，又看了一眼我胸口上的姓名条，便对我说："嘿，吴！"

我当时像班长一样对排长敬了个礼，然后就伸过手去跟他握手。

这时，班长突然在旁边吼了一声："见鬼，吴！"

我当时吓了一跳，不解地看着班长，不明白自己犯了什么错。

排长在旁边哈哈大笑着，并没有向我伸出手来。

于是我就缩回了手，尴尬地立正站在中间，不解地来回望着他们两人。

班长看到我一脸发蒙的样子，便忍不住笑着朝我再次大声叫道："见鬼！吴，你傻吗？你想跟军官握手？"

我这才猛地反应过来："天哪，对呀！我是个新兵，以我的军衔根本没资格跟上级握手！"

我刚想跟排长说对不起，排长就一边指着我的班长，一边笑着对我说："你要赶紧成为下士。吴，这样我们才能每天握手，和你的班长一样。"

后来，排长调走了，就在我成为一等兵之后不久。那时我离成为下士还有一段路，所以一直没有机会跟排长握手。

老排长走后，来了一位新排长。新排长没有老排长那种绅士范儿，更像基层提干的实力派。由于他耳朵顶上有点儿尖，所以胆大的老兵给他起了个外号叫阿凡达。

阿凡达排长入职后，拿中国的老话形容就是：新官上任三把火。

他那个体能训练搞得许多老兵都受不了，一个劲地唉声叹气发牢骚。但每次跑步他都是冲在最前面的那个，军事训练的时候也是一样，一身泥一身汗，别人动着的时候他动着，别人休息的时候他还在不停地指挥着、研究着。

我对阿凡达排长印象最深的，是2007年年底在凯吕训练和演习时的一个场面。

凯吕是法国南部的一个小地方，在蒙托邦区，靠近图卢兹。那个地方的湿度很大，植被茂密，气温偏低。

那里有一个非常古老的军事基地，据说在1884年就有了。因为环境适宜，并且当地人口也不多，于是大片土地就被军方用来搞轻步兵、空降兵和特种兵的训练。

去凯吕训练，一是为了迎接每年一度的法军建制连战斗等级考评，二是为2008年年初开赴吉布提共和国做准备。

那段时间，阿凡达排长每天早上都带着我们跑步。天气很冷，路边的青草都被冰霜染成了白色，跑步要戴着抓绒帽和手套，时不时会遇到绿野中那仙境般薄薄的一层地表雾气，人跑进去就像闯入了被云雾覆盖的仙踪小径。

有一次跑步，他在最后冲刺时命令我们解散，各跑各的，但每个人都要用自己最快的速度跑向终点。

我们几个跑得快的把他远远地撇在了身后，等我们到达终点时，一边喘着粗气，一边望着还在远处跑着的他，纷纷调侃道："排长不行了，没想到阿凡达也有疲劳的时候。"

排长那天的确是状态不佳，因为等他跑到终点的时候，我们看到他的鼻子正一滴一滴地流着血，他那被汗水湿透的卫衣上、长满金色汗毛的大腿上也全是血滴，连他背后的路面，每隔一段距离都能找到一滴血。

从那起，我就打心底里服了这位拼命的排长。

在凯吕的训练以战斗科目为主，我们平时就住在偌大的军事基地里。军事基地大到去哪里都要开车，从一个自动步枪靶场转场到另一个打火箭筒的靶场，要开车驰骋十多分钟，整个军事基地内遍布纵横交错的内部公路。

我们住在一条公路的边上，很像偏远地区的一所路边简易驿站，只有四壁和房顶。

我用FAMAS步枪打出的最好成绩，就是在凯吕训练时取得的。当时是跟一个德国籍爱吹毛求疵的下士比赛，他说："吴，跟我比一把自动步枪……"

那个德国下士个子不高，人非常好，而且非常聪明，但就是有点儿吹毛求疵……

我学狙击枪的时候，他是我们集训队的通信兵，而且他既有肩膀上的通信兵标志，也有胸口上的狙击手徽章，这在军团里是非常少见的，很少会有搞通信的玩得好狙击步枪，也很少会有狙击手能玩明白天线和代码。

所以他只要一有机会打枪，不管是短枪还是长枪，就会时不时地在我们面前露几手，给我们做一下动作示范。不过他这样做就搞得好像他是我们的狙击教官一样，所以学员们表面上很折服，心里却对他不太喜欢。

那天，他一个人无聊地坐在电台旁边，看我的FRF2（狙击步枪）枪枪上靶，便跟我约战FAMAS步枪。估计他也是手痒了，或者是觉得我虽然狙击枪打得好，步枪不一定打得好。

"吴，跟我比一把自动步枪！"

"是！下士！"

"那个谁，把你的FAMAS拿过来，还有你的，对！你的枪拿过来给吴。"

一旁的排长和上士副排长听到我们要比试，不但没有责怪我俩不遵守靶场纪律，反而起哄说："谁输了谁晚上请喝酒嘛！"

"我们没有酒，中尉！德国人打仗的时候不喝酒。"

"是啊，是啊，是啊……我知道德国人打仗的时候可没少喝法国人的酒，坏蛋！"

"那就咖啡，每天早上把热咖啡端到中尉和我的房间里，哈哈哈！"

"好主意，上士，要不然早晚有一天我也会和德国人一样，早上起来发现自己冻死在去偷伏特加的路上。"

"哦哦哦，中尉！"

"见鬼，对不起！哈哈哈，我说多了，下士，你们赶紧开始。"

他们调侃的时候，我趴在旁边一直在弄那支借来的FAMAS，根本没工夫插话。不过我觉得这种调侃就像我和下士间的小比武一样，在枯燥的训练场上偶尔活跃一下气氛，也是蛮好玩的。

至于输了还是赢了我也不在乎。

结果我赢了。FAMAS卧姿加脚架，5个300米的12秒隐显钢靶，5发5中。

德国下士击倒了两个。

我们趴在地上射击的时候，身后的排长和副排长又在那里调侃：

"加油下士！往左偏一点点就会打中靶子。"

"击中！"

"打哪里去了？上士你看到了吗？"

"见鬼！这回偏左了，就差一点儿！"

"Yes！击中！"

"吴，下面该轮到你了！"

"他妈的！击中！"

"漂亮！哈哈哈，下士有压力了。"

"哇哦！"

"哇哦哦，见鬼的中国人！"

"好吧，下士准备咖啡吧，明天早上。"

其实，说实在话可能是下士的FAMAS不行，因为外籍军团的日常射击训练太多，枪支的状态都不一样，有些稍微新一点儿的枪的确会在精度上好一些。

所以在开始比赛前，我提出了大家都卸下光学瞄镜，仅使用准星照门进行射击的要求，这样至少可以减少一道影响精度的因素，毕竟枪和瞄镜都不是我们自己的。

射击时，我用上了当侦察兵时的方法，特别有效——用记号笔将准星和照门涂黑，以防磨旧的机械瞄具反光而造成瞄准误差。还有，因为风是从我左边脸上吹过来的，所以我枪枪瞄的都是靶子左边，下士有可能忽略了最后这一点。

输赢无所谓，不过这次的射击，却创造了我这辈子自动步枪打靶的最好成绩。

傍晚，我们回到路边驿站，刚一进集体宿舍，德国下士就跟进来了，对几个正准备擦枪的二等兵吼喝了一声："你们每天早上都给吴烧一杯咖啡！明白吗？"

"是！下士！"

"很好！"

他说完便走了。

那几个二等兵里有一个瘦瘦的比利时籍法国人，叫杜布瓦，翻译成中文就是"林子"。还有一个矮胖但强壮的波兰人叫"Curron"，我是按照"孤鸿"这个词的汉语发音来记他名字的。

这两个二等兵都和我关系比较好，林子就是那个我趴在马桶上吐、他在我屁股后面帮我打扫厕所的新兵，年龄小，大概十七八岁，长得偏瘦，温文尔雅，但爆发起来却有着惊人的体力和意志力。孤鸿20岁出头，有些矮胖，圆圆的脸，看起来像个娃娃，不过他的性子却和那张脸相反，小宇宙随时都处于爆发的状态。所以，尽管孤鸿是全排服役时间最短的新兵之一，却因初生牛犊不怕虎的性子和皮实的身体，被大家看好。

有一次演习，我是狙击手，那位神枪手德国下士是通信兵，林子和孤鸿作为搭档，我们一起被分配到排长的装甲车里，组成了排指挥部。

驾驶员是一位墨西哥籍的医疗兵下士，叫埃尔南德斯，车长兼机枪手是智利籍的中士，叫马丁内斯，他同时还是个医疗兵。

排长一会儿把上半身伸出装甲车用电台指挥，一会儿缩回冻僵的身子看地图，一会儿再伸出头去叫："停停停！马丁内斯，注意前方的高地！"一会儿又缩回头来对电台喊着："坐标31T，4028XX—4898XX……完毕！"

德国下士爱抽烟，也爱着急。忙碌的排长总是问他好多通信上的问题："为什么没信号啦？""是不是没电池啦？""你再用DDI（通信初始数据分配器）给我重启一遍。"他被问多了就着急，一着急就抽烟。

但是装甲车里是不允许抽烟的，因为装甲车内部是密闭的而且有很多弹药，所以每次车一停，一有机会，他就打开车门到外面去抽两口。

排长无所谓，他伸出装甲车的上半身早被寒风吹得冻僵了，所以感觉不到冷。可对我和林子、孤鸿三人来说，德国下士一会儿开一次门，简直就是一种虐待。装甲车本来就是个冰凉的铁盒子，大冷天的几个人好不容易把里面的空气给暖得没那么冷了，他就打开门下去抽口烟，而且为了防止装甲车突然前进把他丢下，还严禁把门关上。

孤鸿给气得，眼看着小宇宙就要爆发了。

林子也看明白了孤鸿的那张脸，便伸手在自己的背囊深处掏了半天，掏出了一根腊肠，仔细地用刀子切成片，一边分给孤鸿和我，一边安慰着说："好了孤鸿，我们不给下士肠子吃，让他去抽烟吧！"

孤鸿嚼着肠子，绷着那张也不知道是气得还是冻得铁青的脸，从牙缝里挤出来一句："我要把这家伙的下巴打掉！"

林子听了便一个劲地看我，因为以孤鸿的性格完全做得出来。

我觉得新兵当着排长的面打老兵不太合适，便咽下嘴里的肠子，跟林子说："借你腊肠用一下。"

说完我一把拿过林子手里的腊肠，把它吊在靠近装甲车门的中央上方，一个用来固定AT4（反坦克火箭筒）的铁卡上。

林子和孤鸿两人正不解地看着我，这时半个身子在车外已经冻成冰棍、对车内情况毫无察觉的排长大吼一声："出发！我们去前面收拾敌人！"

装甲车外的德国下士听到命令后果断地扔掉烟头，"嗖"地一下钻回车里。结果，他头顶上的钢盔和那僵硬的腊肠碰撞出了"咚"的一声。

装甲车启动后，便开足马力在坑坑洼洼的泥泞中加速前进，害得一时关不死沉重车门的下士，任由头顶来回摇摆的腊肠"咚咚"地敲了半天脑袋。

孤鸿笑了，用孩子般愉快的脸蛋看着我，我朝他挤了下眼。

德国下士千辛万苦地关上车门后，抬头看了一眼便恼羞成怒地一把扯掉腊肠，朝我们大吼。

装甲车内部的噪声实在太大，下士喊的什么我们都没听见。

凯吕的训练结束了，终于可以离开这片冰冷潮湿的基地，回到那座四季如春的宝岛。

当长龙般的车队快要到达马赛港时，所有人都感受到了海风的温暖。一进港、一下车，便闻到了地中海的气味。傍晚时人和车都登舱了，一夜渡轮，无数战友在船上的酒吧里泡到烂醉。

第二天到了科西嘉，潇潇白云不掩烈日，天空像海水一样蓝，再远看巴斯蒂亚港周围的群山，是永远的绿树葱葱。

从巴斯蒂亚下船后，跑上一个多小时的山路，我们便回到了驻地。

所有人都忙着将武器入库、交还器材、保养车辆。一直忙到将近傍晚，才三三两两地结队去营区超市买食品和饮料。

在超市提着满篮子的牛奶、果汁和韩国方便面付款时，见到一个佩戴绿色肩巾的二等兵从电动门外奔跑着仓皇而入，进来后上气不接下气地向所有排队的人一个立正加一个军礼。这个人就是达拉斯，他是我们排兵龄最短的新兵之一。

达拉斯和同为新兵的孤鸿正相反，无论性格上、体能上，还是工作上，他都像一个巨婴。

一次集体晨跑后，我做完伸展、洗完澡，拿着三明治坐在卧室窗前正在啃，猛然看到几乎快累死的达拉斯刚刚跑回来，他比倒数第二的人都慢了将近30分钟。我们总共才跑了不到一小时。

我问同屋那个正准备啃面包的新兵："既然他一直都是最后，他怎么来当伞兵的？"

"也许是他想来？不知道。"

"即使是他自愿的，也不应该会得到批准啊，他的成绩记录在那里放着。"

"很奇怪不是吗？我也不知道他为什么要来这里遭罪，可能那些长官就是想让他来这里遭罪？"

"你要是达拉斯会愿意来当伞兵吗？"

"我要是他，连兵都不当。"

"是啊，身体不好干吗要当兵呢？在家里老老实实地画画或者做个会计师什么的也一样。"

"我要是他的话就去放羊。"

"放羊？"

"羊可以吃，羊奶可以做奶酪，羊毛可以织毛衣，羊皮可以换红酒，还不用管它们每天吃什么，反正只要地球还在它们就能吃得很饱。"

"哦！"

我想象不出一个不适合当兵的人，到底是怎么来到这个严苛的战斗部队的。这个答案，也许只有那个不适合当兵的人才知道。

第三节　第一次去吉布提

从凯吕训练回来不久，圣诞节的第二天，全连就放了假。

我一点儿也没因为放假而欣喜，和以前一样，一到放假就犯愁，因为我根本不知道去哪里。不像那群葡萄牙的、罗马尼亚的、捷克的、西班牙的战友，哪怕放假不到两个星期，也能搭着老乡的顺风车回趟家。

对于中国人来说，回家可没那么容易，要提前一到三个月申请，护照才会在放假前发回手里。而欧洲人回家凭兜里的身份证就行了。

假期留在部队也不行，因为部队的硬性规定就是连队在放假期间，人员必须全部走光，我不走也得走。

于是我就和一个中国籍福建老兵，一起去了趟巴黎。他是三连的，是两栖作战连。

在巴黎接待我们的是另一个福建人，他在几个月前还和我在同一个连，当时的2REP只有我们三个中国人。在我们前往凯吕训练前，他被派往吉布提了，现在回巴黎来休长假。

到巴黎后，老朋友见面格外高兴。那几天我们三个大老爷们儿白天串门、吃饭、逛街、拍名胜景地，晚上去华人开的地下卡拉OK唱歌、喝酒或者看电影。

一晃，短暂的一个假期迷迷糊糊地就过去了。

假期过完，所有人都按时按点归队了，我们还有一个月就将开赴吉布提，大家都像打了鸡血一样争着归队，忙着做准备工作，因为部队开赴海外的时候，工资会翻倍。而且很多人来外籍军团当兵，就是为了有机会出国去世界各地，尤其吉布提，它是一个并无危险和战乱的国家，所有人都觉得自己就要有钱了。

法军大部分的部队都有年度作战任务，要轮流到海外去执行，这一点很像公司的KPI。

第一次出国通常都不会拉上战场，都是先安排一些换防任务，去吉布提、希腊这些比较稳定的地区，让你心理上逐步适应，感觉你成熟了以后，才逐步让你去风险较大的地区。

法军里不会给你做思想工作，没有谁告诉你为什么打仗，参军以后就是不停地训练，一说要出国了都特别激动。

我的兴奋点是终于可以免费观光非洲了。我提前四个月就知道自己要去吉布提了，挺高兴的。虽然这是我第一次出海外，但法国军队很强大，我所属的外籍军团又是整个法国陆军的步兵里最强的，第二外籍伞兵团又是外籍军团里面最强的，而我在第二外籍伞兵团里的各方面成绩又都是优秀的，所以出海外没有什么可担心的。

2008年2月24日上午，我们从科西嘉岛西北的CALVI驻地乘坐巴士出发，中午抵达东南部的索朗扎哈军用机场。机场是军民二合一的，国外机场基本上都是一半军用、一半民用，因为资源有限。

我们坐的飞机是普通的民航客机，但是归军方使用。登记程序和民航的一样，要提前办登机牌，要托运，要过安检，就和老百姓坐飞机一样。不允许带武器，装备都是提前单独运走的。

下午2点，一群士兵身着端正得体的便装，乘着一架空客A340-200飞往亚丁湾的方向。

这是我第一次去吉布提，随第二外籍伞兵团一连去的，加上配属的人员大约有200人。

团里的CCL（后勤与指挥连）出动了一个班跟我们一起去，这一个班里有几个团级军官，一个是专门管通信的，一个是专门管医疗的，一个是专门管指挥作战的，还有两个老士官是专门管理后勤保障的。他们的建制是一个班，但他们的军衔明显都很高。

地处红海咽喉的吉布提面积很小，口径稍微大点儿的火炮能从吉布提打到红海对面的也门去。从地中海过来的所有商船都要走苏伊士运河，然后走红海，从吉布提这个出海口到印度洋，所以这里的地理位置非常特殊，是咽喉要道。只要有点儿经济实力，想保证本国船队在红海出海口安全的国家，都在那里有驻军，所以各个国家的驻军都有：德国的、意大利的、日本的、法国的、西班牙的、美国的，也包括中国的。

因为各国驻军多，所以这个国家特别安宁，不过安宁并不代表富裕。

吉布提除了渔业外，就是依靠港口和码头挣钱。另外，水手、军人这样的外来人口比较多，所以一到晚上，市中心的梅纳里克广场周围便会一片灯红酒绿。

我们驻扎在吉布提的任务是防止恐怖分子搞破坏。因为吉布提实在太小了，战略位置又非常重要，吉布提自己的国防军只有几百人，它的军力、警力有限。所以很多国家都在这里派驻军队，一旦它受到威胁，我们就是吉布提的部队。

法国有很多海外基地，基本都是建在战略要地上，其中很多是特别小的小岛。

吉布提过去是法国的殖民地，各国军队在那里驻扎的军营，全都是法军出让或者出租的。当时有西班牙的一个直升机梯队和波兰的一个运输机梯队在我们的军营里借宿。他们没有独立的军营。

还有一些没有军营的国家，他们的军舰靠港后，人可以下来走，但是吃住在军舰上。

各国军队隶属各自国家管理，但互相之间不存在矛盾，因为是战略共同体，遇到事情都会相互配合，美军遇到问题会呼叫法军的船，法军有问题会呼叫西班牙的直升机。

机场是这些驻军共同享有的，我们和法军第五海外联合兵种团驻地在一起。我们坐过波兰军队的飞机跳伞，也坐过西班牙的超级美洲狮直升机跳伞，这种直升机每次能坐10个人左右。有时在一片海滩上抢滩登陆后，还会看到美军士兵正在前面打靶，休息的时候我们还会和这些美国士兵交换食物。

吉布提特别热，当地的自然环境有一种明显的两极分化，陆地上几乎寸草不生，大沙漠里隔几公里才能看见两三棵树，而且非常奇怪的是，那里的树都是一棵一棵独立生长的，没有树林。但到了有水的地方就非常美丽，尤其是海上那些小岛和珊瑚礁，特别漂亮。坐在船上，经常能看到海豚在旁边跳来跳去，晚上太阳落山了，月亮快出来时还能看到海里游来游去的鲨鱼。

海边有富人区、外国使馆区，有很多豪华的漂亮别墅，那里的海滩很漂亮，紧靠着繁华的街区，有餐馆，有舞厅，有酒吧。

当地还有一个盐湖，从湖边盐碱地走到湖的边缘，有差不多十公里，踩在上面会吱吱作响，路两边白茫茫一片就像是皑皑雪原。湖里的水是一种非常淡的蓝色，像蓝宝石一样，很好看。站在盐湖的边上，感觉像到了海边一样，看不见尽头。

我们训练时曾经路过那里，开着车沿着湖边跑了几十分钟还没有到头。

吉布提的羊什么都吃，还会爬树。

沙漠地区的树，树干都是光秃秃的，没有什么枝节，长在沙漠里突兀得就像一把撑开的雨伞，密密麻麻的树枝全长着刺，人基本上是爬不上去的，但有时却能看见几只羊站在树枝上吃树叶，我一直都没弄明白它们是怎么上去的。

无论我们到哪里去训练都会有一群小孩跟着我们，例如在荒无人烟的沙漠里，开车一两个小时，然后停车，搭一个简易营地，开始训练，每次用不了多久就会跑来一群光着脚的小孩。我们有时就拿饼干、糖果与他们交换可口可乐。他们不会说法语，但是能听懂，很快就拿着糖果、饼干跑了。差不多一两个小时后，几个小孩就真的拎着一箱子可乐跑来了，是那种玻璃瓶的可口可乐，应该是反复利用很多次，所以瓶身都被磨得发白了，这时我们会再给他们一些当地的钱。

吉布提整个国家就只有吉布提一个城市，在城里想买香奈儿的包也能买到。但是到了野外环境，就像是在月球，除了沙漠和石头山什么都没有，所以真的很神奇，不知道这些孩子是从哪里冒出来的，也不知道他们是从哪儿买到可口可乐的。可乐是真的，大家都喝了，没有问题。

外籍军团的13DBLE（第十三外籍半旅）自1962年起，在法属索马里，也就是现在的吉布提共和国驻扎了40多年，直到2011年移防至阿拉伯联合酋长国。

第十三外籍半旅，属于旅的级别，但是人员数量只有旅的一半，部分人员采用的是轮换制度，每批人员在那里待上四个月，进行训练和执行其他任务。我们这次就是轮换的2REI（外籍军团第二步兵团）的步兵连。

另一部分人员，是长期在第十三外籍半旅工作的，所以通常要驻扎两年甚至三年。我在圣诞节放假去巴黎见的那个福建战友，就是调到这里长期工作，他后来在吉布提待了三年。

第十三外籍半旅的基础是步兵，但其他兵种也有，工兵、坦克兵、炮兵等，甚至还有不同军种的人，包括陆海空三军和宪兵、消防等，装甲兵连是从法国的装甲兵团抽调过来的，步兵连是从法国的步兵团抽调过来的，定期轮换。

新兵分到第十三外籍半旅、第三步兵团和马约特小分队的机会非常渺茫，因为他们都是驻扎海外，第十三外籍半旅在吉布提，第三步兵团是在圭亚那（巴西旁边），马约特小分队是一个连的建制，驻扎在非洲的一个小岛上。

在第十三外籍半旅驻地对面，是个很大的军事基地，5RIAOM（第五侦察海兵队）和BA188（118号空军）的驻地都在这里，其中的BA188自1932年起就已经驻扎在这里了。

所以当地人对法国兵都已司空见惯。

我们在吉布提住的是砖房，房子只有一层，一个房间住四到六个人，里面的条件和酒店公寓差不多，房间里有淋浴和洗漱设施，只是没有厕所。

到晚上10点半，熄灯号一响，不管你睡不睡都必须关灯，号声过后各个建筑物里都会吹哨，早晨6点之前起床的都不可以开灯，主要是为了省电。

法国一直在实行冬令时和夏令时，就是为了省电。

我们连的每个班都有一个医疗兵和通信兵这样的专业人员，他们在战场上也是战斗兵。如果我们身体不舒服，都会先找班里的医疗兵看一下，如果他处理不了，再让我们去基地的卫生队，这样就等于给卫生队减少负担了。

基地卫生队是从法国本土派来长期驻守的，他们非常了解当地会出现的病情和疫情。

第四节　在吉布提跳伞

一周的适应期过后，我们便开始了训练。

所有在法国训练过的内容，都要在这里来一遍，主要是为了适应沙漠和高温作战环境。训练内容有徒步行军、大沙漠中的野外战斗和生存、各种武器的射击、各种特殊技术的考核、跳伞……凡是能想象到的训练，除了跟雨雪有关的，都要在这里练一遍。

在法国本土时，我们飞机升至不到300米就会跳了，但是在吉布提基本上都是400米开跳。

人一跳出去降落伞就自动打开，都是低空伞，伞是圆形的，像蒲公英一样，不可控制方向，只能飘着走。所有的空降兵都必须会跳低空伞，高空伞只有特种部队才有，高空跳伞是特种部队要掌握的各种军事行动方式中的一种。这种伞是长方形的，可以控制方向。

在吉布提跳伞我觉得很舒服，出舱后有一种在天上飘的感觉，没有像在法国时落得那么快，可能跟当地的空气密度、湿度、上升的热气流有关系。

吉布提的地面比法国的平坦，尤其沙漠地区的地面没有石头。但是落到地上之后，却比在法国落地时要危险一些，因为吉布提的地表风很大，尤其当地面温度和空气温度的差值比较大时，比如早晨和傍晚，是最容易起风的时候。

风大的时候落地是非常危险的，如果不及时调整好身体姿势，降落伞会被风吹着一直拖着人跑，经常拖出去几百米甚至一两公里。

我在吉布提第二次跳伞时就被风拖走了，当时保障人员开着一辆吉普车在后面追都没追上。

热气流的速度是很快的，而且没有规律，它是猛地拽你一下，突然停了，你刚想做动作又猛拉你一下，导致你的身体始终处在失重状态，手脚都没有办法做动作。降落伞的那些绳子，有的勒住腋窝，有的挂在头盔上，整个身体会被带偏，头也抬不起来，什么都看不见，刚伸出手去就突然一下被拽起来，整个身体都离地了，想够哪里都够不到。

只能是利用风停的一瞬间，哪怕只有一秒钟，"啪"地一下把快拆的扣子给拆开，这时降落伞和人就分离了。

我那次被拖了有七八百米，后面的吉普车把油门都踩到头了，最后挡在了前面我才停下来，否则一直拖下去真有可能给拖死了。一顶降落伞有几十根绳子，每一根绳子都有可能把人给勒死。

这是一件危险的事情，但是没有人出过问题，因为有地面人员的保障。每次出现这样的场面，我们就站在旁边哈哈大笑，因为观赏性非常高。

降落伞是需要回收的，剐坏的也要回收，伞是可以反复使用的。

回收时要简单整理一下，把上面的尘土、沙子抖一抖，装到包里带回来上交。我们不负责叠和修，有专门的人负责。他们用非常系统的方式和非常正规的工具把降落伞吊起来检查，检查完之后，会在单子上签字，这个单子是跟着伞走的。

然后单子会传到负责叠伞的地方，有专门的人叠伞，叠好了，这个人也要在单子上签字。之后，这个伞就存放到储存室里，储存室是恒温、恒湿、恒压的，确保降落伞在使用之前不会受潮发霉，这个环节同样也要签字。

等到要跳伞领降落伞时，发降落伞的人也要在这张单子上签字，领降落伞的人在拿到降落伞时，需要检查一下这个降落伞有没有清单。清单上的签字环节是不是完备，如果这个降落伞没有清单，或者清单上签字环节不全，说明这顶伞没有受到系统的照顾，就可以换一顶。

如果降落伞出了事故，清单上所有签字的人都要受到牵连，这样做就是告诉跳伞的人，每一顶伞都是安全的、合格的。

这个流程是非常科学的，因此到我们手里的伞全是合格的，可以放心使用。

跳伞一跳就是一天，能跳多少次就跳多少次，穿的服装就是作战服，法军部队的常服只是在外出的时候和参加一些礼节性活动时穿，平时都是穿作战服。

当然并不是每天都训练，到吉布提这四个月更像是旅游去了，因为休息时间太多了。

吉布提的自然环境十分极端——白天炎热，晚上寒冷，那里的石头都像锅炉里烧出来的煤渣，是有气泡空洞的棕红色石头，看一眼就会联想到火焰山。

我一直保持着比较兴奋的精神头，虽然有时也会被酷日晒得有点儿蔫，但对于第一次看到非洲大陆、第一次看到土生土长的非洲黑人、第一次野宿在真正的大沙漠、第一次呛到不一样咸的红海水、第一次无意间在身旁发现海豚和鲨鱼的我来说，就是非常兴奋。

这里的作息时间和法国不同，我们凌晨4点多就起床工作，下午休息。因为当地天气特别热，怕中暑。所以从下午一直到第二天早上4点钟，都是自由活动时间，想进城就进城，想游泳就游泳，有点儿像是去度假。

这都是军队和当地管理制度允许的，那些大酒店或度假中心对持有军人证的住客，都会给予很大的优惠。

也有几个人合租一条小船，出海去钓鱼、潜泳，或者去碧水蓝天白沙滩的珊瑚岛上烧烤。有的甚至在那里过夜，第二天再回来。

在这样一个有海、有城市、有军事基地和安全保障的地方，对于我们来说，在这里工作不异于欧美百姓的境外勤工度假游。虽有太阳暴晒、高温炙烤、高强度工作和训练受伤的痛楚，但整个人的心情却是愉快的。

士兵们对美好生活的向往，也是战场上保持斗志的一种动力。

一个老士官因怕我们对这里的情况太无知而做蠢事，所以对我们讲："非洲的大部分当地人，他们的眼睛、耳朵和鼻子都像野生动物一样灵敏，所以你们要处处小心那些拿着生锈的卡拉什尼克夫、穿得像摇滚巨星一样的武装分子，不要以为自己趴在沙丘里时穿着迷彩服、戴着夜视仪他们就看不见你。"

法军在吉布提有一所沙漠生存学校，我们在里边待过一个星期，学习怎么做陷阱捕食动物，包括找水。

这样的训练内容很好，只是训练的时间不能再长了，再长会死人的。

我们当中有的人来自巴西，做过缉毒警察，有的人来自俄罗斯，打过车臣战争，个个身材高大、身强力壮、长相英俊，都是精挑细选出来的。

我们由一个正规军的老士官负责，他教我们怎样在非洲的这一片沙漠上生存。我们很不服气，想看看这个大概三四十岁、走两步就会中暑的老士官究竟能教给我们什么。

这个老士官在第一天上午，给我们讲了很多制作陷阱、捕猎的技巧。由于我们都对他不服气，没人在乎他给我们讲的那些技巧到底用在什么地方，或者怎么用。我们都在他讲完课后，迫不及待地在烈日下东奔西走，找来木棍、树枝，制作各种陷阱，想好好地给正规军教官展示一下外籍军团的能力。

有的人爬上像火山岩石一样的石头山去找树，那上面当然没有；有的人跑到海边试图找一点儿贝壳，但红海的海边基本上是捡不到贝壳的；海水你也下不去，因为那里面有鲨鱼且水温极高。

最后，有人幸运地捡到一根铁丝，有人捡到一些埋在沙土中的干枯树杈，还有人利用军粮罐头盒来制作陷阱，但这太浪费食物了。

我们忙活了一下午，爬高山的人浑身是汗地回来了，他浪费了大量的水；而那些刨坑，用木桩做钉子，准备给动物做陷阱的人，也都被晒得汗流浃背。

后来我们费了半天的劲做好了陷阱，有些还特别精致，跟艺术品一样，最后把仅有的食物分出来一部分，放在陷阱里做诱饵。

老士官说，你们从现在开始可以休息了，明早咱们起来看结果。

晚上睡觉的时候，所有人基本上都没睡好，时不时地就坐起来看看陷阱，拿出夜视仪观察有没有动物出现，但一晚上都没有任何动静。

第二天早上天一亮，我们就迫不及待地跑去看自己设的陷阱有没有逮着动物。但结果是，不但陷阱里没有动物，里面的干粮也都被吃光了，我们既生气又纳闷。

第二天开课时，就有很多人问老士官："到底是怎么回事？你教我们制作陷阱的技术真的不好，还不如我们以前在生存手册上看到的东西。"

老士官说："是的，捕兔子的陷阱捉不到老鼠，捕捉老鼠的陷阱也捕捉不了兔子。不了解这片沙漠，也不了解这里的物种，光凭发达的肌肉、不怕吃苦的精神和刚学到的小伎俩当然捉不到猎物。那些英国人教你们的陷阱制作方法和法国人教你们的是一样的，可你们是第一次来这里，不了解这个地方的物种。法国的山羊那么大，而这里的山羊那么小，你做了一个这么大的圈去套它的脖子，能套得住吗？它可以轻松地把头伸进去，吃完东西再走掉。最后还可以得意地给我们来一句：那些奶酪和饼干就权当交学费吧！"

从那天上午开始，我们就不得不认真地听那个老士官讲的每一句话，因为不按照他说的做我们就会饿死。而那一个星期学下来，我们才发现，他教的东西虽然在普通教科书上都能找得到，但最主要的也是我们最应该学的，是生存的理念而不是技术。

如果我们不去爬高山、找木棍，我们就不会浪费大量的水，也不会流大量的汗。即使我们能过滤海水，也过滤不了海水里的矿物质，喝了一样会拉肚子，而拉肚子就会脱更多的水。

所以我们开始信服这位教官，逐渐地学会应用一些新技能，比如怎样着装以减少水分的流失，怎样对待食物和水以防变质，怎样行动才能节省体力并更加高效。

仅靠肌肉发达、头脑聪明、技术高超不足以对抗大自然。首先你要适应环境，然后找到一个很小的空间，在那里去发挥你的技术、聪明才智，运用你的力量去生存。

最后我得出的结论是：要先适应环境，才能被环境适应。

很多战友一到下午，就迫不及待地跑到市中心喝酒去了。我则被派去在大太阳下的石头上画画，因为连队长官嫌以前的画师把我们连和我们团的标志画得太丑了，所以要我去重画。

画完一块石头一般需要两三天时间。开始动笔后，我每在太阳下曝晒30分钟就不得不回房间休息一会儿。一下午画下来，就只剩下躲到空调屋里睡一觉的气力了。

完成画石的任务后，我到部队超市里买了部便携式影碟机，无聊的时候，就疯狂地去超市租影碟看。

一个多月后，当大部分战友的钱包开始吃紧时，我反而待不住了，频频约工兵连的中国战友一起去市中心的中餐馆吃饭。因为好久没有吃中餐了，就抱着换一换口味、吃一顿中餐的想法去吃，尤其在国外吃中餐，对我来说有一种新鲜感。

那家餐馆在梅耐里克广场西南角不远处，严格地说是一家越南餐和中餐混合的餐馆，不过老板是山东人，姓李，特别客气。我们去的时候，他见吉布提又来了新面孔的中国人，连饭钱都不愿意收。

第一次去，要的是宫保鸡丁、鱼香肉丝，还有一个滑蛋牛肉。那也是我自从2006年离开北京后，第一次吃到的中餐，而且还是在非洲。

后来我去中非的中餐馆，也是要的这几个菜，因为这几个菜的原材料都很简单。在非洲的任何一个地方都能找到鸡肉，但是要找猪肉的话就不一定好找了。至于牛肉，除了印度人不吃牛肉之外，其他国家的人都吃。压缩的干木耳很轻，从国内运一箱木耳过来，差不多能吃一年，而胡萝卜世界各地都有。

我只点这些原材料比较简单、容易被点到的菜。不是中国人他不会点这些菜。外国人的饮食习惯和我们不一样，外国人几乎不做炒菜，他们不会把很多种蔬菜放到一个油锅里，边颠锅边炒边放调料。他们到了中餐馆吃饭也不会点炒菜。

所以饭店的老板除了常见的菜品，很少会备其他的，但菜单上有的菜还是可以点的，只是点这些菜你需要提前预约。

所以国外的很多中餐馆，一年365天，从早到晚就卖那几道常见菜品。

大多数情况下我们出去是要穿军装的，穿军装的目的主要是便于接受监督，因为有了身份可以自我约束。军装是神圣不可侵犯的，穿着军装就要保证它的整洁，也不能做一些有损形象的事。

很多场所旁边有专门的当地警察和保安负责盯着我们这群当兵的。

有时我们也会穿便装出去，遇到设路卡的警察或驻军的门岗、外交公寓的保安和国际小学的校警，我们都会主动出示车辆和个人证件。他们都知道这些穿着便装的军人比当地巡警还要靠谱。

部队严令禁止单独行动，至少要两个人结伴。作为作战部队的一员，无论走到哪里，身份都必须是公开的，若使用假身份或故意隐瞒真实身份，一旦出了事，后果会比较严重。

我们也有纠察队，他们会开着车巡逻，挨个儿去酒吧检查，看到衣冠不整的军人，就要抓回到军营，根据情况写检查或者坐牢。

每个人都有一张外出卡，卡上有照片、名字等所有信息，出去的时候，要把这张卡放到大门口的值班室，值班室有一个大木板，木板上有很多小抽屉，外出卡就插到小抽屉里。

回来的时候问你叫什么名字、哪个连的，哨兵会在相应区域找到你的卡，这样也方便记录外出者。

离开军营自由活动时，要注意看规定，有些场所是可以去的，有些是不可以去的。这些信息都在大门口贴着公示通报，分为绿色、黄色和红色三种等级，一看就知道了，包括餐馆和咖啡馆，有名字和照片。

我们可以去的地方通常都是外国人居多。我们是不跟当地人混在一起的，除非是在酒吧。

有的地方是我们之前还可以去，但是后来那里出问题了——可能是士兵在那里吃过饭拉肚子了，也可能跟当地人发生冲突了，再就是怀疑那里安全有问题，上了部队的黑名单，就不允许我们再去了。

而冲突，是几乎每天都会发生的。当地人见到我们都非常客气，大部分的冲突都是当兵的跟当兵的打起来了。我们很少跟当地人发生冲突，因为当地警察都会第一时间赶过来调和。

外籍伞兵团的军装上有一根红勋带，代表着这支部队曾经有过的荣誉功勋，这个是老前辈们在战场上用生命换来的。

有一次几个战友去吉布提的酒吧喝酒，和当地的一伙人聊上了，本来双方聊得很好，结果有一个当地人对一个士兵身上的这个勋带很好奇，就去拽。这个当兵的二话不说就把他一拳打倒在地，双方就打起群架了。

当地的警察和部队的纠察立刻过来制止，双方谁也没给谁道歉，也没任何赔偿。纠察当场把打架的士兵给带走了，这给老百姓的感觉就是被抓走了，回去肯定要接受处罚，但实际上他们没有受到任何处罚。因为在部队里只要有人敢动我们的军装，我们就可以打架，否则就会养成军装可以任人触碰的习惯。

我们在科西嘉的时候，因为军装发生过一次非常严重的打架事件。我们军营附近有酒吧，那天是五六个外籍军团的士兵一起去喝酒，和当地一个人发生了口角，那个人就把当兵的帽子从头上摘下来，扔到地上用脚给踩扁了。我们的帽子是白色的高筒帽，踩上一脚就洗不干净了，而且踩变形了也没法戴了。

由于军装是神圣不可以侵犯的，你摸可以看可以，甚至我们可以摘下来让你看，但是你要带着一种敬意，小心地去触碰。而军人的帽子是军装里最珍贵的，现在被人带有侮辱性和破坏性地踩踏，那他侮辱的就是整个外籍军团的历史了，所以这五六个人一起上来就把对方往死里打，结果给打住院了。

后来医药费是赔了，也受了一点儿简单的处罚。但这个事情也成为一个案例，对当地老百姓也是一种警告，告诫他们要尊重军人，不要去触碰军人的军装。

第五节　排长吃了官司

第十三外籍半旅有1000多人，驻扎在两个基地，一个在吉布提市内，就是我们日常驻扎的，是最大的基地。另外一个在30公里外一条国道边上，过了那里就是广阔无垠的大沙漠了。有一个装甲连驻扎在那里，守卫通往吉布提的门户。

2008年4月30日，我们迎来了外籍军团一年一度的重大节日——卡梅伦战役纪念日。这是军团自己的节日，在那个时间前后，军团会举行很多活动，包括运动会和军营开放日。

和在法国本土一样，第十三外籍半旅的军营开放日也是面对当地社会的，所以在那天，我邀请了中餐馆老李和几位当地的中国人。

包括老李在内，这些中国人都是来非洲务工的，只不过老李工作结束就留在吉布提，开起了餐馆，而其他几位则是郊区建筑工地上的工程师。

作为邀请的酬谢，其中一位工程师送给我一件很大的北京申奥纪念T恤，XXXL的，足足可以把我整个人都套进去。我很珍惜这件T恤，一直保留到现在。因为T恤上印着中国和吉布提两国国旗，还有2008北京奥运会倒计时100天的字样和图案。

卡梅伦纪念日过后，部队又进入了训练期。

我们都猜测会去东边阿尔塔海岸的CECAP，那里是沙滩突击队的训练中心，很多丧心病狂的极限越野障碍都在那里进行，比如世界上最长的悬崖独索通道，比如在海里推着背包武装泅渡时突然会遇到鲨鱼，迫使好多人就像练过轻功一样，"嗖"地一下从水里跳起来，站在自己的背包上……

听说美军最害怕那里的训练，因为他们都偏壮，我们排的黑人下士长说，美军因为吃了太多的蛋白粉，所以身体远不如法军灵活。

加上酷日和高温，每年那里的训练总能让很多人崩溃。

不过美军的野战食品实在是太合我的口味了，我喜欢吃甜食，美军的单兵干粮中就有许多甜品，正餐也是简单的袋装冷食、面条、米饭。不像法军的全是肉罐头，鹿肉泥、兔肉块、沙丁鱼、鸵鸟肉炖胡萝卜……

大热天的怎么能吃得下那么油腻的东西。

所以最没营养的巧克力或香草味的面糊糊反倒成了军粮中的宝贝。

喜好美军口味的不止我一个，连里的墨西哥和美国籍战士，一有机会就搭伙去旁边的美军装甲车队里会老乡，去的时候人手一盒子法军罐头，回来时所有人怀里、口袋里塞得满满的全是美军干粮。

据他们说，美军士兵看到法军罐头激动得都快哭了，很多美国兵还从来没吃过牛舌、鹿腿、鸵鸟肉呢。

到了训练的时候，法军战术的确有相当大的部分要靠体力完成，因为法军在很多战术上还没实现完全机械化。

虽然抢滩登陆演练时，我被法国海军一艘能搭载整个连和十几辆装甲车的登陆艇给震撼了，但随后抬头看到天空中美军吊汽车、运送人员的支奴干（CH-47运输直升机），再看到从大海里直接冲下船的AAV（两栖突击车），才发现两军的悬殊……

上岸后的路，就全靠脚走了，装甲车如果沿山谷挺进纵深，就是假想敌瞄准镜里的罐头盒。

训练场周围的山上没有树，光秃秃的全是石头。吉布提的太阳晒得人坐立不安。站着被太阳照射的面积大，坐又坐不下去，那棕红色滚烫的石头，会把屁股烫得特别痛。好几次我因为太累了，习惯性地一屁股坐下去，紧接着"哎呀"一声又跳了起来。

我是狙击手，黑人下士长带着我和一个临时副手，三个人走在山脊线的一侧，为下方山谷中的连队开路，所以一路上我都走在全连的最前方，也是最上面。

这时即使坐在树荫下原地不动，每小时身体丧失的水分也足足有一公升，何况是全副武装在山头爬上爬下。所以我边走边开始怀疑起人生。

这时领队的黑人下士长接到电台通话，命令我俩停下来。我便蹲下，向后斜着倒下身子以尽量躲避太阳，并用背包靠在滚热的山体坡面上，怕被烫，两脚也垫在臀后，在原地躺不是躺、蹲不是蹲，边喘着粗气边大口喝着水。

"吴！"黑人下士长叫我。

"下士长？"

"你用狙击镜观察一下山谷里，看到咱们排后告诉我一声。"

"好的！"

"嘿！那个，叫什么来着，尤诺索夫，对，你盯着点儿周围的山头。"

"是！下士长！"

"哎，吴，如果你看到了什么就告诉我。"

"好的！"

我向后拉开枪机，将FRF2式狙击步枪稍稍端起，架在腿上，通过瞄镜向后面下方的山谷中望去。

"看到2排了，下士长。"我边观察，边汇报。

"那边发生了什么？"

"只看到几个人，不知道是谁，稍等……"

"你能看到什么？"

"一、二、三，差不多一个班的人员，但不知道是哪个班。"

"他们在干什么？"

"好像有人晕倒了，他旁边有两个人，后边也有几个人在那里站着，现在那两人正把他拖到树荫里。"

"OK，好了！"

"是有人中暑了吗，下士长？还是演习？"

"应该是，但我还不知道具体情况。"

我从瞄准镜中看到的不是演习，而是真的有人中暑了。

这也是一次非常严重的训练事故，达拉斯牺牲了，就是那个微胖的、稍微一动就满脸是汗的、衣服发酸的新兵。

这对我们整个连队都是灾难性的打击，而且猝不及防。

直升机迅速赶来带走了达拉斯，部队全员返回营区，并接受专案组审查。

几乎每个人都写了笔录，工作停滞、训练推后、放假取消，排长、班长和小组长、班里的卫生员均被除职并带回法国接受法律制裁，这些人就仿佛随达拉斯一起，从我们的世界中一下子全都消失了。

吉布提的热是无法想象的，真的热到像打开烤箱那一瞬间涌出来的气浪那样。

达拉斯的体能特别差，跑八公里能被甩出去两三公里，所以大家都不喜欢他。

第二外籍伞兵团的兵员都是从新兵连毕业的，是根据个人志愿，经过体能筛选，各方面相当优秀的才会分来，我们始终都不理解为什么会把达拉斯分进来。他这样的身体素质在第二外籍伞兵团早晚会出问题，所以阿凡达排长也不喜欢他。

阿凡达排长这时已经上任一年多，比较有血性，干什么事都冲在前面，是跑步为了争第一能跑到流鼻血的那种人。他哥哥也是军官，两个人都是军校毕业的，他们的父亲是将军，家庭背景好，在法国比较有社会地位。

一个星期后，达拉斯的阴云尚未过去。

我半夜从哨兵岗位下来，抬头看了一眼挂在值班室墙上的电视，新闻正在报道的，居然是中国的汶川地震。

带班的黑人下士长没有像达拉斯牺牲那天那样不知所措，他拍拍我的肩膀，说："吴，我不知道你的家在中国哪里，但你可以去外面抽支烟，如果天上有流星经过，那就许个愿！"

2008年年中的时候，在吉布提的任务结束了。

我后来又去过两次吉布提，那是进了GCP后，以特种兵身份驻在5RIAOM和BA188，两次时间都比较短，大概是两个星期。

第六节　下士集训速成班

外籍军团士兵和士官的军衔，从低到高分为军团士兵（类似于中国未受衔的新兵）、一等兵、下士、下士长、中士、中士长、上士、上士长、军士。再往上就是军官了。

外籍军团的士兵可以升军官，士官也可以升军官。

从吉布提回到科西嘉驻地没多久，连队便安排我参加了晋升下士的集训。但特别的是，这次晋升集训地点就在科西嘉岛，只有四个星期的时间，不像传统的下士集训那样，必须前往远在法国本土的4RE驻地，且还要在那里待上两个月去训练和学习。

我还挺纳闷的，第一次听说下士集训还有四个星期的速成班。

传统的下士集训需要回到当初新兵连训练时的第四外籍步兵团，在那里接受将近两个月的培训，内容从唱军歌、背管理条令等简单训练，到指挥作战、电台应用、战场急救、各种枪支的使用等复杂训练都有，整个培训过程与其他训练比起来，相对轻实操、重理论。

针对士兵的训练是重实操、轻理论的，因为士兵没有指挥权，只需要执行就行了，教再好的理论也没意义。但是从下士开始，他就要指挥别人，就要对理论有所了解，需要在指挥策略上有方法。不过下士培训只有两个月，理论方面的含金量还不是很高，因为下士不可能指挥别的部队的士兵，只能指挥自己部队的士兵，所以他学的理论面是稍微窄一点儿的，是每个部队根据自己的情况设计的一些课程。

各个部队里下士培训都差不多，但具体内容还是有差别的，比如说武器，空降步兵团用的轻机枪和普通步兵团用的轻机枪是不一样的，长度、射速、弹夹容量、重量，这些都不同，不同长度的枪管，杀伤距离也不一样。

我们在新兵阶段的时候，就被那些正在集训的下士指挥过，这就是为什么要把下士培训放在新兵学校里，等他们学完理论进行实操的时候，就可以指挥刚刚入伍的新兵进行训练了，以此验收他们从管理水平，到为人处世、脾气秉性、作战理念是否合格。

绝大多数的下士都是通过这种方式培训出来的。

还有一种下士培训方法，是针对一些资历比较老的、服役很多年的一等兵。

这样的兵往往各方面的理论知识都很完备，甚至比一些下士懂得还多，他的人际关系、知识素养也都已经达到了，只是因为一些特殊原因没有升下士。

在部队里有规定，如果在某一个岗位做满年限还没有晋职晋衔，那么就要退伍了，从士兵到军官都是这样的。

但有些部队很需要这种老兵，他们的成长是花费了很多培训成本的，包括战场经验、海外执勤，他们都有很多方面的经验积累，部队不想让这种有经验的老兵随随便便走了。所以对这些有资历的老兵，部队如果想跟他们继续签合同的话，就会安排在部队内部进行一次短期培训，培训合格就可以晋升为下士继续在部队服役了。这样做还可以规避一些规定上的麻烦，在内部进行"特批"或"破格提拔"就可以了。

这种下士培训往往更加艰苦，其间穿插一些理论学习，但是没那么系统，唱歌、各种军事理论学习、带新兵这些内容都没有。

培训时间只有四个星期，因为这些老兵普遍都拥有"悠久的服役期"，凭他们所积累的经验，每个人都早已不逊于一般的下士，所以没必要对他们再进行两个月的晋升培训，只需经过这一个月"加强浓缩型"军事训练，他们便可胜任未来的工作。

在速成班里大多是服役三四年的老兵，但偶尔也会出现服役时间比较短的面孔，可能只有一年兵龄，但他的经验和水平往往是优秀的，在某些方面甚至比老兵还强。

我就是这样被送到速成班里的。

我本来应该按传统的下士集训方式，到第四外籍步兵团的学校去接受两个月的培训，但是由于达拉斯中暑死了，班长、副班长等很多人都被调走了，排里的下士出现了缺口，所以就从一等兵里选出最优秀的，进速成班去培训，出来就马上履行下士工作。

我是2006年6月入伍，到2007年4月30日卡梅伦纪念日升为一等兵，现在是2008年的下半年，两年出头晋升下士，在伞兵团里算是升得比较快的。

受领完下士集训任务，一回到排里，老下士们便一个个向我表示祝贺。

我当时的服役期是两年零两个月，算不上老一等兵，所以，排里的老下士们都认为我运气好，不用像他们当年晋升时那样，要去4RE受两个月的苦。

但知道了"速成班"的来历，我其实心里是有点儿不舒服的，觉得参加速成班培训的人，多多少少有点儿"老兵油子"的意思。

而最让我不舒服的，是怕在这种集训队里根本学不到东西。毕竟4RE培训出的下士才是外籍军团的科班出身，那里的教官是专业的，教材是专业的，场地设备是专业的，规章制度也是专业的。

但是该做的准备一点儿不敢耽误。我到处跟老下士们借学习资料，他们有送我TTA150的，这是一部非常传统但很全面的法军作战全书，有借我武器图册的，有拿自己当年的集训笔记给我看的……

当然大部分还是乘机卖我东西的：

"我有件风衣你肯定用得上，当年我就是靠它才挺过了培训，既然是旧的，50欧元你拿去……"

"资料已经全被我卖了，但我还剩一些装备，有一个大背包你要不要去库房看一下……"

"嘿！听说你要晋升下士了？恭喜！你需不需要GPS？"

……

当然我买了一些他们的东西，比如钢丝鞋带、崭新的X-Bionic袜子、大小刚好的冲浪T恤、有点儿脏的备用睡袋和破了个小洞的防水睡袋外罩……只要对集训有帮助的我都买了。

我买的最贵的东西，是价值350欧元（当时约折合人民币3800元）的一个FAMAS步枪外挂下护木。这是一个极其简单的、铝合金的、由4条10厘米长的皮卡蒂尼导轨连接成的玩意儿，其功能无非就是可以在FAMAS步枪上加装战术手电和小握把。

估计那玩意儿我拿回国内，随便找一家有机床的作坊加工，成本连50块钱都要不了。

一切准备就绪后，一个星期天的下午，我借了连队值班室的标致P4，载着我的大包小包，朝海边的两栖作战中心开去。

两栖作战中心属于我们团三连，就在2REP营区北面500米的海边，在一条入海的小河东面，河西到处是穿着比基尼的游客，河东便是我们训练用的军方海滩，河东的海滩比河西的沙子更少、卵石更多，但正是这种岸滩质地，才更方便军用冲锋舟进出。

到了两栖作战中心才知道，这次集训我们不住在训练中心的房间里，而是扎营在旁边乱石滩上的帐篷中，于是我又要把车倒出去了。

车正倒着，突然从倒车镜中看到了一个从未见过的亚洲人，当时我就想：难道他是刚调到我们部队的？他几连的？哪里人？中国人？韩国人？还是日本人？

再靠近时，我才看清这明明就是一个中国人的长相嘛！于是我干脆直着把车倒到了他的帐篷边上。

他姓李，青岛人，来自2REG，就是外籍军团的第二工兵团。看来参加培训的不仅仅有我们空降兵团的，第二工兵团和坦克团也都来人了。

李在工兵团负责他们连队的行政工作，对行政方面的业务非常精通，而且脾气很好，是个一身儒香味的兵。

可惜李并没有顺利完成全部集训，因为第一阶段的体能训练让他有些吃力。

当时是9月份，虽然白天热得浑身冒油，可晚上的海边特别冷，但是教官不让我们睡觉，经常整晚让我们搬石头堆金字塔。好多人就穿着作战服，找一个背风的地方蜷缩在海边的沙子里睡觉。

所有人都被整得生不如死。而李毕竟是做行政工作的，最后他的脚踝严重扭伤，连小腿上都是乌青，才不得不半途返回了部队。

他临走前我们还在搞训练，连正式告别都没有。我训练结束后跑回帐篷去找他，只见到空空的行军床上他留给我的一盒国产西洋参片。

因为这盒西洋参，我一辈子都记住了李。

两个星期的培训，一个星期在海滩上，另一个星期在野外。

海滩离部队营地只有三四百米，训练、吃住都在这里，每天有人开车给我们送饭。

培训以跑步、指挥作战、背各种理论为主。每堂课都会发几张A4纸，告诉你这个课的内容。不发书本，因为他们的战术天天在变，所以没办法形成文件。在法军，常常几个月不到，有些训练内容就发生变化了，他们的更新迭代很快。

但是在我看来，这是一场形式大于内容的培训，我确实也学到一些知识，但这些在日常训练里是用不上的。那些理论我们早就知道，从当新兵的时候，班长就是用这些理论来指挥的，如果不知道这些理论，我们也没法配合班长的指挥，只不过以前我们没有把这些理论一字不差地背下来。但是作为下士，是不需要给士兵下文字命令的，只需在口头上用正确的最短的军事用语去指挥作战就可以了。

在野外的一星期是靶场培训，靶场离部队营地有几十公里，在一个山沟里面，在那儿进行射击、爆破等实操培训。

射击是必考项目，我们还是新兵时就使用各种枪支，部队里面所有的枪支都要练，甚至连外军的枪支都要去练，先后练了有几十种轻重武器。

枪械课考核的标准不看每个人打多少子弹，也不看打了多少环，它的标准是看你能不能够正确使用各种枪支。不是以打准为目标，要是想练打靶的话，平时就可以训练。在这里主要是学枪械故障的排除、安全操作的程序，例如每种枪的零件坏了之后如何更换、拆卸枪支的步骤、怎样保养枪支等。我们经常会把一堆枪全部都拆散堆在一起，看谁组装得快，输的人要做俯卧撑。

我们就住在射击场的仓库里，除了窗和门啥都没有，照明用发电机发电。每天从接受培训的人里面安排两人负责做饭。

参加培训的有20人左右，都来自外籍军团下辖的几个团，培训过程中有人陆陆续续被淘汰，最后只剩下十几个人。

被淘汰的人基本都是因为受伤，外籍军团的士兵在训练中受伤的比例是很高的。虽然成本有些高，但也是一种非常有效的大浪淘沙的方式，你可以头脑很聪明，可以体能非常好，但如果你没有充分地了解自然环境，没按照流程进行操作，你就有受伤的可能。

虽然说起来有点儿残酷，但也因为日常训练受伤的人非常多，所以在作战时阵亡的就很少。主要原因就是经过了新兵训练、老兵训练、日常培训后，培养出来的士兵都有非常丰富的作战经验。

但这样的训练带来的是淘汰率上升，外籍军团基本上10个人中就会有1个因为受伤而离开，所以他们的征兵成本是非常高的。

在外籍军团，如果谁要上前线了，我们握手时说的第一句话就是"祝你好运"，第二句话是"千万别受伤"。"祝你好运"就是别死了，"千万别受伤"，就是在不死的前提下尽量毫发无伤，只要做到这两点，你的任务就完成了。这跟法国人的文化有关，也不是怕死，也不是娇气，他们每个人也都很要强，这就是他们的文化。

每天的训练很紧张，我们常常连洗澡的时间都没有，衣服基本上不换，也不分训练时间和休息时间，基本就是连轴转，一会儿跳到水里面，一会儿趴到沙子上，一会儿被太阳晒。

按道理，下士集训不应该在体能上把队员往死里搞，尤其这种"速成班"就更不应该。不过面对这样的集训我肯定赢了，再加上买来的那些可以武装到牙齿的装备做辅助，第一阶段的集训，我几乎碾压所有人。

第二阶段的训练，我在长行军、3000米武装泅渡、8000米武装越野、定向越野的成绩上也名列前茅。在整个集训队里，除了一个西班牙人，还有两三个不太熟悉的老兵在个别项目上和我有一拼，其他人都远远地被我甩在了身后。

在第三训练阶段里，体能方面的训练强度稍稍缓和一些了。

集训队的副队长是个小个子德国人，不知道为什么来军团当兵的德国人都是小个子，但他们都非常聪明和干练。

副队长对我很欣赏，在军事理论上给我解释过很多问题。训练的间隙，他还时不时地与我聊聊中国。

不过队长就不一样了，他是第三连两栖作战连的排长，很瘦、很严肃、不爱笑、文质彬彬的，是个法国人，一看就知道他是那种军事素质超强、智商也很高的人。他的黑眼圈特别重，瘦瘦的、脸尖尖的，观察和思考的时候，总是用那种非常狡猾和奸诈的眼光，长得特别像加勒比海盗里的男一号——约翰尼·德普，所以我暗地里就叫他"海盗"。

到了第四阶段，各种考试五花八门，晚上教官也会用各种堆砌金字塔的方式不让你睡觉，但每个人的心中都充满了即将解放的希望。

最后一天到了。

上午我们就收拾行囊，在12点前将所有的帐篷都拆掉，然后把自己洗干净、换上新衣服，等着14点宣布成绩。

收拾行囊的时候，我扔掉了一大堆被用坏、磨破的公发服装，再对比手中那一件件集训前购买的装备，觉得还是花钱买的东西更皮实：

钢丝鞋带在行军时从不掉链子，虽然沾满泥土后看上去像条晒干的蚯蚓；X-Bionic袜子依旧结实，脚让它给保护得好好的；吸满海水和汗水的冲浪T恤已经硬成了纸壳，等回去用清水冲一下就行；那个脏睡袋倒是没用上，因为连续三周我们都差不多是睡在地上；不过，防水外罩的确是个好东西，虽然小洞变大了，但被它裹着的电台却从来没湿过。

那个价值350欧元的FAMAS下护木也挺给力，第一次使用时就差点儿闪瞎了副队长的双眼。我突然觉得，他那段时间在训练场上拼命地跟我套近乎，是不是在打我下护木的主意。

14点，像以往的集训结束时一样，每个人都洗得干干净净，穿着工工整整、漂漂亮亮的礼服，在操场上列队集合。

我在心里一直盘算着谁会拿到第一名。我觉得自己不一定会是最优秀的那个，但和最优秀那个的差距应该极小。而且，我相信队长和副队长在这四周的集训中，应该能看清楚我的态度，光看我那身昂贵的装备，就能反映出我认真的态度了，况且在训练中每一项我都是拼了的。

但是我失算了。

宣布时，没有人对自己的考核成绩感觉到意外，海盗队长在成绩评定方面给得很良心，谁在什么考核上得了多少分，一分不差。

但让所有人意外的是，总成绩第一名的居然是我们这群人中体能最差的那个罗马尼亚胖子，那个几次都差点儿中暑的、一点儿都没花钱装备自己的胖子！

就是因为他所有的理论考试几乎都是满分，把本来得分不高的那些训练成绩给活活地平均了上去。

他比我早服役一年。我们曾在一起学过厨艺。他的法语特别好，他在学校的时候就学法语，而且罗马尼亚语跟法语同属罗曼语族，有"血缘"关系，所以他说法语几乎没有什么口音。

这个人非常聪明，但是并不勤快，喜欢偷懒，可是他偷懒还让人逮不住，也不影响训练和考试成绩。那些拉美人，比如巴西人、萨尔瓦多人，那是光明正大地偷懒，这种偷懒是会影响大家利益的，会拖后腿。但罗马尼亚人不一样，他的偷懒很高明，不出任何问题，所以他拿了第一几乎所有人都不服，但人家的考试成绩确实在那里摆着，远超其他人，谁都没有脾气了。这个人几乎演绎了一场"做人的艺术"。

　　第二名是一个法国男孩，我们从新兵连就一直在一起，又一起到伞兵团，一起在同一个集训队学跳伞。他个子很高，将近两米，长得特别帅，一张明星脸，哪怕剃秃头都好看。身材非常匀称，身板完全是一个模特。

　　他在言谈举止方面是典型的法国男人，很有礼貌，很有内涵，如果是他拿第一的话，我心服口服。在新兵连的时候，他就一直在帮助我们这些法语不好的人。他的帮助并不是同学式的那种互帮互助，而是像一个导师。他帮我们的时候经常是用那种指挥的口气，对那些公开偷懒的他会呵斥，喝令他必须怎么做，会撕破脸。他虽然年龄很小，但天生就是一个做领导的。当兵的那年他只有16岁，在法国，这个年龄当兵只要父母签字授权就可以，就是说他在进行下士培训的时候，才刚刚成年——18岁。

　　他说话比较幽默，做事时跟上级该顶撞的也顶撞，是一个非常正直又有个性的人，所以在他的成绩面前我是心服口服的。

　　我排在第三名。

　　那一刻，我开始理解外籍军团的培训体系和队长们的用心良苦了，原来"速成班"是要求你用四个星期的时间，学完科班两个月的课程！所以才会一天到晚往死里搞，而理论还需要自己挤出时间去背！

　　"速成班"一点儿都不比4RE的科班培训轻松。

　　这时我明白为什么李会带着西洋参来参加集训了，因为西洋参能抗疲劳、抗休克、提高思维能力、改善记忆……这些都是在疲劳的情况下背理论最需要的东西。

　　所以我一辈子都记住了李。

第七节　听着莫尔斯电码入睡

下士培训结束后，我向连长汇报了培训情况，同时还向他申请学一门专业技术。当时连长问想学什么，我说我想学医疗，连长就眉头一皱，说："我们现在没有名额了，医疗兵都在位，我没有办法派你去。"我马上就说："那我学通信行不行？"连长跟旁边的副连长简单碰了一下后，打了一个电话。过了一会儿，秘书处的士官敲门进来朝连长点点头，连长就对我说："通信兵还有名额，你要是想去的话，下星期就要出发。"我之所以提出这个想法，是因为我想抓紧时间学一门专业技术，好拿着这个资质去考GCP，因为考GCP时，有特别的专业资质是可以加分的，在同等条件下入选概率更大。

自从进入军团，我就一直想学医疗，因为我妈是医生，我从小就习惯了药瓶、注射器和白大褂，自己也觉得学医疗有天然优势。但是大家都想学医疗，这是一个不管在哪里都用得上的专业，工作时间越久经验就越丰富，价值就越大。但一个班里最多只能有一个医疗兵，只有在他要离职或者调动的前提下，部队才会安排新人去学习，所以班里的医疗兵从来都不缺。

我如果要学医疗就要等，可能等到第二年也不一定能等来，所以只能选通信，因为通信是除医疗外GCP最需要的专业。

比起热门的医疗，大家都不是很喜欢学通信。

首先，学到的军用通信技术只在相应的部队有用，到了地方上就没有用了。因为军方和地方不是一个系统，设备不一样，程序也不一样，且保密性极高。其次通信兵的工作很辛苦，日常训练和作战都比一般人背负更重，电台、备用电池、备用天线等各种装备都要自己背，体能上非常遭罪。

晚上也睡不好，睡觉的时候还要戴着耳机或夹着电话，从耳边海量的即时命令里筛选出有关本部的，并做出反应。别人犯一个错，可能最多只是被班长骂一顿，但是你记录错一位数字或者漏过一个命令，便会导致军事损失。通信无小事，是不允许犯错的，所以压力非常大。

但通信也不是什么人都能学，首先法语要达到三级。外籍军团的法语考试一共分三级，三级是最高水平。

外籍军团里各种各样的培训很多，不同的培训对语言能力的要求也不同，评定一个士兵的法语水平，通过他以前获得的那些专业证书就能得出结论。连长只要翻一翻档案，看一看我都接受过什么培训，便可以评定出我的词汇量和应用水平。我觉得这比考卷评级更科学，只是需要的考试时间更长而已。

军衔也算是语言能力的证明，在外籍军团只有法语水平达到二级才能成为骨干，班长的法语水平起码要超过二级，否则当不了。

所以一个人的法语水平到底是几级，大家心里都很有数。

当通信兵除了要求语言要达到三级，作风、纪律等各个方面也都要比普通士兵优异，因为通信属于保密领域，通信兵工作接触的很多资料和信息都是机密。

2008年9月还没过完，我连下士军衔都没来得及领到手，就被通知去4RE参加卡车培训。

这次去4RE我不只要学习开卡车，按通知中的计划，卡车学习结束后，我还要继续留在那里进行四个月的通信兵集训。也就是说，我需要一直在4RE待到第二年2月，才能返回科西嘉岛。

这两项学习都在第四外籍军团，那里是新兵和各种专业技术的培训中心。

周六一早我坐上轮船便出发了，坐船跨过地中海，再坐火车，周日下午终于到了地方。

脱下礼服换上运动装，我睡了个大觉才卸下一路的疲惫。

醒来后，我便起身去饭堂旁的餐吧吃东西。出门却发现路面是湿的，原来我睡着的时候外面下了一场小雨。9月底的卡斯泰尔诺达里在雨后也有些凉，往餐吧去的路上，还要偶尔跳着越过路面上的积水……

整个营区一点儿都没变，每一个角落都还是那么的熟悉。

卡车培训很简单，唯一有些难度的，是卡车的蛇形倒库。

一开始我特别谨慎，但后来坐在副驾驶上的教官不耐烦了，干脆帮我踩起了油门加速。我情急之下虽然紧张，但转起方向盘来却也更加准确，结果连一个标记墩都没碰。

那以后我的胆子就大了起来，倒车速度快了好多。

理论培训的内容就是机械原理和保养常识，挤出一切时间死记硬背一下就都记住了。

一周后，轻松完成了卡车培训。随后便马上转场去通信集训队报到。

当我拎着行李来到CIS值班室时，值班的那个下士长张嘴便用粗暴的口气问我：

"什么国籍？"

"中国人，下士长。"

"哪里来的？"

"2REP。"

"来这里干什么？"

"通信兵培训，下士长。"

"什么？"

的确，中国人在2REP当兵的很少，学通信的更少。

"通信兵培训，下士长。"

"OK，今天是周五，你明白吗？周五没人来报到，因为星期天下午所有人才来，所以你星期天下午再来，明白？"

"但……我住哪里？"

"我不知道，如果你想的话可以去住酒店。"

"……"

"你有钱不是吗？中国人和伞兵不都挺富有的吗？"

从这句话中能听出，他认为我当伞兵纯粹是为了钱。

"不是，我是想问一下，那我路过大门口的时候，是不是要跟值班军官说清楚我住酒店的原因，他才会放我出去？"

"……"

这个下士长除了没猜到我是来自2REP的、没猜到我是来学通信的，也没猜到我居然会说法语，而且还会用法语威胁他。

于是他一边嚷嚷着"见鬼！"一边用他们国家的语言打了个电话，听起来好像是东欧国家的语言。

打完电话后，他指着墙上的小盒子对我说：

"OK，看见那把钥匙了吗？红色的，对，上面有房间号。然后，星期天下午之前不要再来打搅我，OK？"

"谢谢下士长！"

"哦……见鬼！"

从值班室拿了钥匙，我径直去了房间。

后来我发现他无论跟谁说话都是这种口气，真是个怪人。

我自由自在地在屋里连睡了两天大觉，睡醒就去餐吧吃东西，回来后就洗洗衣服、听听MP3，真是舒服极了。

到了周日下午，我再去CIS值班室报到，这回值班员换成了一位中士。中士倒是挺利索的，三言两语就给我讲清楚了集训安排，也向我介绍了连队的洗衣房、餐吧、办公室、时间规定、注意事项等，他是位很有礼貌的东欧人。

但在那中士跟我介绍的时候，我却一直在想：周五下午的那个下士长哪里去了？不应该是他值班吗？

从当天晚上一直到周一早上，我都没再见到那位下士长。

从各个部队来集训的学员们陆陆续续到齐了，7点多，全团升旗仪式结束后，我们这些人就落到了集训队的两名下士长手里。

幸运的是，这两个下士长都比较文静，一个瘦高，说话慢吞吞的；一个矮胖，思维和眼力极其敏锐。但两个人也有相似的地方，都戴着眼镜，只不过高个子戴的是老花镜，矮胖子戴的是近视镜。

四个月的训练，一半时间学理论，一半时间实践，这一年的圣诞节我就是在这里度过的。

学员有20多人，一个排的编制，人员来自外籍军团的各个部队，分为两个班，零基础班都是来进行通信兵培训的普通士兵，高级班的学员原本就是通信兵，现在承担的大多是器材管理或网络架设等高级别工作，基本都是士官。两个班吃住在一起，不在一起上课，课程内容也不一样。

我在零基础班，主要学无线电通信，从老设备到新设备全都得学。有些老设备甚至是二战时期的，因为在有些落后的地方，二战的设备还在用，所以我们都要会使用。

四个月的训练分为三个阶段：第一阶段是报务，这是最难学的；第二阶段是话务，这是训练的主要内容；第三阶段是信息传输，学了一个星期左右，内容特别简单，主要是收发邮件、处理信息。

报务是收发电报，话务差不多就是打电话，信息传输是用计算机收发邮件信息，有卫星邮件、电台图片、电话数据。

教官都是外籍军团专门搞通信的下士长，都是十几年、二十多年的老兵，有的服役甚至近30年了，搞了一辈子的通信。

老花镜下士长负责通信器材课。最开始的几节课，他教给我们的全是老花镜一般的古董设备，连晶体管的都有，甚至还有一台像自行车脚踏轮一样的人工发电机。无论在丛林里还是沙漠中，你都可以一边用两脚蹬着它，一边靠它产生的电流发报。

报务员要学莫尔斯电码，由一位爱说话的下士长负责教我们，但他在课堂上基本上不跟我们说话，因为我们的交流对象是电脑、耳机和电键。

这个阶段学了一个月，非常累，特别痛苦。对绝大多数人来说，莫尔斯电码课超级无趣，每天从早上一起床就是四件事：用耳听、用笔记、用眼看、用手敲。到了晚上，为了让大脑熟悉电码的音节，大家都是听着莫尔斯码的音频入睡的。

甚至连放假外出，我们几个学员为了背代码，便约定相互交流时不准说话，只能用手指敲击。以至于有个周末我和一个学员去图卢兹，火车上的人一路都用心领神会的眼神看着我俩：一会儿他偷偷地拍拍我的腿，一会儿我摸摸他的肩……

为了学习，尴尬也没办法。

我们管负责天线课程的教官叫"天线"，他是我们集训队里的牛人，也是通信兵里的牛人。他也是下士长，已经当了二三十年的兵。"天线"是巴西人，性格很豪爽，嗓门也大，工作时相当敬业，不工作时酒不离手。据说集训队开学第一天，他没和二位"眼镜下士长"一起出现，就是因为周日晚上喝多了。

听说"天线"把窗户外面晾衣服的钢丝绳换成两条天线，加上一台可能是从"老花镜"那里弄到的旧发报机，一顿修理后，便每晚坐在自己的小屋里，一边喝啤酒一边发莫尔斯电码和他那远在巴西的老婆电报聊天。

莫尔斯电码由于电波简单，相对传输距离比较远，所以老下士长就省了电话费了，如此看来找一个志同道合的老婆很重要。

估计"天线"也是这样认为的，这位整天醉醺醺的下士长，最经典的一句话就是："有人说，给他一个支点，他可以撬动地球。但我能做到给我一根天线，我可以联系到这地球上的任何一个女人。"

集训队的同学"小东西"，是个20岁不到的法国人，长得像小孩一样。每次听到下士长说这句话，他就在边上小声跟我嘀咕：

"那也要所有女人都会发电报，不是吗，吴？"

"那也要所有女人都会计算天线长度，不是吗，吴？"

"那也要有女人理他，不是吗，吴？"

在军队里学东西是没有捷径可走的，想要得到好成绩就得榨干自己的时间，包括吃饭、睡觉、上厕所。

需要掌握的莫尔斯电码非常多，国际明码、特殊符号、北约简语，甚至还有通信兵之间的行业"黑话"，比如敲击ZZZ，就代表着"啤酒"。其实要掌握它也不是太难，只不过想做到更准确、更迅速、更清晰，才会不那么容易。

莫尔斯电码只是由二十几个字母、10个数字、几个标点符号，还有几个缩写组成的，全世界的莫尔斯电码加起来，也就是100个符号左右，因为它太简单，所以才实用。

学莫尔斯电码凭的不只是勤奋学习，还得靠个人天赋。

报务员的工作虽然入门时很难，但是只要摸清规律后，工作就简单了。

考试是按照一分钟必须完成多少个字的翻译，和一分钟必须发出去多少个字码来考核。如果达不到标准，是做不了报务员的，同时准确率也要达标。另外，还要学电台的保养，以及怎么使用才能让电台的寿命更长、质量更好。

每天都不用等老师说开始上课，一进报务室我们就把耳机一戴，拿来一张纸、一支笔，开始边听边练，水平都是自己练出来的，因为每个人的节奏不一样。刚开始几天可能大家都差不多，但五六天以后，脑子比较灵活的，或者在这方面有天赋的，速度一下子就提上去了，到最后的时候，有些人的听力差不多能达到一分钟百字以上，甚至一分钟200字符的水平，听力能达到一分钟百字的水平，发报的水平就能达到一分钟200字或者300字。

到最后一个月，我们的手已经开始在抖了，因为只要我们眼睛一看到纸上写着数字或者字符，就想把纸上的信息发走。

发报的时候不能太快，太快了对方来不及抄收，尤其在特殊环境下，比如说正在打仗的时候，或者非常寒冷，冻到手发抖的时候，所以我们的手指尽管可以做到速度飞快，但发报时依然要放慢，就为了尽量让对方听清楚。

电影中，那种用两根手指通过莫尔斯电码传递情报的方式是非常难的，一个单词如果有五个字母，我的手指就要动十几次，甚至二三十次。一句话里面有若干个单词，前后要动一两百次，谁的脑子能记住？除非缩写。

我们通信兵之间有暗语，也有很多全世界通用的缩写。比如说英文字母U，全世界熟悉莫尔斯电码和熟悉英语的人，都能猜到这个"U"是什么意思。它的意思就是"You"。但在军用代码中，它却代表着"Urgent"的意思。因此，懂莫尔斯不是仅会收发电码就可以的，还要懂对方的语言。

外籍军团里面也有三个字母"ZZZ"，形状很像三条闪电，是非常紧急的意思。发出去之后，不是外籍军团的人，哪怕就是法国正规军的人看了，他也不知道什么意思，所以才被用作暗语"赶紧送啤酒来"……

在海洋上用的莫尔斯电键还不一样。陆地上的是一个按钮，一根手指头在上面敲，但这在船上是不适用的。因为船随着海浪上下起伏，如果在浪大的时候那样敲，那一下本来应该短，结果浪大船一晃就长了，所以船上的莫尔斯电码发报机是左右摆动，报务员是用拇指和食指左右拨动的。

在海上，军舰和军舰之间通信时为了防止被窃听，他们有时会用灯光来沟通，让那个灯闪一下快的，闪一下慢的，就和莫尔斯电码一声长一声短一样。

学报务的时候，还要学信息加密，就是在数字里面掺数字。在正常的莫尔斯电码基础上，给每个数字后面都加一个1，或者给每个单词的中间都加一个A，这就是最简单的加密。

我们都有一个加密手册，上面说明在什么样的情况下，要使用什么样的加密方式，加密的规律是什么。

比方那个加密手册，分为十二个部分，每个部分对应一个月份。今天是1月31日，我发信息时就必须用1月的操作流程来对信息进行加密。

当对方收到信息后，由于时差问题，对方那里已经是2月1日，如果用2月的解密方式就解不开密码，还要用1月的来解读。这种加密方式的原理非常简单，就是在正常信息里掺入令人产生混乱的信息。

对方收到信息后，会对照着手册，对照时间地点应该采取的解密方式，再用铅笔把加字符给划掉，剩下来的就是真字符，把它们拼接起来，就是信息的内容。当然这种方式早就过时了，学它也只不过为了解加密基础原理。

军队有自己专门的通信系统，指挥官指挥作战、通信兵收发邮件都在这个系统上进行，如果有人弄丢了一台电脑，就会把整个系统的硬件重新加密。彼此不在同一任务下，也就不在同一个通信网络内，但即使在同一个通信网络内，用同样的硬件设备，都读不出来彼此的信息。

想读出另外一个通信网络里的信息，必须通过他们的DDI进入他们的网络，但在他们的终端设备里面也是受限的，级别低的硬件读取不了级别高的信息，只能读到和他的安全级别相同的。

所以DDI比电台重要得多，如果弄丢了那个盒子，是要坐牢的，弄毁了都没事。弄丢一个密匙，相关网络的所有密匙都要重写，甚至会导致更大范围的影响。

那个盒子我们是用铁链子拴在身上的，在密匙上和电台上都有一个清零按钮，如果我要被敌人俘虏了，只要按一下按钮，密匙和电台里所有的数据信息就全部被清零了，敌人可以缴获一部电台，但这部电台没有一点儿价值。这些纪律是在我们学习时就跟我们宣布过的，大家都知道。

密匙如果丢了，必须第一时间报告，他所在部队的信息就会在第一时间被清零。

这是现代军队中的基础通信和保密方式。

话务不学有线，因为无线的发展和战场环境的改变，在我们这类部队里有线通信几乎被取代了。

这四个月的通信兵训练也有被淘汰的，但是比例很低，就一两个，还是他自己不愿意干了，因为太枯燥。

通信兵培训是国家级的，结业的时候发徽章不发证书，但是会记录在档案里。

高级班学员里有一个来进修高等通信的中士，是中国广东人。周末时，我经常和他一起坐火车去巴黎。

他年纪比我大，军衔比我高，通信技术比我好。他的技术等级是士官级别。我叫他"九斤"。

九斤的体型特别壮实，一点儿不像广东人，第一次见到他时，我说："你明明长得像个东北大汉啊，路上碰见你，打死我都不相信你是南方的。"

"我从小就这样，生下来时足足有九斤重，把我爸妈都吓了一跳。"

"啊……九斤？！"

"嗯！"

在外籍军团，中国人与中国人间的交流都跟好朋友一样，再加上九斤性格沉稳善良，所以我就那样叫他了。

九斤每次把我带到巴黎，都会请我去他家吃饭。

他和妻子都是来法国留学的，后因学业和经济问题，九嫂便在巴黎一边上学一边打工，九斤为了能让生活过得更好一些，便放弃学业来外籍军团当了兵。他这样做，一方面有了工资养家，可以供九嫂上学；另一方面，九嫂作为军属也能得到更好的社会保障。

在九斤家吃完晚饭后，一般我会住进贝尔维尔的一个家庭小旅馆。不是因为唐人街热闹，而是旁边有当时法国最大的军品店，只有两条街的距离，走过去大概5分钟。那会儿我给自己定了每月500欧元的装备预算，这也就是我工资不少却始终没钱的原因。

在巴黎，通过九斤我又认识了一个中国中士老闫。老闫就在4RE工作，他家也在巴黎，所以老闫每周末都会开顺风车往返1500公里于部队和家之间，因为顺风载人算下来会比买火车票便宜点儿，偶尔还能赚到钱。

老闫跟九斤不一样的地方，就是他很有经济头脑，不像九斤那样拮据。他的书架上都是文学书，也经常跑去大山里徒步。但两人是很好的朋友，久而久之，我也成了老闫的朋友。偶尔九斤周末不回家，我就蹭老闫的车一起去巴黎。

四个月的通信培训转眼就过去了一半，眼看圣诞节就要来了，部队计划要在圣诞节前搞一次全团演习。

演习将持续一个星期，整个4RE的人员全部参加，对于通信队来说，这也是检验我们学习成果和实操能力的好机会。

我和一个罗马尼亚士官被分在CIC的连长身边，负责保障连部上下两层通信网畅通。分给我的工作并不复杂，给连长背电台，给我的搭档打下手，架天线，在电台前值班、跑腿、抄电报、背电池或军粮等，主要是些体力活。

到了周五下班后，九斤还是一如既往地回家，我和老闫都留在部队为下周一开始的演习做准备。我估计这次演习自己的负重将史无前例，电台、附件、备用天线、电池、水、食物、睡袋、衣服、帮宝适……我那个老背包不可能容纳得下，网购也来不及了。

周六，我借用了老闫和他的车去图卢兹买背包。在图卢兹找了一整天，终于在宜动的仓库里找到个满意的，SABRE60-100，360欧元，款式介于民用登山包与军用背囊之间，而且刚好是个绿色的。还顺手收了个帐篷，科勒曼Rigel X2，140欧元。

晚上从图卢兹回来，给车加满油，接着就开始为演习做准备。

我心里还是蛮紧张的，毕竟是进入通信专业以来的第一次实操，而且培训才进行了一半，好多东西还没学，自己是否应付得了？要是搭档受伤了或被假想敌打死了怎么办，他的工作会不会全落在我头上？

周一到了。

早点名的时候，法国人小东西没有出现，他以前也是整个周末经常不在，这次只不过是点名早，他还没回来。

直到出发，小东西都没出现。我不知道队里是怎么解决这个问题的，因为所有人都在四处奔走着领取武器弹药、安装设备、测试通信，等我再想起小东西时，已经坐在编队出发的吉普车上了。

演习在风里雨里开始后，没有人再提起他。

我跟另一个通信士官搭档，负责连部的通信。

由于是随指挥部行动，所以我们比那些睡在风雨中、泥浆里、灌木下的战士要相对暖和些。不过通信兵的"睡"，不是真正意义上的睡眠，因为耳朵还要24小时听着电台里的消息，所以只能算是打个盹儿。

背着电台行军的时候，我觉得自己就是被CIC连长牵着的牲口，永远在他身后或两旁走，距离最多一米五，因为他手里始终都攥着电台上的电话，而电台背在我身上，那根电线扯出来刚好一米五。

刚开始我没有经验，总是走在他身后，过水沟时连长攥着电话一个飞跃，我就直接被拽进了沟里。钻树丛的时候，经常走着走着我俩就同时被树挂住，因为遇到树时他往左边走，我往右边去，走路的速度快，根本没时间反应，无数次我被毫不留情地拽回来，所以背电台其实也是一门技术。

掉了几次水沟，撞了几回树，就有经验了：开阔地上并排走，小树林里绕身后……已经编成了顺口溜。

过大坑时一定要把连长手里的电话要回来，这是经验，若电话还攥在他手里，无论怎么走都会摔一身泥。

爬坡时也是同样的道理，但好在爬坡时不会打滑，所以只要背着几十公斤的东西，拼了老命地跟上，就不会有太大问题。

我的士官搭档稍微轻松些。他背的是内线电台，有独立完成通信任务的能力，所以电台背在他身上，电话也拿在他自己手中。他要做的工作，是把连长的命令在电台里跟各个班长、排长重复一遍，或者把电台里各个班长、排长的请示向连长重复汇报一遍。

我背的是外线电台，接收的全是高层指示，再加上我标准的中国式法语口音，所以连长才会随时都把电话死死地攥在自己手里。

因为不愿意松开手中的电话，搭档还与一个比他军衔更高的士官发生了矛盾。

那位老士官是留尼汪人，当时的军衔比搭档高一级。他是上士，搭档是中士。

他俩在经过一个大泥坑的时候，坑下面一步三滑的老士官看见坑上边的搭档，便叫他伸手拉大家一把，但搭档当时没伸手。

老士官爬上来后，批评搭档不能及时向战友伸出援助之手，搭档辩解说："右手是枪，左手是电话，难道还有第三只手去拉？"老士官却觉得想拉怎么都会有办法。

搭档觉得很委屈。毕竟被上级当众批评了，他边走边低声地跟我发牢骚：

"还GCP呢，素质真差！没想到GCP里都是这种人！"

这时我才知道留尼汪曾是GCP的人，后调到了4RE负责士官培训。但我真不知道该如何回复搭档的话，毕竟一个是现在的搭档，另一个是自己在未来想成为的那个人。

经过几天的摸爬滚打和饥寒交迫，搭档既没有受伤也没被假想敌打死。我也成功地做了一周的牲口，充分体会到通信兵特有的苦头。

冬雨中的演习总算快完了，部队以长行军形式陆续回到营区，队伍中的每个人都湿漉漉的，脚上沾满了泥巴。当我驮着大包走进营区时，衣装整洁的哨兵向走在我前面的连长敬礼，为了回礼，连长才顺势把一路攥在手里的电话还给了我。

回到宿舍，所有人做的第一件事就是洗热水澡，第二件事是擦拭武器装备。

正在这时，小东西却突然出现在了宿舍里，就像天外来客一样！所有人这才想起了他，满屋子瞬间开始起哄：

"哦！兄弟！"

"兄弟你还活着？"

"你去哪儿了！"

"见鬼！你去哪儿了？"

"你真够走运的！看看我们！哈哈。"

一脸难受的小东西刚想解释什么，从门外进来一个下士长——就是我来报到时让我去住酒店的那个下士长——朝我们大吼一声："闭嘴！"

房间里一下安静了下来，大家一个个边擦枪边莫名其妙地看着他。

"你有三分钟的时间收拾东西！快点儿！"那位下士长朝小东西吼道。

后来我才知道，演习前的那个周末，小东西在城里喝得不省人事，回来后被惩罚，在电报车里打了一个星期的电报，基本上没睡过觉。

但纸是包不住火的，大部队回来后，这事立刻就被知道了。吼叫小东西收拾行囊的下士长，就是团里专门负责管理禁闭人员的"狱警"，难怪他只要一开口就那么粗暴。

我来报到时在值班室遇到他，估计他是来串门的，真正的值班员可能去上厕所了，那件事只能说是我的运气不好。

我考进GCP一两年后，即2012年前后，演习中跟搭档发生矛盾的留尼汪老士官又回来了，一度还成为我的组长和GCP的代理指挥官。我们的关系一直都非常好。

第八节　驻防新喀里多尼亚

我们要去新喀里多尼亚驻防了，那里是法国的海外省，这也是我第二次到法国本土以外的地方执行任务。

每次在大型海外军事行动来临前，部队都会给即将执行任务的官兵们放假，短则一两个星期，长则一个多月甚至更久。

因为要长期离开熟悉的地方，所以放假让你再回归一下自己的生活，打理好要做的事情，然后踏踏实实回部队。也是给不想去的人一次逃避的机会，那个人可以采取不按时回来的办法，打电话跟领导说："我妻子不让我去。"领导通常会说："那你就别去了，你先回来吧。"这话的潜台词就是回来坐牢。

这样的人回来之后，通常不会有好结果。但他一定是评估了风险后，认为去了损失会更大，才会选择不去。这种情况下如果强行让他去，会导致他的工作质量很差，对部队是一种隐患，所以就不让他去了。

这就是法军长期以来不停地培养人才的原因，因为任何人都可能会因意外而被取代。

去新喀里多尼亚因为要横跨太平洋，必须中途加油才能飞过去。我们的飞机是途经上海加油，我知道后心里特别激动。

从巴黎飞到上海十一二个小时，飞机快抵达上海浦东机场时，能看到很多地面建筑，好多人都趴在窗户上往外看，说，真没想到上海是这个样子的。这时我特别兴奋地说："看到没有，那就是东方明珠，巴黎对我们来说就是一个村。"

转机的时候，我们集中在一个单独的区域，属于特殊过境大厅。除了我们只有一些工作人员，我就用中文跟他们打招呼。他们所有人问我的第一句话都是："你一个月挣多少钱？"

从法国出发的时候，我特意在钱包里放了几张人民币，在过境大厅看到有自动售货机，就放进去几张给战友们买了一些啤酒和饮料。他们特别高兴，眼睛都放绿光了。他们不知道世界上还有可以使用纸币的自动售货机，因为法国的售货机用的都是硬币。

我们都穿着各种各样的便装，每次外出执行任务，根据上级的要求，有时穿军装，有时穿便装。放假时、周末时、下班去酒吧时我们都会穿那种比较随意舒服的。

虽然来了上海，但没有给家打电话，这也是我第一次到上海。

从上海飞到新喀里多尼亚需要十多个小时。

新喀里多尼亚是一座热带海洋上的岛屿，非常漂亮，我无法形容它美到什么程度。我看过夏威夷的照片，新喀里多尼亚的风景就像夏威夷一样，走到哪里都很干净。

当地矿物质很多，据说盛产镍。

这座岛屿非常小，是细长形的，像一根黄瓜，从岛的这头开车，一天不到就开到岛的另一头了。这是主岛，旁边还有很多小岛。

岛上大概有二十几万人，驻扎的法军部队有一千多人，每个兵种都有，这样才能形成作战能力。最高指挥官是个将军，但是不大有机会见到他。

新喀里多尼亚的军营有很多，海军的、空军的、陆军的都有，光是陆军的就有好几个。我所在的兵营是太平洋海军陆战队新喀里多尼亚团（RIMaP-NC），里面有步兵、空降步兵和工兵，是一支混成部队，最高指挥官是个上校团长。

我们连100多人，是以空降步兵的身份被派到这里的。

兵营里有楼房，也有平房，是个比较规范的军营，每天的生活作息跟在法国的科西嘉一样，没有任何区别。我们在科西嘉，屋里是不装空调的，但是在吉布提和新喀里多尼亚的房间里都需要装空调，因为属于热带地区。

新喀里多尼亚的热是湿热，植被很茂盛。

当地治安比法国本土还要好，但跟法国本土明显不一样的是，这里亚洲面孔非常多，他们很多都是在那里做生意，日本人尤其多。另外，亚洲的游客也很多，所以岛上的饮食风格偏向亚洲风，到很多餐馆里都能吃到炒面、鱼片、寿司，粽子、饺子、包子，超市里也有，而这些在欧洲只能在中餐馆里才有。

我们去餐馆吃饭很少进房间里去，都是坐在外面，因为这里气候非常舒适，而且城市很干净，街道的风景也漂亮。

新喀里多尼亚的消费蛮高的，跟欧洲差不多，有些东西比欧洲还贵，那里没有太多工业，靠的是旅游业和矿业，当地的食品、服装等基本上都是进口来的。

科西嘉岛也是一样，只要是在岛屿上，生活成本就会偏高一些。

当地人口不多，自然环境非常好，往地里面随便扔点儿种子就能长出庄稼来。

周边都是海，不管在岛上的哪个位置，开车二十分钟就能到海边，所以他们的渔业也非常发达，再加上旅游业很兴旺，很多人做点儿小买卖就够生活了。新喀里多尼亚人的护照就是法国护照，他们的收入和法国本土人的差不多，但是社会福利稍微好一些，人均GDP约39000美元，已经超过了新西兰，外加当地居民能享受一些特殊政策，老百姓生活得很安逸。

所以岛上不比法国本土的任何城市落后，居民整体都比较富裕，当地人生活得比法国本土的人还要舒服。

我们在新喀里多尼亚驻扎了四个月。每次到海外执行任务都是四个月，它是根据人的心理和生理特点设定的，时间太长了就可能产生心理上的问题，重新回归原来的生活时，容易发生脱节、产生隔膜，所以四个月的时间是有科学依据的。

驻扎在新喀里多尼亚，比在吉布提更像在旅游。

我们去吉布提是领双份的工资，到新喀里多尼亚领的是正常工资，但是有海外补贴，每月几百欧元。

每天6点起床，7点吃饭，7点半集体出操，内容就是跑步、骑自行车、游泳或者跑障碍、打球。

9点半大家统一换上军装开始上班，内容很多，打扫卫生是上班，擦枪是上班，军事训练是上班，理论学习是上班，出去巡逻是上班，到乡下去帮别人盖房子也是上班。

五点半下班，就可以穿便装了。

差不多和在法国一样，我们原来在科西嘉如何工作，到了这里也是做一样的工作，只是从地中海换到了太平洋。

新喀里多尼亚有当地的预备役部队，但是我没见过他们。很多当地人参军退役后还回到新喀里多尼亚生活，部队就把他们组织成预备役，每年会和正规部队一起在军营中工作几个月，享受正规津贴。如果发生紧急事件，随时可以编入正规军。

我们每次去世界上的一个国家或者地区，部队都会有一些特殊的交代，比如去这个地方不要用左手跟别人打招呼、不要摸小孩的头等，去新喀里多尼亚前主要是交代那地方有蚊子，注意别得痢疾。因为新喀里多尼亚就属于法国，所以没有那种提心吊胆的感觉。

新喀里多尼亚有我见过的法军最大的两栖作战中心，专门培训两栖作战突击队员。所以在这四个月中进行的训练，也是我在外籍军团10年里最特殊的。

有一次训练持续了两三个星期，几乎每天都在跟水打交道。天晴的时候泡在海水里面，或者在划皮划艇，或者在潜水，或者在武装泅渡，或者在跑水上障碍。下雨的时候还是在跟水打交道，因为雨天不仅下海容易生病，而且容易起浪有危险，所以就去钻丛林。

一天24小时浑身上下几乎都是湿的，总是干不透。

晚上睡觉的时候，没有房子，也不搭帐篷，就躺在地上睡，而且还没个平地，就在斜坡上，用脚蹬着一棵树睡，要不然就出溜下去了。

那里是海洋性气候，经常下雨。下雨的时候，地上就没办法躺了，幸运的时候能找到一片稍微鼓起来的小土包，躺在土包上面，这样雨水虽然淋在身上，但地面上的流水就从旁边流走了，不过这种小土包特别难找。

大多数人身上披个雨衣，拿根绳子把自己的腰拴在树上，就那样半吊着睡了。

没有办法，当地的海洋性气候就那样，时不时地来一阵子雨，但不是狂风暴雨，气温又比较热，所以就不搭帐篷。这样的日子特别、特别难熬，非常刻骨铭心。

我们经常在晚上去大海里划船进行渗透作战训练。

海面上一片漆黑,看不到海平面和地平线,只能看到海浪和天上的星星、月亮,划多远也不知道,唯一的参照就是罗盘,用来辨别方向,注意观察跟上船队别走散了。

虽然到处是一片漆黑,我们的橡皮舟也是黑的,但是每一桨划下去,都会荡漾起五彩斑斓的荧光绿,那真是一种特别美妙奇幻的颜色。这里的海水是会发光的,真的特别漂亮。

但是一直这样划船,也会划到崩溃。因为每一桨都会带起水沫、水星泼过来,划上一会儿后浑身就湿透了。划船时手臂很容易疲劳,接着腰痛、腿痛、肩痛,很痛苦,手都打泡了。

每划几百米就会感觉痛不欲生,但最后却发现竟然划了好几公里,就连自己都觉得是一个奇迹。

而且快到终点的时候,会发现大家都在拼命地抢滩登陆,速度一点儿都不比出发时慢。

刚下水时是需要用尽力气冲破海浪的,因为接近岸边的海浪是最大的,不用力划,你刚前进一米,一个浪过来就把你推回来了。所以那个时候要拼命地划,往海里走个一两百米后,海面就比较平静了。冲刺的时候是顺着浪走的,那速度简直就跟射出去的箭一样,意想不到的快,人的体力真的是有无限可能性。

我们划的船有两种:

一种是6~8个人划的橡皮艇,主要用于抢滩登陆。发生战争时,通常海岸都是有防备的,一般舰船距离海岸很远就停下来了,再靠近就容易被发现,所以平时就要训练划行登陆作战的耐力。

划橡皮艇要的是战术,不要求速度。橡皮艇能承载的人比较多,它的面积比较大,自身也比较重,不太容易翻,同时因为登陆需要,大部分都是晚上划,上岸后还要把皮划艇抬到隐蔽的地方藏起来。

新喀里多尼亚上岸就是丛林,植被很茂盛,但没有达到遮天盖日的程度。

另外一种是1~2个人划的独木舟。

划独木舟主要是竞速，对体力和操舟技巧要求更高。晚上划独木舟比较危险，海浪稍微大点儿就翻了，所以都是白天划。

独木舟能从海里一直划到河道中，还可以沿着小溪逆流而上，这样就避免走路了。虽然逆流划船很累，但通常有水的地方都是位置最低的，相对隐蔽。执行完任务顺流而下时，速度就非常快了。

海上作战的装备和在陆上作战是一样的，很多很复杂，身上通常有上百样东西：头盔、防弹衣、救生衣、军靴、裤子、衣服、手套、帽子、夜视仪、电台、备用电池、睡袋、防潮垫、子弹、子弹匣、多功能工具钳、耳机、护目镜、手表、指北针、GPS、荧光棒、急救包、止血带、手枪，两颗手雷、发烟弹，吃的、喝的、用的等，这是一个很长的清单。

每个战士身上通常带着两支枪，一支手枪，一支步枪。步枪是法玛斯步枪，备8个弹匣，每个弹匣有25发子弹，一共200发，连枪带子弹不到10千克。所有装备的重量加起来有30多千克。

我们不带刺刀，只带折叠的多功能钳，它有钳子、有刀、有锯子、有锉、有剪刀、有螺丝刀，其中275克的多功能钳使用频率非常高。

这些东西平时训练就要携带，上战场也是带这些。光是饮用水就要带几千克，全是装在水袋和1.5升的矿泉水瓶里，如果出去连续作战两天，是不需要任何补给的。

军粮就是各种罐头，每人每天领一个纸盒子，里面是这一天的三顿饭。早饭是袋子装的，午饭和晚饭是一大一小两个铁皮罐头，方形的，四个角是弧形的，两三厘米厚。揭开盖子，里面有肉有蔬菜，牛肉、鸡肉、鱼肉……都是特别好的肉，总共有12种口味，每种口味搭配糖果、牛奶、火柴、垃圾袋等等。

军粮中的面粉食物非常少，就是普通饼干，8片甜的，8片咸的，每片10厘米长，3厘米宽，每两片一个独立包装，包在一个透明的塑料纸里。但是很少有人吃饼干，几乎都扔了，光吃罐头就饱了，都是食肉为主。

还有一个塑料口袋，里面装着小包砂糖、小袋茶叶末、奶粉、巧克力冲剂、咖啡粉、咖啡伴侣、口香糖、汤粉、净水片、罐头盒支撑板、给罐头加热的酒精片、火柴、垃圾袋等，把汤粉倒在水里就是浓汤了。这些东西加在一起大约有100克。

不发烟，听说过去是发烟的。因为军营里不限制抽烟，只限制抽烟的场合和时机。

有一些老士官说，现在的军粮没以前好吃了，以前的军粮还发红酒，那个红酒特别好，是粉末状的，下雨的时候接一杯雨水，一包红酒粉撒进去就有红酒了，喝了之后浑身特别暖和，特别有劲。这是他们几百年来的习惯，最早的时候都认为喝红酒能补血。

我们在新喀里多尼亚的训练主要就是登陆作战和丛林作战。

法国的海外领地很多，有的地处沙漠地带，有的在海岛，有的在丛林，有的在高山，有的在平原。作为法军的空降步兵，他们要适应各种作战环境。

第九节　培训下士和联合军事演习

在新喀里多尼亚，我还参加了一次对我个人意义比较重大的训练，就是参加了一次下士集训。但这次集训不是训练我，这时我已经是下士了，是我去集训即将晋升下士的队员。他们都是我们连的一等兵，有十多个人，在晋升下士前，按规定需要进行一次两个星期的集训。

让我去培训下士的原因有两个：

第一，我是通信兵。培训的地方距离我们军营有四五十公里，普通的无线电话信号传不了那么远，加上当地经常下大雨，卫星电话也不好用，所以需要一个专业的通信兵随队，通过电报与基地保持日常联系，汇报每天的训练情况。

第二，这些学员在培训期间，也需要学习通信技术，我可以同时作为通信教官，教他们通信理论和通信技术。

集训的地点在山里，是一个离海很远的丘陵地带，植被很茂盛，有断崖，有非常湍急的河流，可以跳水、游泳，那里天天下雨。

教官是排长带队，也有十来个人，有通信兵、卫生兵、伙夫，伙夫也是教官，因为本来就是战斗兵，只是临时被抽过来负责这次培训的伙食和后勤工作，这是法军部队的特点。

集训开始后，我和其他教官一起，组织体能训练、设置陷阱、晚上摸哨、偷袭等等。

同样也没有教材，就是几份印在纸上的材料。排长负责课程安排和时间统筹，我们按照排长的命令进行落实，授课内容由教官自行安排。

比如爆破知识讲到地雷，工兵教官就会拿来很多模型，这些模型都是世界各国的地雷，教地雷的各种技术参数，多大体积、引信在哪里、怎么拆、现在哪些国家和地区还在使用等。

我教他们通信，内容都是比较基础的：如何操作一部电台、如何用规范的电台语言去交流、如何正确和安全地保养电台等，基本上都是白天理论、晚上实践，也是不让队员们睡觉。

我不会教完他们就考试，但是每天晚上我会用电台来抽查，比如上午教他们，电台必须24小时开机，要保证随时有备用电池可以用，即使是晚上睡觉，也要有人值班，发现情况要及时汇报，怎么进行汇报等。晚上我是戴着耳机睡觉的，他们要在每一个时间点跟我汇报，如果我困了想睡觉，也可以放开大睡，因为如果他们没睡觉的话，就能准时地把我吵醒。

等我睡一觉醒来起夜的时候，就会拿起电台呼叫他们的代号，我说："我是教官，汇报一下你们目前的情况。"值班人员就会在电台里告诉我，现在是几点几分，目前所在地的坐标，现在有多少人，正在干什么。如果汇报者的声音很亢奋，说明他们真的在做事情，如果声音很低沉，说明他们在偷懒睡觉。这时，也是通知潜伏在周边的教官开始偷袭的好时机来了。

这些是教学计划上没有的，但我们每一个教官都会想尽办法、绞尽脑汁以这样的办法训练他们。

有时还会刻意给他们制造麻烦，比如我知道他们要外出24小时，但我只给他们能使用18小时的电池，这时他们就要想办法解决另外6小时的电池问题。

其实问题很好解决，队伍移动的时候是开机的，停下来时先汇报，把需要传送的电文发送完毕后，然后跟我申请部分电台关机，出发时再开机。这都是在课堂上讲过的，目的就是让他们在资源有限的情况下，学会解决超出资源界限的问题。

因为战场上很多时候确实就是这样，不能按部就班地做。

在外籍军团里，我没见过给教官用的标准化课件，但教官们教的一定会超出教学要求。比如排长让我今天教会学员使用A型电台，通常用不上一天大家就都学会了。余下的时间，我会把我能想象到的各种特殊情况，以我擅长的解决办法教给他们，比如存量18小时的电池怎样才能使用24小时。

我会把A型电台和B型电台拆散，把它们的零件混在一起，让学员重新组装。会让学员背着电台冲上山坡，体验每一种电台的重量，这些就是我自己的发挥。

如果仅仅按照排长的教学计划去教他们，他们真的是只能学到一点儿最基础的东西。我希望能把我掌握的技能都传授给他们，因此对他们的要求更加严格。

两个星期的下士集训，内容和我在科西嘉升下士时的集训内容差不多，也有一些是我没有接触过的，比如怎么做陷阱、怎么反袭击，这些课程是根据当地的地理环境来安排的，有地域性。

晚上我们去摸哨，并不是真的去抓人，主要是考察他们的警惕性。总而言之，这两个星期就是想方设法不让他们舒服。摸哨是随机的，在训练计划里面并不是一个任务。

他们晚上睡觉时至少要有一名士兵放哨，按点换班，在周围会设警示装置，或者是反袭扰陷阱，抑或是布置一些石灰制的训练手雷，用那种特别细的线布好，炸开后伤不了人，只是"砰"的一响后冒白烟。子弹也都是空包弹，能打响，但是没有弹头，一打，喷出来一股火药，离得近的话，打到人身上会把衣服给烧烂，如果崩到眼睛里面能给崩瞎，一般距离两米之外就没啥问题。

吃完晚饭，我们会开车把他们送到一二十公里外的地方，让他们在第二天早上几点钟之前必须走回来，考验他们军事地形学的水平。回来的路上，他们要不断汇报自己的位置，遇到了什么情况。

我就骑着摩托车，带一支枪、两枚手雷，身上背一部电台，电台比一条烟还小，不到一千克。

根据他们不断汇报的行程、位置，在半路上给他们设置陷阱，埋假地雷，找个地方隐蔽起来，等他们靠近时突然伏击，扔一颗手雷，拿枪扫一下。我是教通信的，所以对他们的战术反应并不关心，我只想听他们在电台里是怎么汇报的。战术教官有专门的战术模拟方式，他们的手段更加复杂。

整个学习过程是综合性的，不是说今天学了通讯课，今天晚上就只抽查通信。

在这个教学过程中，不会出现不努力的教官，因为每个人都需要在这样的集体里获得认同感，通常这也意味着你在这个集体里面的地位。对我们这些老兵也好、教官也好，想在新兵的心中树立形象，那就一定要用本事说话，所以我们在教学时都会不由自主地发散想象力。

驻防后期，我们还参加了一次联合军事演习。

这是一场模拟反暴乱的演习，假设当地不明真相的民众在暴乱分子的鼓动下发动了暴乱，而暴乱分子所在的村落位置已经被锁定，此时伞兵奉命出击了。

我们空投落地后，立即将村庄周围的主要干道全部布控，随后装甲车、卡车赶到，进一步加强控制，将该地区全部严密封锁后，再派出一部分人乘直升机飞到暴乱分子所在村落外部，派出专门谈判人员，要求交出领头的暴乱分子，但暴乱方拒不交人，平暴部队决定采用不开枪的方式强行突破。

暴乱分子发现大势已去，企图逃跑。平暴部队动用直升机、装甲车、冲锋舟、各种船只，以多种手段围追堵截暴乱者，最终将他们擒获。

整个过程只有两天，演习部队一发现情况就开会分析局势、排兵布阵，随即行动。

我们是在暴乱的第一天下午接到行动通知的，大家立即开始做准备工作。下午到机场乘飞机前往指定地点跳伞，落地后分布在各个主要路口模拟封锁，当晚就在各个封锁点住了一夜。晚上就躺在地上，没有帐篷，跟实战时一样，吃饭就吃干粮。

第二天，我们乘坐直升机前往事发地的村落进行布控。

演习的时候我们连全部出动了，海上的小型船只也出动了，开到暴乱区附近的海面进行封锁，防止暴乱分子乘船逃跑。其他还有空军、陆军、工兵、装甲兵、警察、宪兵相互配合，岛上的所有驻军单位都参加了这次演习。

我们伞兵先是跳了一次伞，模拟已经把道路全部封死，然后再坐直升机降落到村子外面的足球场上。因为一旦真的发生暴乱，我们不知道谁会去跳伞，谁会坐直升机前往第一线，所以就所有人都跳一遍伞，所有人都坐一遍直升机。这样，如果真有情况，不管安排谁，他都是有经验的。

跟以往军事演习不一样的地方是，两天的军事演习里我们几乎没开枪，因为面对的是老百姓，只是在最后围追堵截少数暴乱分子时才有可能开枪，即便在对方使用自动武器的前提下，我们也要非常谨慎。

这样的军事联合演习，其实不是训练我们的。我们都会跳伞，都会乘坐直升机执行任务。我们不需要通过演习来锻炼，这样的演习实际上是锻炼部队指挥官的。

指挥官在作战室里面，需要熟练地运用、协调海陆空各支队伍，分工协作完成同一个目标，这种演习对他们是一种推演，尽管演习也会锻炼士兵，但更多的是在锻炼指挥官非战争行动时的指挥能力，如果不进行军演，指挥官的水平是没法保持和提高的。

因为每四个月就会从法国本土换一拨新的士兵来驻防，所以新喀里多尼亚几乎每四个月就要举行一次演习，就是为了提高各部队协同作战的能力，磨炼新部队适应环境和相互沟通的能力，同时也训练指挥官从不同的指挥角度进行演练的能力。

这次演习时，我们连有一个排被派往新西兰，参加了一次法国、澳大利亚、新西兰三国联合举行的太平洋安全防务军事演习。

我们驻防科西嘉时，几乎每个月都会有军演。在吉布提也跟美军一起演习过。经常进行训练和演习，对部队的战斗力，对指挥体系的完善，都是有积极意义的。不过军演的每一秒钟都有开销。

在新喀里多尼亚我们也要跳伞，法军规定，空降兵每年至少要跳12次伞，才能保住空降兵的证章，不然就要从头再学一遍，或者调去其他部队。还不是每年只跳12次达标就可以不跳了，而是只要有飞机上天你就得跳。因为法军是全年度全时段地征兵，所以每隔一阵子就会有新兵入伍。

所以我们在科西嘉时，几乎每个星期都有飞机上天。

作为运输机的飞行员，如果想保住他空投伞兵的证章，就必须完成每年要扔下去多少个伞兵的"KPI"，否则他也要离岗。而飞机每升空一次，油料、地勤等都会产生成本，在天上把一个人扔下去也是扔，把100个人扔下去也是扔。所以空军指挥官会主动询问伞兵指挥官："你们还有哪些人没跳过伞？我们有两个飞行员的飞行指标还没达到。"但伞兵指挥官会觉得让两个人训练也是训练，让100个人训练也是训练，为什么不让这100个人训练得多一点儿。他们的素质会提高一点儿，所以伞兵指挥官不论手下的士兵跳没跳够标准都要让他们跳，这样两边就一拍即合。

要求伞兵每年跳够12次伞，这是法军对普通伞兵的最低要求。伞兵积累的跳伞次数达标了，将来他的退休金也比没有达到指标的人多。

特种伞兵要求每年至少跳60次，才能保住特种伞兵的资格，等他将来退休后，他的退休工资比普通步兵高很多。特种伞兵当20年兵的退休津贴，可能会比普通步兵当30年的还要高。

所以法军是在用体系来规范部队的运作。

对飞行员也是一样，既有被动压力也有主动诉求。被动压力是如果每年不达标，就保不住自己的工作许可；主动诉求是飞行的小时数越多、任务等级越高，退休后享受的待遇便越高。

所以大家在从事专业工作时，都拼命地干。

不过新喀里多尼亚的飞机都比较小，全副武装上去只能坐一个排多一点儿，最多三四十人。我们只是在刚学跳伞时是空手跳伞的，等跳了两次以后就永远都是全副武装了，携带的装备和实战时是一样的。

在新喀里多尼亚跳伞和在科西嘉感觉差不多。

空降场距离大海就二三百米，跳伞也是在海边，看着大海往下跳。但因为是低空跳伞，高度只有三百米左右，所以不会被吹到大海里去。

从跳出飞机到降落伞打开，几秒钟就过去了。打开后，要检查降落伞，看看周围人的距离，注意不要纠缠到一起，这时离地面就只有一百多米的高度了。

跳伞时要做很多这种规定动作，没精力也没时间在空中观看自然风光。

第十节　野外生存训练

在新喀里多尼亚驻扎时，我们进行了一次为期三天的野外生存训练。

新喀里多尼亚两栖作战中心的军事训练基地，就在首府旁边的军港。这座军港已经有几百年的历史，还有古堡。从法国人到达这片土地时，他们的船就一直停在这里，因为港口的缘故，越来越多的人在这里定居，逐渐形成了这座城市。

野外生存训练的地方就在距离军港不远的一座隔海相望的小岛上。这座岛非常小，除了植物什么都没有，也没有任何居民。

我们一个排20多人，在教官的带领下划着独木舟，排成一字纵队，划向小岛，因为刚好经过城市中心最繁华的地段，还有很多游客在岸上看我们。

我们在那个岛上待了三天。

那三天天气很不错，没怎么下雨，岛上到处都是沙子，沙地软软的，都没见到什么昆虫，随便找个有树荫的地方躺下来，轻风吹过来特别舒服。其实三天不吃不喝也是可以活下来的，但我们训练的目的不是锻炼忍饥挨饿的能力，所以还是要跟着教练学习了解当地陆地上的动植物，知道哪些可以吃，哪些不能吃，当地的海洋动物哪些容易抓到，抓到以后怎么吃，哪个部位不能吃。

印象最深的有三个：一个是吃植物，一个是吃昆虫，另外一个是吃海洋动物。

有一种昆虫的幼虫是长在树皮里的，乳白色，小手指大小，像蜂蛹一样，从树皮里面扒出来就塞到嘴里直接吃，一咬就爆浆，没有什么异味，口感软软的、甜甜的，最大的挑战是克服心理反应。

教官是两栖作战训练中心的，当地人，他教我们在什么样的树、树的什么位置能找到这种虫子。学会了才发现，这种虫子遍布岛上，随便哪个地方都能找到已经倒下的枯树，把树皮扒开，有一半的概率能找到那种虫子，吃就行了。

海里主要是学习捕捉大龙虾，就是那种饭店里几百块钱一只的大龙虾，只要运气好就能抓到。大龙虾趴在海底，潜下去拿个棍抽它两下，它一夹就捞上来一只，想怎么吃就怎么吃。每一只都很大，不算夹子，从头到尾都有二三十厘米长，拎在手里很重，拎着它的胡子时，经常胡须就断了又掉回到海里去。

龙虾不是生吃，是用海水煮熟了吃。我一顿吃不了一个，因为味道不好，吃多了会渴，岛上又没有淡水。

教官带了一口锅，是非常厚的铝合金圆形大锅。

训练允许我们带火柴。作为一个士兵，身上能发火的东西太多了，用电池配合烟盒里的锡纸可以点火，或把子弹头拧掉，塞点儿纸或者布到弹壳里，对着易燃物开一枪，就着火了，或把手雷的引信拧下来，一拉环，它就能喷火，再或者很多瞄镜、望远镜上面都有放大镜，如果你舍得把它破坏掉，卸下来也能点火。

另外，还有海参。当地海参很多，不用说在这座小岛上，就是在基地的海滩上，在齐腰深的水里练习阻力奔跑时，经常一脚踩下去，就从水中浮起一股浓稠的液体，那就是踩到了海参，不小心把它的肠子挤出来了。

海参看上去很恶心，因为有龙虾，所以我们都不吃海参。

那里的水温很高，所以海胆也特别多，经常有战友被海胆给扎了。下到水里随便找块岩石，在下面就能发现海胆。

这里海胆的刺有十几厘米长，比科西嘉海胆的刺长太多，里面的黄不是很大，但每个里面都有黄。我们吃海胆也就是尝尝鲜，吃多了容易拉肚子，主要还是吃更容易填饱肚子的东西。

还有人弄螃蟹，有人去摸鱼——那种彩色的、很小的热带鱼。

我主要是吃椰子。有的椰子特别老，都发了芽了，掰开后里面的东西像泡沫一样，里面的椰子肉能吃但口感不好。再就是喝椰子汁，不过喝多了也蛮容易上火的，毕竟不是水。

椰子随便在地上就能捡到，但是我们没有砍椰子的刀，只有小工具刀，一两毫米厚，一厘米宽，六七厘米长，很脆弱，切东西可以，但是撬不了椰子壳。我们就找那种从根部自然断掉的树，利用它断口处的木尖，捡来一堆椰子往这个尖子上磕，因为有的椰子已经掉下来很长时间，不确定里面还有没有椰子汁，还有些椰子已经发芽了，就不能吃了。

有时也会把带尖的树枝弄下来，用火烧一下，它碳化后会变得非常硬，再把它磨尖，用它插进椰子里面去撬外面的毛壳。

剥椰子是一件相当累的工作，很费劲，剥开后，椰子壳上就有三个点，再找一个木棍把它戳开，就能喝到里面的椰子汁了。

喝完后到海滩边上找一块大石头，"咔嚓"一下把它摔裂，然后掰开，用勺子或者刀子吃里面的椰子肉，口感就跟特别嫩的花生一样，很香，那两天我吃了很多椰子肉。到后来由于喝了太多的椰子汁，胃里很难受。

我们还跟教练学撒网捕鱼，学习捻草绳扎独木舟，学看星象，学看海洋天气，学怎么储水。

岛上都是沙地，沙子里挖一个坑，下完雨坑里也还是没有水，教练就教我们怎么把草叶和椰子壳垫到坑里存住水。

那种教学很好玩，和之前的其他军事训练都不一样，放松大于培训。我们那三天在小岛上都玩开心了。到了第二天、第三天，大家都不起来弄东西吃了，就躺在地上睡觉。因为教官的作用就是告诉我们什么东西可以吃，什么东西不能吃，在什么地方能找到什么东西，然后他就没事了。

什么东西不能吃呢，他没教过的东西不能吃，看着觉得奇怪的东西不能吃。还有一些看起来正常但从没吃过的植物也不能吃。接下来我们就是自生自灭，爱干吗干吗，跟他没有关系了。

那三天还下了一场雨，大家就挖了很大的一个坑储水，但是雨下了好一会儿，坑里的水始终就一个底，不是想象中那样满满的。

这时就发现地上正在往海里流水，大家就在这个临时的溪流中间挖一个坑，摆上椰子壳和草叶储水，雨停后，每一个椰子壳里都有一半沙子一半水，饮水的问题就这样解决了。

下雨前我们搭了窝棚——用各种植物的大叶搭的，搭得很厚，效果还挺好。

睡觉时也是躺在各种叶子上，下边就是沙地，一点儿都不冷，岛上很干净，蚊子和苍蝇都很少。不过小飞虫很多，密密麻麻的，经常往眼睛里飞。

三天下来，没有人叫苦，每个人都挺舒心自在的。主要还是之前的日子过得太累了，连续两个星期总在划船、训练，每天只能睡四五个小时。

法军的训练就是这样，几乎是不停顿的，如果停下来了一定是因为教官累了，需要休息了。

有的教官睡觉时也不让我们闲着，他去睡了，让我们去找石头垒金字塔，他第二天早上醒来的时候，必须看到一座金字塔，金字塔一般高2米，心肠硬的就让垒3米的。

3米也肯定是得垒起来，办法就是上半夜一半的人去睡觉，另外一半垒金字塔，下半夜再换班。

这其实不是偷懒，更不是违反命令，战争就是这样，如何在不依靠上级的情况下给自己和队友创造生存机会，这才是我们最需要学习的东西，从平时的训练里面就要学会，而不是命令做什么就老老实实做什么。

三天野外生存训练后，部队给我们放了三天假，这期间可以不回军营。

那几天留给我的印象非常深。在新喀里多尼亚市中心，有一家非常豪华的全球连锁酒店，离我们的训练基地不远。那里的套房一个晚上三四百欧元，我们拿士兵证去开房间是给优惠的，一晚上只要120欧元，六七个人开一个套房，平摊后算下来几乎可以忽略不计。

套房里主卧、次卧各睡两个人，客厅的沙发拉开就变成沙发床，能睡两个人，佣人房间里还有张单人床。最主要的是一日三餐都是免费的，因为开的是总统套房，饮食是全包的，其实我们也就是在那里吃个早餐，白天都跑街上玩去了。

房间里有洗衣机、烘干机，有观景阳台，坐在阳台上，足不出户就可以看到新喀里多尼亚最漂亮的海湾。

出门就是商业中心，我们去街上的酒吧里喝酒，喝大了就串场子，换一家酒吧再喝一杯。

最后一天把该洗的衣服都洗干净了，拎着大包小包回军营。

这是我们在新喀里多尼亚第一次放假，也是第一次进城玩。

之前尽管也有周末，但都是在军营里面休息，虽然可以请假外出，但我们的军事基地在新喀里多尼亚岛屿东南端的普姆，离比较繁华的首府努美阿市有30公里的距离，所以很少有人会花很多钱打出租车去城里玩。这次是由于两栖作战训练就在市中心，所以才有这样一个机会。

不过这以后就一发不可收拾了，因为大家都知道了城里非常好玩，所以几乎每到周末都是几个人凑钱打一辆车去城里，以至于周末在营区都见不着太多人了。可我再没去过，因为快考GCP了，要做各方面的准备。

执行完四个月的驻扎任务，要离开新喀里多尼亚时，我们所在的基地举行了一个简单的欢送仪式，大家在一块儿吃顿饭、喝个酒。基地的最高指挥官给大家讲了话，其他各连也都派主官参加。

士兵的奖章都是在重大节日颁布，这个会上没有。

这是我从军时第一次也是最后一次到新喀里多尼亚。

第十一节　GCP里从来就没有过中国人

从新喀里多尼亚回到科西嘉，工作了一段时间后，二连和三连要开赴阿富汗执行任务，因为法国和阿富汗有时差，所以这两个连就开始进行黑白颠倒的生活和训练，白天睡觉，晚上起来工作。食堂24小时开火，白天给不去阿富汗的部队做饭，晚上给去阿富汗的部队做饭。

我们一连（城市作战连）由于刚从新喀里多尼亚回来，就没有被安排去阿富汗。

部队考虑到去阿富汗肯定会有人员损失，为防止从那里回来后，由于人员损失过多填补不上空位，因而就在这段时间出现了一个特殊情况，各种晋职、晋衔、技术学习、下士提拔等非常频繁，一大拨新人在很短的时间就得到了提拔——晋升为下士，如果按正常节奏的话，可能至少需要个两三年才能做到。

这也是为什么我们连在新喀里多尼亚的时候，就进行了一次内部的下士培训和提拔。当时我们不知道，但是上级指挥官已经在提前考虑，为部队开赴阿富汗出现伤亡做准备。

所以这一年GCP的考试也提前开始了。

GCP里从来就没有过中国人，甚至连亚洲人都没有，所以我一直不知道自己能不能有考试的机会。

为了这个目标，我准备了很久，一直在朝这个方向去努力，锻炼身体，花钱买各种书和装备，见人就问："你知道GCP收不收中国人？收不收亚洲人？"每次倒垃圾的时候，只要看到垃圾桶里有一些可以用来学习的，不管是纸张、书本还是报纸，就收集起来带回去看。

我知道有一项考试是全副武装30公里跑，路线也知道，我问过很多考过GCP的战友，知道以前都是跑这条路，而且几十年就没变过。

为了熟悉路线，我先骑着自行车转了一遍，又穿着运动服跑了一遍，再穿着军装跑了一遍，操练了很多遍。以至于那30公里的路，到哪里是一公里，到哪里是两公里，道路在哪里拐弯时为了防止翻车修成斜面的，每一个弯的角度有多大，跑到那里怎么拐能少跑两米，尽量在将来跑平跑直，我都摸清了。

我做了非常充分、相当精确的准备。

考试通知下达的那天，我正带着新兵在外面干活，路上遇到人说："你没去报到？"我说："今天报到吗？"对方说："是的，他们都已经集合了。"

我撒丫子就跑回连队，直接跑到值班室，进去就问："别的考生都去报名了，是真的吗？"

值班的老下士长是一个黑人，很壮，看起来跟狗熊一样，平时我跟他大声说话都不敢，而且我当新兵的时候他就在带我。但那天我就和他吵了起来，我说："我努力了那么多年，到了报名的时候你竟然不通知我，万一因为迟到了被淘汰，你能负得起这个责任吗？"

当时我都流泪了，上去唰地一下把墙上的通知撕下来转身就走了。

我那时真是紧张到了家，因为本来我就不确定GCP收不收中国人或者亚洲人，现在出现这个情况，我还以为是通知下来了，但他们对我封锁消息，第一反应就是他们根本就不让亚洲人或者中国人去考，不给我考试的机会。

其实下士长也没错，因为我带新兵出去干活是值班室下达的命令，所以他可能想等我干完活回来后再通知我。只是我通过其他渠道知道了消息，加上心里一直担心GCP不收中国人，所以才会过分地激动和紧张。

那个通知上确实有我的名字，我看了才放心。回房间就收拾该带的装备和材料，大包小包收拾了好几个，因为考试要持续两个星期。

值班室派了一辆吉普车，把我送到了集合地点。

到那里一看，其他连的人都已经到了。

有一个GCP的考官过来，让我们把包里的所有东西都倒在地上。他穿着短裤、拖鞋和T恤，长头发，留着胡子，两手插兜很随便，但是看到他以后我的心里非常紧张，对他有一种天然的敬畏感，连大气都不敢出，怕人家合计我刚拿几个包就累成这样，滚蛋吧！

考官检查得很仔细，因为每个人带的东西是有差别的，有的人带着手电，有的人带着巧克力，有的袜子带得多，有的内裤带得多，有人带着急救包，有人没带，急救包里的东西也有差别，有的带着创可贴，有的带着止血带，反正通知上只写了"为期两周""考试用品""个人战斗装备""露营装备""其他必需品"等字样，啥具体内容都没有。

这是考官在通过第一印象了解我们这些考生。

我们的作战背心上面有很多兜，也让一个兜一个兜打开，把里面的东西掏出来，有以前训练时吃剩的巧克力饼干的塑料袋，都不知道忘在里面多久了，有的装着钳子等工具。考官也不评价，啥话都不说就是看。接着就有越来越多的GCP考官过来看，挨个儿检查，而且很客气。

他们都穿得很随便，就好像他们正在休假或睡觉时我们来了。这反而给我们造成很大的压力，因为我们都穿得整整齐齐的，觉得潜台词就是他们有特权，很像是一种心理战，但后来知道了这实际上就真的是他们的生活习惯。

我后来当了GCP的考官后也检查过考生的包，确实通过物品检查能更加迅速地了解一个人，比如看到一个东西会觉得这个考生比较专业，看到另一个东西，会觉得怎么现在还在用那个年代的东西。

考试的地点就在科西嘉，一共有来自全团的12个考生。

考试分为两个阶段，第一个阶段以基础能力考试为主，俯卧撑、引体向上、仰卧起坐、抓绳上、蹲下起、游泳、障碍跑等，相对比较简单。

以往参加这类考试或者集训，都有一个达标的标准，但这里的考试很变态，没有达标标准，也不掐表，只数数，就想让你做到极致。

所谓极致就是，你面前站着一个考官，要求你做到极限，然后就一直给你数数，直到你累得再也撑不起来。结果等你精疲力竭地从地上爬起来时，考官马上要你去做引体向上，导致有的人引体向上差点儿不达标。

我看明白情况后，每次都是用完六七成的力量时，就装作已经用了百分之百的力量，然后就停下来不做了。有一部分人也和我一样，看着很痛苦，但实际上每一个人都没有做到极限。但我们做的数量也不少，俯卧撑我做了50多个，按照常规30个就达标，已经超了。

接着做第二项引体向上，这时就明显看出来保存实力的和不保存实力的差别了，我引体向上拉了十六七个，同样装作已经力竭，其实也没到极限。而那些做俯卧撑时没有保存实力的，有的差一点儿连第8个都没拉上去，8个为达标。

马上又做仰卧起坐，同样的道理，我做了七八十个就装作不行了。但是那天有个人一直做到了300多个，确实很有实力。他就一直在做，我们就一直在那儿等他。

做完仰卧起坐就开始抓绳上，到这时就有被淘汰的了，因为他在前面就快把力气拼光了。

然后是蹲下起，这是我的强项，我十六七岁的时候做蹲下起能做五六千个，做到最后不是我做不动了，而是实在太无聊了才停下来。

考试这天我做了100多个，是所有人里面做得最多的一个，但我还是没有竭尽全力。

室内的项目考完了，紧接着就是游泳，没有停歇的时间，直接穿着军装就跑了过去。

我特别喜欢水，一直喜欢游泳，但是游泳水平很一般。到了外籍军团后，发现这里的每一支部队都有游泳池，整个白天都是开放的。而部队几乎每一次搞训练的时候，都会有与水相关的项目。科西嘉军营又靠着大海，人在海里睡觉都没人管。那时一到周末，就约几个战友，带一个浮水的包，用一根绳子拴在腰上，扔水里就开始游，感觉游累了就抱着那个包，把包里的东西掏出来，泡在水里喝水、吃东西。

所以我的游泳技术就是在外籍军团的游泳池和科西嘉的海里练出来的。

那天先是测试200米，我们戴着伞兵的头盔，穿着军服，不带装备，光脚，模拟伞兵跳伞落到水里后，把降落伞解开后的状态。要求是跳到水里先潜泳10米以上，再往返游190米，泳池的地下每隔5米有一道黑线。

插图1　外籍军团巴黎征兵站

插图2　外籍军团巴黎征兵站入口处

插图3　马赛城一角

插图4　法国第四外籍军团营地大门

插图5　法国第二外籍伞兵团营地

插图6　法国外籍军团白礼帽

插图7　卡斯泰尔诺达里小镇

插图8　科西嘉岛风景

插图9　FAMAS步枪

插图10　跳伞训练

插图11　练习发短信

插图12　跳出机舱的一瞬

插图13　城市中心战训练

插图14　城市中心战训练场

插图15 卡尔维跳伞训练1

插图16 卡尔维跳伞训练2

插图17　卡尔维夜间跳伞训练

插图18　在中非和搭档练习切角射击

插图19　在马里的狙击训练

插图20　在马里的最后一次任务

插图21　送我们返回军营的老虎直升机

当时有一个人险些被淘汰，他游泳水平一般，潜泳基本不会。

我们跳到水里后，因为知道潜泳10米的距离根本淹不死人，所以就把肺里面的气都吐出来，这时身体就不再往上浮了，游起来更省劲，几乎是贴着池底往前游的。

那个水性不好的哥们儿是第二批，他不知道这个道理，肺里面憋着一大口气，再加上身上有衣服，所以潜泳时他脑袋是插在水里面了，但屁股是露在水面上的。于是教官们就讨论是不是要淘汰他。

这个考试模拟的是伞兵跳伞落到水里后，降落伞随后会落下来盖在水上，形成很大的一个覆盖面。这时人如果在降落伞下，就算把脑袋伸出水面也没用，因为降落伞的布料沾水后一点儿气都不透，能憋死人。降落伞下面还有无数条伞绳缠绕，很危险，所以落水后千万别往上游，第一件事是要潜入水下并往前面游，同时把身上的绳索给解脱，游10米左右，就能完全脱离降落伞覆盖了，到这时才能把头伸出水面。

但那天最终没有淘汰他，主要是他的脑袋确实没露出水面，教官们说还是算了，别第一天考试就把人给淘汰光了。

游泳测试里还有一项是，让你抱着一个十公斤的铁片，在水底下憋气从这头走到那头。铁片是放到水底的，跳下去把它抱起来，由于铁片很重，两只脚就自然踩在池底了，然后就一直往前走。那个池子有25米长，出发的地方水深两米五左右，到了另外一头也就是一米五。肯定是没有人能走到那头的，我走得比较远一点儿也就走了十多米，因为走的速度非常慢。这是考官加的项目，他们只是想看看我们到底能憋多长时间。

还有一项是把手反绑在背后，让你游泳。

用一种专门的泳池反绑带套到手上，一拧就卡住了，如果在水里遇到了危险，再稍微朝反方向一扭，它就自己解开了。虽然考试比较严格，但是使用的所有器械都是安全的。

测试时好多人就特别傻，他们是以蛙泳的姿势趴着游的，这样就没法呼吸，只能靠憋气，也就游个10米就不行了。只有我和很少的几个人是仰泳，就用腿蹬水，很放松，我从这头游到那头，然后再蹬回来，后来考官觉得太无聊了，就让我出来了。

测试还考不戴游泳眼镜到水里捡东西，因为伞兵跳伞时是不可能戴游泳眼镜的，考的就是你在水里能不能睁眼睛。

我在当侦察兵的时候，就经常练水底下睁眼，因为那时搞武装泅渡，也是不给潜水眼镜的。每次快要搞武装泅渡前，我就每天端个洗脸盆，放半盆水，把脑袋插水里，一个是练憋气，另一个就是练在水下睁眼。

在水下睁眼，确确实实得练才能适应，只要练会了，就和骑自行车一样，永远都会。但在水下看到的东西是比较模糊的，只有比较近才能看清。

这是第一天的上午。

到了下午就跑600米障碍，几乎所有的人都比我跑得快，我用的还是老办法，在达标的情况下保存体力。因为600米障碍跑快了很容易失误，不是胳膊断就是腿受伤，那后面的考试就不用再想了。

这些参加GCP考试的人，最不害怕的就是这种制式的考试。600米障碍跑考官没有办法加花样，因为障碍跑本身就很危险，加不好会把学员给摔伤，所以就是以前怎么跑，现在还怎么跑，只不过在时间上要求得更高一点儿。

不过有个巴西哥们儿只跑了两分多钟。第一道障碍是天梯，大概有8米多高，要从这边爬上去，再从上面翻过踩着天梯下来，下到距离地面两三米时可以跳到沙堆上，这样能节省一点儿时间。但是那巴西哥们儿在8米高的梯顶就直接跳下来，后面好多障碍他也这样不要命，所以他的速度最快。

我自入伍以来从未那样做过，因为一个测试项目的速度快慢，和职业生涯的周期长短比起来，我认为后者更重要。

我觉得作为士兵应当能松能紧、能收能放，知道自己的水平和实力，也要考虑到将来面对的问题，才能做出正确选择。如果在一连串事情中陷入隧道效应，就会出现全力以赴做完了这件事，才突然发现还有另外一件事情在等着你，但由于前一件事已经过分透支，接下来这件肯定就会受到影响。

这也是考官让我们做到极限的目的，他们也在观察我们的行为。在高于达标水平和平均水平的前提下保存实力，不一定会加分，但肯定不会被扣分。

而且，当时谁都不知道接下来还要考什么内容，只知道今天是第一天，内容一定是满满的，而第二天可能比第一天更剧烈。我是抱着未来两个星期每天都是这样满负荷的心态来应对的。

比如30公里跑，空降兵学校的入学标准是背负约20公斤装备，有枪（约4公斤）、背包（15公斤）、水（至少1公斤，为防止有人为减轻负重而冒险不带水），穿着军装和军靴，在平地上跑30公里，要求4个小时内跑完。

但外籍伞兵团的GCP预选考试就不一样，为了保证入选的人将来能够轻松完成空降兵学校的入学考试，并希望外籍军团的士兵能跑在前面，因此把达标的标准缩短到三个半小时。到空降兵学校考试是跑平地，而在科西嘉是跑山地，在空降兵学校考试是沿着环形路线跑30公里，但是在科西嘉是要跑一条路，从出发到结束，上坡下坡、左拐右拐的30公里。

这样的安排会给学员造成非常大的心理压力。

因为有些学员真的是觉得自己体能特别好，跑30公里没问题，到了开考的时候，跑了一个小时，前面看不到头，后面看不到尾巴，不知道自己跑到哪里了，手表只能显示他跑了多久，不能显示他跑了多远，这时有些人的心理就很容易崩溃。

30公里跑，测试体能是一方面，另一方面就是测试毅力。

我由于提前做了工作，提前跑过很多遍这条路，跑每一公里心里都清清楚楚。

30公里跑步时要求负重至少20公斤，出发前上秤，到终点后也要上秤，背包15公斤不能变，加上约5公斤重的枪和水。至于多带的重量是不管的。我就在15公斤背包里放了一个装满3升水的水袋，总共18公斤，另外拿了2公斤的水在路上喝。

在背包外侧的小口袋里，放了一个骑自行车用的运动水壶，这个水是用来往身上泼洒降温的，又多了500克。

我还带了一些含有咖啡因的浓缩糖浆，防止跑步时中暑或者体力不支。毕竟没有经历过在有压力情况下的全副武装考核，和我自己跑30公里不一样。因此再多100克。

所以整体负重要比20公斤多出来大概600克，我们真的是计算到克。

包括穿什么样的内裤、袜子，穿不穿T恤，上衣的扣子扣几个，我们都思考得非常认真。

我在脚上容易磨破的位置贴上一层胶布，因为经常训练，知道自己的脚哪个位置最容易磨破。包括后背，背着背包跑步时，因为流汗和摩擦，后背和腰部经常会磨破，所以在容易磨破的地方也贴上了胶布。胶布和胶布还不一样，有些胶布是防水的，有些胶布是透气的，有些胶布是缓冲的，这时就完全调动起自己的聪明才智，把每一项准备工作都做到位。

我甚至穿了最小号的衣服，把头发都剃到最少，不仅仅为了减少那么一点点重量，当一路跑得浑身流汗时，多出来的布料会吸足汗水，那就比小一号的重多了，在太阳下白头皮比黑头发温度低，更不容易中暑……

我穿的运动内裤价值27欧元，当时折合人民币200多元。它是有弹性的，大腿根部和后腰部有透气网眼，松紧带有三厘米宽，而且没有缝合接口，在长达若干个小时的汗水浸泡加上背包和腰带的摩擦下，所有缝合的接口都能把皮活活给蹭开，让你痛不欲生，这都是我经历过的。

各种边边角角的因素叠加到一起时，就会对你的成绩构成决定性的作用。

刚出发时，几乎所有人都跑在我前面，一直到行程过半，也就是在下坡之前，我还是在最后，距离领先的大概有两三公里。我已经计算好了，只要按照我目前的速度保持下去，就能在三个半小时之内跑完全程。而且我知道跑到第几分钟的时候，应该再加点儿速，跑到哪棵树旁的时候可以减点儿速，跑到哪座桥的时候离目的地路程还有多少。

到了后半程，我逐渐超越了一些人，我的速度没有加快，是他们开始慢下来了。

实际上当我跑到10多公里的时候，脚就麻木得没有感觉了，感觉在下一脚落地的时候，脚踝随时都有可能咔嚓一声断掉。还有髋关节和腰，已经疼到了麻木，因为还有一支步枪挂在脖子上，非常累，累到根本就不愿意停下来，因为一旦停下来再重新跑，这个节奏就找不到了。双腿已经完全失去感觉，唯一能做的就是像机器一样地摆动，就这样重复下去。

后来觉得整个身体都在燃烧，为了散热，我把能解开的衣扣都解开了，包括裤裆拉链。

跑到后来我就开始扔东西了，糖浆扔了，因为嘬了一口发现太黏稠，严重影响呼吸。接着把运动水壶也扔了，虽然里面的水都浇光了，但扔掉一个水壶仍可以减轻几十克的重量。后来跑完了我还骑车回去找，可是没找到。

最后四分之一的路程是最痛苦的，所有的关节都像缺机油一样痛着并发出咯吱咯吱的摩擦声，部分肌肉开始痉挛，痛不欲生，但始终没减速。

还剩最后两三公里了，我开始加速，因为已经看到了营区。第1名就在我前面大概300米的位置，但此时大家都在试图超越自我的极限，所以这最后的300米怎么都拉近不了和他的距离。

到最后冲刺的时候，我把手腕上的电子表和枪托上的袖珍GPS也都扔了。这两件东西几乎谈不上什么重量，但是在身体达到极限的时候，想再快一点儿，哪怕就是再快一秒也值了，我就把它们都给扔了。

最后我是第二个跑到终点的，成绩是3小时12分。

第十二节　每一秒都过得像好几天那样漫长

第二个阶段开始了，主要是各种综合能力考试，有观察力测试、心理压力测试以及各种理论考试。

考试的内容在任何教材上都找不到，也不固定，就是考官们灵机一动，给你出各种难题，就让你去执行，看你做得对不对，做对了就给你加一分，做错了不加分，也不减分，考验你灵活应变的能力，甚至连一些不经意的谈话都是考试。

我们就露宿在海边，没房子没帐篷，刮风下雨都一样。早晨的起床号是一个手榴弹，考官还拿着枪，边开枪边吼。然后所有人就像一群鸭子一样冲向海里，大早上面对无数浪花一头扎进去，沙子灌入口中，海盐刺进眼睛，那种被唤醒的感觉相当奇妙。

那段时间一直在下雨，连续一个星期从身体到包里的装备没有干的。加上饥饿、体力透支和海边的大风，使体温丧失到极限，非常非常痛苦，大脑麻木，没有思考地任由教官摆布。

观察力考试其实在第一个星期就开始了，但是我们并没有意识到。

在第一阶段考试间隙，考官就把考生叫到办公室谈话，然后有意地摆放一些物品在桌子上，谈话就是很随意地问一些问题。过了两三天，甚至到考核快结束的时候，他又把这个考生叫到办公室里问："上一次我们面谈是什么时候？我的桌子上都有什么？"

有的人有着很强的观察力，当他进入一个陌生的环境时，会很注意比较新鲜的事物，而不仅仅是把注意力集中在教官那张脸上。对他来说这是一种习惯，会不由自主地观察。而观察力也和记忆力有直接的关系，如果他的记忆力足够强，是能够回忆出来的。

能回答出来的人，说明他每天做事情都是有条理的，很自律，但这种人比较少，考官要找的就是这种人：有着良好的行为习惯，同时也拥有超强的记忆力。这项考试答错了不会扣分，但答好了会加分。

那次考官问我上次桌子上都放了什么东西，我当时就是瞎说了。因为他桌子上的东西有很多，我也不知道对错，他也没给我答案。

他又问："上次你后边的柜子上放了什么？"这就更难了，因为那个柜子在我身后面，靠着墙，只能是离开去开门时，才有可能顺带看一眼。我说是表格，考官接着又问是什么表。如果一个人的观察力足够强，他的确能在开门的一瞬间看到这个表格上面的内容。

考官不是在培养特工，他们就想从普通人里筛选出没经过刻意培训就拥有良好观察习惯的人。因为选出来的人将来是要和他们一起并肩作战的，所以一定要选出最好的那个留下。

但是通过这次问话，大家知道了这是一种观察力考核，以后我们就会特别注意，每到一个地方都会注意观察一下周围的环境。

在这个阶段也有野外训练，是在科西嘉岛南部的一个训练场进行的。那里原来是一个废弃的村庄，部队把它收过来做成了一个专门用于城市作战的训练场，也是我们一连的一个训练场。我就是一连的，所以对那个场地很熟悉。但这次只是把它作为一个基地，住在没有门窗结构的那种屋子里。

白天学理论，比如上午学急救，下午学地雷方面的知识。到了晚上吃完饭，考官就给出题了：在什么时间、在科西嘉的哪个地方发现了敌情，敌人数量多少，携带什么武器，行动方向是哪里，命令立即出发，去完成什么任务。

大家就全副武装围着地图进行沙盘作业，讨论行动方案：谁负责电台，谁负责急救，谁负责排雷，如果队长牺牲了谁接替等。把所有方案都做好了，就在沙盘上演练一遍。

这些考官就在旁边听，把不完善的地方记录下来，比如电台频率没有使用跳频，而是使用普通频率，有可能被敌人监听，等沙盘演练完了，就把这些问题告诉我们。要是问题小的话，就不需要重复演练了，问题特别大的话，就需要再进行一次演练。

直到完全准备充分，就可以出发了，按照作战会议的计划去执行推演。即使在沙盘推演上讲得很好，也要看到现实中能不能行得通。

每天晚上都会有几个教官开着车，跟我们一起走。

有时到了一个地方，那里有考官提前埋好的假地雷，走到那里引爆假地雷后，就说谁腿断了，要急救，可是我们已经进了雷区了，要冲出去。这时学的排雷知识就用上了，要开辟一条通往安全地方的通道。

就这样白天学晚上用，同时也是考核，而且队长每天都在换。

这个阶段也是最累的，因为几乎不让你睡觉，当然给你留出睡觉时间了，但如果完成的速度太慢，就比完成速度快的人睡得少。如果一直没有完成，就要一直做下去，甚至做到下一个项目开始了才能结束。能不能睡觉完全看你个人，就是你有没有能力去睡觉。

有一天轮到我当队长了，只给我半个小时的准备时间，要我做一个作战计划，沙盘也要做，地图也要画，距离也要测，路线要分析，还有时间点、日出、月出、天气都要有，半小时是根本不可能做完的，考官其实就要看我在半小时之内能做到什么程度。

我就先拉了一个表格，把开作战会议必须有的内容全部列在上面，然后分给队员让他们一一去落实，完成的就按照真实情况填在上面，没时间落实的，我就填写按理论推测出的数据。

时间到了，需要准备的全都完成了，而且推测的内容也大都是准确的。但也有错的，比如漏了一个日相、月相。其实非常简单，只要打开GPS，看一下今天晚上月亮几点钟升起，几点钟落下去就行了，这一点很重要，但我给漏了，没安排人看一下GPS。

这时要开会了，我一看这个地方没填上，就瞎填了一个，月亮将在凌晨一点钟从多少角度升起、在凌晨四点钟从多少角度落下。

这意味着什么呢？就是我们在凌晨一点和四点之间，尽量不要在空旷的地方走路，因为月光会映射出人的影子，导致踪迹暴露。在战场上，不管是白天攻击还是晚上攻击，一定要选择背对光源，一是便于隐蔽自己，二是便于发现敌人。不管是裸眼还是使用观察器材，面对光源的观察效果都会相对差，这就是为什么要掌握月亮的升起和降落时间，还有月光角度。

当晚行动时，我大多数的安排都是对的。但是到了凌晨一点，月亮还没升起来。旁边罗马尼亚籍的老士官特别有意思，他很有战术思维，还信道教，懂一点儿中国文化，面孔也有点儿像亚洲人。他就非常认真地问我："你不是说一点的时候月亮就升起来了？"

我就跟他解释说："我真的没时间准备那么充分，您认为半个小时我能准备多少内容呢？但是我真的知道月光的重要性。"

我给他解释完，他也非常通情达理，没说啥，就接着走。

这就是特种部队跟别的部队不一样的地方，当一支队伍的士兵，在脑子里建立起来的概念不再是教材能涵盖的内容时，他们就必须以教材之外的手段处理问题了，因此没有什么规范，因此他们的生存能力和完成任务的能力，也都会比处于"教材"与"亚教材"水平的队伍高。

那时我们日常配备的是法国的老手枪PAMAC50，1950年的产品，但GCP用的是PAMAS，法国产贝雷塔92手枪，还有德国的HK USP C。

我们没用过PAMAS，结果有一天就把这种枪发给我们了，又抓了一把子弹放我们手里。那种子弹是标记弹，打到人身上会打出一个颜料点，但要打到眼睛上就会打坏了，所以我们都戴防破片眼镜，是树脂的，很轻，一般的霰弹枪打不穿，手榴弹的弹片都炸不烂。

当时有的学员在拿到手枪的一瞬间就傻在那里了，因为不会操作。

我虽然也没见过，但把子弹往兜里一揣，就拿着枪噼里咔嚓地摆弄起来，看哪里是保险，哪里是扳机。

监考的海盗排长，是我在科西嘉晋升下士时的队长，那次集训过后，他考上GCP做了中尉副队长（排级）。这次我来考GCP，他又成为我的考官。我们都叫他排长，后来他升为队长（连级）。我考进GCP后，就是在他的领导下工作了三年。

海盗排长当时想制止我的瞎捣鼓，估计是怕枪走火，但他刚张口我就已经把PAMAS研究透了，利索地上膛并对准安全方向释放机锤，边把手枪插入枪套边看着他。他也看着我，锁着眉问：

"你用过？"

"是的。"

"在哪里？"

"在中国。"

"中国军队？"

"不，民间射击俱乐部。"

从表情上能看出他对我的回答感觉蹊跷，但也没继续问下去，海盗耸耸肩："好，我们开始吧！"

其实我之前从没摸过这款枪，但我也不知道自己当时为什么要那样回答他。

发手枪给我们主要是要考战术，模拟人质受伤倒在一间屋子里，隔壁房间有敌人，我们要冲进屋子消灭敌人，并把受伤的伤员救出来。

所有考GCP的人都知道有一个双人对打的考试项目。这是一个总时长三分钟、分三场、每场一分钟、任意两个考生之间完成的比拼项目。

考试地点比较随便，哪里方便在哪里，规则也没啥讲究，就是两个被考官围起来的考生往死里打对方。据说有一年是在障碍坑里打，有一年在码头上打，有一年在废弃建筑物中打。我们这次就在训练基地旁的野地里开打。

双方都戴着头盔、拳套、牙套，只能用拳，不能用腿。牙套是在参加GCP考试前就要准备的必带物品。由于每个人的牙齿长得都不一样，所以没有公用的，要自己买并提前准备好，用热水把它烫软了，放到嘴里塑形就行。听说考试时没有牙套的人，会被认定为放弃选拔。

和我对打的是个葡萄牙光头，年纪比我大，个子没我高，但很粗壮。我对这个葡萄牙人的感觉挺好的，他原来在葡萄牙就是当兵的。

他虽然长得五大三粗，看上去很凶，实际却很照顾别人。他的照顾是那种比较粗放的。比如有人跑不动了，他会上来捶一拳，吼一句：赶紧走！

他是站在集体的角度来考虑的，鞭策那些即将拖累集体的人继续往前走，我觉得这是一种非常健康的方式，是一种天然的、相互激励的环境，因为每一个人都环环相扣，任何人都是链条中的一节。

只要有一节脱节了，整个链条就要断。GCP里的二十几个人，专业都不相同，即便有几个专业相同的，比如说通信兵，但是因为服役时间不同，彼此的水平差距也很大。如果通信断掉了，如果没有了卫生员，如果没有了机械师，整个任务就得泡汤。

所以我在被别人推了一下说赶紧走的时候，我也要激励自己，如果我不走的话，其他人也都走不了。

对打开始后，我在第一回合的出拳速度特别快，动作特别灵活，那哥们儿相对比较迟钝，反击基本没有打着我，当时他的鼻子就流血了。但是到第二回合他一记重拳把我差点儿打倒，把我的牙套都给打飞了。我以为牙套落地会被淘汰，心里特别紧张。谁知，一个考官过来捡起牙套，把上面的沙子冲掉后又塞到我嘴里，让我们接着打。

两个人都打得非常顽强，谁也没被谁打倒，但是都鼻青脸肿、满脸是血、极度疲劳，没想到三分钟时间那么漫长。

比赛的场地很小，七八个考官手拉手围着，两个人在里面打，只要后退的人快碰到考官了，后面的考官就会把他推向对手。

我和葡萄牙人的比赛并不算精彩，其他人的比赛经常出现一个人满脸冒血地被另外一个人打晕了。和拳击赛不一样的是，拳击赛如果被打晕躺在地上，那就是对手赢了，比赛到此结束。我们不是，考官会往晕倒的人身上泼水，把人弄醒，因为三分钟时间还没到，然后那个人又跳起来接着打。

考官不是要看谁能打败谁，而是要看我们的意志。

当被对手猛打击倒时，就能看出一个人的意志力了，你是主动爬起来的，还是被教官骂起来的；爬起来的时候是以害怕被打的姿势爬起来的，还是用对抗的姿势猛冲上去的。

考官想得到的是在与对手激烈抗争和搏斗时的态度，我们所有人都知道他们想要什么，因此搏斗非常惨烈，就是困兽斗。

所以当我把牙套又重新装上时，心里的念头就是我要进攻，不能丢人，不能丢人，不能让考官看到我想放弃。这种心理说明什么，就是我已经处在放弃的边缘了。我之所以还没有放弃，就是在勉强坚持。

我的体能算是不错的，在参加考试的队员里，30公里跑了第2名，但是打到第三回合，就实在是累得不行了，不是疼，而是累。拳击比赛的中场休息是一分钟，我们中场休息就是喝一口水喘两口气，刚说两句话就给推到中间去了，就跟斗鸡一样。

实在是太累了，最后十几秒的时候我感觉挥出去的每一拳都是软软的，没有力气的，不标准不好看的，是没有战斗力的，是打歪的打偏的。但是心里还强迫着自己不能倒，不能让教官看出来不行，我要撑下去。时间到底过了多久了？还有多长时间结束？还需要坚持多长时间？

每一秒钟过得就好像好几天那样漫长，真的是太困难了。

第十三节　路遥知马力

对打只有这一次，刚打完正气喘吁吁的，我就被叫到一个屋里去了。

跑过去一看，是一个没有门的大厅，我就喊报告，里面喊进来。

因为没有门，也不用敲门，就直接进去了。进去一看，里面也没有窗户，有六七个考官坐成一排，在他们前面中间的位置放了一个小板凳和一个银色的保温杯。

考官们都坐在椅子上，每个人的衣服都那么干净，每一个人的脸都那么严肃，每个人都那么强壮，看一眼就形成了很大的心理压力。

我站在那里，不知道他们要干吗，就觉得有点儿不自然。

有位考官说坐下，我就坐下了，一个人坐在大厅的正中央，背后空荡荡的，小风嗖嗖响，感觉就像被审讯一样。

然后各种提问就开始了：你是同性恋吗？你结婚了吗？你跟多少女人睡过觉？问各种没有底线的问题，尤其是性和毒品这种涉及犯罪或伦理方面的问题。

也问正向问题：你为什么要考GCP？如果中国和法国打仗，你会站在哪一边？如果一个恐怖分子拿刀架在你妈妈头上，你会不假思索地开枪吗？

还问到刚才和我对打的葡萄牙人，说："现在你们两个需要撤离，但直升机只有一个位置了，如果你是队长的话，你会怎么决定？"我说我会留下来，让他离开。

考官问我为什么要这样安排，我说我觉得他的能力比我更强，我要保护这样的人，将来对部队的作用更大，而且我也相信自己不会死在这个地方，我一定能应付得来。

刚回答完一个问题，其他考官就会立即顺着这个问题不停地问下去。当我在回答问题时，他们已经想好了新的问题，所以询问的速度非常快，这样不停地提问能持续一个小时。

这就给人造成了无形的心理压力，一个人就问题的反应速度是有限的，可能前10分钟还能对答如流，但是当他们越问越远，越问越离谱，越问越没有底线，越问越伤害感情，越问心里越受不了、压力越大的时候，你就会被突破，心理开始变化，嘴上的漏洞越来越多，肢体状态也变得和他们认识的你不一样，这就是压力测试。他们其实对问题的答案一点儿都不关心，而是要看你在面对高压的情况下，会有什么样的表现。

有些人很聪明，后来我当考官的时候，就看过有些考生不让考官带节奏，他反而会带节奏。还有的人会把回答问题的时间故意拉长，说一些不相关的内容，这就缓解了他的压力，甚至会把考官的节奏给打乱。

压力测试的作用就是看学员的心理承受力。因为学员刚对打完，身体很疲惫，正迫切需要休息一下，这时的心理状态正是比较脆弱的时候，所以有些人进去10分钟就因妥协的词语和不坚定的状态而出来了，也有的人能坚持一个多小时，对比这两种人，10分钟就出来的肯定不够好。

一般情况下，正常人在这种不停追问的情况下，如果坚持不到30分钟，说明这个人的应变能力还有待提高。这种测试的意义在于，将来在执行任务的时候，可能会面临凌乱且难以抉择的局面，这时就需要一颗强大的内心以保持正常的状态。

每个学员进到那个房间时都不知道是考试，就以为是一般的谈话。

中间休息时间，也就是一分钟左右，但考生不知道这是考试所以也不知道是让自己休息。考官也不说现在休息一会儿，那样考生就会反应过来这是考试，人的应激状态就会出来，那就失去测试的意义了。

这就是为什么在小板凳旁边放了一个保温杯。

我那次正在回答问题，坐在中间的海盗排长突然说："你看一下杯子里面放的是什么。"我拿起杯子打开闻了一下说："是咖啡。"他说："你喜欢喝咖啡吗？"这又是问题，我说："喜欢。"他说："你每天喝多少咖啡？"我说："每天喝很多。"他说："你喝咖啡放糖吗？"我说："不放糖，我就喝苦咖啡。"他说："你为什么喜欢喝苦咖啡？"我说："我觉得太多的糖不太好。"然后他说："你先喝一口。"我当时都已经傻了，我还问他："是把咖啡倒到保温杯的盖里面喝，还是直接喝？"

没有人回答我，他们都看着我笑。当时我的大脑已经弱到了小孩的水平了，被问得做事也非常拘束，会把一件简单的事情想得很复杂。

我就喝了一口，那咖啡是凉的，有可能放了两三天都没人动，我也不说话，把盖里面的咖啡喝完，拧上，把杯子从哪里拿的还放在哪里，就是那种非常拘谨的动作。

他们还在那里笑。排长问好喝吗，我点头说好喝。他问这个咖啡是热的还是凉的，我说是凉的。他说："你原来喜欢喝凉咖啡？"我说："不是，我都能喝。"

其实，我在法国从没喝过凉咖啡，因为法国的咖啡全是那种意式浓缩或拿铁类型的，而且我喜欢放糖。

所以，跟捣鼓PAMAS时一样，我并不知道自己为什么要这样回答。

接着他们又开始新一轮狂轰滥炸。等发现我的回答已经错位乱套的时候，又停下来问我："你还想喝咖啡吗？"我说不想喝了。他们问为什么不想喝，这时我完全没有考虑，可能大脑本身需要给自己一个放松，我顺嘴就说，其实现在不喝咖啡我也睡不着。我的大脑开始跟他们开玩笑了。

从这句话说完以后，就感觉他们都放松下来了，提问的节奏越来越慢，问题也越来越少，有的一直绷着脸的人，表情也放松下来了，甚至会被我那种愚蠢的回答给带笑。

他们当中有一个比利时籍考官，后来在马里牺牲了。

他长得很上相，方脸大胡子，一直凶神恶煞地绷着脸，像野兽一样地提问。就是到这个时候，我突然意识到他是装出来的，他本人不是真的那样，我已经能看穿他们的心理状态了，可能他们也很累了。

接下来谈话结束，我谈了差不多40多分钟。

几年后我当考官的时候，确实有那么几个学员，一开始的时候很努力，到了半程的时候很吃力，但是到最后他的本能爆发了，就会超常发挥。这时他所接受的宗教信仰、社会环境、文化背景全都消失了，只剩下被本能激发出来的能量。

所以被选进GCP的，不一定是跑得最快、射击最准、跳伞技术最好的，而是参考综合因素，他们能想到的内容全考。

谈话结束后，我们收拾行李登上卡车，开了几个小时回到卡尔维。当晚住在两栖训练中心。第二天一早，逐个被带到训练中心旁的河流入海处。

河水很静，20多米宽，河边堆着很多东西，船桨、未充气的橡皮舟、轮胎、绳索、塑料桶、垃圾袋、木板……

考官给出的考题是，在15分钟内利用岸边的工具过河，并立即消失在对岸。

可能是我不想再穿湿衣服了，也可能是对寒冷已经麻木了，我就在风里直接脱得只剩内裤，把衣服和鞋装进几层垃圾袋里推着游了过去。河水比海水凉很多，有些刺激，但上岸后穿上衣服就不冷了。

到达集合地点后，发现比我先到达的好几个人都是湿的，后面陆续到达的人也是。一问，有的是想用岸边那些工具做筏子，结果到最后时间来不及了，就直接跳水里游过河，有的是完成了制作但不结实，半道落水，最惨的一个是给橡皮舟充了半天的气才发现下面有个破洞……

那几个弄湿衣服的都被狠狠地扣了一分。考官给的理由是：如果是冬天，穿着湿衣服跑会被冻死。

从那一天起，我知道想成为这种特殊单位的一员，需要的不仅是体能，还需要无论在多艰难的困境中，都有求生、自我保护的意识，和采取正确有效行为的能力。

这两个星期，考试一直是不间断的，考完一项，只有很短的喘息时间，或者只有几分钟的时间换衣服、脱装备，就马上从这个考试地点赶到下一个考试地点，甚至到下一个考点都不是走过去的，是要跑的。

防毒面具的使用、排雷技术、野外生存、换汽车轮胎、拆卸枪支，从早上醒来开始考试，一直考到晚上，中间是不停的，差不多考了有几百项。

你要说你没换过轮胎，不会，那人家不管，那就说明你对汽车不了解，就没有分了。他不需要知道你以前学过什么，他只需要知道你现在是什么样的水平就行了。

有的人只做了一半，剩下一半实在弄不完，但是最后也被选上了。因为他虽然从来没见过那个东西，但是他并不放弃，还是拼命努力地去做，最后时间到了他没有做成，没有加分，但也没有被扣分。

如果他因为不懂，就直接跟教官摇头，肯定会被扣分。

最后一项考试是武装泅渡。

武装泅渡时，要带着枪、夜视仪、导航仪等很多装备，还有一个很大的防水包，那个包漂浮在水面上，用一根绳子，一头拴着包，一头拴着枪。我们戴着潜水镜和呼吸管，基本上都是趴着游，但因为要推着前面的包，时间长了会很累，这时就仰泳游一会儿，但是仰泳久了容易偏离方向。

我们科西嘉部队的营地，就在一个海湾里，是月牙形的，泅渡就是从月牙的这头到月牙的那头，差不多有八公里，游三个小时左右。

武装泅渡非常累，而且是整个考核里唯一没有任何保护措施的。当时我还不明白为什么不派冲锋舟跟行以防万一，虽然我觉得参加考核的人都不会淹死，但万一有人溺水怎么办，总觉得考官这样安排有点儿太随意了，是整个考核中最大的组织失误。泅渡完以后，我还一边洗澡一边跟旁边的战友发牢骚。

过了两年，我也当上了GCP的考官。这时海盗排长已经升任连级队长，当泅渡项目开始时，我就跟他建议说："找一艘带马达的冲锋舟，远远地跟在他们后面，这样万一有人抽筋或者溺水的话，我们好去救援。"

当时所有人都愣了，他们都像看傻子一样看着我。

海盗队长很生气，说："你为什么会这样想？"我当时挺尴尬的，我说我是从安全角度这样想的。他就问："那你真的认为会有人淹死？"我说很难说，如果他们的水平都好，应该是没有问题的，就怕万一。他说不是的，如果真有人要淹死，一定会有人去救他。如果真的淹死人了，那就说明他们没有去救这个人，或者是救助无方，那之前学的急救训练、团队配合、应急反应都白学了，那这些人全部要淘汰。接着他又问我："你认为他们泅渡的时候会淹死吗？"

我就瞪着眼睛看他，心里想：为什么不会？大海这么大，又没有人去保护，万一他落在最后面出意外，前面没有人看到，他肯定会淹死。

这时旁边一个老士官就插了一句，口气也是对我很不满，说："没想到还有你这么笨的，泅渡的时候虽然人会溺水，但他的防水包不会沉，而且身上的潜水服有浮力，而且一个人在求生欲望极强的时候，会把身上重的东西都扔掉。他身上的枪可以扔，东西都扔了，人自然而然地就会漂在水上面，怎么可能会淹死？"

我在两年后才明白，泅渡虽然说在考核上没有什么难度，实际上这是一道难题，他们的组织训练其实是有科学依据的。

那两个星期，我总会想起路遥知马力那句老话，在外籍军团，游泳、跳伞、跑步、耐高压训练、耐寒训练、打靶这些课目就是路，遥是时间，马就是考核对象，是我们这些参加考试的学员。

考官们测试的目的就是要发现谁是最具有潜力和毅力的人，这是靠单一类型的考试无法评估的，因此才会考得这么乱，一定要把你压迫到狐狸尾巴夹不住的程度，你才会把自己的本色和本性给暴露出来。

考官们费尽心思地通过各种考试拿到他们想要的答案，从而判断谁是忠诚的，谁是勇敢的，谁是努力的，这才是他们最终想要的结果。然后再根据综合情况决定是否要你，不是说分数最高那个就是最好的，要进行综合判断。说到底就是报考的学员多了，人家想怎么玩就怎么玩。

"路遥知马力"这几个字，是这两个星期考核的最好概括。

考核结束后没有当时出成绩，所有人还回到原单位工作。

因为选谁并不是由考官决定的，他们要把自己的意见和每个考生的成绩、特点汇总后，汇报给团里，由团长做出评估，再把名单上报给第十一伞兵旅，伞兵旅根据编制和需要决定是否有调整，最后将结果通报给更高层的领导。

第十四节　城市战中心，我们被打得非常惨

每年年底，法军的每一个连，都要去法军战术训练中心和城市战中心参加国家级考核，考核连队整体的作战思想、指挥能力、士兵素质、装备保养等。这个考核是要给每个连队评级的，评级分为A1级、A2级、B1级、B2级等。评分越靠前的，在第二年执行任务或大型训练方面就越有优先权。

这是法国两个最大的军事训练中心，作战训练中心在中南部，城市战训练中心在中北部。

2009年年底，我们团的二连和三连正在准备去阿富汗，团部就率领剩下的一连、四连和后勤连、指挥连到法国本土来参加考核，相当于全团都来了。

位于法国中南部的CENTAC（作战训练中心）非常大，从宿舍开车去一些射击场，要开几十分钟。

这里是专门为了给部队进行考核和作战训练而建造的，有各种各样的射击场，长的、宽的、方的、圆的，打火箭筒的、打机枪的、打狙击步枪的，分门别类，建得非常标准。我们在那里训练了半个多月，其间还进行过一次装甲车对抗训练。

然后又转场到CENZUB，就是城市战中心参加考核。

在这里进行对抗时，我们被打得非常惨，因为城市战中心有自己专门的部队，而且是在他们自己的地盘上。他们的任务就是365天跟来自全法国不同军种，甚至来自全世界各个国家的部队进行城市战对抗，这就是他们的工作。

这里真的是盖了一座城市，里面同样很大，有医院、各种楼房、超市、停车场、别墅、农户、学校……城市战中心的部队对这些建筑物的每一个拐角、每一个墙洞都非常熟悉，完全可以按照他们自己的脚本来作战。

双方打得非常激烈，我们不太可能歼灭他们，我们打死他们一个，他们差不多能打死我们七八个，而且因为他们是假想敌，所以是永远打不光的。

枪支就是我们平时用的，在枪上加了激光发射器，打空包弹，每个人都穿上激光接收器的作战背心。激光打到人身上蜂鸣器就会响，声音很低，但自己

能听到。假设你是被击伤的，还能继续开枪，如果是被打死了，再打枪激光发射器就不会发射激光了。

作战时不仅要用单兵装备，还增加了技术装备的配合，直升机、装甲车、坦克、各种卡车等。坦克也是一样，在炮管上加激光发射器，所有武器都是加了激光的。战斗时有步坦协同，装甲兵、工兵各兵种都有，根据战斗需要调动，是大规模的机械化战斗。和真正的战场是一样的，每清扫一个街区时，都要从一楼爬到顶楼，把每个房间都过一遍，会遇到陷阱和炸弹，还会遇到老百姓，有的老百姓会忽然引爆身上的炸弹，各种情况在这里全都会遇到。

考核的同时也是训练，和真正作战一样，人力、器材、装备等各方面资源的消耗非常大，和我们过去训练不一样的是，这次是整体大行动。

一般情况下，连以下级别的训练，在科西嘉就解决了。在科西嘉的训练中间还有休息的时候，但在这里任何人都不能松懈，根本就没有休息时间，因为整个部队始终在运转。我们睡觉的时候，那边另外一个排就在射击作战，这边在吃饭呢，那边就是枪声、爆炸声，其他部队不断地从身边跑过，除了不死人其他就像在战场一样。

这是我第一次参加这么大规模的演习。

这一个多月，最大的感觉就是累，整天都是各种行动，没睡一会儿就要动身。今天睡在雨水里，明天跑到泥窝里，后天要爬山。我们为什么不停歇？因为我们的指挥官不停歇，他如果能睡觉我们基本上也能找机会睡一会儿，但是当指挥官一直在动，我们就要跟着动，或者坦克部队在行动了，我们步兵肯定也要动。

正常训练通常是底下的士兵很辛苦，但是到了这种地方是反过来的，士兵当然还是很辛苦，但军官和士官更辛苦得多，因为这里的训练主要是测试他们的能力，几乎睡不了觉。执行完任务回来马上开会，开完会别人休息了他还要做作战计划，等他做完计划，我们都快睡醒了。行动的时候，我们上了装甲车可以眯一会儿，指挥官不行，要把半个身子露在车外面指挥。

所以这种训练，对他们的素质是极大的提高。

这就是为什么法军在每年年底，要成建制地把基层部队调到这里接受国家级考核，考核成绩靠前的部队，会优先派驻海外。作为连队指挥官，如果连续几年待在法国本土，他的升迁就会很慢。所以他们在进行这种国家级考核之前，会很努力地调动士兵的积极性，做好准备。

那些指挥官平时在军队里各种状态的都有，但是在这个时候，能看出来他们每个人都处于极度紧张当中，有的甚至非常焦虑，有时候我都挺可怜他们的。

这时我才对军官和士官的另一面有所了解，之前只是觉得他们很厉害，军官有军官的食堂，军官有军官走的门，士官有士官走的门，士兵只能走后面小门，或者从侧门走，部队里等级的区分非常大。

在外籍军团，军官和军官是在一个俱乐部里，士官和士官在一个等级，士兵和士兵是同一个等级，军官很少跟士官交往，跟士兵几乎就没有交往，等级鲜明。

即使士官都不可以随意跟士兵握手。即使是认识的老乡或者同事，如果对方是士官，见到了也只有敬礼的份，绝对不可以去握手，哪怕天天混在一起上班。对方如果客气点儿，还要看看左右没有人，才会伸过来握个手，如果被人看到，他会被追究的。

军官和军官之间还有等级之分，军官食堂分团级干部餐厅、连级干部餐厅和普通干部餐厅，他们是不坐在一起吃饭的，真的是等级森严，这跟他们的文化有关系。

吃个午饭，还有专门的人给他们开车，送到科西嘉风景最漂亮的部队基地。那是一座古堡，住一晚房价都不知道多少钱，在那里唱歌、喝红酒，完全是官僚做派。我那个时候甚至很痛恨他们。

但就是在这次训练中，我真的改变了对他们的印象。因为我是通信兵，一直跟着我的排长，外面刮着风下着雨，我们都坐在装甲车里躲风避雨，只有他从来没有坐过，一直踩在弹药箱上，把身体露在外面进行指挥，我眼看着雨水顺着他的身体哗啦啦往下流。

外籍军团里的下级军官甚至偏中级的军官基本上是没有肥肉的，身材普遍比较健美。

在这一个多月的对抗训练里面，我印象最深的不是自己的经历，也不是我身边的士兵，表现最突出、最值得我讲的就是这些军官，在他们的光芒下我们变得黯然无光。

我们面对的都是熟悉地形、熟悉环境、在这里已经当了好几年兵的对手，想钻这些人的空子，确确实实是不容易的。有一个阶段我们连打得很被动，连长就被上级骂了，被骂得既羞又恼。他们有时候又特别兴奋，感觉自己的决策非常英明。他们时而懊恼时而高兴，这两种状态相互交替，但大部分情况下我的排长都是处于非常紧张的状态，觉都不敢睡。

我考进GCP后，这里也是每年要来的地方，但是再没有参加过这么大型的对抗，特殊单位不参与大规模作战，都是小型行动。

离训练结束还有一个星期时，那天突然有人跑来说："连长找你。"我就跑过去见连长。一进门就觉得气氛不对劲，连长、排长一屋子人都在那里说说笑笑。

过去每次到连长、排长那里，气氛都是非常严肃的，即便天天见非常熟，进去以后也要先敬礼，再脱帽，然后说军团士兵吴，几年服役期，几年伞兵，第几排第几班，什么职务。哪怕跟我的排长汇报，也要走这一套流程。

但这次一进门就见到他们几个人在那聊天，我给他们敬个礼，摘掉贝雷帽，准备再来一套这个程序。结果连长说："不用了，你稍息吧。"

我当时就感觉肯定是有什么好事来了，接着突然意识到，我是不是考上GCP了？

连长这个时候就入座了，摆着一副很严肃的样子看着我，但是在他后面的排长和老士官都笑眯眯的。接下来连长非常严肃地说："你在我们连队工作到现在，一直非常不错，现在要告诉你两件事情，先听好事情还是坏事情？"

我说先听坏事情，我知道他是装的，但心里面也是七上八下的。他说："你确定吗？"我说："是的。"他低头笑了一下说："坏事情就是你不能继续在你们排工作了，我们在这里的训练马上就要完成，但是你还需要在大陆继续进行你的训练，你回不了科西嘉了。"

我嘴里说："是，明白。"但就有点儿摸不着头脑，继续训练？难道是我要留下来跟别人再继续演习？

然后他接着说："祝贺你，被GCP选中了。"

他话一说完，我当时就忍不住一下子笑了出来。

这在法国军队是一件非常不礼貌的事情，就是不能在和上级领导正式谈话时，在言谈举止中流露出个人感情，必须是严肃庄重的。

但那次我就忍不住了，也没有回答连长的话，就在那里笑。结果后面排长的那张笑脸一下绷紧了，说："你严肃点儿。"我说："是，连长。"虽然是排长让我注意点儿，但是在这样的场合，要向军衔最高的人回答，这是表示对所有人的尊重。

我就把脸又绷紧了，但其实后来我又笑了，这次是故意笑给他们看的。我能看出来他们蛮喜欢我，我希望他们知道我也非常喜欢他们。因为平时有传统等级的限制，没有机会表达这样的个人情感。我那天就想以这样的笑容来表达对他们的好感，对他们的感谢。

最后连长说："你的排长也被选中了。"我说："是，连长。"然后就看着我的排长又笑了一下。

连长说："你还有什么问题吗？"我说："没有。"他说："好，你可以回去了。"通常这时要说是，然后敬礼，戴帽子，转体，走人。但是那天我说完是，又说了一句，谢谢连长。这是规矩里没有的，算是犯规。

一出门我就嗨起来了，脸上的笑容无比灿烂，我没有激动到哭的程度，但那确确实实是无法消失的笑容。

我等这个消息等了好几年了，一直都在盼望，一直都在提心吊胆。在能不能让我考、如果成绩合格人家能不能收这样的问题都无法得到答案的情况下，告诉我考上了，这是我在那个年龄段收到的最让我高兴的、最让我满足的消息，心里的那份高兴无法用语言来形容。

最让我担心的因素是怕GCP根本不收亚洲人，或者根本不收中国人，甚至晚上做梦的时候都会担心这一点。

如果是这样，那就不是成绩好不好的问题了，我的成绩再好，也不可能考进去，这种顾虑一直在折磨我。所以我就想，即使不收我，最起码我也敢于去参加考试。考试是一种筛选，也是一种学习，更是一种磨炼，没有一点儿坚定的意志，是不会参加这种考试的，因为非常折磨人。

我是考进外籍军团GCP的第一个中国人。

当我有资格走进他们的工作区时，看到有很小的一面墙，贴着历史上曾在

GCP服役过的每一名队员的照片，从头看到尾有一百来人。

我在里面找到了一张亚洲人的面孔，他的名字叫TANG LONG（唐龙），他的长相和名字看上去都像是华裔，这是在我之前的GCP分队中的唯一一张亚洲脸。我看到的第二张亚洲脸，是后来在参加GCP总部的训练时遇到的，他爸爸是法国人，妈妈是日本人。

我考进GCP两年后，来了第三张亚洲脸，是一个日本人。

这就是GCP里在我退伍前，包括我在内的四张亚洲脸。

GCP总部设在图卢兹的第十一空降旅旅部，第十一空降旅下辖8个团及若干直属单位，GCP就是其直属单位之一，共8个分队20个小组120人左右，分布在第十一空降旅下辖的各个单位中。

我那天一出来就去了我们连的俱乐部，把自己这段时间赊账的咖啡、饮料、三明治钱结清后，买了一大箱啤酒往俱乐部的柜台上一放，又买了一条白万宝路烟，撕开往柜台上一撒，然后走到大铜铃铛那儿，就铛铛铛敲起来。每个连队的俱乐部里都有一个这样的大铃铛，有的是用炮弹壳做的，有的是用牛铃做的，这个铃铛一响起来，就表明有人要请全场客了，每个听到铃声的人都可以过来享用。

大家都过来向我祝贺，一个个把手握得特别紧。大家都知道很不容易，一个连队常常连续几年都没有一个人能考进去，所以大家都以此为荣。

| 第三章 |

GCP，伞兵中的老A

第一节　我是第一个

通常情况下，不论有多少考生，GCP考试每次会选两个人，尽管他们只需要一个人。

如果只选一棵独苗的话，一旦在培训中受伤或者培训结果不理想，这棵独苗就会出局。为防止出现这种情况，一般情况下都会选两个人。但这两个人在后来的训练过程中还是存在被淘汰的风险，除非这两个人都发挥得很好。

选好这两个人以后，还要给他们安排很长时间的各项培训。

有的人在第二外籍伞兵团时很优秀，但当他和法军其他部队一起训练时，可能就表现得很一般，对有些人来说这不是成绩的问题，而是学习能力和适应能力的问题。

在GCP，经常需要跟不认识的其他部队官兵配合作战。

那些默默无闻不太爱说话的人，性格稍微内敛一些的，他们的学习成绩和训练成绩通常都会比那些性格开朗的人好，因为他把注意力都集中在自己的衣食住行和工作、训练上，在其他方面不去浪费精力。但是在后来的工作中，这种不大说话的性格在人际关系方面往往就是弱点，这样的人更适合做士兵，并不适合做领导。

性格开朗的人可能在基础阶段时成绩弱一点儿，但是他的思维比较活跃，他知道自己跑步不快，就会思考在其他方面进行弥补。这种人不管到哪个位置，人际关系都非常好，所以他的资源就会非常多，因此解决问题的方式就会很灵活，这种人适合做领导。

GCP选拔的时候，会有意识地在这两种人里面选最优秀的。把这些人派到一个完全陌生的环境里，跟那些留着长头发、穿着花裤衩的其他特殊单位的士兵相互配合，长期工作几个月甚至一年后，这时有一些原本比较沉默的人，就会跟别人打成一片，性格也变得开朗了，这种人适应能力非常强。

所以法军的管理更像是企业管理，并不仅仅依靠成绩来评定一个士兵是否优秀，GCP里有很多东西是在书本上根本看不到的，它更强调一个人的综合能力。

这就是为什么他们只需要一个人，但每次至少会选出两个人送出去接受培训。

我们那次参加考试的是十二个人，最后史无前例地选上了六个，据说是选拔史上最多的一次。

六个人里面有一个是我的排长，他以前是法军最精锐的1RPIMa（第一海军陆战空降团）的，这支部队直属国防部特种作战司令部，是一线特种部队，比GCP的等级还要高。

我的排长原来在那里当兵并转为士官，由于立下很多战功被提干，进入军校深造，毕业后主动要求来了外籍军团。因为在外籍军团当军官，是仕途上的一个加分项，所以有很多法国军、政阶层的子弟，军校毕业后都会主动要求来外籍军团。

而我的排长资历非常好，才有机会来到外籍军团。但他到外籍军团来，并不想仅仅在普通连队当指挥官，而是想到特殊单位，所以他这次也参加了GCP考试，但他的考试是另外进行的，没有和我们一起。

另外四个人，有一个是我们一连4排的法国人，年龄很小，我叫他小法国；

有一个叫里约，是巴西人，比我当兵的时间还短；还有两个是二连的，一个罗马尼亚人，一个是之前跟我对打过的葡萄牙人。

我们六个人随即被集体派到位于波城的跳伞俱乐部学高空跳伞，因为进空降兵学校学习时，学校要进行一次SOGH（SautOpérationnel à Grande Hauteur，高空军事行动跳伞）考核，我们要为这次考核做准备。

波城的航空史十分悠久，部分空中客车的机型，也会在波城进行试飞。

这时已是年底，冬天的波城天气很不好，总是阴天下雨，不是每天都能跳伞。

我们在波城总共跳了十多天。就在几个月前放假时，我曾自费学过跳高空伞，而且就是在波城的这家跳伞俱乐部拿的A级证书，跟所有人都很熟且不需要教练跟着，因此一到这里我就开跳，一天可以跳四五次，天气对我的影响并不太大。

可是里约不行，他从来没跳过高空自由伞，要从零开始学，上一天的课只能跳一次，因此跳得少，尽管他在十天内先拿到A级证书，接着又和我一起拿到了B级证书，但毕竟还没积累太多经验，水平很勉强。

我们都知道空降兵学校入学时的跳伞考核项目，所以我那几十跳，每一次都在模拟考试的项目。

比如第一跳考的是面对引擎出仓，我就只练面对引擎出舱，直到能非常标准地完成这个动作。

第二跳考的是空翻，我就只练空翻。

我在跳伞方面不是一个有天赋的人，所以我不敢玩任何花招，只是不停地跳出飞机、做动作、落地，跳出飞机、做动作、落地……直到形成肌肉记忆。

在波城跳完伞，我们开车回到科西嘉的部队。

这期间领了一些SOGH培训必需的装备，飞行员靴、飞行员手套、飞行员夹克、飞行员的连体服、高空伞兵头盔等。我还去GCP借了跳伞用的物资包等，这些都是和普通伞兵不一样的。

一个星期后，所有入选的六个人从科西嘉上船，去土伦军事医院进行体检。

船很大，有游泳池，我们都聚在酒吧里喝酒。酒吧里还有一伙法国球迷，刚从科西嘉看比赛回来。他们支持的球队赢了，所以很兴奋，在酒吧里又唱又跳还做游戏。我们当中的小法国就和他们一起玩，结果不小心把手指折伤了，肿得很厉害。

土伦军事医院是全法国最大的军事医院，这次检查最为苛刻的就是对眼睛的检查。

因为从几千米的夜空中跳出飞机后，需要很好的视力来分辨哪儿是降落伞，哪儿是星星，哪儿是人身上的灯，哪儿是飞机上的灯，哪儿是空降场的标记灯，哪儿是地面上无关紧要的光源。

所以眼睛是绝对不允许出问题的，对眼睛的要求，堪比战斗机飞行员。

对眼睛的测试用了很长时间，先是在一个完全无光的屋子里，静坐15分钟，适应黑暗后，再坐到一台很大的机器前，把眼睛按顺序靠在机器窗口上，从光线最暗的、几乎不发光的图像开始显示，让你说看到了什么。你说看到一个T字，他接着问你T字的中轴是朝上还是朝下。

在最暗的时候，基本没有人能看清，接着会逐渐调亮，所以测试的时间很长。

还有验光、测试眼压，甚至要测眼皮关闭的速度。

医生会对眼球的每一个细小角落进行检查，血管、角膜，也包括色盲，因为跳伞的时候好多信号是以颜色来区分的。

其他像骨骼检查、肺部检查等项目，医生就是摸摸腰、摸摸膝盖，都非常简单，唯独对眼睛的检查超级仔细，那是我人生第一次经历这么细致的检查。

我们六个人全都通过了身体检查，排长、里约、小法国和我四个人拿着检查结果去空降兵学校报到。二连的罗马尼亚人和葡萄牙人因为要跟连队一起开赴阿富汗，所以回科西嘉部队了，他们要等几个月后从阿富汗回来，再来空降兵学校报到。

我们四个人到学校后的第二天，考核开始了。项目有跳伞、30公里奔袭、游泳、600米障碍、引体向上、仰卧起坐、俯卧撑和抓绳上。

结果考到抓绳上时，手指受伤的小法国因为握不住绳子，当场就被淘汰了。

接着，同一个上午，排长也被淘汰了。

考试本来非常简单，俯卧撑做到30个就行，蹲下起50个，引体向上8个，这是国家级标准，属于测试的基本水平，想做多也可以，但是不会给加分。

和以往考试不同的是，所有的项目，除了引体向上，其他的项目都是要有节奏的，比如仰卧起坐，教官喊一的时候你要做一，他不喊二你就必须躺在地上，所有人要一起上一起下，等着教官给下口令。

等教官喊二的时候，你哪怕慢了半秒，比别人晚了半拍，那也要被淘汰。

我的排长就是在做仰卧起坐时被淘汰的。

按照自己的节奏做仰卧起坐，我们这些人可以做很多个，但按照别人的节奏走，呼吸节奏就会被打乱。排长的力气非常大，平时做仰卧起坐能做上百个。他很强壮，但不是很灵活，所以他的肌肉反应比较慢。

他的体重有90公斤，我是70公斤多一点儿。我做仰卧起坐时，是他摁着我的腿，所以我做得很轻松。但是轮到我摁他的时候，他每做一个仰卧起坐，都几乎快把我给撬起来了，我压不稳他，就用膝盖压着他的脚背，甚至跪在上面，但还是压不住他，因此他还需要花费一定的力气去平衡自己的身体，所以他当时应该是很难受的。

当他做到第46个时，我就意识到他肯定要跟不上节奏了，结果到了第49个和第50个，他还是比别人慢了半拍，尽管慢了不到一秒，还是当场被淘汰。

这是我非常喜欢的一个排长，他对我很好，我很难过。因为是我协助他，所以他被淘汰和我是有关系的，直到现在我心里都很内疚。

但排长却显得无所谓，临走时还跟我说，没事，下次再考。

后来他被部队派往南美的法属圭亚那，他在那里升了连长，两年后又回到了第二外籍伞兵团。

只剩下我和里约了，结果到了跳伞考核时，里约也因空中转体角度问题被淘汰了。

考试时，从空中的飞机里每跳出来一个考生，地面上就有一个考官用架在三脚架上可录像的高倍望远镜盯着，任何失误或不标准的动作都会被记录下来。

第一跳是最简单的，3660米面向引擎出舱、保持轴向10秒趴平、右转体面对地面标记10秒趴平、左转360度、右转360度、趴平至1500米对地面标记开伞示意、1200米开伞、按空中交规入场、落入50×50米场地。

第二跳就难了至少一倍，因为要做的动作更多。

第三跳动作更多……

越往后的动作难度越大，里约第四跳的时候为了完成动作，终于无法把控身体角度了。

四个人，最后只剩下了我一个。

第二节　高空行动伞兵

空降兵学校里有各种各样的专业，我们只是其中一个班，叫SOGH。S是跳伞，O是军事行动，G是高，H是海拔，直译是高海拔军事行动跳伞。

掌握这项技术的人非常少，我的结业编号是2914，也就是说，自从有这项技术以来，我是第2914名掌握这个技术的人。凡是通过这项训练的队员，都是能在全机型条件下，在各种天气里，在各种地形下跳伞的，教学成本极高。

一共学四个半月的时间，中间放半个月假，每天的工作就是跳伞、吃饭、睡觉，其他什么都不干，一共跳了四个月。

我们跳伞用的军机主要是C160，一次能拉60个左右的伞兵和集体战斗物资。

我们需要把法军所有能跳伞的飞机型号都跳一遍，包括一些常见的民间飞机，但主要还是跳C160和它的缩小版。

跳军用高空伞感觉很舒服，它太大了，大就反应慢，好操控，小伞轻轻拉一点儿就转圈甩出去了。跳这么大的伞，是因为我们要随身携带很重的武器、弹药，还需要在空中渗透一定的距离，像跳伞俱乐部那种小伞既带不了东西也飞不了那么远。

来参加这个学习班的十几名学员，海陆空和宪兵部队的都有，都是各个军兵种考进高空跳伞部队的，有空军突击队CPA10和CPA20的，有海军突击队的，还有GIGN（宪兵突击队，这支队伍在全世界都是数一数二的）的，有我们GCP的，有1RPIMa的，还有13RDP（第十三龙骑兵团）的。

他们这些人特别不像当兵的，甚至还有点儿像普通民众。有一次我去理发，回来他们看到了就说，好不容易留的长头发，为什么剪掉了。他们不理解我的头发为什么留得这么短。

毕竟我的法语不是那么强，所以对法军的建制也了解有限，之前我还以为GCP是法军特种空降兵的统称，后来才发现搞错了，GCP只是法国二圈特种部队，不属于COS（特种作战司令部）直接指挥。其他像1RPIMa、13RDP有上千人，不过他们每个单位里跳高空伞的也只有一个排左右，人数跟GCP差不多。

我们这十几个人占了一层楼，住的都是单间，房间的卫生由保洁人员负责，伙食相当好，从味道到种类都非常好。

上课有教室、有操作间、有跳伞用的跳伞场、有叠伞的场地，学校里有很多资源，我们都可以使用。而且有一些只有我们才可以用，比如叠伞场、降落伞保养场、空降兵博物馆，里面展示着世界各国的降落伞。

教官基本都是高级士官，其中有一位曾经是法军空降兵团的伞兵，后来调到我们第二外籍伞兵团负责叠伞工作，做了几年又调到这所学校。

班级的负责人是一位上尉连长，但不负责教我们跳伞，只负责我们的行政工作，大多数时间他都在办公室里，没见过他几次。偶尔来看看我们，人很和善。

我们每天的作息就是，早上起来吃完饭就拿着笔记本去上课，或者背着降落伞去跳伞、叠降落伞，中午回来吃饭，睡个午觉，下午再去跳伞，要么就是叠降落伞。

每学完一个阶段就进行考核，其中理论考核对我是很大的考验，因为都是有关空气动力学和天气预报方面的理论知识，我还要克服语言关，面对各种符号和计算公式就非常头晕，再加上好多像"鬃状积雨云"（Cumulonimbus capillatus）一样的拉丁文专业词汇实在拗口，所以每次都是勉勉强强过关。

整个作息跟上学是一样的，有事可以请假。上理论课时会有人请假，事后可以借同学的笔记本自己补。跳伞一般没人请假，因为跳伞的经验积累是没法补回来的，你没跳，那就少了一次经验。

每一次跳伞都是一种新科目的训练，比如今天上午跳四次伞，第一次是头朝下跳出飞机，第二次是脚朝下跳出飞机，第三次是带着枪跳，第四次是不带枪跳。一旦缺席就只能自己掏钱和花时间去跳伞俱乐部练习了，军机不会为你一个人单独再飞一趟。

而且，军事高空跳伞和民间高空跳伞完全不是一个量级的。

民间跳伞多是从皮拉图斯PC-6那种小飞机上跳下去，它的飞行速度远远比不上军用飞机，飞机里面空间很小，只能坐几个人，舱门很小，人是跪着挪到仓门一个个歪出去的，每次跳出去的姿势都差不多，除非跳伞前先爬到飞机外面，才能做几个人同时跳下的动作。

军用飞机是站在踏板上，可以从侧门出去，也可以从飞机巨大的尾门往下跳，可以头朝下出去，也可以脚朝后出去，想做什么动作做什么动作。浑身上下可以背满各种装备，光是降落伞就有20公斤，体积很大，经常好几个人一起跳出去，进行避免在空中相撞和编队的训练。

我们每次跳伞都带着很重的东西，不只是全副武装，还会往包里装沙子、石头，装到很重，因为训练就要真实。我们用的ARZ G9降落伞连人带物资装备限重160公斤，每一跳都要装满，所以自由落体时的速度和控制身体的难度，与跳民用伞的感觉完全不一样。

实战时，装在伞包里的物资有吃喝拉撒睡用的，有作战需要的等。跳低空伞时，飞机在空投人员的同时，也把弹药、重武器、干粮和水给扔下去，士兵可以跳伞落地后再去捡。但跳高空伞是从几千米高空跳出，如果空投物资，一定都不知道飘哪里去了，所以只能随身携带。

民间跳伞是严格禁止夜间跳伞的，但军事高空跳伞主要是夜间跳，这就涉及很多技术问题，如何夜间导航，如何夜间编队，如何夜间降落，如何观测夜间的天气，要学会计算地形、时间、温差和风速，要学会夜间处理降落伞问题，要学会不依靠导航器，要学会引导空中伞兵，要学会引导空投飞行器……

高空跳伞在白天和夜间的区别很大，夜间跳伞很危险，同样的降落伞、同样的装备、同样的飞机、同样的跳伞要求，白天跳伞事故率如果是1%的话，夜间跳伞事故率就是10%。

白天可以观察到各种目标，晚上是看不到的，比如落地时地面刚好有一块石头，白天可以躲开，夜间根本没法发现。我们训练的目的，就是要把夜间跳伞的事故率从10%降到1%。这就需要做很多复杂的工作，包括空中的、地面的、后勤保障的，都是需要学习的。

刚开始学高空跳伞的时候，由于心里紧张、技术不熟，每次都是以安全落地为主要目的。后来跳多了就心里有数了，有时还看看风景，活动活动，兴奋时还在空中吼两嗓子。

高空的风景非常壮观，尤其在云巅的时候，感觉整个世界全是你的，能感受到空气中的每一个细小的颗粒。

从4000米高空跳出来，很冷，尤其那时候是冬天，我们都戴着头盔、眼镜、手套、围脖、护脸。

刚跳出飞机，在自由落体状态时，因为背着沉重的装备，每秒下落速度差不多在40米到60米，相对风非常强劲。这时经常能看到眼镜在往外长毛，一种非常细小的、头发丝一样的银色绒毛，在眼镜片上呈90度角垂直生长，就像是拔出来的，形状有点儿像闪电，持续地缓慢地长，直到你开伞的一瞬间才消失，真是一种奇怪的现象。那么激烈的气流，那么细的东西，居然吹不断，这种物理现象是普通人没有机会见到的。

降落伞打开后，下降速度就没有多快了，我有时就会把眼镜摘下来。从跳出飞机到落地，通常需要七八分钟。

雨天是禁止跳伞的，因为会被雷击，但是我们有过"并非故意"地跳到有雨的云里去的训练。

有一种训练方式是，天在下小雨，但是云层有很多细碎的裂缝或小洞，我们管它叫"窗口"。训练就是通过"窗口"从空中跳到地面。这样训练的目的是，为完成那种时间非常急迫但天气异常恶劣的任务，或者为需要极高隐蔽性和突然性的任务做准备。

有些"窗口"，用肉眼离远看时是云层的一个裂缝，但里面还是有水雾或者雨点的。另外，虽然飞机空投时一般在"窗口"正上方，但飞机同时往下扔十几个人，大部分人会刚好从"窗口"里穿过，但总还是会有人落到云层里。

进到云里之前，阳光明媚，温度也刚好，等到落进去的一瞬间，光线一下变暗，身体会感觉湿冷，四面八方全是水雾，密密麻麻的，黄色的、灰色的，一层一层的，接着就听到噼里啪啦地响，脸感觉特别疼，因为有水珠打在脸上了。

因为身体比这些"雨点"下落得快，所以等于脸不断地拍在雨点上，只好缩着脖子，尽量减少跟雨点的接触面。这时再看周围的雨点就不是雨点，而是水线了，一条条银色的线，向上方嗖嗖地从身体旁边掠过，在人和雨点下落的相对速度对比下，就会产生这种错觉：雨点不是从天空往地上落，而是从地面向天上飞。

每天排除一切因素，能跳多少次就跳多少次，再加上总要将新技术加到实践中，所以也经常发生事故。

其他学员都相继发生过问题，甚至有一个人开过两次副伞，是海军突击队的一个黑人队员，特别腼腆。

正在我庆幸自己运气好的时候，我的降落伞也出故障了，这是我第一次发生打不开伞的情况。

那次是主伞没出来，我就用双手拼命捶打背后的伞包，按照应急程序试图将主伞震出来，但它就是不出来。我这时看了下高度表，刚才拉主伞时是1200米，现在已经到了700米了，于是就拉了副伞。

可是，我忘了一个动作，就是拉副伞前要先拉抛伞环抛弃主伞，毕竟是第一次遇到这种情况，手忙脚乱，就把这道程序忘了。结果这一点失误差点儿要了我的命，在副伞打开时的震动下，伞包里的主伞也被震出来了，于是我的头顶就有了两顶翼形降落伞。

两个翼伞同时打开，最容易出现的问题就是搅到一起或向两侧分开，然后我就会变成带着降落伞的自由落体。

所以，这时我比主伞没打开时还紧张，使出了吃奶的力气去控制相对应的扁带，在天上慢悠悠地自转着螺旋式下降，万幸最终安全落地。

爬起身，见开车来搜救我的教官微笑着对我说："你知道有几页检查在等着你吗？"

我边收伞边微笑着朝他耸耸肩："对不起。"

我们跳伞最厉害的一次，是教练在地上铺了一条浴巾，一架飞机上十多个人，飘了十多公里，全都相继落在那条浴巾上，而且其中有好多公里是看不到地面的，都在云层上面。

不过只有一次这样的极致状态，大多数情况下还是落得零零散散，落得实在远了，打个电话就有车来接。

这种操纵降落伞向远距离目标滑翔的跳伞技术，叫ISV（高空渗透跳伞，Infiltration Sous Vol），它依靠的是对各种条件的计算。

我们的身上挂着各种导航用具，包括GPS平台、写满参数的胶布、球形罗盘、信号灯等。上飞机前在计算机中输入地面、空中、人员、装备的参数，并导入GPS，在胶布上填写更细分的应急参数，上飞机后，空投员会在计算机中继续更新地面和机组提供的新数据并计算，然后将最新参数告诉我们。

跳出飞机打开降落伞后，伞兵就按照胸口GPS的显示和罗盘的指示操作降落伞，在哪个高度、降落伞朝向哪个角度、刹车拉到多大程度，只要按着导航平台、高度表、对讲机的提示一模一样地操作，并结合现场判断，就可以从十几公里以外飘到你需要落的那条浴巾上面。

这个过程环节太多，依靠的数据太多，操作难度也大，容易人为出错。但只要不出意外，判断正确，操作得当，就可以做到一毫米不多。一毫米不少地飘落到预定地点，跟射击是一个道理。

为了更精准地进行空中观察，我还发明了一个白天ISV用的观察镜。

我们训练到两个月时，放假半个月。我去巴黎找一个朋友玩，从他妻子的化妆盒上抠下来一块镜子，回来后把镜子固定在一条松紧带上。跳伞的时候我就一个手腕戴着高度表，一个手腕戴着这个小镜子，这样在空中想观察后面的情况就不用扭头了，看手腕就知道后面有没有降落伞，距离有多远，就像汽车的倒车镜一样。尤其在编队飞行的时候，以前时不时地就要看一下头顶，怕有人飞在我的头顶上，这以后就不用抬头看了，看手腕上的镜子就知道了。

也有人采取另一种办法观察，抓住降落伞上的两根主绳，身体猛一扭就180度转体了，这种方式比看镜子观察更迅速，转过去扫一眼，就知道后面的情况，看完再猛一扭转回来。但这样会破坏降落伞滑行降落比。滑翔比就是每一秒前进多少米，同时下降多少米的比例，G9降落伞的滑翔比为2.8，即全载、零风、无操控情况下每前进2.8米下降1米。但这个动作一做出来，会导致降落伞改变原来的飘行速度和下降速度，这就需要他在接下来的飞行中再把滑翔比给调整过来。

不过到了低空就没法做这个动作了，这时要全神贯注观察地面目标，要防止撞击地面物体，而镜子到了低空仍然可以用。

我们之所以能以不到4000米的高度滑翔到10多公里以外，靠的是顺风飞行和操伞增加滑翔比，风大的时候，滑翔比可以达到6以上。

教官讲完一个内容，我们就开始跳伞实践，如果没跳好，教官再重新讲，直到大家都过了，再讲新的内容。因为特种作战没有单个人行动的，全都是集体行动，所以这十几个人的节奏必须一致，要进步大家一起进步，只要有一个没过，那也没办法，大家一起重来。

高空跳伞在落地前，首先要做的就是选一个可以安全降落的地方，如果发现降落路线上有高压线，或者降落地点是收割过的玉米地，那就继续滑走离开危险地段。

在这4个月的训练里，我一共跳了90多次伞，其中有三分之一是夜间跳伞。

第三节　从高空渗透到军用格斗再到军事警察

2010年年初，四个月的学习结束了，按道理我应该回到科西嘉，正式进入我们团的GCP分队工作。但由于这时他们全都在阿富汗执行任务，所以我就继续留在法国大陆，到其他空降兵团的GCP分队跟他们继续练习ISV。

作战部队的ISV在细节上和在学校里学的不太一样，或者说更高级、更实用，但确实更难。因为作战部队在准备一次ISV训练的时候，不仅仅是把它作为一次高空渗透跳伞来安排，而且要加上各种战斗条件，包括敌情、落地后的集合、隐蔽撤退或紧急情况处置，一切都按照作战程序和模拟战场条件进行，再也不可能像学校里那样，等飞机时晒着太阳睡觉，落地后慢悠悠地收伞。所以这样的ISV一天最多只能跳两次，白天一次，晚上一次。

就这样我跟着那帮不认识的老GCP队员蹭了两个星期的飞机，每天根据情况开车流窜于较近的几个空降兵团之间，老队员们会提前联络好哪个部队在什么时间有飞机，然后带上装备拉上我就去跳。

到处流窜的原因是没有专机让我们练ISV，因为白天跳一次，晚上跳一次，如果配专机，飞机就要一整天都在机场等，对空中和地面来说都是浪费资源，而且我们就十多个人。

所谓蹭飞机就是，飞机先飞到400米高度，把跳低空伞的伞兵扔出去，再飞到4000米高度，把不训练ISV的高空伞兵扔出去，然后再飞到20公里外，按照计划把我们给扔出去，这样飞机转一圈就能完成三拨需求不同的训练，比配置一架专机划算得多。

ISV学习结束后，我还是没有回科西嘉岛。

GCP总部命令我再回到空降兵学校，等待我的老连队过来演练。

这期间我去了在图卢兹的GCP总部，这是我第一次到总部，到那里又跟总部的人跳了两个星期的运动伞，权当是休息了。

一直等老连队到了，我才回到空降兵学校与他们会合。

我的老连队，第二外籍伞兵团一连，到法国本土来训练是因为科西嘉岛上的大部分部队都去阿富汗了，不再有专门的飞机为部队跳伞服务，所以就干脆到法国大陆来蹭空降兵学校的飞机，同时进行一些跟科西嘉地形不一样的军事演练。

我在将近五个月的时间里一直在跳4000米的高空降落伞，所以再跳300米低空伞的时候，心里就七上八下的，因为低空伞摔得非常痛，而且好久没跳过了。

结果就真的出事了。

这次的跳伞场是在一个山脊上，虽然不像"鲤鱼背"那么陡峭，但也是一个龟壳形的地理环境，山脊上是开阔的草地，周围向下的山坡上长满了几十米高的大树。

跳伞的时候，由于山坡上的风和空中的风不一样，所以很多人都直接落在了树上。

跳伞时排在我前面的是一个韩国人Kim，我们两个人把包着重机枪的包裹先扔下飞机，他先跳出飞机然后我跟着就出去了，所以他一直在比我低的位置飘落。但是离地面还有几十米的时候，他的伞直往我脚下飘，我怎么控伞都躲不开，最后双脚踩在了Kim的降落伞上。降落伞是充满气的，脚一踩到上面我的身体就失去了平衡，结果倒在他的伞上并被伞布裹了进去，什么都看不见。那时离地面还有二十米左右吧，我以为自己肯定会摔死了，便迅速把自己缩成一个球，绷紧全身的肌肉做好冲击准备。

最后砰一下摔到地面上，我在被裹得严严实实的降落伞中呻吟了一会儿，等身体能活动后，有气无力地从伞里钻了出来，磕在胸口备用伞上的鼻子哗啦啦地往外流血，搞得浑身都是，看到一旁的Kim也摔得也不轻，躺在地上仍不太能动弹。

这种伤在跳低空伞的时候很常见，这都算是小伤了，还有人脚腕扭180度的，脊椎断掉的。

大部分的人都被挂在山坡的树上了，有的被挂得太高就下不来了。按照操作流程，一旦被挂在树上，首先要确定降落伞是不是挂得非常结实，然后把备用伞放下来，因为备用伞有十几米长，人可以顺着备用伞的绳子滑下来。但是那次有的人因为挂得太高，顺着绳子滑到头了离地还有二三十米，最后只好骑在树上。树下的人也无能为力，就坐在下面煮咖啡。直到地方消防队的直升机飞过来，挨个儿把他们从树上给接下来。

那一整天我们就跳了这么一次伞，这也是我最后一次跳低空伞。

跳伞结束后，我跟着一连回到了科西嘉岛，我们GCP分队在阿富汗执行任务还没回来，我就还住在老连队。由于我已经是GCP的人，所以连里从士兵到连长对我都特别客气，就过了一段没人管的日子。

有一天，连长把我叫到办公室，问我想不想学TIOR（Techniques d'interventions Opérationnelles Rapprochées，近距离操作干预技术），我说想学。其实那时我都不太知道什么是TIOR，但是我在这里待着也是待着，不如出去多学点儿东西。

估计连长也是这么考虑的，由于营区大部分人去阿富汗了，他这个连要承担很多日常工作，本来就人手紧张，又必须按照上级要求派一个人去学习，可能他就想到我了。

这样我又离开了科西嘉，到卡斯泰尔诺达里的第四外籍军团参加TIOR的培训。

TIOR是一种军用近身格斗技术，分为初级格斗、辅教员、教练三种资质。我学的是辅教员资质，内容包括如何保护重要人物，如何在格斗的时候做合理恰当的处置，如何警告，什么是正当防卫，什么是防卫过当，还要学习相关法律，最后还要学怎么组织教学，涉及很多细节，而且有考试。

这两个星期可以说是我人生中最累的两个星期。

每天只想吃饭和睡觉，每次吃饭我都把餐盘打得满满的，吃完了还跟别人要饭吃，总是饿，因为体力消耗太大了。我从早上醒过来就开始上蹦下跳地打打杀杀，打沙袋、打枪、打棍子，我们是穿着皮靴踢沙袋的，如果踢到人腿上是能把腿踢断的。

训练还使用各种器械，甩棍、枪托、刺刀，学习当有人用手枪指着我们的时候，如何抓住他的枪，让他一枪打空，顺便把他的手指拧断。和普通格斗不是一个概念，这就是杀人技。

一直训练到中午开饭，饭后只能躺个一二十分钟，浑身酸痛，紧接着又要开始训练。

有来自各个部队的40来人参加这次训练，其中有一些人曾是各类拳术和不同级别的运动员，有柔术冠军、拳击冠军，可惜的是中途有很多人因为受伤离开了，因为只要受伤就不可能再跟上了，也有个别受伤后不愿意走的，但坚持一天后还是放弃了。到两个星期结束的时候，就剩下20个人左右了，真是拿着铁棍子往护具上打，特别痛苦。

那个总教练被我认出来了，又是个过去的GCP队员，不过他好像对戴着跟他一样金闪闪伞兵章的我不太感冒，甚至整个培训下来都没用正常的语气跟我说过话，一直在吼：

"Frappe! Frappe! Frappe!"（打！打！打！）

"Allez on se dépêche!!"（快点儿！）

"Souffler! Souffler! Allez on continue!"（喘气！喘气！来，我们继续！）

中间有一个周末，教官说可以带我们去放松一下，结果被带到游泳池游了一整天的水上障碍。入水、潜泳、翻障碍，入水、潜泳、翻障碍……就像泡在一潭永远看不到尽头的苦水里，鼻子、眼睛、耳朵、大脑和胃里都灌满了漂白粉味的游泳水，皮肤都快泡烂了。

晚上又把我们拉到城里，练习抓捕街头的袭击和肇事者。

真是一个回忆满满的周末，游泳池、闪着霓虹灯的街头，一群当兵的在霓虹灯下穿着防爆服用棍子相互殴打，把打输的人用手铐铐起来扔进吉普车。

训练结束后，在回科西嘉的船上，我拿着那部诺基亚2760翻盖机对着镜子给自己拍了一张照片，浑身都是肌肉，脸都变方了。

两个星期的时间彻底把我累变形了。

回到科西嘉的卡尔维驻地不久，连长又派我去做了一个多月的PM（军事警察）。

卡尔维是一座美丽的海边小城，据说是哥伦布的真实出生地。这里风景非常优美，是去科西嘉一定要到的地方。卡尔维的爵士音乐节、焰火非常有名，每年好多人慕名而来。一到夏天，各种私人游艇、私人飞机停得满满的。地方很小，只有不到6000人，但是有很多低调豪华的五星级酒店、私人别墅和港湾码头。

PM的办公地和住宿地点就在卡尔维中心的城堡里，这个城堡依山面海，里面是古石铺筑的堡垒建筑和木梁粉墙的民居，它们被世代住在古堡的居民改成吸引年轻人的现代酒吧、餐馆、旅店，所有游客到卡尔维后必来观访。

从PM办公点向上走不远有一座石院，推开那扇非常高大厚重的木门进去，便是博物馆一般的军官食堂。

这里还有一所由PM管理、向游客开放的军事展览馆，每年旅游旺季时有那么几天，我们会把各个连队的特色装备套在模特身上，一连的城市战工具、二连的山地服装、三连的战斗蛙人、四连的狙击步枪……当然也少不了GCP的全套跳伞装备，还有各种先进武器，向来自世界各地的游客免费展示，并回答他们的各种问题。

古堡以外的现代化建筑，都是后来陆陆续续建的，尤其是码头旁的酒吧一条街和沿着海滩的绿树林下的各色餐馆，备受游客与年轻人喜欢。

PM相当于纠察，都是由各个连队派来的老兵轮流担任，任一期最少一个月的时间。每个PM小组有两到三人，由一名士官带队，穿着整洁的制服和礼帽，肩上套着PM的臂章，开着车去街区和各个军事管理区域巡逻，负责检查军容风纪及安全隐患。

这一段时间，是我当兵以来最悠闲的日子了。

第四节　领略杰德堡训练

在空降兵学校学跳伞时，有一个同学叫Mich，他是3RPIMa（第三海军陆战空降团）的GCP队员。Mich人长得很帅，是个俏皮的德国血统法国人，说话很随和、幽默，所以我们的关系特别好。我在PM工作时，有一次我跟他通电话聊天，半开玩笑地问他能不能跟总部的领导说一下，有机会让我去参加个培训，我法语不好，怕跟领导在电话里讲不清楚。

他当时也没说啥，只是一个劲地在电话里笑着说见鬼。

确实，在PM工作的那段时间我快闲出病了。

我把这个想法也跟我们团GCP分队的一位士官说了，他是我考GCP时的考官之一，叫罗尼。罗尼由于参加通信晋级而错过了随队去阿富汗，所以在家留守。不要看他是士官而且是GCP的正式队员，也是在营区天天出勤务出到烦死。

我问他有没有队长在阿富汗的联系方式，能不能联系上他，让我出去学点儿东西，不要天天在这里无聊地巡逻。

罗尼说了一句"没问题！我会发消息给连长（队长）！"就跑向团部送文件去了。

在相对特殊点儿的单位里，上面的领导是掰着手指头能数过来的，不像在普通连队，大头兵头顶上有老兵、寝室长、班长、排长助理、排长、副连长、连长……

GCP分队的架构特别简单，整个单位就20来个人，直接归队长管理，和其他GCP分队都是平行关系，队长上面就是GCP总部，沟通成本低，所以效率高。

过了一段时间，我都把跟Mich和罗尼说过的事忘了，有天突然被传令回连队，我到了连长办公室，连长用一种奇怪的表情看着我说："你收拾一下，去Jedburgh（杰德堡），该带的东西全都带上，因为你要去很久。"

从连长办公室出来后，我就一直在想：杰德堡是啥？秘密行动？要我去执行任务？直到几个小时后Mich打电话来恭贺我，我才知道杰德堡是GCP的专业培训。

杰德堡原本是英国的一个小镇，第二次世界大战期间，一些盟军的空降兵在杰德堡进行过特殊的培训，在诺曼底登陆时被空投到德军后方配合行动。这是世界上第一个伞兵特种部队成规范、成体系渗透到敌后作战的案例，所以杰德堡是世界上特种部队特种作战模式的起源。

杰德堡培训的是比较基础的特种作战理论，这种培训一年一次。GCP总部的要求是，每个GCP队员都要经过杰德堡训练，即使GCP的正式队员由于各种原因之前没参加此培训，也要回来学，但只有我们第二外籍伞兵团GCP分队除外，所以并不是我们每个队员都有机会参加杰德堡的训练，什么原因我到现在也不知道。

结果就在这次杰德堡训练时，我又遇到了巴西人里约。在我从空降兵学院结业后，他参加了第二次跳伞考核，这次他成功了，被空降兵学院录进去学SOGH，现在刚结业，跟我一起参加杰德堡培训。

培训是从图卢兹总部开始，在第十一空降通信指挥连学通信，这个连是旅直属连，然后每个星期换一个地方接受培训。

第十一伞兵旅下属8个团，每个团的专业都不一样。总部就给8个团的各GCP分队下命令，要求他们根据自己的特点，教授我们相应的课程。我们先后去了第一空降运输团、第三十五空降炮兵团、第十七空降工兵团、第一空降猎手团、第二外籍空降团、第一空降装甲团、第三海军陆战空降团、第八海军陆战空降团。以图卢兹为中心，8个团基本都在法国南部。这是我第一次走遍8个团的驻地，之前仅仅是跟这几个团的人打过交道，但是没去过驻地。

杰德堡培训的内容很丰富，涉及通信、战场急救、侦察、CQB、各种武器射击、车辆射击、驾驶、地面对空中引导、空投引导、水路渗透、各种战斗障碍、攀岩、爆破、捕俘训练、格斗、直升机绳索技术……

我学了两个多月。

有些内容是过去培训过的，从课程单项的培训细节来看，和之前没太大区别，但把若干个单项整合到一起训练时，在软硬件的实操方面和过去有了很大的区别。

例如，同样是打靶，用的是同样的枪、同样的子弹，在同样的场地打同一个靶子，但这次打靶是为了救人质，要在目标敌人前面再放一个人质靶子；或者模拟你的右臂和腿部受伤了，只能蜷缩在地上先用左手完成射击、换弹匣，然后再向隐蔽物蠕动。这时的条件有变化了，战术和射击方式都会相应改变，这样的课程就是新鲜的，90%的课程都是这样的。

在1RCP（第1空降猎手团）培训时，第一堂课是有关于信息处理的开场理论课，教官在投影仪上放出一张照片，照片的中心是希特勒在行纳粹军礼，背景是城市的建筑物。这堂课是教我们如何从一张新闻照片上分析局势。

每个学员都发言讲自己的分析。

到我的时候，我说我感觉希特勒在那个时候是要逆天了。

我不知道逆天用法语应该怎么说，所以我的表达可能有点儿奇怪。我说完后，所有人都好像不明白我在说什么，愣愣地看着我。

我就解释了一遍，我说："你们看这张图片，从最简单的构图来看，希特勒敬礼的时候，他身体的高度比身后那些建筑物还要高，甚至比那座教堂的顶还要高，教堂在过去应该是整个城市中最高的建筑物，因为它是神圣的，但是希特勒在这张照片里，他敬礼的手伸得比教堂还要高。所以我看这张照片的判断就是，这个人已经比宗教还重要了，一定是有人策划这样去拍，并有目的地发表在报纸上的，他肯定就是要造反了。"

我说完了以后满屋的人都在发愣，只听教官说了一句："见鬼，中国人！"

还有很多有趣的插曲，学医疗的时候，有一个兵龄不短的士官学员，是一个特别爱开玩笑、特别滑稽的人，那天我们都在专心听课，他把医用手套吹成一个气球套在自己头上，差点儿憋死。

医疗课上我们还学习假装自己给自己打吗啡，互相打吗啡，吗啡针里装的是生理盐水，所以打多少都不要紧。还相互进行静脉注射，有个特别壮的8RPIMa（第八海军陆战伞降团）士官被他搭档扎针时，静脉里的鲜血一下子喷得对方满脸都是，估计是他太壮了吧，血压比普通人高。

白天拿鸡腿和猪蹄练伤口缝合，晚上拿缝完的鸡腿和猪蹄做烧烤，连线都不拆。

射击训练时就是放开了打，总部把各种各样的枪全都拉过来，很多是从来没见过的新式武器，随便拿几支没打过的枪，子弹往那里一扔，打了将近半个月的时间，真的是在吃子弹，打靶打到手指头扣不动扳机，半夜时小臂抽筋。

这些训练奠定了我的各类专业基础，加深了我对战术动作和战场经验的理解。

仅拿打过的枪型来说，法军的每个士兵都有一个射击记录本，每个本子大概有二三十页纸，用来记录训练时使用过的每一款武器和成绩。普通士兵服役几年后，这个本子可能会用去一大半，但是这样的本子我有四个，每一个都填得满满的。我在2016年退伍之前几乎把西方现役枪支打了个遍，这和我进了GCP后，在枪械和爆破办公室的工作有直接关系。

当然也有一些比较惨的插曲。

野战生存时打了三天也饿了三天，第四天说好了给饭吃，结果教官抬来大大的一桶死沙丁鱼，强迫我们拿着生鱼当饭吃，每个人都边反着胃，边把刚咽下去又从食管里反出来的碎鱼吞了回去，一个个流着泪吃了好多，以至于第五天好多人戴着防毒面具去上厕所，而且马桶里全是鱼鳞。

格斗培训晚上练摸哨，在古堡角落发现扮演敌人的哨兵，这个人就是我在GCP看到的第二张亚洲脸，他是日裔法国人，又高又大。本想用捕俘技术放倒他，结果被人高马大且鸡贼的他反制，扭打时我俩同时摔倒，加起来350斤的体重全都落在了我右脚踝上，只听到咔嚓一声，脚踝很快肿得像个球，接下来一周我都穿着割了后踝的靴子跟大家一起单腿跑障碍。

要不然就得被淘汰。

虽然训练很累，不过还是有周末的。

一到周末我们就坐火车去图卢兹，找一个酒店住下来，去逛运动品店、看电影、吃汉堡。那时候最喜欢吃汉堡，每次在图卢兹下火车都会去站里的quick（快客）买一兜汉堡，因为它不但方便、快捷、热量高，而且拿士兵证给打折。

杰德堡培训进行了两个月，结束时我们GCP分队已经从阿富汗撤回来了，我就和里约正式归队了。

第五节　规则和过去不一样了

GCP是法国陆军第十一伞兵旅下属的特种作战单位，是法国Tier2的特种部队，直译为伞兵突击队，或者伞降突击队，其主要职能有四个大项：空中力量引导、纵深侦察、情报收集和敌后破坏。

因为GCP是分散在第十一伞兵旅下面各个单位的，包括第二外籍伞兵团，所以GCP又是为数不多有外国人参加的法军特种作战单位。

就在我们参加杰德堡训练时，我们GCP分队在阿富汗出现了伤亡。

我和里约归队报到后，发现队里的气氛很沉重，大家都不爱说话，有人放假，有人在医院，平时也见不到几个人。

整个分队一共只有二十多个人，这一次阿富汗就伤亡了五个人。

牺牲的是波兰人，士官，胖胖的、壮壮的，很爱笑，叫海哥。

海哥也是我考GCP时的考官之一，就是我和葡萄牙人拳击对抗牙套被打掉时，帮我捡起用瓶装水冲掉上面的沙土，塞回我嘴里的那个人，给我的印象特别好。

一进GCP的办公区，在走廊的墙上，就挂着一张他的照片，笑眯眯的，穿着防弹衣，拿着G36（自动步枪），下面带着榴弹发射器，看着特别壮。后来我就一直用他的枪，一直用到我退伍。

还有罗尼，那个因为通信晋级错过去阿富汗的士官。我一直在想，是不是我当初请他帮忙联系队长出去学习时，他也顺便提出要去阿富汗，结果到那里就受了重伤，PKM子弹从一条腿进去从另外一条腿出来，骨头全碎了。

这个想法到现在都一直埋在我心底，多年来从没敢问过他。

其他人的伤势相对较轻，陆续从医院回来后不久，有调离的，有跛着脚继续工作的。

一段日子后，我逐渐适应了这个新集体的生活，也才算真正了解了GCP的结构。

GCP主要是分成六个组，每组一个独立办公室，除了队长办公室之外，其他办公室之间没有上下级之分，全部都是平级关系。出任务时，根据需要抽调相关专业人员组成临时小队或小组，由队长办公室人员指挥、专业办公室人员执行，类似于公司的项目执行方式。

六个办公室分别有RENS（Renseignement，情报办公室），主要管理地图、地图软件、摄影摄像器材、计算机等各种设备，以及与情报获取及侦察手段等有关的工作。

有TRANS（Transmission，通信办公室），我就在这个办公室，负责无线电、卫星通信、导航、所有的通信及导航软硬件、光电观测仪器、瞄镜、电池等。

有队长办公室，这是队里唯一一个没有专业代号的办公室。队长是连级军官，军官是排级。还有一个高级士官任参谋，这个角色往往是由GCP里兵龄最长的来担任。这个办公室就三张桌子，负责全队的作训统筹和事务处理，是GCP分队的行政中心，出任务行动时负责判断、决策和反馈，战斗开始后就是普通士兵。

有TO（Technique Opérationnel，作战技术办公室），负责行动方式的判断和软、硬件装备的准备，比如采取空中还是水面行动方式会更有利？如果选择空中行动，是采取跳伞还是机降的方式更合理，是否需要其他部队或装备的支援，需要的装备清单以及由谁来操作等，都是由这个办公室负责建议和准备的。像车辆、降落伞、刀具、背囊、防弹衣、服装、手电、头盔、吃的喝的，所有和行动有关的战术物资都由他们负责。

有TME（Tir, Mine, Explosive，射击和爆炸物办公室），负责所有和枪支、弹药、爆炸物相关的装备管理，有计划地组织射击训练，TME的每一个人同时也是狙击手。

有SANT（Santé，卫生办公室），GCP原来只有五个办公室，这是阿富汗行动结束后不久新增的一个办公室，成员全是医疗兵和护士。除参加GCP的训练，他们大量时间都在卫生队工作，并以周为单位，规律性地在GCP内部进行医疗培训。在阿富汗的一场行动一下子损失这么多人，队里反思当时救援措施和医务人员的不足，所以增设了卫生办公室来进行加强。

每个办公室的负责人，都是由资格最老、技术最好、经验最丰富的队员担任，GCP最大的特点就是由专业的人处理专业的事情，一般不会被干涉，特殊情况下会有强制性命令和其他层面的建议。

到GCP的第一天，下班后我刚拿起扫把准备打扫卫生，就被同一办公室的老兵给骂了。他是个头发有点儿少，但很帅气的高个子捷克人，他一到十点就睡觉，我们都叫他十点。他说："你神经病，为什么要打扫卫生？我们一个星期打扫一次，星期天晚上打扫就行了。"

我就愣了，在一连我们每天都要打扫卫生，做得不好就要被骂，现在想打扫反而是犯错。不但办公区不需要打扫，就是自己的房间也不允许，都是一周打扫一次，有很多事和过去不一样了。

最大的不适应是突然没人管了，一下子不知道怎么办了，我在中国当兵五年，在外籍军团已经当兵四年，九年养成的很多习惯，一下子没了。

工作的程序也有变化，原来是士兵对接班长，班长对接排长，现在不是了。GCP里的等级特别简单，没有班长、排长、连长，只有队长、军官和老队员。我们每个队员负责一摊事，各有分工，彼此是业务关系。

我想领枪领弹，不需要队长批准，直接找管理弹药枪支的负责人，出一张表给他，他签字后就生效。

我负责无线通信，GCP所有有关通信的事情都是我出表，这方面的事我就是老大。比如明天要训练，我就要做规划，根据去的人数和训练时间，决定带多少部电台、带哪种型号的、带多少备用电池等。

因为有大量外派任务或集训，大家经常挤在一起琢磨对策，而不是一个给另一个下命令，所以彼此是一种相依为命的关系。

在正规场合见到长官还是必须用尊敬的称谓，但在心理和沟通上，彼此就像朋友一样。

到国外出任务的时候，就算留长发、穿拖鞋，上级也不会多问。

上级负责的是宏观，在细节方面，我们的敏感度远远比上级高得多。我为什么留长头发？为什么穿拖鞋？我这样做是有我的理由的。如果上级每天问头发怎么又长了，该剪了，只能说明他没有尽职尽责，因为他有他应该做的事。

我们在战区留相对长点儿的头发，是因为经常流汗，许多细菌会在头盔的海绵垫中滋生，为防止头皮发炎所以会用头发来当保护层。因为你会天天把头发洗得干干净净，但不会天天洗头盔，不是吗？

还有穿拖鞋，是因为当兵的都穿靴子，难免有脚气……

总之都是出于一些非常简单的目的，而不是在故意搞特殊化。

所以在特殊单位，每个人有每个人负责的事，每个人都知道自己该做什么，看起来似乎就没有太多的管理。

虽然我们队的编制是三十个人，但从来没齐全过，总是有人在外地执行任务、学习或者休假，所以经常只有十几个人在岗。

GCP的管理非常灵活，除非有集体性行动，白天不用像常规单位那样集体做事，早上集合完毕后，就自行去安排，即使你想待在屋里面洗衣服也行，想偷懒睡个觉也可以，没人管。

想游泳的去游泳，想练拳击的练拳击，想骑马的去骑马，想去靶场打靶也行。有去游泳池游泳的，有去海滩划船的，有去拿着霰弹枪打飞盘的，有去健身房锻炼身体的，有去跑步的，有去攀岩的，有练拳击的，有练巴西柔术的，它其实更像一种兴趣班。

有一天晚上，大家议论第二天玩什么，要不就组织一个集体骑自行车吧，大家就报名，有的人报名了但是没参加，第二天出发时有七八个人。其实就是玩，玩的过程就锻炼身体了。

我就是那次从山路上摔下来了，在眼皮上面缝了十二针，这是我受到的最大的一次伤害。

当时是骑到一个陡坡的位置，我一直冲在最前面，结果遇到一个急转弯，由于下降的速度太快了，结果在转弯的地方就飞出去了，连车带人掉到下面的坡上，一头撞在树上，头盔撞得粉碎。我被挂在树上，头很晕，有气无力的，喊也喊不出来。

这时就听坡上面骑车的人嗖嗖地过去，最后两个人骑过来时，还在喊："前面的人呢？看不到影了！"我想喊他们，但就是喊不出来。

过了很久，我的大脑慢慢能控制身体了，这才从树上爬下来，还好自行车没摔坏，就慢慢骑回军营。

到了军营后门，遇到一个巡逻的法国士官，我们俩关系挺好的。我就问他："你看我撞成什么样了？"他一看就说："你的眼球我都看到了。"

我当时吓坏了，觉得肯定是破相了，以后就不会那么帅了。赶紧跑到卫生队，把医生也给吓坏了。检查完以后，发现视力没有问题。医生就问我："你想怎么处理？"我说："不管你怎么处理，不要留疤。"

这以后我就知道了，为什么玩山地自行车的人都戴那种有面罩的头盔，戴风镜，我那天戴的是普通头盔，所以眼睛、鼻子、嘴这些部位都保护不了。

所以说装备在关键时刻，是能够决定一个人的命运的。

法国士兵装备得那么全面，就是因为他们知道当意外发生的时候，能在那一瞬间保护他的就是这些装备。这些装备可能很贵，但如果士兵死掉尤其是受了重伤，国家花的钱要比这多几百倍、上千倍，所以国家其实是聪明的。

这是2012年的事，在科西嘉。

训练内容也全是自己设计安排，觉得两个星期没打过手枪了，就打个报告给排长，排长跟上面汇报，把几月几日的靶场定下来。到时候就拎一箱子弹，拿上枪到靶场，想怎么打就怎么打，感觉没练过躺下来打，就躺下来打，感觉跑起来没练过，就跑起来打。

在这样的管理方式下，大家却没有松懈的，都在加班，为了不在战场上牺牲受伤。

比如TRANS的，会从保险柜里拿出电脑、电台、天线，编一个局域网自己给自己传数据，或者让搭档开车到后面的山里，测试天线不同的搭架方式对距离和传输质量的影响等。而TME的，则用所有想用的武器和场地，练习想要的射击动作或效果，而且弹药无限。等把它琢磨透了，就可以组织其他人训练，或者觉得硬件上还补充什么装备才能达到效果，便写报告向上级申请枪托、消声器、热成像瞄准镜、激光发射器等，甚至直接向代理商或厂家提出试用。

这些专业内的事情如果专业办公室不去做，其他人是想不到还能这样做的。外部人看GCP是个特战队，但从内部看，GCP的日常更像研究所。这里的大部分训练都没有教官和老师，最多只是由经验更丰富的队员进行组织和监督，平时全靠自己不断研磨那些细节。

GCP装备的更新换代也非常快，2013年至我退役前那几年，几乎源源不断地收到各种新款装备，瞄准镜、防弹衣、弹匣包、手枪套、战术眼镜、新款头盔、极寒服、急救包、强固电脑、右手空仓挂机释放钮、战术耳机、装甲车、直升机绳索、自动步枪、降落伞包……

而且经常不用部队的，都是自己买。虽说几乎所有我们想要的装备都可以向上级申请，但从提交装备申请，到等待队长审批，到等待图卢兹总部的审批，到总部采买，再邮寄到我们手里，这个流程非常漫长，经常要几个月，但是装备不及时更新可能会让人受伤，所以大家干脆就自己掏腰包买。

有些事如果想做得更加精专或者更加有效率，就需要用特殊的装备或者零配件，而往往因为这些装备比较特殊、比较小众，那就一定贵，而且需求也大，损耗也快。

所以到GCP后的工资没有变化，积蓄反而还比原来少了，因为普通连队站哨是有补贴的，士兵有士兵的补贴标准，士官有士官的补贴标准，但GCP队员是几乎不站哨的，而且天天要买装备。

应该怎么训练自己最清楚，自己要对自己负责。

装备不断更新，所以每隔一段时间，一场训练下来，好多以前的东西就被推翻了。过一段时间，再一场训练下来又推翻好多东西。除了纪律和传统外，战术和技术都不是一成不变的，如果有就是教条了。我在外籍军团里学过的教科书理论，就是在伞兵学校的那些。

日常训练，要比作战危险得多，每一个尝试都是一次挑战，每一次挑战，都是带有风险的，这就是训练比作战危险的原因。

战场上其实就是把以前训练过的经验拿过来，以正常的技术状态去发挥。

第六节 砸大锤与圣诞节

我刚进GCP时，第一次去威赫尤。

威赫尤是我们第二外籍伞兵团的山地训练中心，在科西嘉中部一座很高的山上，海拔有一两千米。训练中心只有几个人驻守，平时工作也不多，有一部分空间是专门用来接待军人家属的，象征性收费。

这是我第一次上高海拔，天很冷，那天晚上我没睡着觉，后来才知道是高原反应，但当时并不难受。

我们在科西嘉的营地接近海平面的位置，每天晚上都能看到天上的流星，特别漂亮，空气也好，上了海拔后，发现那个地方的星星更漂亮。

在那儿简短适应了一两天后，我们就借了一些设备，安全头盔、保护绳、铁索、登山杖，戴着很厚的毛线帽、白头盔，穿着棉袄往山顶上爬。

路非常陡，上了雪线之后，脚底下都是碎石，没有任何植被，再往上就只能走之字形路线了。

我们爬上了一座很高的山，山顶就像一个山洞，中间是空的，我们就在大洞的下面合影。这个洞很有意思，我们面对着科西嘉西北的海平面，身后顺着洞看出去，看到的是科西嘉东南的海平面，下了山后，我们还进行了几次攀岩。这也是那些从阿富汗回来的老兵跟我们这些新兵第一次接触，是上级领导安排的一种氛围比较宽松的团建。

但是其中有一个老兵后来就再也没有见过，他也是从阿富汗回来的，看上去也是谈笑风生，但已经有了心理疾病，因为在阿富汗目睹战友牺牲，后来去了几次医院，再后来就消失了。

没多久就到圣诞节了，全团在面积巨大的车库中一起聚餐，团长出席并且讲话。

饭后所有人都各回各连队的俱乐部，接着喝酒聊天。

我们GCP也有俱乐部，两名士官去超市里买回来一堆酒，大家调制鸡尾酒招待来访的客人，要想方设法粘住每一个进来的人，以创造他们在这里消费的机会。大家就各自去其他连队串联，招揽顾客，要不然这么多酒卖不出去，也想趁着过节的时候赚一笔小外快。因为GCP是保密单位，平时没人敢来这里串门，在GCP办公区入口就有一个大牌子，写着"不许入内"，只能利用节日让大家来俱乐部参观下。

我先回到老连队一连的俱乐部，见到很多老熟人，大家都请我喝酒，临走时我说："你们可以到我们俱乐部来喝酒。"

接着又去团通信排，因为我是通信兵，而且在GCP通信办公室工作。团里的每一个连、每一个排都有通信兵，这些通信兵在行政上归各个连排管理，但业务都归团直属通信排管理。连队里的通信设备比较基础，到了演习或者作战的时候，通信兵都要去通信排做任务交接，领取DDI、GPS、补充设备、附件等，损坏、维修、离境设备价值申报、电池请领和废旧处理都需要依托通信排审批或协调。

跟我一起去通信排的还有十点，就是我拿扫把要打扫办公室卫生，吼我只有星期天晚上才可以打扫的那个人，我们俩都是通信下士。

他比我早一年进GCP，所以跟通信排的人很熟。平时话不多，但是一喝起酒来他就变了一个人似的，而且酒品很不错。

我俩一到通信排的俱乐部就被拉住了，让我俩玩敲大锤。

通信排俱乐部有个木头墩，高有一米，直径四五十厘米，墩子上密密麻麻全是钉子，每到过节的时候就要敲大锤，这是他们的传统。

大锤是用电台的零件改装的，凡有客人来，都要一手拿大锤一手拿钉子，钉子有五六厘米长，要一锤子把钉子砸进木头里去。砸进去了，今天晚上你在这里待多长时间，喝什么酒都是免费的，由全体通信排的人买单。如果砸歪了没砸进去，就要请当时在这个房间里的所有人喝酒。

我们俩在通信排里折腾一大气才回到GCP，十点喝多了酒，整个人变得特别开朗，完全不是平时的那种一脸高冷的状态。我一路扶着他走回去，相互开着玩笑。感觉部队的节日氛围很放松，心里面特别舒服。

回到我们GCP俱乐部，发现来了很多高级军官，有团长、副团长，还有很多参谋。他们也都认识我，不像普通连队的大头兵，你认识团长，团长根本就不知道你是谁。因为我们人数特别少，而且平时工作中也有直接交流的机会，所以说相互之间都认识，那天的氛围非常和谐非常融洽。

我们的俱乐部是一间很小的房子，也就是6米乘8米，有吧台，有两三张沙发，一些椅子，还有一个投影仪、一台电冰箱。开party的时候，里面的桌椅都会被清空，投影仪放着GCP一年中的训练和作战视频，或者各种嗨曲，俱乐部的每一个角落都是人，挤得满满的，很多人都被挤得站到楼道里去了。

通信排的传统是砸大锤，我们的传统是进了俱乐部的门以后有两个选择：一个是进门就摇铜铃铛，用铃声表示你要请在场的每人一瓶酒；还有一个选择是到吧台，在一个喝咖啡的小汤匙里倒满威士忌，用左右鼻孔各吸一勺子威士忌喝下去，然后你在这里整晚喝的酒就由其他人买单。

那天我一进门，就想摇铃铛，海盗队长见我一伸手，就靠过来提示我说："你是自己人还摇什么铃。"我想，也对哦，我们的目的是赚外人的钱。然后就不知道被谁一下推到吧台前，这时所有人就一起喊着"吴！吴！吴！"一边用啤酒瓶砸吧台，属十点喊得最欢。团长等几个军官人手一瓶啤酒就在外围抱着膀子看热闹，也不管管他们。

这时一个士官就倒好两勺威士忌端在我面前，黄澄澄的，我也没多想，可能在通信排喝多了酒所以让我失去了判断能力，就干脆利索地吸了一勺。那一下子……游过泳的人都知道鼻子呛水就已经很痛苦了，何况呛的还是一勺子威士忌，非常痛苦，泪流满面。好在正准备吸第二勺时被一个老士官给拦住了。

过圣诞节时，在普通连队有军官一早带着热咖啡和刚出炉的羊角面包来叫士兵起床，接着由士兵指挥军官打扫卫生这种仪式感很强的传统，但是GCP没有。

我和里约是GCP的新兵，第二天早上起来就主动去清理俱乐部，整个俱乐部里一片狼藉，满地碎啤酒瓶和烟头，吧台上都是黏稠的酒液。我们擦桌子、拖地，最后又擦墙上的那些相框。

屋子里的灯光昏暗，墙上挂的都是队员的照片，每一次完成任务，参与行动的队员都会在一起合影留念，这些照片就裱在镜框里，挂在俱乐部的墙上。那次，我仔细地看了每一张照片，从发黄的黑白老照片一直看到数码相机拍的。

有些面孔是我还没有参加外籍军团时，就在视频录像上见过的，有些是到了外籍军团后认识的，还有一些就是现在的战友，看了蛮有感触的。

那之后，每到闲下来没事，我就到俱乐部来画画。俱乐部里没有管理人员，个人的消费都凭自觉，喝酒喝饮料，就在一张表格上写上名字、消费的种类和数量，到月底会有人找到你结账。

有时画着画着我就会去看这些照片，虽然看过无数次了，但还是会去看，特别有感觉。能从照片的色彩、任务日期、地理位置、一张张队员的面孔、不同的服饰与装备上看到时间的流逝，看到只有从书本中才能看到的历史，只有从电影中才能看到的传奇故事。

GCP是1965年建立的，当时叫SOGH（équipes de SautOpérationnel à Grande Hauteur，高跳行动队）。SOGH建立后的首次参战，是1969年第二外籍伞兵团"蓝2队"开赴乍得参战。现在，"SOGH"这几个字母成了高跳军事行动的专业和技术名词，而不再指一个军事单位。

1982年，那时的GCP还叫作CRAP（Commandos de Renseignement et d'Action dans la Profondeur，纵深情报行动队），直到后来的一次军事行动中，一名美国军官问当时"纵情队"的总指挥，知不知道"CRAP"在英语中的含义（废物），所以1999年才改名叫GCP。

有人说，仅从GCP的名字上就能看出现代作战体系的发展，还有新形式战争对它的影响。

第七节　一次终生难忘的教训

第二外籍伞兵团里有一个特别强的中国人，姓黄，由于他作风很硬，尤其是转了士官后把手里的活和底下的兵都管得特别好，所以大家背后都管他叫黄Sir。

黄Sir比我晚来一年，年龄比我小，各个方面却比我要好很多，是我在外籍军团里见过的素质最好的中国人之一。我们的关系一直都很好，我考上GCP以后，偶尔还会去看看他，有一次聊天说起车，我说将来买车就买跑车。

圣诞节过后没多久，有一天他给我打电话说："你不是说过买车就买跑车吗，我们这儿有人卖一辆比较便宜的跑车，你要不要来看看？"

我当初跟他不过是随口说说，没想到他往心里去了，就问他多少钱。他说7000多欧元，可以讲价，是一辆1999年的奥迪TT，但保养得挺好，外形也很酷。我说我的钱不够，他说："咱俩合在一起买吧。"那个时候他还不会开车，他买车的主要原因是他想学开车。我一想，两个人平摊的话，一个人3500欧元，也就不到两个月的正常工资，或一个月的海外工资，也就答应了。

卖车的韩国人是一个上士，人也特别好，平时经常见面。但我心里并不是特别想买，就和黄Sir商量说，能不能跟卖车的韩国士官讲讲价，黄Sir就去讲价，最后砍到了6500欧元。这个价格真的不贵，我也不好再推脱，就跟黄Sir凑钱把车买了。

买了车以后事就来了，大家都知道我有车，就经常有人过来说："你没事送我进一趟城，或者能不能把车借我用一下。"因为黄Sir还不会开车，只是偶尔带他去没人的地方练一练，所以车钥匙放在了我这里，便宜就都让我的队友占了。

我是从当军事警察的时候开始喜欢写点儿文字的，进了GCP后，一直保持着这个习惯。

有一天晚上，同屋的人都睡觉了，我正在写一篇文章，有一个爱尔兰籍的下士，带着一个印度籍下士来找我，说："借你的车用一下，我把他送回去，回来再把车还给你。"爱尔兰下士比我早进GCP一年，资格比较老，而且在阿富汗受过伤，算是当时我比较尊敬的一个人，虽然我俩是一样的军衔。印度下士不是GCP的，当时在做军事警察，我和他是2006年一前一后来到2REP，我们不在同一个伞兵集训队，但一起在图卢兹空降兵学校拿到的伞兵章，当时"波兰"和他在同一个连集训，2007年年初他们也是一起去的新喀里多尼亚。印度下士的学历很高，我跟他也算是好友。

印度下士要调去其他部队了，那晚他们两人都喝了很多酒。这个爱尔兰人经常把自己喝得醉醺醺的，之前因为喝酒还翻过两辆车，把车撞得跟瘪茄子一样。

我怎么敢把车交给他开，就合上笔记本电脑说："那我去送吧！"

快开到古堡的军事警察驻地时，正好经过市中心，街两旁全是酒吧。因为卡尔维是一个旅游城市，年轻人比较多，所以很晚了很多酒吧也都开着。印度人一定要我再陪他喝一杯，我拗不过他，就下车跟他进了酒吧，我点了一杯可口可乐，陪他喝了一杯酒，可是再出来时就发现停在路边的车被蹭了。

奥迪TT的外壳是鼓起来的，就在后轮鼓包的位置被蹭瘪了一块。

这时已经是后半夜了，我很窝火，半夜不能睡觉，为了别人的事情还把自己的车蹭了，当时还没有付全款，也就是还没过户，手续都没办。保险算谁的？

往回开的时候经过环岛，去过卡尔维的人都知道，一到半夜或凌晨的时候，环岛旁边全是宪兵查酒驾，车被拦下来，先让我吹气，测完了没问题放我走。

当时觉没睡好，东西没写好，车被蹭，心里就很急，不自觉地就开得太快了，跑车稍微一踩就飙到100多迈。

欧洲小城的街道都比较窄，在经过一个弯道的时候，就压到了路肩，我赶紧一打方向盘，车又撞到路中间的隔离带，再往回打方向盘，又连撞到右边的几个铁栏杆，我赶紧又一打方向盘，车就整个失控了，从中间隔离带蹿到了对面的来车道上，带着惯性翻到路左侧的沟里去了。

我几乎被震晕了，已经不知道东西南北，硬推开车门爬出来后，发现自己正站在满是杂草的沟里，接着就看到警车拉着警笛，从对面的路跑过去了。这里距离环岛查酒驾的位置不到一公里，宪兵们肯定是听到声音了，但是因为车翻到沟里了，宪兵没有看到。

来车方向的路上有一只车轮，警车是走我去车方向的那条路，所以没有发现。我把轮子扔到沟里面，然后就不知道该怎么办了。我当时真的是不知所措，整个人快崩溃了。我知道自己犯下了一个天大的错，真的是特别严重的错误，是我人生中最大的一次错误。

我不知道这种车辆事故该怎么处理，只好打电话给爱尔兰人，因为他撞过好几次车。但是他喝多了没叫醒，只好叫醒了跟他同屋的罗马尼亚人，罗马尼亚人说："你打电话给拖车公司。"他给了我一个电话号码。

就这样，我打通了电话，他们派了处理车来把我的车拖走了。我又打电话给部队值班室，叫了车回部队，睡了一两个小时天就亮了。

天一亮我去了海盗队长的办公室，一五一十地跟他说了，因为GCP有个内部规矩，就是发生天大的事情，不跟任何人说都要跟队长说，他会帮你想办法将损失和影响降到最低。

海盗队长听完非常上火，因为再过十几天我们就要去吉布提训练了，这也是我第一次跟分队一起训练。但是现在我需要接受部队的处罚，甚至还会受到地方法律的处罚，因为毁坏公物了。第二天清理现场时，发现撞倒了一片铸铁栏杆、三根电线杆和一根路灯，车后面的两个轮子全都撞飞了。

后来宪兵找到部队，但我并没有受到地方法律的追究，这也是部队的一种内部保护，不过在部队内部我还是要接受惩罚的，就是要"坐牢"。

坐牢就是做苦工，穿着没有军衔的旧军装，套上黄马甲，戴上遮阳帽，每天剪草、打扫卫生、清洁厕所，相当于赎罪，感觉很丢人。

那几天我总是选择最苦的事情做，因为最苦的事情都是不需要去见人的，比如拔草，我会默默地在一个角落里低着头，在那里拔一天草。

不想见人的主要原因是我长着一张亚洲脸，在第二外籍伞兵团没有几张亚洲脸，更别说中国人了。这张脸一出来，给人留下的印象就非常深，你不认识别人，别人都认识你。

再一个原因，我是GCP的，刚进来就坐牢，真的是给集体抹了大大的黑，而且还是历史上第一个中国人。

后来队长说："你连车都开不好，还能做成什么事？"有一个比较狠的老士官说："中国人还是不要开汽车，还是骑自行车好。"这是一句很侮辱人的话，但是我也怪不了他。

这几年的努力，就像攀登一座高山，可是刚攀到峰顶，就摔下来了，而且还是因为低级错误摔下来的，所以我从心理上到生理上都被沉重打击了。

唯一幸运的是，我没有受任何伤。

我最后赔偿给市政府三千多欧元。车报废了，买车钱从一人一半变成我自己负担。这次车祸损失了一万欧元左右，坐了十一天牢。

这件事对我后来的路影响非常大，就像是命运故意安排一件事情，在没有伤到我身体的情况下，给我一个重重的警告，告诉我，世界不是那么简单的，你一直很幸运，很幸运，那就要在你觉得自己是最幸运的人的时候，给你一个提醒。

按道理我需要坐很长时间的牢，但由于我们马上要去吉布提训练，所以只坐了十一天牢，排里就把我给弄了出来。

上午从牢里出来，中午换上衣服，下午就背着战友给我打好的背包，坐飞机去吉布提了，由海盗队长带队，一共去了十几个人。

| 第四章 |

生命逆风飞扬

第一节　第二次到吉布提

这是我第二次到吉布提，前后训练了一个月，主要是进行ISV加直升机绳索的训练。

ISV是一个特种战伞兵必须具备的技能，而且是集体技能，一个人是不能形成ISV的，就像航母一样，只有一个编队出去才能形成战斗力，而不只是一艘航母。

上一次到吉布提，是住在第十三半旅外籍军团的驻地，这次是住在5RIAOM（第五海外联合团），同第十三半旅外籍军团的驻地距离五百米，就隔着一条马路。

我发现，无论去哪个国家，只要有外国军队驻扎在那里，往往都会控制它的首都机场和所有的空港。这是一个很容易理解的战术手段，控制了空港就可以控制当地所有的人员出进，还可以给自己提供方便。

我们住在5RIAOM，宿舍是彩钢结构的房子，上下两层，有空调，住起来很舒服。但每天上班在BA188（118号空军基地）的飞机库里，飞机库的外形看起来像巨大的无壳蜗牛，里面也有空调。

这次来吉布提不像上一次那么轻松，每天都是白天训练、晚上训练，以至于住了一个月都没有机会到城里面去吃顿中餐，来了以后听说开中餐馆的老丁病了，一直想去看看，但又一直没机会。

我在GCP里是新兵，又刚刚犯了那么大的错，所以队里所有的事都是我干，啥事都有我，所有人都可以安排我。我几乎要忙崩溃了，甚至要挤出睡眠时间做事，这也是一种内部惩罚。

训练时也出现了一些错误。

原来在普通连队，如果前进时发现前方敌对目标手持武器，就要第一时间朝敌对目标开枪，尽可能摧毁它，同时喊话告诉大家敌对目标在哪个位置，距离多远，有多少人。

这是一个科学的逻辑，因为所有人一听到枪响，马上就知道有情况，全体进入战斗状态。

但这次在吉布提的训练，逻辑变了。

那天的训练是，有几个恐怖分子，绑架了一名记者，我们前往沙漠中心地带搜索解救。

沙漠里一直有热浪往上飘，我的视力比一般人的都要好，当我远远发现前面有目标时，其他人都没有看到。我立即蹲下来，按照以前训练的作战逻辑对着目标连开几枪后，向大家呼喊前方发现目标正在什么方位。

这时我的后背就挨了一脚，一个老士官把我踹倒了。

变化了的逻辑是，第一，这么远能不能打得着目标？因为只有我能看到，其他人看不到，所以他们是没有办法开枪的。第二，我开枪打的是恐怖分子，可子弹打中的是恐怖分子还是人质？第三，距离太远了，如果大家都不能打准，就等于暴露了自己，等我们跑过去还要几分钟，这就让敌人有时间逃跑或者组织反抗。第四，就算打死了恐怖分子，也没有伤到人质，能确定周边就没有埋伏或者有其他人增援吗？

也就是说，在这个位置、这个距离，我开枪是不对的，这是我在以前的连队，包括在杰德堡训练时完全没有接触过的。

再如乘坐卡车，大家上车以后，需要把卡车后挡板关上，再用大栓把挡板锁死，这个工作通常是由副驾驶和驾驶员来完成。

每次上车我都是最后一个，坐在车厢的最后面，因为卡车在沙漠里一开起来，卷起一路沙土，越靠近车头的位置尘土越少，越靠近车尾尘土越多。我是新人，又是犯错误的人，所以那个位置就是我的。

有时驾驶员或者副驾驶员来关车厢后挡板，我就顺手接一下挡板，再帮他们锁死大栓。

但就有那么一回，副驾驶员把后挡板给关上了，我以为他已经把挡板给推上来了，肯定要顺手锁大栓的，就没有去查看。

开一路都没问题，但是等到了地方，倒车入库的时候出问题了。倒车到位后，司机一踩刹车，后挡板因为惯性哐当一下打开了砸下来，差点儿砸到一个战友的脑袋。

我原以为副驾驶员会挨骂，结果骂的是我，因为我坐在离挡板最近的位置。后来我才知道，不管驾驶员、副驾驶员锁没锁大栓，坐在车厢最后面的那个人都是一定要去检查的。

这些问题都是我以前在普通连队没有了解过的。

训练主要是在沙漠环境跳ISV，因为是在内陆的沙漠地区跳伞，所以不用担心被吹到海里去。

在这里跳伞和其他地方区别很大。

沙漠因为地形空旷，所以风比较大。有时候迎风降落时，因为是顶着风向前运动，会出现零风速层顶的情况，这时的下落几乎是垂直的，特别好落地，感觉落到鸡蛋上都不会踩碎。

如果风过大，就特别难落地，哪怕脚离地面只有一两米，也还会继续飘行一分钟，想下下不来。

在沙漠里，即使同一个地方，早上、中午、晚上的风向和风速都不一样，而且还会有旋风。

所以在沙漠上跳伞有时非常舒服，有时非常难受，因为风不稳定。

而ISV又是一个非常复杂的项目，要在大自然的不确定性中到达要去的地方，需要精确地计算风向、风速等因素，控制降落伞的运行，不能有一点点偏差，因为降落伞是没有动力的，它就像帆船一样。

这一个月我们跳了二十次ISV，每次的评定分为及格和不及格，分整体完成任务和单个完成任务，大多都按预期完成任务了。

但是有一次我出现了失误，但又恰恰是因为失误，结果只有我一个人进场了。

那次跳的是高跳高开，就是四千米跳出直升机后，身体平稳后就开降落伞。由于之前连续跳了好多次高跳低开，就是自由落体到一千五百米再开伞，所以我那次跳出飞机后就习惯性地一直落到一千五百米才开伞，结果四处看不见人，转了个大圈才找到其他人，都在我头顶很远很远的上空飘着。这时我才反应过来这次是跳高跳高开。

当时风特别大，这种时候降落伞是不会往前走的，反而会被风吹得往后退，人就落不了地。我当时就咬死了走直线，最终落到了目标点。目标点的地上，有一个用几米长的橘红色反光布铺的"十"字。我落到了布上面，落得很精确，这时抬头看，那些人都远远地在天上飘着，回不来了。

我就听对讲机里面一直在喊："我们少了一个人，吴去哪儿了？"我就用对讲机回复："我已经落到地面了。"

那次我也被骂了，原因就是我没按照程序操作降落伞，虽然那次他们全部落到了五公里以外的地方，但无论落在哪里，他们毕竟还在一起。我作为一个通信兵，即使跳伞我安全落地活了下来，但和他们分开了五公里，如果在战场上的话就等于间接地杀死了他们。

还有一次，因为出现意外我差点儿抛伞。

那次是夜间跳伞，地面上黑洞洞的什么都看不见，空中只有一片银灰色。

跳出飞机后我盯着高度计开伞，降落伞从包里出来了，但是一直在头顶跟团破布似的哗啦啦地缠着，半天都不愿意张开。我意识到是伞出问题了，右手抓住弃伞环左手抬起高度表，一看高度还有三千多米，就抬手抓着两股降落伞绳往死里甩，帮降落伞充气，一边甩一边盯着高度表。

因为我特别怕抛伞。

前几天我们有一个比利时老士官抛了伞，为了他抛弃的降落伞，我们花了整整三天的时间在漫无边际的沙漠和山地间寻找，费了好大劲才找到。这个事是发生在老士官身上，所以大家不说啥就一起出去找降落伞，如果发生在我身上，那我就会很惨。

这位老士官后来在2013年瘸着腿去马里，牺牲了。

当降落伞有故障打不开的时候就要抛伞，有时为了防止跟别人相撞，需要落得比对方更快，这个时候也要抛伞，把主伞抛掉，往下落一段距离再打开副伞。

在主伞打开的情况下，不能开副伞，高空伞主伞和副伞的伞绳长度不一样，降落伞的面积也不一样，两个伞都打开时，最好的情况是保持双伞并排转着圈螺旋下降，高空伞是向前飘的，一顶伞的面积大，一顶伞的面积小，两顶伞向前飘的速度不一样，这样快的就会绕着慢的转。但是如果转得不好，两顶伞就缠到一块儿了。

低空伞不会出现这个情况，因为低空伞是往下降的，两顶伞的面积和大小不管是不是一样的，它都是往下降的，所以就不会发生缠绕。

甩到后来终于把伞打开了，但这时我的高度比别人低了几百米。ISV是要利用降落伞的滑翔比极限的，他们在比我高的地方能飘到想去的地方就已经很不错了，而我比他们低几百米，想飘到那里去几乎是不可能的。

我就采用了一个铤而走险的方法，凭着感觉拉降落伞后面的带子，让降落伞的滑翔比变得更高。

降落伞的形状是头低屁股高，才能切着风在往下走的同时往前走。现在为了让它往前走得更多，往下降得更少，就得让它的屁股跟头差不多高，还不能一样高，这样才会向前走得更多，向下降得更少。

但这个比例变化在降落伞上是没有仪器来告诉你的，完全靠感觉，就是靠感受风。正常情况下，不拉后面绳子的时候，感受到的是迎面风，下落的风感比较急促，而当改变了降落伞的滑翔比，滑行更远的时候，感受到的风是轻飘飘的，因为降落伞主要在往前走。

做这个动作并不容易，我拉降落伞后面的绳子等于是在做引体向上，我的身上挂着防弹衣、自动步枪、备用伞，还有水、食物等，拉几十秒容易，但我要一直这样拉十几分钟，差点儿累死。

即便如此，我的落地处距离目标点还是有几公里。落地后，第一件事情就是通过电台汇报。电台里传出来的命令是："你给我跑过来。"

目标点的地面有保障车辆，也可以派车来接我。

一顶降落伞就27公斤，我背上的所有东西加起来至少得50公斤，要我跑过去就是惩罚性的。

第二节　法军、美军联合登陆演习

吉布提的训练很多，我们还曾经和美军进行过一次联合登陆演习。

在吉布提经常有各国军队的联合军演，以反恐反海盗为主。

因为吉布提的位置刚好在红海的咽喉，各国军队每年都不停地分批次换防。每换来一批新人，部队为了让士兵适应当地情况，除了要搞地面演习，还经常进行两栖演习，通过水上以跳跃式运动到海岸，再从海岸往内地进攻。

2008年跟老连队第一次到吉布提时，和美军也进行过联合军演，当时的演习规模搞得非常大。美军的驻军都是两栖的，类似于海军陆战队，但不是特种部队。

这次我们是GCP小队十几个人乘坐黑色的橡皮冲锋舟，作为先遣部队抢滩登陆到岸滩上的。如果我们在登陆的时候被袭击，或者登陆的时候发现哪个地方有水雷等障碍物，就通知后方，避免大部队登陆的时候出现问题。

红海海滩上的沙子和别的地方不一样，那里的沙子都是被海水冲碎的珊瑚礁和贝壳，有点儿像炉渣，非常锋利，能割破鞋和手，所以冲锋舟不能冲到沙滩上去，只能在离岸稍微远一点儿的地方停下来，人跳到水里再冲上滩头。

我们跳到水里时，水都快淹到胸口了。因为都穿着防弹衣，身上的重量比较大，所以这时是很危险的，只能拼命往前走。

冲上滩头后，我刚往岸滩上一趴，就看到前面二三十米处有两个正在沙滩上踢足球的人，用非常诡异的眼神看着我们，看他们的打扮和神态，很像中国人。

因为我们接下来就要开始射击，他们俩刚好挡在我和射击靶场中间，我不知道他们俩能不能听懂法语，没办法，就用汉语跟他俩喊："你们好！让开！"那两人就冲着我笑，明显是听懂了我的话。

我当时脸上涂着迷彩油，他们看不出来我是中国人，一定很奇怪这么一群突然从水里冒出来的大兵，也会喊中文。

这时我们就起身往前冲，在距离靶场三两百米的地方，开始射击，紧接着就扔烟幕弹，然后就迅速转移到安全的角落去了。

随即，正在海面上盘旋的水陆两栖装甲车，载着大批美军朝滩头方向冲来。他们是从距离海岸一公里远的巨型舰艇上开到海里，入水后形成编队，编队完成后，就在原地绕圈圈，因为装甲车不能停，一停就沉底了，跟飞机一样，完全是靠向前的推力产生上浮的力量。

水陆两栖装甲车行动时噪声巨大，离远看感觉它的顶部都快被水淹了。在几百米外的海上，由于海浪和水面的反光，如果不是刻意暴露，一般是很难看到装甲车的，除非大马力开动，由于车头会翘起来，会形成白色的水纹。

与此同时，赶来的直升机盘旋在上空，对地面目标进行空中打击，水面上的水陆两栖装甲车也开始对目标进行射击。

整个演习的过程都是实弹射击，没有空包弹，这时再看那两个中国人已经走掉了，不知道去哪里了。

距离这里两三公里的地方，就是著名的吉布提沙漠突击队训练中心，我对那里特别熟。

这次演习和上次2008年的军事演习的区别是，那次参加演习的人员比较多，两国军队执行的是同样的任务，只不过分成美军梯队和法军梯队，所以那次是跟美军士兵有接触的，休息的时候，我们还拿着法军的军粮去跟他们交换。

但这次演习不要说跟美军打不了照面，就是跟我们第二外籍伞兵团的伞兵都极少打照面，因为我们始终被布置在最前方，行动非常隐秘，速度又非常快。

这就是进特殊单位后的最大感受，天天在搞训练，但是别人永远都不知道你在干什么。对外界来说我们就是一个谜，他们只是知道我们有些人好长一段时间没见到，但不知道去哪里了。

GCP内部也搞演习，有次还有个小插曲。

我在杰德堡训练的时候，教官就鼓励我们练习左右手都能精准地打枪。经过连续两个星期无数弹药和各种枪支随便打，到了去吉布提的时候，虽然我左手开枪的速度和精准度没有右手那么好，但已经不亚于普通士兵的右手射击速度和精度了，算是达到了一定的水平。

有一天我们在戈壁上的综合射击场训练。

那个靶场非常开阔，我们是一群人模拟巡逻，枪里装的都是实弹。这时一声枪响，有人说："吴你中弹了。"我于是就倒下扮演伤员。这时就有人过来把我的枪给卸掉，这是基本动作，防止伤员在战场上因为痛苦难忍做傻事或者误伤自己人。即使不卸枪，也要把我的弹夹给卸掉，把枪膛里的子弹给退掉。

他们把我抬到担架上，担架是那种网绳做的，非常勒手。天非常热，本来每个人都汗流浃背，我的体重加上防弹衣和武器弹药、食物饮水，重量至少一百公斤，他们自己身上也背着很重的东西，还要抬着我边走边射击，所以这是一件很痛苦的事情。

跑出去一两百米后，大家都累得气喘吁吁的。我的枪被一个葡萄牙籍下士长背着，这时他自己的子弹打没了，就用我的枪朝目标继续射击。但问题是我在吉布提的这段时间，枪一直是改成左手射击模式的。

正常右手射击的枪，子弹壳是从右边跳出去的，防止打脸。同样改成左手模式后，子弹壳是从左边跳出去的。

但是葡萄牙下士长是用右手射击的，当他用我的枪朝目标射击时，所有的子弹壳全部朝左边抛，有的掉到他脖子里面了，结果他就被烫得嗷嗷叫。因为都穿着防弹背心，子弹壳掉到衣服里是掏不出来的，只能顺着往下滑。子弹壳的温度是很高的，我被子弹壳烫过好多次，脖子和胸口现在还留着伤痕，高温的弹壳蹦进去就直接粘在肉上，甚至能闻到一股烤肉的味道，剧痛无比。

下士长被烫得嗷嗷叫，但是又不能停止射击，因为其他人都在抬着我没命地跑。这是演习，他不能把自己一个人剩下，只能边叫唤边跑边骂边射击，然后时不时又有一个子弹壳蹦到他的脖子里去了。

到了地方把我放下来后，下士长就拼命地号叫，赶紧拿水往脖子里面灌，接着掏子弹壳。

我少不了又被骂一顿，他们不相信我是用左手打枪，还以为我是擦枪时装错了零件，犯了个最低级的错误造成的。于是他们就说："那你用左手打打看。"当时哨声一响，我抬枪就打了三发，枪枪命中，然后又用左手方式快速换弹匣、移动、射击，仍是枪枪命中。

于是大部分人就不说话了，可能他们看出了我对此事有明显的逆反态度，只有我们队的士官参谋，镇压一样恶狠狠地对我说：

"吴，我禁止你用左手打枪！"

我刚想反驳，他接着说：

"别问我为什么！禁止！"

于是我看着他，泄愤一样地把枪改回了右手模式，从那天起再也不用左手射击。直到两年后我去了TME，才又把这个技能捡了回来，但已无当初练习的激情。

其实他们也会犯错，有时候犯的错误也很低级。

吉布提的山都是石头山，一个包一个包的，比较矮，像有棱角的黑色丘陵。

有一次我们训练直升机吊降，就是在直升机上拴一根绳子，人从飞机上顺绳滑下来落在山头上，然后人在山头上呼叫直升机，直升机飞到头顶后扔一根绳子下来，下面的人把自己挂在这根绳子上，直升机一次性地把山头上的人全部吊走。

不管是训练还是出任务的时候，我们身上总挂满各种绳状物，如枪带、背包带、对讲机电线、降噪耳机电线、直升机吊降安全带等，这么多绳子很容易走位不正确。吊降的绳子应该在最外层，如果被其他绳子给压到底下，当直升机把人吊起来的时候，挡在外面的绳子或带子就全部勒住颈部，因为吊降的绳子是拴在脖颈后面的，轻一点儿会造成绳子扯断和人员皮外伤，严重的脖子"咔嚓"一下就断了。

那天我们在山头上训练直升机吊降的时候，海盗队长就犯了这个错误，我明显地看出他的吊降安全带是从背包带和枪带内侧掏过来的。

在吉布提的那段时间我总被他们说，所以当时犹豫了一下，可能是心理上弱势到一定程度了，不再像以前那样敢于直言不讳。但是眼看直升机就要飞过来往下扔绳子，我担心他真的会受伤，便忐忑地跟那个害我翻车的爱尔兰酒鬼说："你看队长的脖子。"

酒鬼瞟了一眼，没看出来什么，还觉得我在戏弄他似的反过来瞪我。我就认真地跟他说绳子勒到队长脖子了。他这才恍然大悟，马上提醒了海盗队长。

被提醒的海盗队长当即把绳子绕一圈掏出来，一秒钟就解决了问题。

这次算我救了海盗一命，但还是没有人能把以前的成见一笔勾销。我开始怀疑自己费了这么大的劲，来到这个集体到底是不是一个正确的选择。那段时间，在训练回营的车里或晚上聚餐的桌上，我常问自己：我到底要表现得多好，或者多长时间后，才能转变大家对我的印象，踏踏实实地服满后面六年的兵役呢？

吉布提之行让我彻彻底底地从一开始的天真、活泼、开心、有成就感，变成了质疑，质疑自己的素质、质疑自己的能力、质疑自己的选择。

可能当初我自己太天真了，把这里面的人想得太单纯，把这里面的工作、生活环境想得过于理想化了。

但确确实实是我在开始的时候，给自己和大家惹了麻烦。

第三节　希望自己是表现最好的那一个

从吉布提回到科西嘉后，有一次部队放假，我去了图卢兹，在达博的一家民间俱乐部跳伞。

这次是跟之前合伙买车的黄Sir一起去的。黄Sir一直想考GCP，他还在身上纹着GCP的标志。我跟他说如果有跳伞的专业技术，再考GCP，能比别人更有优势，这次刚好我们又都放假，就一起去了达博的跳伞俱乐部。

当地的游客很多，简易酒店都已经住满，所以我们干脆就拿了顶帐篷，露营在伞场的草地上。每天除了午觉被太阳晒得燥热难以入眠，晚上俩大男人还要挤在一起相互忍受脚臭味。

我那次去主要还是休息，经常一直在帐篷里睡到被太阳晒醒，然后懒懒散散地吃早餐，看天气和心情都好就跳伞。

黄Sir人很强，所以跳伞进步很快，每天都第一个起床，兴致勃勃地做各方面准备，有时还会围着飞机跑道跑步，每天跳完最后一跳，跟其他教练和学伴一起喝两瓶啤酒聊聊天等，和我的状态完全不一样。

那次跳伞应该是他启蒙的第一跳。

我建议他学PAC（progression accompagnéeen chute，陪伴进步型跳伞），这样他可以在非常短的时间内掌握高空自由跳伞技术，但就是花的钱比较多，因为每次都要由教练带着跳，而且第一跳就从四千米开始，还有人给录像，就像私教一样。估计他为了省钱，就选了学费便宜的OA（ouverture automatique，自动开伞），从几百米的基础开始跳，但到最后算下来，OA实际更费钱，因为要跳好多好多次才能练到PAC那样的水平，主要是时间成本。

我也很省钱，但我的方式就相对简单些了，每天只是有针对性地跳军事训练的动作，不玩花样，不聚会、不喝酒、不吃贵的食物、不乱买东西。

因为民间俱乐部跳伞花样很多，安排你在空中摆各种pose，拍照、录像留念，但说句实在话这些都是用来炫耀给别人看的，而且要自己掏钱。所以我对这些不太感兴趣，作为经常跳伞的高空伞兵，我只希望将来执行任务时不要因为跳伞出问题，所以我会把时间、精力和金钱用在反复练习普通的基础动作上，练习躲闪避让、将鞋带解开再系上、解除伞绳缠腿的动作、让自己趴得更稳、在各种不稳定的姿势和状态下迅速恢复稳定。我跳伞时基本都是面朝下，最多就是翻几个跟头，把每一分钱、每一项训练、天上的每一秒钟，都花在了基本功上。

每次落地叠完伞，我都会坐在草地上对着天空发愣，回忆降落过程和揣摩动作，黄Sir就会拿叠降落伞的皮筋弹我，我就捡起落在身边青草上的皮筋弹回去，他又把皮筋弹过来。快奔三的我俩跟小孩一样。

有一天，我没有赶上飞机，就坐在剪得非常整齐的草坪上，看着一望无际长满青草的飞机跑道晒太阳。黄Sir落地叠完伞，习以为常地远距离用皮筋射了我几下，便走到我身边坐了下来。

那是一个小小的斜坡，我们坐在一起聊天，望着强烈阳光中时隐时现的飞机、小黑点儿一样跳入薄云的人。空中不时传来开伞声，我们的眼前是五颜六色的伞和各种漂亮的落地动作，突然就听到背后传来"嘭"的一声，接着就听到惊叫，黄Sir先反应过来了，喊了一声"有人摔了"，就赶紧跑过去。

摔下来的人距离我们俩只有十几米，趴在地上，他叫阿格诺。

黄Sir跑过去想看他摔得怎样，我吼了一声不要动他，因为怕翻身造成二次伤害，然后我就趴到地上去看阿格诺的脸，就见他的头盔完好，侧过来的半张脸紧贴在草地上，嘴微张，动也不动的眼睛中镶嵌着几粒草坪的细石子……

我知道他已经过去了，但还是解开了他下巴上的头盔束带，这是战场急救的习惯动作，希望他还有呼吸的话，不会被束带影响。

黄Sir则一边喊着人，一边拨打紧急电话。

其实阿格诺的跳伞水平非常高，在俱乐部玩跳伞的人里算是佼佼者，他当时是在玩一种俗称"拉飘"的跳伞技术。拉飘就是降落伞以非常快的速度在空中转圈螺旋式下降，当快接近地面的时候，让降落伞停止旋转，利用人的惯性和降落伞的速度，操纵降落伞贴地滑翔，这时的降落伞既不上升也不下降，而是迅速向前滑行，人的脚就滑在青草尖上，可以一直向前冲出几十米，视觉效果非常漂亮。

但是没有任何仪器和设备帮助这些玩拉飘的人判断高度，就算有也很难及时做出判断，因为只有几十米就落地，那就是几秒的时间差。

阿格诺就是在玩拉飘的时候，离地面过近没拉起来，直接摔死在了地面上。他不是部队的军人，是老百姓。

这次事故就发生在距离我和黄Sir那么近的地方，却一点儿没影响到我们俩日后的情绪。我继续白天黑夜跳着战术高空伞，他后来则成为伞兵教练，每天不是从飞机上往下跳就是从飞机上把人往下扔。

跳伞在法国是一项比较普及的运动，这跟法国的航空业比较发达有关。尤其在图卢兹周边地区更是如此。图卢兹是法国第四大城市，以航天工业而著名，是空中客车、ATR（小客机）、Spot Image（地球观测卫星）、Latécoère（航空设备）等航空企业总部及法国国家气象研究中心所在地，各种飞机的研发、生产、制造、实验全设在图卢兹。图卢兹的飞机制造历史有上百年，所以图卢兹以及它周边的城市在航空领域都是非常发达的，很多老百姓都会开飞机、会跳伞。

在法国，如果未满18岁学跳伞，政府还会给补助。

不久，部队第二次到阿富汗驻防，这次安排的几乎都是去过阿富汗的人，因为阿富汗确实很危险，已经去过的人比较有经验，再派他们去出事的概率相对低一点儿，比派新人牢靠。

同时也因为翻车事故，所以没安排我。

GCP派一拨人赴海外执行任务的时候，一定会安排另一拨在家待命，不会把所有人分成两拨去不同的地方执行不同任务，就是为了派出的一拨一旦出现伤亡，能及时派出增援人员。

每个人从事一份工作的时候，都希望自己是工作中表现最好的那个人。每种职业也都有自己的职业规范，表面的职业规范是印在纸上的，内心的职业规范就是向楷模学习，在GCP里的那些楷模是谁，就是挂在墙上的那些照片。

但是那些人是因为出任务才把照片挂上去的，每次执行完一个任务，出现场的人都会有一个集体合影，所以要是我连任务都不出的话，我的照片就永远挂不到墙上去。模范作用一定是在现场的模范作用，不是在办公室里。

所以不让我去阿富汗，我还是有点儿失落的，有嫉妒感。

这就是当兵的心理，作为一名军人，当然不希望自己死，不希望自己受伤，但希望自己也能成为一名模范。

这时是2011年9月，我已经进入GCP快两年了，但还没有执行过一次任务。

我的第一次海外任务是去中非。

第四节　驻扎中非

2012年1月，我去了中非，那段时间也是中非比较宁静的时期。

军营很小，就驻扎在中非的首都机场，里面有不到300人的驻军，部队是混编的，和吉布提的第五联队一样，也是一个小的联合作战单位，各个军兵种都有。

最高指挥官是一名团级军官，也是整个中非基地的总指挥。我们GCP去了10个人，里约和我一起去了，这时海盗队长已经调走了，带队的是新队长"烟斗"。他喜欢抽烟斗，生活有品位但工作中是个守旧派。

在中非，我们前后驻扎了四个月。军营外围还驻扎着几十人的非洲联合军队，跟我们一墙之隔。他们每天唱歌、聊天我们都能听到，但是彼此从来不打交道。

中非是个内陆国家，从外界到达这个国家最快速、最便捷、最有效的方式就是坐飞机，因为没有什么铁路和高速公路，所以驻守机场是我们的任务之一，再就是了解机场周边的情况，把看到的、听到的信息都记录下来，每天汇总报告上去。

在非洲的一些国家，首都就几乎代表了整个国家。

和中非比邻的是刚果，20世纪70年代的时候扎伊尔发生动荡，几千名法国侨民被困，第二外籍伞兵团奉命出击把全部侨民都撤了出来，行动时阵亡了一名通信兵，他的照片就挂在楼道里，我看过。后来法国还为此拍了一部电影《黑豹敢死队》。

法军从扎伊尔撤出后，就驻扎在中非，而且以GCP为主，配属装甲兵、工兵等军兵种，中非的政府军就是由他们培训的。

这次在中非，我们GCP的一个摩尔多瓦人留给我的印象很深，他比我晚一年多进GCP，长相很像亚洲人，黑眼睛黑头发，肤色也很亮，身高跟我差不多，长得很帅，我们俩住一个屋，都是通信兵。他考试的时候是我监考的，可是等他考进来后，没多久就变成他教我东西了。

还有小法国——当初跟我一起考上GCP的六个人之一，因为在船上把手指弄伤了没能通过空降兵学校的爬绳考试，后来他跟摩尔多瓦人一起又考进来了，这次也来了中非。

但是执行完中非任务回到科西嘉后，他不知为什么就离开了部队。

神奇的是两三年后，他却出现在了法国海军陆战队第一伞兵团，这支部队是法国最有名的特种部队。他是法国人，可以在外籍军团服役，也可以去法国正规军服役。

后来他又考进海军陆战队第一伞兵团的特种部队，也是高空侦察和特种战小队，但他们是法军的一线特种部队，比我们GCP还要高一个级别。我在空降兵学校学习的时候，有好多同学就是这支特种部队的。

外籍军团也有逃兵，我就认识一个，跑了一段时间后，因为无所事事，也没钱花，又回部队来了，关了一个月的禁闭，放出来以后该怎么样还怎么样。毕竟他是接受过培训的，比新兵强，从管理成本上来说是划算的，这就是西方军队的特点和复杂之处。

在中非，我们GCP的任务很特殊，每天的主要工作就是开着军车出去巡逻，注意街区、集会上的人群变化。

我们有时穿着便装，到各个酒吧、各个餐馆去吃饭，这就是我们的工作。而且我们的花销还给报销，有固定的报销标准，即使不吃东西，这个补助还是会每天发到我们手里。

这样做的意义在于，假设我们在一个餐馆吃饭时，发现有一道菜没有了，就知道是牛肉紧张了。或者想吃一种蔬菜，结果连续点了一个星期都没有，就知道饭馆的蔬菜供货源有问题了，饭馆里的民生能真实和迅速地反映出很多当地的社会和经济情况。

还有人每天去乘坐飞机，通过这个办法来了解当地的航空安全。开车巡逻的人，中间停车休息的时候，就跟当地人聊天，有问题的话就回来写报告，GCP在中非的工作就是这样的。

去餐馆吃饭基本上都是吃西餐，不贵。也去中餐馆，中餐馆在首都最大的环岛旁边，那座环岛就像一个废弃工厂里长满草的圆形花园，那里的道路每开出几米轮胎就要蹦一下，在国内农村的小村庄都见不到那样的路，听说这条路是当年为阅兵建的，本来非常宽大漂亮，但后来随着国家经济的衰退而导致年久失修。

去这些地方的目的，就是要了解所有通往机场的道路是否一直通畅，因为除了法国驻军以外，还有很多法国的侨民、企业或使馆等工作人员分散在当地各处，万一发生变故，上级便会将GCP每天反复更新、能够最快最直接到达机场的路线通报给所有人。

在中非我们没有跳伞，只有射击训练。也去过下乡搞慰问，两三个人开一辆车就去了。

中非的乡下其实很安全，有穿着稻草裙的土著，有矮人族，有的地方几乎不了解外面的世界，靠着原始森林中的野生动物、鱼类、水果和简单的农作物种植，过着自己的小日子，这里没有战争也听不到枪声。

中非的生态非常好，有很多野生动物，所以盗猎情况很严重。有几个从GCP退伍的老兵，就在中非创办了一个最大的反盗猎组织，专门搞反盗猎。

当年第一次去吉布提的时候，心情特别激动，去新喀里多尼亚也挺兴奋，这次心情就很平和，中非使我变成熟了起来。

这次也是我出任务过得最舒服的一次，没有高强度的训练，条件虽然很艰苦，但没有像后来去马里那么艰苦，每天有很多事情要做，但不是去打打杀杀。我觉得这才是一个特殊单位应该做的事，不应该只是穿着防弹背心、戴着头盔、拿着枪在大街上巡逻。

到中非大约两个月的时候，赶上刚果金（刚果民主共和国）选举。那天我和一个TO（作战技术办公室）的上士正在法国大使馆对面酒店的游泳池里游泳，突然命令下来了，立刻返回营区集合出发，坐飞机去加蓬集结。因为法军中、西非的特种作战指挥部在加蓬，而且加蓬比邻刚果布（刚果共和国），一旦刚果金发生动荡，我们就要承担撤侨的任务，把法国侨民运向河对岸的刚果布（两国只间隔一条约三千米宽的刚果河）。

到达加蓬后，我们住在加蓬首都的6BAMa（法军第六海军陆战营，2015年成为法军中部非洲联合作战中心），一个风景比较漂亮的沿海军营，离市中心不远。

我们就在加蓬待命和训练，这里不像之前去过的非洲其他国家那样，到处都是黄沙，这里放眼看到的土地，满满的全是绿色。

加蓬是一个沿海国家，有石油和木材、橡胶、各种矿产，还有野生动物，很富有。加蓬的整个社会体系都有着浓郁的法国色彩，加蓬的官方语言是法语，路上交通警察穿戴的制服都跟法国警察制服一样，自动取款机、出租车、酒吧都有，人们的着装也都很时尚，市中心最繁华的地方会让你感觉就像到了小巴黎。

如果从刚果撤侨，主要途径还是要通过刚果河。我们就预备了很多舟艇，一旦需要撤侨，一部分人全副武装乘坐船只，往返于两个刚果间的岸边进行侨民接送；另一部分人通过跳伞或者水路渗透到对面，引领和保护有被阻拦风险的侨民撤到岸边；还有一部分人，要乘直升机到对面城市中搜索失散和被困者。

在加蓬的训练，主要是和撤侨有关的跳伞技术、直升机绳索技术、电报、直升机突击和解救人质。在加蓬跳伞特别痛快，坐着直升机超低空飞行时，眼下大草原一望无际，成群的动物在奔跑，那种景致特别漂亮。

在加蓬待了差不多一个月。

后期情况缓和，我们返回中非，不久驻扎任务结束，我们回到了法国科西嘉。

第五节　担任GCP主考官

从中非回来几个月后，2012年年底，我作为GCP的主考官之一，参与了这一年度的GCP选拔。

进入GCP以后，GCP的选拔我都参与了，有大参与也有小参与。大参与是参与选拔的整个流程，我就是主考官之一。小参与就是有其他主考官，我只负责通信方面的考试出题，把卷子出好我就不管了，考完再负责改卷子。

这一次是大参与，权威性要高一些，从学员一进队就开始全程参与，负责选拔活动的组织和管理。

GCP考试的种类特别多，总体可以分为射击、战术、医疗、通信、计算机使用、器械使用、体能等，都是由负责相应技术的考官出题。由于是不同考官出题，加上器材软、硬件的更新，所以考题会经常变化。

我考GCP的时候，有关战场急救理论考试的其中一题是，在高速公路上见证一场两车相撞的交通事故之后该怎么办。这不是战场急救方面的理论，是民用急救，但考的却是急救的常识。

回答这个题目需要写很多字，我的法语没那么好，就画画来答题。

我就画了一条高速公路，一前一后两辆车撞坏了，两辆车都打着双闪，车门关闭，在后面一辆车的后方150米处画了一个红色的反光三角形，把伤员拖到高速公路隔离带之外安全的地方，帮他防风挡雨。一个人用手机在拨打"112"。

到了这次考试，有关战场急救的题目是：你中弹后，第一件事要做什么？当有人被炸弹炸晕过去了，你第一件事情要做什么？什么样的伤员在什么情况下给吗啡，什么样的伤员在什么情况下不给？

这是因为吸取了阿富汗战场的教训，全法军队采取了新的措施完善急救体系，这就属于"软件"方面的更新。

不会写字的时候，可以用画画来表达，只要答案是正确的就可以。我在考GCP的时候，各种理论考试，至少有80%的内容是画出来的。

有一次考工兵排雷，几乎97%的答案都是画出来的。

试卷上的考题是让列举一到两个型号俄国制造的反步兵地雷，列举一到两个型号意大利制造的反坦克地雷，这种考题要是用文字描述会很烦琐。俄国的反步兵地雷，最常见的是方块形，它是在一个木盒子里放置炸药和雷管，利用人踩在盖上的压力发生爆炸。意大利反坦克地雷常见的是圆形的，看上去就像一个土黄色的塑料生日蛋糕，通过正反压迫气囊发生爆炸，这种地雷正过来、反过来都可以通过里面的受压气囊引爆。

我们的试卷都是被归档的，后来有一次我去档案室查阅材料，恰巧看到了这张试卷，就拍下来做个纪念，到现在还保存着。

对我而言画画是最方便最快速的答题方法，因为我从小就喜欢画画，而且画得不错，我画的图案，任何肤色的人都能看懂。这种答题方式还能给你加分，即便答错了，别人都觉得这个人很有智慧。

用画画答题的办法，是我在一次考试时临时抱佛脚想出来的，当第一次想到可以用这种方式答题的时候，我很激动，但好像一直以来只有我在画画。我看过很多人常常因为语言问题交白卷。

我考GCP时，射击考试是让我们拿着冲锋枪，从300米外冲刺跑，距离靶子还有百八十米时，开始射击。这时就要克服急速奔跑后由于剧烈呼吸上下晃动导致的端枪不稳。考狙击步枪是在500米的距离给几发子弹，让我们拿一支别人的狙击步枪射击，就是让我们在不熟悉这支狙击步枪的情况下，用5发子弹打出一个好成绩。

但这次射击考试就完全不一样，事先把枪全部拆成一堆零件，再把考生的眼睛蒙上，让他从一堆零件里摸到他想要的那支枪的零件，并拼成一支整枪，再爬出去找到一个自己觉得比较合适的位置，再把他眼睛上的蒙布揭开，完成射击。这个测试的时间会很长，很多人费了很大力气完成了组装，爬到射击位上摘下蒙眼布后发现，他选择的这个位置根本看不见靶子，于是他又要重新蒙上双眼，爬回原来的位置重新来一遍。这个测试实际上是在暗示所有的考生，狙击手不是一个"好枪手"，而是一个"所有动作都既快又准的好枪手"。

考官不一样，出的考题不一样，但最终目的是一样的，本质上都是在给考生制造难度。

车辆驾驶也是一样，我考GCP时，是在一个空旷的野外，有一个10道题的小测试，做完后，考官命令我迅速跑到200米外的一棵树下。我跑到树下后，那里有另一个考官正在等着，说："现在给你五分钟的时间，在你面前的这片草地里有一颗地雷，把它找到并且挖出来。"

地雷挖出来后，他又指着300米外的一个土堆说："你跑过去，土堆后面有一辆卡车，在三分钟内把这辆车移动20米。"

我找到那辆车，先检查车轮是不是泄气了，车轮子底下有没有炸药或者绊线，轴承中间是不是插了一根钢筋，后备厢是不是开着的，油箱盖是不是盖好了，倒车镜是不是都拧好了，总电源是否连接……都没问题了，上车找到车钥匙，一发动却打不着火，再发动还是打不着，浪费了好多时间。直到最后才发现原来那个车挂着挡呢，这是一辆雷诺GBC180，不在空挡时无法点火。

这次因为我是主考官之一，所以就把我当初考GCP时觉得有意思的，把我也给难倒的那些题抽出来，让考生去答。这次考试，让我有机会从我的视角认识GCP考题的来龙去脉，在理解了其中的道理后，觉得GCP的考试真是特别简单，考题也不难。

新队员报到的地点，还是我当初参加考试时，连队营房后面那片空旷的停车场。也是先检查他们的包，我和几个老兵一起趴在窗户上，看别人去检查，通过他们包里面装的东西，能看出来谁是专业的，谁是有备而来的，谁是根本就没准备的。

有的人带着睡袋、防潮垫、雨披这样的东西，那他就是来露营的。有些人带着电脑、笔记本、充电器、各种笔、A4纸和橡皮，一看他就是为了理论考试来的。

如果一个人对自己的理论基础胸有成竹的话，它是不会带那么多理论考试辅助工具的，因为他知道考理论的时候真正能用上的是哪几样东西。当一个人对体能考试胸有成竹时，就不会带那么多营养品和巧克力，因为即使一边考一边吃，他的成绩该是什么样还是什么样，最多比别人坚持的时间长些。当一个人对自己的野外生存能力很自信的时候，你会发现他的防潮垫、睡袋、衣物、绳索、刀具全是旧的，功能和数量也都是最合适的，因为这些就足以应对刮风下雨。多带东西也用不上，新买的还用不习惯。总之，考生对什么事情心里面越没数，带的那方面东西就越多，简单说就是这样。

但是这次考试却比我们当初的考试更有"虐待性"，因为每个考官的嗜好和理念不一样。

我记得有两次夜间考试，一次是"战俘"测试，另一次是"粉碎意志"测试。

战俘测试那晚之前，所有参选者都已经连续两天没有吃好睡好，夜以继日地被各种琐事、理论学习和测试折腾着。考试的那天晚上他们半夜还在理论学习中，突然接到了计时急行军的命令，拎起还没来得及晾干汗水的背囊和装具就往一座山上奔袭。在他们一个个体能几近崩溃、即将抵达距离还有200米的终点时，每一个人都被从树丛后突然跃出的考官扑倒，还没来得及顺畅地喘上一口气，就被封嘴、套上厚实的"缺氧"头套、捆上手脚扔进一辆吉普车的尾厢内。十几个人被摞到一起，有的脚冲天，有的脸在屁股下，有的脑袋或关节被顶在金属车厢的棱角上，相互挤压、相互传染着口腔中排出的二氧化碳和各种味道的汗水，整个车厢不断发出各种不适的哀号声，就像一个装满即将窒息海鱼的闷罐子。

然后他们被带到了卡尔维市中心的古堡，接着被挨个儿抬着手脚，扔进古堡最下层的地窖中，然后在潮湿的沙土中翻身，在漆黑中寻找出口、撞墙或被其他同样封口、套头、看不见也说不出话的人绊倒，再跌回沙土中……

我们就一言不发地站在地窖的角落里，用夜视仪静静地看着他们的行为并录像，看他们中谁是第一个放弃个人逃生，用被捆着的手主动去给其他人解绑或取下头套的。

当然，不管是第一个去给别人解绑的考生，还是捆手绳快被身后岩石磨断的考生，都会被一直在角落里监视他们行为的考官突然拎起，并带到一个独立的房间——"行刑室"。

在行刑室中，他们会在"水刑"中接近窒息（有心率检测和安全措施）、会在辱骂中任人摆布，会在电风扇的"冷却"中丧失斗志（有安全措施和体温监测）……

折腾完后，还会再被投入地窖。

"粉碎意志"测试和"战俘"测试差不多，只是"粉碎意志"测试的不是生理，而是心理。

考生会在长达24小时的时间里，不断被教官施以命令和委以重任，但是由他指挥的行动，总是队员被"击毙"、行动暴露、内讧、忘带关键设备、与队员发生矛盾和冲突、不被信任，并且不管他做得怎么样总是以挨骂和失败收场。以至于有的人到了最后，在面对新任务时由于严重缺乏自信而拒绝接受。

不过这全是考官们提前设计和安排好的，结局跟考生的水平无关，也就是说即使神仙过来也一样做不到。就看你是不是一直做不到，但一直敢接受；一直有矛盾，却能一直在解决矛盾。

第六节　法军、德军空降兵联合军演

2013年6月，我们前往德国，参加了法军和德军的空降兵联合军演，这次我还拿到了德国的伞兵章。

GCP去了10多个人，整个法军去了几百人，是空降兵的联合军演，叫COLIBRI（英译"蜂鸟"），每年欧洲国家的空降兵都会在一起举行一次这样的军事演习。我在GCP这几年，在这个军演上分别与西班牙、比利时、德国、英国、荷兰的空降兵一起训练过。

我们是从科西嘉坐船到法国大陆，然后开车到德国，走了大半天就到了。这是我第二次参加与德国举行的联合军演。

德军里有好多矮个子，每一支队伍里都会有那么几个矮个子，很显眼。而德军军装的上衣有点儿类似于风衣，很大，衣服上有很多口袋，矮个子穿上去，下摆几乎到了屁股以下，所以一看个子矮的人，就感觉他衣服的口袋几乎就在膝盖上面，看上去很滑稽。

可是他们装备很精良。和德军一起演习的时候，我发现他们每个班都有三辆小装甲车，装甲车也就三米长、一米多高、一米多宽，开到高草里面是看不到顶的，比面包车还要矮。还有一辆小运兵车，大小和五菱宏光差不多，驾驶室坐两个人，车厢里能坐三五个士兵。

他们所有的车辆都特别小，很便于实战，随便开到一棵树后躲起来，旁边有点儿草都能挡住。

我就觉得他们德国人真是太有钱了，我们是一个排的人坐一辆卡车从法国开过来，他们是一个班三辆装甲车加上一辆小运输车。

德军的降落伞也特别先进。

我们跟他们跳伞的时候，也是跳ISV，渗透到一片空旷的场地，给后续部队建立空降场，并把空降场给标定出来。然后在周边打扫卫生，所谓打扫卫生就是搜寻并消灭附近的敌人。随即飞机就飞临上空把伞兵扔下来，在空降场集结后开始行动。

他们的降落伞看上去和我们的差不多，但其实差别很大，他们的风阻力、伞翼以及滑翔比都比我们的高多了，而且重量也轻，体积也小。我们有一个老士官开玩笑说，他们的滑翔比如果再好一点儿，都能赶上滑翔伞的滑翔比了。

我们高空跳伞的双人伞和单人伞，尺寸外观完全不一样，他们是一模一样的。他们的单人伞也是双人伞，是一伞通用，特别令人羡慕，特别想搞一顶他们的降落伞。

演习分几个阶段，接到命令、战前动员、分析情况、制订方案、实施行动、行动总结，这种演习不是操练我们这些伞兵的，它的主要目的是操练国家和国家之间高层指挥官的相互沟通和配合。我们只是棋子，所以演习相对比较轻松。

真正困难的演习往往是我们自己组织的，因为我们知道自己的弱点在哪里，强项在哪里，所以自己操练自己才是最狠的。

当地是平原地形，但到处都是森林。

把几百名空降兵投放到一个区域，指挥官先要考虑往哪个地方投放合适，选好空投地点后，先扔下去很少一部分人去开辟空降场，确保这片场地的安全，保证后续人员顺利空投落地。我们就是先被扔下来的这少部分人，任务是扫清敌人、执行警戒、清理障碍物、侦察渗透和开辟空降场。

一个空降场的纵深至少有几百米，飞机空投时，飞行员必须能观测到地面标志，比如说烟、风向标，然后根据地面引导，在规定的时间和规定的坐标点打开舱门把人扔下去，又在规定的时间和规定的坐标点关闭舱门停止跳伞，这整个过程叫作空投引导。

地面导引有很多种方式，可以直接用数据，给飞行员一个精确的坐标点，他就可以看到；还可以用激光和红外线，这时只有仪器能看到，而人眼看不到；也可以用烟，可以用橘红色的布。

空投会分几个批次，伞兵落到地面上后，不需要和我们联系，他们立即开始自己的预定行动。

一般情况下，我们在作战的时候不戴军衔，只戴军兵种标志，因为我们就那么几个人还天天单独行动，所以军衔无用。但普通部队要戴的，因为他们人多，且很多人相互之间不认识，没军衔就没规矩。

演习结束后，让我们列队进行表彰，发给我们每个人一枚伞兵章。按道理是不应该发给我们的，因为我们没有用德国的降落伞跳伞。

我们经常在美军空降兵身上发现法军或者英军的空降兵伞兵章，反过来也一样。这是因为他们在进行跨国联合军事演习的时候，使用了对方国家的降落伞。通常演习结束后，对方国家的军队就要赠送他一枚伞兵章，代表他会使用该国的降落伞。因为各国降落伞型号不一样，操作流程也不一样，所以你能顺利操作完成，就表明已经掌握了这个技术，接受一个技术资质合情合理。

技术资质的证明有两个，一个就是别在军服上的伞兵章，再就是发给你一个证书。

其他方面也是一样，我们GCP好多去过阿富汗的老兵，身上都戴着美军的战斗步兵徽章，因为他们和美军一起作战过，他们使用美军的战术、军语和技术装备，懂得他们是怎么作战的，美军就把自己的徽章颁发给他们。

在欧美国家，经常会看到一个国家的军人，身上会有另外一个国家的军兵种标志，甚至有本国的军官，曾经在别的国家军队里面服过役，后来又回到本国服役。

但这次得到的德军伞兵章我们都没有戴到军装上，那天刚发完，我们队长就说，回去之后谁都不能戴，我们衣服上没地方挂了。

因为发给我们的这个古铜色的章是级别比较低的，是最基础的。

和我们一起来的那几百名法军，也有一部分人获得了德军的伞兵章，他们得到这个伞兵章是有道理的，因为他们使用了德军的飞机和降落伞。也有一批德国空降兵获得了法军的伞兵章，因为他们使用了法军的飞机和降落伞。这场演习是两国军队模拟面临共同敌人时的资源共享，因为空降技术比较复杂，因此需要通过演习互相熟悉对方的装备。

整个演习不到10天，2013年6月，我们回到科西嘉。

第七节　巴拉涅反恐军事演习

2013年10月，在科西嘉的巴拉涅举行了一次反恐军事演习。

巴拉涅是卡尔维这一带海岸的统称，和法语中的"Bananier"，也就是香蕉树的发音很像。在外籍军团里，所有经常犯错误的人都被叫作Bananier，因为香蕉树是整天致人摔跤的香蕉皮的祖宗。

从我进入第二外籍伞兵团一直到退役，这10年间经常去巴拉涅演习。

这次演习是和英军一起进行的。

他们不是特种部队，只是普通的英国部队，大概有一个连的编制，吃住都在我们第二外籍伞兵团。但是他们住在普通连队，所以很少和他们打照面，听说这些英国人特别豪爽，喝酒喝得特别厉害。

这次演习模拟的是科西嘉出现了恐怖分子，严重影响地中海来往船只的安全，于是英国派出一支部队与法军联合行动消灭恐怖分子。我们GCP的任务是侦察、寻找、抓捕、击毙恐怖分子的头头，也就是斩首行动，英军主要是和我们第二外籍伞兵团的普通连队配合我们特种兵行动。

演习进行了不到一个星期。

初期的搜寻工作主要是通过情报，比如电话监听，发现特殊线索后，通过定位的方式逐步筛查打电话人的具体位置，这种方式叫无线电定位。还有一种定位方法叫可视化定位，这个过程在实战的时候有可能需要一星期，也可能需要一个月，我们只是用一天的时间来模拟。

定位后，还要掌握恐怖分子的行动计划和行动手段，所以需要进一步跟踪和侦察，这时我们GCP开始行动，核心任务是追随搜寻。

当时天已经有点儿冷了，刮着大风。去科西嘉旅游的最佳季节是在十月之前，过了十月就会刮大风。

我们分散隐蔽在岛屿主干道两边的山头上，监视目标车辆的去向，选择的位置可以通过望远镜观察两边十多公里道路，一旦发现目标车辆就呼叫负责跟踪的车辆进行尾随。

这个过程大概模拟一两天。

我们最终发现了恐怖分子的巢穴，但因为不能打草惊蛇，所以不能正常接近，只能趁着夜色隐蔽地渗透接近目标，并对恐怖分子巢穴里面的情况进行监测、分析：有多少人、有什么物资装备、有什么人进出、建筑物里面有没有第二道门等。还要观察目标建筑物周围的地形地物，有没有地下隧道，有没有暗室，分析如果他们开始逃跑会走哪条路线，我们怎么设卡。

整个过程我们都架着摄像机一直在那里拍，只要有物体移动摄像机就会发出提示，观察到的信息随时随地更新给指挥部。

随即封锁行动开始，英军部队和第二外籍伞兵团的常规步兵趁着夜色迅速出动，封锁了周围的路径。我发现英军的每个士兵都戴着一个单目夜视仪，当时我还怀疑两只眼睛的视觉环境不一致能看清楚吗，大脑会不会错乱，我就借来一只戴上，发现戴上一会儿就适应了，夜视环境、正常环境都能看清楚，效果还挺好的。

当晚我们GCP先回到营地，做第二天攻击的准备工作，同时协调直升机和水上冲锋舟支援。我们分成两拨人，一拨从空中进攻，一拨从水面进攻，目标是巴拉涅西南角一座无人看守的灯塔。

第二天早上天蒙蒙亮的时候，水上冲锋舟先出发，沿着海边要行进二十公里水路，当他们快到位的时候，我们就被直升机用绳子挂着出发了。十月的风非常大，在空中飞就更冷了，感觉都快冻死了，飞了将近半小时才到，我还是第一次那么长时间被直升机用一根绳子吊着，勒得腿都麻了。

这时负责外围的英军和法军普通连队的士兵，已经发动了消耗战，就是利用各种办法让恐怖分子暴露火力点，发现一处就由狙击手精确地消灭一处，同时也是起到消耗他们的弹药的作用。

因为对方没有人质，所以作战没有顾虑。

在打消耗战的同时，地面的通信兵开启各种无线电干扰。消耗战打完两波后，就剩下几个顽固分子负隅顽抗，通常的情况也是这样。

这时小队在水上和空中同时开始发动攻击。等水路人员先攻击到位后，盘旋的飞机就把我们从空中直接降在灯塔的院里，最终两路人员合击消灭恐怖分子。

演习结束，水路的人还是坐船回营地，我们还是被直升机吊回去。一路上看下面都是大海的波浪和礁石、拍碎的水花、在风中舞动的大树。结果回到营地不久，就听到了不幸的消息，因为风浪太大了，水路的冲锋舟在回来的路上翻船了。

乘坐这种冲锋舟，就算是没有风浪都会浑身湿透，因为船在高速运行时啪啪不停地拍水，空气中就会飞溅很多细微的水珠，很快就会打湿衣服。

出发的时候还稍微好一点儿，因为是迎着浪走的，无非就是上下颠簸，回来登陆上岸时是顺着浪走，再加上风浪大，那就很可怕，不加速都会被浪头往礁石上推。

两条冲锋舟要回到两栖作战中心，结果就在距离两栖作战中心不到300米的地方翻船了。船上所有的人都是全副武装，一个防弹背心就十几公斤重，还好没有淹死人，因为大家都很熟练，掉到水里第一件事就是把枪扔了，然后把头盔扔了，防弹衣也扔了，能扔的全扔了。

我的第一件防弹衣是从一个老士官手里买来的。当时他们那拨老兵刚从阿富汗回来，我知道他们都有防弹衣，就问他们能不能卖我一件。因为法军有时申请的流程比较长，所以大家经常会自己买。

他们当中有一个比利时老士官就卖了我一件。2013年，就是他挂着拐棍去马里，结果牺牲在战场上了。他卖了我一件意大利产的鹰牌防弹衣，是他在阿富汗用过的，卖给我的价格其实也不便宜，但我后来再没买过那个牌子的防弹衣，直到现在只要看到那个牌子我就反感。

我就穿着那件防弹衣去了吉布提，结果被另外一个资深的老士官给骂得狗血淋头。我那个时候确实不懂防弹衣，心里还想：这防弹衣不是挺好的吗，比利时人穿着它在阿富汗打仗都没有问题，我穿上你为什么骂？心里还感到很委屈。

那件防弹衣的质量绝对没有问题，但是后来发现它的设计有问题。

从那以后我就注意研究防弹衣，我发现防弹衣设计得都很科学，根据执行任务的不同，以及不同人的需求，防弹衣也是不一样的。可是防弹衣很贵，我想买也买不起，后来猛地一拍脑门，想起来可以从中国买呀！

我就开始在中国找防弹衣，结果一下子找到好几家防弹衣做得比较好的公司。一直到现在，我跟这些公司的老板、设计师的关系都比较好。那以后我就开始从中国买防弹衣，因为价格太便宜了，一件法国或其他西方国家生产的防弹衣的价格，可以买五到八件中国产防弹衣，而且材料、质量各个方面都是一样的。

那天冲锋舟翻船时，船上有好几个人穿的都是中国产防弹衣，都是我推荐的。他们当时就把防弹衣、枪、夜视仪、电台、头盔这些东西都扔水里了，然后都狼狈地游回到岸上。

第二天风小了一点儿就去找，三连（两栖作战连）派出一个排的人，全部穿上潜水服，戴着呼吸管和氧气面罩，到翻船的那片海域浮潜寻找落水设备。因为电台里的芯片、夜视仪这些设备都非常昂贵，还有些东西，比如枪支，就算是泡坏了也不能扔水里，必须找回来，防备有的人说落水了，实际私藏起来。

但是那天找了半天，只是找到了枪支等物品，怎么都找不着防弹衣了。

过了两天，一早有个其他连队的人给我打电话说："吴，我听说你们GCP翻船了。"我说："是的。"他说："今天早上有老百姓在海滩跑步的时候，发现岸上有好几件防弹衣。"当时我一听就惊了，立即和另外一个战友开车跑过去，到那儿一看果然是我们的防弹衣。

原来，这些防弹衣被扔下水后，被水下的暗流一直冲到了岸边。

但这些防弹衣不是躺在沙滩上，看上去就好像是从沙滩里生长出来的，一个个像萝卜一样被埋在沙子底下，只是露出小小的一个角。早上有人跑步看到了很奇怪，过去扒开沙子，发现是防弹衣。

我们把沙子挖开后，发现防弹衣像气球一样鼓成了一个圆形，因为水带着沙子反复冲，涌进去的水把沙子带进去，流出来时沙子留在里面了，最终就像一个圆形气球一样，里面都是沙子，特别重。我们两个人都没拎动一件防弹衣，后来一用力把防弹衣的肩带都给拉断了，满满的全是沙子，有几十公斤重。

发现了防弹衣，我们就在那个地方和周围拿扫雷器去扫，结果陆陆续续发现了另外几件防弹衣和其他设备。因为两条船是在同一个地方同时翻的，所以这些东西被冲上来时也就都在一起。

枪支因为太沉了，所以才没有被暗流冲走。

大自然就是这么有意思，早知道的话，就不派人去海里找了，就在岸上等着好了。

第八节　2013，没有去成的马里

进了GCP之后，我参加过很多训练，最多的一年，有将近200天是坐飞机的，频率相当高，机动性很强。

去马里有两次，一次是2013年，另外一次是2014年。

2013年那次没有去成，本来应该是过完圣诞节就出发，当时我被编为第一梯队，只要一开赴马里我就要去。

我们GCP小分队的办公区，总是贴着战勤表，这是根据上级单位的战勤计划制定的，我的名字在2013年开赴马里的名单上，这个名单是2012年就已经有了的，部队要提前做好准备。

在各个库房里，凡是上了名单的，每一个人的衣服和武器装备都打包、铅封好了，降落伞、直升机绳索、破门锤等集体物资也封存在宿舍旁的集装箱里。如果紧急拉动的话，我们拿上私人物品和证件就可以上飞机走人，由留守人员负责把物资装备装上飞机，或送到空港码头进行后续物流。GCP虽然人少，但武器装备和物资特别多，体积和重量往往是常规单位的三至五倍，每次行动时，都要搬运半个连的装备。

但这次我最终没有去成马里，当初卖给我防弹衣的那个比利时老士官把我给顶替下来了。

他是上士，长着一脸的大胡子，个子不高，性格又低调又隐秘，又很聪明，用的武器也跟别人不一样，他们家族几代人都是当兵的。他的射击技术非常好，以前也是通信办公室的，后来觉得通信没意思，还是喜欢打枪，又去了爆破和射击办公室。我在GCP里走的路基本上和他差不多。

他本来被派去空降兵学院学一种高空重型降落伞PBO（parachute biplaceopérationnel，双座军事行动伞），这种伞和我们的高空降落伞类似，但是面积更大，可以携带更重的东西。用这种降落伞进行空投时人可以趴在GPCL（gaine pour charge lourde，重物包裹）上，GPCL是外面用迷彩布包着的一个大木箱子，箱子里可以放130公斤的物资。由于箱子的体积过大，而且很重，人没有办法把它背在身上，只能趴在箱子上。箱子底下全是轱辘，空投时是从飞机上连人加箱一起推出去的。

高空重型降落伞有两种落地方式。

一种是人带着箱子落地，在离地面几百米的时候，就把绳索拉开，那个箱子就落到了人的脚下，上百公斤的箱子很重，基本上箱子一落地，随后人也就跟着落地了，但由于降落伞是往前走的，所以人的脚是不会踩在箱子上的。

这个箱子特别结实，摔不坏。

另外一种落地的方式是在风特别不顺的时候采用。

因为受到风的干扰，不能落进空降场，尤其是遇到变向风，比如在距离地面800米的时候往北吹，落到500米的时候又往南吹，这时很难操作降落伞，为了自保，就在两三百米的高度上把箱子扔下来，箱子上自带一个小降落伞。

扔完箱子人肯定是安全了，但是这个箱子落到哪里就不知道了，因为没有人操控它，这就要在落地后去把这个箱子找回来，但是在寻找的路上就容易发生意外，尤其在战场上。所有的物资都在里面，找不到这个箱子，行动计划也就作废了。

高空渗透作战是从二三十公里之外就跳伞出去了，特战队员根据GPS和罗盘调整飞行方向，才能精确地落到目标点。但是从二三十公里之外就扔出去一个300公斤重的箱子，如果没有人去操纵它，行动队员落地后是没有办法找到这个箱子的，因此当我们的跳伞达到一定水平的时候，就必须学习这个项目。虽然不需要每个人都会，但是每次在执行任务的时候，都必须有一到两个会用高空重型降落伞的人参加，一旦有需要，他们就能背着我们若干天需要的给养、弹药跳下去。

高空重型降落伞又分为高空物资型降落伞和高空人员重型降落伞，比利时老士官学的是高空物资型降落伞。

高空人员重型降落伞就是行动队员跳下去的时候，带的是一个人。因为有时候需要特殊的技术人员参与行动，这个人可能是一个骨科专家，也可能是一个爆破专家，可是他并不会跳伞，但又必须把他投下去，那就把他绑在行动队员的身上，如果这个人是爆破专家的话，有时甚至还要在他身上绑一条狗。

比利时老士官在空降兵学校学习这项技术时，不慎踝关节严重扭伤。箱子太重了，落地的时候姿势不对很容易受伤。

他因为受伤没法完成学业，就拄着拐回到部队，情绪有点儿沮丧，不知道以后还有没有机会去参加这样的培训。这个人非常爱干净，从他的仪表就能看出来，是一个非常好强的人。

他的名字虽然不在名单上，但他应该是心里面很在乎，可是由于这只是一个待命行动的名单，到底能不能走还不好说，再加上身上有伤，所以他并没有从空降兵学校一回来，就主动去找领导说自己想去马里。

到了2013年年初，马里战争爆发了。

突然有一天，半夜的时候紧急命令，要我们立即开赴马里。

我们所有的人都很兴奋，连夜到队长办公室去开会，当时的队长还是烟斗。在GCP里担任队长，需要从排级军官开始，一般两年左右做到连级队长，提得非常快。如果在普通连队，一个排长可能需要三到六年的时间才能做到连级。所以很多军官拼命考GCP，就是想跳跃式发展。

散会出门的时候，我往外走，比利时老士官往里走，我们俩擦肩而过。过了一会儿，有一个新队员来找我说："上士找你。"

我们是在二楼俱乐部见的面，他破天荒地请我喝了一瓶啤酒，然后跟我说："我去，你留下来。"他既不是用命令的口气，也不是用商量的口气，和他平时做事的风格方式一样。我说："行，你去吧。"说完这句话之后，其实我心里面蛮不舒服的。

当马里的形势越来越紧张的时候，我们就知道早晚有一天要开打，因为我们也是搞侦察的。

我的名字一直在名单上，所以早在一个月前我心里就一直在想，我到底要不要去。因为法国外籍军团真的和公司一样，任务下来之后，你要是不想去的话，就跟领导打声招呼，领导就会换人，他不太在乎这一点，因为有很多替补的优秀队员。

可是当我和比利时人说完这句话的时候，最担心的是，我找队长说不去了，要留守，感觉很丢人。尽管之前在备战的时候，我就一直在思考是否要去，这是一个很微妙的心理，难以用语言来形容。

那天我陪他喝完那瓶啤酒，就问："是我去跟队长说，还是你去跟队长说？"他说："你都不用说了，我已经跟队长说过了。"

我说那好吧，就回屋了。回屋之后我很不高兴，还跟室友说，他自己的腿伤还没恢复，偏要把我给顶掉。后来有一个新兵进我们屋里，说他看到了，上士一进队长办公室，就把拐杖往旁边一放说，队长，我的腿好了，这次我一定要去。

我能想象到那个画面。

最后我为了缓和一下气氛，就打个圆场说，如果我是队长的话，我也一定会选择让一个有经验的人去。上士去过阿富汗，去过科特迪瓦，一路走过来富有经验，我也不会派一个没上过真正的战场、只去海外训练过的人。

第二天一大早，他们坐着车，赶到距离军营5公里的小机场，从美丽的卡尔维飞走了。

大概两个星期后，我几乎就要忘掉这件事的时候，突然有一天我们被紧急叫回办公室，留守的代理队长宣布说，比利时老士官牺牲了，随后就安排我们挂半旗。

直到开第二次会，我们才知道他的死因。

他们到了北马里之后，马上就执行任务，基本上就是在大沙漠和无人地带的石头山峰里，在一片片山头徒步进行军事行动。因为石头很大，每一块石头都有好几吨重，两块巨石中间的缝可以钻进去两三个人。当地的石头锋利得能把皮靴切开，环境真的是恶劣到可以杀人的程度。

因为天气非常热，因此热成像仪基本发挥不了作用，只有逐个角落去搜索。遇到每一个钻不进去的石头缝，如果怀疑里面有敌对武装人员，就往里面扔一颗手榴弹把它炸一下，才能继续往前推进。

在这种拉网式的搜索过程中，GCP以七八个人的小分队形式，远远地走在部队最前面。后面是步兵连，步兵连后面是一个装甲连，天上还有直升机。

GCP小队和步兵连走的不是同一个路线，GCP走的位置会偏高一些，是走在石头山坡上，步兵连是走在山谷里，这是一种军事上的行军队形。

那天GCP小队走到石头山脊梁的中央位置时，突然侧面的高地上有人向他们开火，第一枪就打中了他。子弹从他腋下肋骨打进去，停留在脖子的位置，他可能都没感受到痛苦，就直接倒下去了。

我们的防弹衣是有防弹板的，但是两侧腋窝底下防弹板的面积特别小，没办法，做得太大连腰都动不了。

袭击他们的是两个人，双方打了十几分钟后，把那两个人打死了。然后GCP小队就往山下撤，因为虎式直升机马上就要过来攻击了。虎式直升机飞来后，轮番把整个石头山给炸了一遍，然后再搜山，又发现了不止两具尸体。

这几个人如果心理承受能力足够强的话，躲在石头缝里不出来，不一定会死。那里最深的石缝能钻进去好几个人，有的石头缝在外面看很小，但是钻进去后很大。有些靠近山脚的位置，甚至可以隐藏成吨的武器弹药，每一块石头都是巨大无比，那里的地理环境就是这样。

第九节　开赴马里战场

2014年4月，我去了马里。

去马里之前，我们进行了准备性训练，跳ISV，练新的战术形式，练LRRP（Long-Range Reconnaissance Patrol，精锐小队敌占区纵深侦察技术），这项技术目前仅有英联邦SAS（特种空勤团），法国1RPIMa、GCP、13RDP，美国RANGER（游骑兵）、LRS（长距离侦察部队）等北约部队在使用，学习如何改装车，熟悉新型装甲车，了解马里的气温、食物、水源、当地的风俗习惯，学习简单的当地语言，了解当地常见的有害生物，所有能学的知识都在那个时候又细化了一遍。

大到各种武器装备，小到眼镜、鞋帽、手套、服装，所有个人装备，全部都根据现实情况边训练边自己动手改装。

我听说当地的蝎子特别多，就自己发明了一种可以挂在装甲车上的吊床，但后来到了马里后发现没有给我们配备装甲车，所以在马里的那几个月就天天睡地上，也没有蛇蝎来咬我。

那时候就知道自己要去了，因为马里战争已经进行了一年。

马里战争爆发后，外籍军团一直冲在最前面。2013年1月27日至28日夜间，第二外籍伞兵团一个连的官兵被空投到马里的通布图（Tombouctou），而在此之前的1月10日和11日，1REC（第一外籍装甲团）的一个单位，就已经和其他部队一起被部署到了这里。

马里地处西非撒哈拉沙漠，从卫星地图上看，北马里是和南马里有一个明显的分界线，南马里是绿色的，黄中有绿，属于半绿洲的状态，老百姓的生活相对稳定。北马里就是撒哈拉沙漠，除了沙子就是石头。

北马里分旱季和雨季，到了雨季，那些草像雨后春笋一般唰地一下子就出来了，远远看去一片青绿色，像小麦芽刚长出来一样，一望无际，所以有一些游牧民族长期生活在那一带。

很多地势低洼的地方还会变成湖。有一次我们巡逻，去的时候，这个地方还是一片沙海，回来的时候由于下了雨，这个地方就已经被淹了，只能绕路几十公里回军营。

我们先落地在马里的首都巴马科（Bamako），是在南马里，然后就转机飞去了北马里。

我们长期驻扎在卡奥（Gao）的一个军事基地，这里是在北马里以南、南马里以北，处于将沙漠和绿洲划分开的尼日尔河（Niger River）交界线上。这里是作战部队的聚集点，也是一个重要的战略点。

在北马里，还有很多法军驻地，不过每个地方人数不多，有几十人，配备装甲车和武装直升机。卡奥就是支持这些驻军的基地，整个军营的编制有近千人，驻扎在这里的不仅有法军，还有很多国家的部队。

这次我们GCP每个分队都来了一部分人，加一起有几十人。仅在马里最初的军事行动中，投入的法军特种作战力量就超过200人，是法军特种作战司令部（COS）历史上调动人员最多的一次。（像GCP和GCM这样的单位并不属于

COS，而属于陆军。）

驻地是一座很大的废弃机场，除了没有电影院，里面的设施一应俱全，有防空袭的地面防空掩体，有防火箭弹袭击的警报设施，有巨大的车辆维修厂和库区，有直升机区、战斗机区、运输机区，有普通作战单位区、特种作战单位区、内部市场、生活区等，划分得非常细。

我们驻地旁边几十米外就是运输机停放区，因为我们要跳伞，所以就住在运输机旁边。运输机区外围是用战术沙墙堆起来的防弹结构，里面飞机的噪声会被沙墙隔掉一部分，否则每到飞行员推起引擎的时候，那噪声真的是要把耳膜吞掉。沙墙外面是公路，也是营区内最宽的一条交通要道，道路对面就是我们，我们外围也是一组用沙墙和存放装备的集装箱堆起来的掩体。

GCP区域的条件比普通作战单位的好一些，因为是特殊单位。虽然当地天气异常热，但我们住在里外三层的空调帐篷里。几乎每到中午，空调都会因为密封帐篷内的水气而导致结冰，制冷效率下降。我们会在帐篷里被热醒，就出来把冰块砸掉。有专门的会议帐篷，有聊天喝饮料的生活区，有自己焊制的单双杠和健身器材，甚至有用被击毁的装甲车门改造的烤比萨的炉子。

我们每一顶帐篷朝向外围的一侧，都堆着很多集装箱，比帐篷高。如果从营区外打进来炮弹，会被这些集装箱先挡住。而这些集装箱同时也是仓库，里面放满了武器弹药，从帐篷里出来，打开集装箱就可以拿着枪弹过马路，过了马路上运输机就可以起飞。

刚到马里有一个星期的适应期，这时候每个人多少是有点儿紧张的。每个人做事都是井井有条，似乎看不出来什么紧张情绪，但有些人的行为习惯会发生一点儿细微的变化。比如他以前抽烟，来这里后就戒烟了；比如以前很少给家里打电话，到这里后每个星期要给家里打电话，或者每天晚上都给家里发邮件；有些人本来不太爱健身和跑步，现在开始跑步了。这种生活上的变化，有一些人非常明显。

当时有这么一个规律，早上天刚露出鱼肚白的时候，我们的军营就会被火箭弹或者迫击炮弹袭击。

当地的武装分子都是晚上骑着摩托车或者骑着骆驼，到荒无人烟的沙漠去，从沙子里把火箭弹挖出来，用木棍架着，大概瞄一个方向。因为城市和军营晚上是有灯光的，他只要看到哪片天是被照亮的，就朝那个方向架上一颗火箭弹，安上手机点火装置，特别简单，然后就走了。

等到天空快露出鱼肚白的时候，我们正在床上睡觉，一颗火箭弹落下来了，一旦落到屋顶上，一屋的人基本全被炸死。而且哨兵即使听到火箭弹的声音，也看不到火箭弹的尾迹，因为天是亮的，不知道火箭弹是从哪里飞过来的，如果知道是从哪个方向过来的，就知道火箭弹是在哪里埋的了，下次会对这个地方进行特别搜查。

所以说凌晨那个时间段是他们最好的袭击时间。

在当地的军营，很多帐篷、房屋顶上都有一根很长的天线，但实际上它不是天线，上面有各种光学器材、声波声呐，主要是防止外来入侵物体的。一旦有一个物体，从营区外按照一定的速度和角度飞来，它就会发出警报。

我一直担心炸弹会落在我们头上，因为我们帐篷的旁边就是一根大电线杆子，目标太明显了。

其实营区本身就有一座飞机场那么大，为了安全又往外扩了几公里，所以一般的武器打不进来，打进来也不会很精准。武装分子通常只有火箭弹，火箭弹速度较慢，一公里要飞三秒钟，五公里就要飞十几秒钟，那边只要打出来这边就会报警，这时就有十几秒钟的时间往防空洞里跑。

我刚去的时候，对爆炸声非常敏感，每天都有好几次爆炸，但距离我们最近的炸点都没有打到飞机跑道。

武装分子的经验真是蛮丰富，他们能非常好地选择地理环境，知道哪些地方便于隐藏弹药、便于撤退和逃跑，能很好地利用规律，知道什么时候搞破坏不容易被发现、破坏的效果最大，他们还能神奇地利用那些土旧到烂的非制式武器，进行改制、拼接和操作，他们这种土却有效的套路令我们防不胜防。

最恐怖的是，他们对伤到谁或者有没有伤到谁根本无所谓。

火箭弹一般打不准，因为他们是概略瞄准，瞄的是一个大概。但是他们也会调整，随着袭击的次数越来越多，他们也总结并积累下越来越丰富的经验，使下一次的袭击更加精确。这次用1米的木架打远了，下次改成0.8米的，这次对准灯光的中央打得偏左了，下次就往右边瞄。

但是没有一颗火箭弹落到军营中心，因为我们住的都是帐篷，不是房屋，所以里面即使点灯，外面也看不到。而亮灯的地方一般都是围墙，那里有往外照的大探照灯，所以没有火箭弹落在军营里面。

法军很聪明，他们对营区灯光的管控是比较严格的，到晚上会在无人的地方增加灯光的亮度，在有人的地方减弱灯光的亮度。有人住的建筑物都是比较矮的，一律在沙墙的后面，再加上对方武器的精度有限，距离也比较远，所以实际上一次都没打到我们的帐篷。

火箭弹是液体推进的，但他们没有火箭弹发射器，只能把火箭弹架在木架或者焊制的铁架上发射。

适应期过了之后，紧接着就是各种任务。最多的是巡逻任务，几乎每天都要出去，而且每天出去的人员数量、巡逻的方向和路线、目的都不一样。总体目的就是要对营区周边几十公里范围内的地区产生影响，要在无人区留下汽车的轮胎印，在有人的区域，要让人们看到全副武装的法国军人在这里巡逻。如果武装分子在无人区看到地上有清晰的军车轮胎印，就知道自己已经处于不安全的地方了，就会对他们的行动计划产生顾虑，从而打消继续行动的念头。

但是因为一刮风沙地上的轮胎印就给盖上了，所以我们要不停地出去，不停地在那些地方轧上轮胎印，留下自己的脚印。我们有时候会在外面沙漠里过夜，有时候不会过夜，有时候会过好几夜。

时不时地还要进行远程巡逻，这就超出基地的管辖范围了。

远程巡逻会去那些小散远基地，临时去加强一下，出去一次要走一个星期甚至几个星期，沿途走若干个基地。这也是一种巡逻，是固定点巡逻。

还有远程不固定点巡逻，就是不选择目的地，也不是去任何基地，而是这些基地覆盖范围以外的地方。

因为这些小散远基地每天也会派出人在周边巡逻，很容易被周边的武装分子观察到。这时如果从总部基地派出一支作战力量，在不通知任何基地的情况下临时性随机巡逻，就会打破这些人的观察方式。

小散远基地没有水、没有汽油、没有电，所以每隔一段时间，我们就会派出一个很长的车队，去给这些基地送物资，这时就随行保卫车队，其间还要随机巡逻沿途一些地区。

车辆巡逻的速度和半径毕竟是有限的，所以还有远程直升机巡逻，我们坐着运输直升机，在武装直升机的保护下，从一个基地飞到另外一个基地，再飞到其他基地，从空中不停地对地面产生影响。

那些小散远基地就像一个个治安岗亭，周边一旦发生情况，因为距离比较近，马上就能处理。而我们GCP就像110中心，但不是每天坐在家里等报警才出警。而是不停地出动巡逻，有重点，有随机。就像警察在街上巡逻并不一定要抓小偷，但是他一定要在街上巡逻，有警察的地方会比没有警察的地方更安全。

敌对武装分子天天能看到地上有轮胎印，旁边有武装车辆驶过，天上还有直升机飞过，他们必然不会轻举妄动。

同时辅助点对点打击，通过各种情报渠道掌握武装分子核心人员信息，精确定位后发起行动。

巡逻时有过快被晒死了的经历，特别痛苦，风吹着，坐在车上被太阳晒着，不断往自己身上浇水，但很快就被热风吹干了，然后继续浇水。好在这样的经历时间很短，也就是几十天，而且以后再也不会发生。

除巡逻任务之外，我们还有大量的训练。

有一个跟很多军队合用的射击区域，在距离营区很远的地方，都是开车去，到至少十几公里之外的地方去打。

在马里也进行跳伞训练，但都是在建筑物内准备、在夜间跳伞、在夜间回营，除了飞行员外，不让营区里的任何人看到。

在马里，特种作战任务绝大部分都是在晚上执行。

因为当地的经济和技术情况差，没有电灯，没有夜间观测器材，白天时，对方从很远的地方就能看到我们的车队或者直升机，但晚上行动对我们来说是单向透明，他们什么都看不见。

当地人的眼睛、耳朵、鼻子这些感官非常灵敏，因为没有闻过汽油，没有被工业化城市的噪声给震过，吃的全是天然的，对周边环境非常了解，你身上涂了香水或者有汗臭，大半夜走路的声音，发动机的声音，或者一点儿非常细微的火光，都会被他们察觉到。因为在他们的生活环境里没有这些。

因此，就需要单向透明，我们可以戴夜视仪，有各种各样的监听设备，有声音讯号放大器，还有不需要点火加热的军粮，在各种条件的保障下，我们在夜间行动是非常有利的。

而且当地没有夜生活，太阳一落山，大家就睡觉了，所以太阳落山后还不睡觉的人说不定就是有问题的。

当地有很多疾病都比较可怕，但是我们不担心，因为出发前就开始吃药、打针，去不同的地方吃不同的药，打不同的针，而且是提前很长一段时间安排的。

到了马里以后继续吃药，每天到食堂吃饭，拿起餐盘、刀叉后，看到的盘子里放的不是食物，而是药，就怕你忘了吃。据说那个药药性比较大，只能在吃饭的时候吃，这样对肠胃没有伤害，一直吃到回法国以后很长一段时间。

军营是封闭的，打扫卫生、处理厨房垃圾、洗衣服、建筑简易设施、维护营区的是当地人，包括理发师，但这些人是长期在这里工作的，进出都有严格管理，他们也要定期做身体检查。我们吃的药，他们也要吃的，这个药他们还要拿回家给家里人吃，防止他们家人生病。

在马里的生活属于每天都有打雷，一天晴天霹雳好几次，但是从来不落"雨点"。这个"雨点"就是疫情、炮弹和各种恐怖袭击，因为各方面的防范措施做得非常到位。

我们的军营里面不只有法国军人，当地军人也有，联合国的军人也有，荷兰、比利时、缅甸、美国、孟加拉、葡萄牙、德国以及偶尔路过的波兰空军……谁都不想让自己的人生病，那么就会建立一个联合防疫系统，资源共享，信息共享，所以是一个非常稳的体系。

有一次我们的车队开出去进行远程侦察，来回需要一个星期。

回来的时候，在经过的路上遇到两伙当地武装正在火拼，打得非常激烈。但我们只能走那个路，沙漠上没有别的路。

我们就走得很慢，因为快到村庄了，不知道村庄里是什么情况。

这时就看到从右方很远、稍微有点儿起伏的沙丘那里开过来一个车队，他们过来后把我们带进村子，然后就要求我们抢救他们的伤员。

那些伤员都很年轻，肌肉很结实，很精干，给他们擦伤口、包扎、打吗啡时，看到他们的神志很清醒，躺在地上睁着眼睛看着你，受了这么严重的伤也不叫痛，所有的伤员都很安静。

我们有很多人在救人的时候都流泪了。

临走时，还给他们留下了一些注射液和一定剂量的药，让他们能在未来两天保持伤口不发炎。

路上就有人说，我们走了，他们的药只能撑一两天，那以后怎么办。有个老士官就说没办法，这种情况，我们已经仁至义尽了。

当时是四五十摄氏度的气温，在那种高温下放一块肉在那儿，很快就腐烂了。如果不把这些人迅速送医院，他们只能死。我们也只能在自己的能力范围内能做多少做多少。

这些各派别武装的底层士兵都是为了生存，出卖自己的体力和生命，换取物资来维持自己和家庭的生存。

第十节　马里的第一场雨

5月的马里即将进入雨季，但也是一年中最热的时候。

我们的侦察小队选择在凌晨出发，一方面是为了确保此次行动的隐蔽性，另一方面也是为了避免在高温下脱水造成战斗力降低。

我乘坐的先头车是一辆经过改装的、带有沙色伪装网的标志4X4，车上有三名乘员。全队是由两辆越野车、两辆全地形卡车和一辆轻型装甲车组成，共有14人。

车队抵达一处丘陵地带，两侧是无法通车的乱石丘陵和深沟，中间是一条走私车道。

马里北边大部分地区都遍布岩石，这些从沙漠中拔地而起的石山相对海拔较高，武装分子和大量的军火、给养通常都藏匿在这种地形的沙层下和石洞里。

这条大约两公里宽的丘陵地带，也是这次侦察任务中的重点探测地之一。

作为头车的观察员，我起身观察了半分钟后，用脚轻轻地踢了两下驾驶员D座椅的靠背，示意继续前进。在头车的引领下，车队拉开距离，保持前后车可通视的反伏击队形前进，导航员A也关上了Getac（台湾神基的一种强固电脑）的盖子，操起武器保持战斗姿态。

当行驶过走私车道的最高点后，我轻轻地长出了一口气，慢慢放低了车载机枪的枪口。

但就在此时，一声沉闷的爆炸震裂了夜空的寂静！

爆炸的声音并不巨大，但是相当沉闷，我意识到有车触发了埋入式爆炸物，马上怀疑我们是不是进入了武装分子的包围圈。

我的身体开始条件反射似的机械动作，两手利索地打开机枪保险、激光和红外探照灯，对前进方向180度的范围做起扫描。驾驶员D即刻停车，迅速操起他的MINIMI（比利时产5.56口径轻机枪），导航员A也打开步枪上的红外光瞄向另一侧的高地。

我坐在车的尾部，是这辆车中唯一可以观察到后方炸点的人。为了防止在下车后的交火中被误伤，并让无人机了解我的每一步活动，我打开头盔上和车顶上的红外标点灯，回头向后方的炸点观察。

被炸的是紧跟在我们后面的二车。

没看到太大的火光，没有太多的烟，没有叫喊声，一切都是那么静，除了偶尔有烟花一样的火须四射出来，耳机中没有任何求救的声音，所有的电台都在保持静默。

按照程序，最初的电台静默是要把信息通道留给最需要发言的伤者和指挥官，现在这种静默让我感受到现代作战的冰冷，以及行动上的无奈和不知所措。

可能小队中所有人都判断我们是中了埋伏，所以没人下车。又过了几秒，电台开始呼叫二车中每个人的代号，一遍又一遍。

无人回应。

我们三人从车上跳了下来。驾驶员D和导航员A两人隐蔽在路两边的岩石后，警戒前方和两侧的高地。火光越来越大了，就像半边天被点着了，偶尔有被烧爆的弹药爆炸声。滚滚浓烟笼罩着强烈的光亮彻底遮住了爆点，除了底处的明火外什么也观察不到。

我认为二车的人全都牺牲了。

我开始脱防弹背心，导航员A看出了我的企图，朝我喊："你疯了！？"

我焦急地朝他吼了一声："我必须过去，伙计，别担心，我马上就回来！"

我丢下了从没有丢下过的防弹背心和步枪，打开头盔灯朝坡上狂奔了过去，看都没看一眼地面。

因为防弹背心很重，穿着它跑得慢，有伤员的话根本背不动。

我知道士兵在战场上丢下枪是犯错，军团成员荣誉信条第七条规定：无论是死去的战友、受伤的同伴还是武器装备，你绝不弃之不顾。

快赶到时，头盔灯在浓烟的屏障下已经不起作用了，但突然看到火光中摇摇晃晃爬起来个人影。

看不清他是谁，我就边跑边喊他们的名字，他一直没有回答。直到我终于冲到他跟前，抓起他的胳膊架起来就走，这时借着火光才看清楚，是二车的导航员F。

我不停地问他问题，他好像什么都听不见，除了一遍一遍地重复同车另外两名队友的名字，挣扎着向后伸着手、回着头。

F的命真大，后来才知道，他是从翻了跟头的车体下爬出来的，如果不是后背上的那块陶瓷板护住了腰背，可能就永远留在那下面了。

离开爆点三十多米后，我拉开他防弹背心的应急手柄，让他躺在一块大石头后边，并呼喊驾驶员D过来接手，然后我又朝爆点跑了过去。

爆点此时的火更大了，脚下都是碎片。

烈焰让我感觉面部在融化，浓烈的硝烟里什么都看不见，也无法正常呼吸。发现第二个队友G时只离他一米左右。他没了头盔，平趴在地上处于休克状态，旁边就是正在剧烈燃烧着的车体。

我抓起他的手，狂喊着"嗨！嗨！"扯住他的胳膊就往外拖，甚至都没有去拍灭他裤腿上的火。

唯一想的就是快离开这里，因为不知道什么时候车体里的弹药箱就会爆炸。

能及时在火光和浓烟里找到G真的是运气，如果再继续寻找个十几秒钟，可能连我也会与他一起永远躺在那儿了。当时就想着："快！快！快！"脑袋里一片空白。

用尽浑身力气将G拖出去几米后，硝烟让我开始缺氧，我急了，边拖边喊他的名字叫他站起来。可每喊一声，嗓子里都感觉到剧烈的灼痛，满嘴都是硝烟的味道。

不知道是不是被拖得十分不舒服，G终于动了动头，他可能也意识到了危险，开始用腿在地上蹬，虽然他还爬不起来，但他每蹬出一脚好像都能给我省去几吨的力气。

拖到下坡处我的速度就快了，顾不上地上的石头会不会把他碰伤，一口气把他拖到了刚才庇护过F的那块石头后面。

我知道所剩的时间不多了。

借着头盔灯，我翻开G的眼皮看了一下，抓起F的半件防弹背心护在自己的胸口，准备再次往回冲。

刚往回跑了两步，就两步，车载弹药在烈焰中爆炸了，就像烟花仓库的爆炸，无数的火花和金属颗粒呼啸着飞散在地面上，打在石头上。

火就一直那么烧着，满天红，小队与基地间正在展开通信联络。

我知道已经不可能救出M了，因为还有反装甲弹药没爆炸。

我不能在这里趴着浪费时间，于是转身向头车爬去。

头车前的驾驶员D和导航员A两人已经开始救护伤员。

先被救出的F的腰部脊椎受伤，一直很痛苦地呻吟着。没法给他做更细致的检查，也不能打吗啡，否则等下医生赶到就很难确定他的伤势。只能激励他，帮他一点一点刨出背下的石块，让他躺得舒适些。

后被救出的G真的是很幸运，他可能在被抛出车体前就已经被震昏了，所以醒过来后一切都很正常，甚至刚醒过来时都不知道发生了什么。

后来为了技术改良和总结经验，我们调查了同一款式的越野车，惊奇地发现G坐的驾驶位置，离爆心仅80厘米，而他身上却没有一点儿皮肉伤！

我怕他们有体内失血，又冒着还在陆续爆炸的流弹，跑到车后的焊接筐里找来集体医疗包和水。但刚跑出车体的掩护面，在流星雨一样的爆炸中就听到导航员A在喊："你他妈的是真疯了！"

医生和其他人员终于从高地上赶来了。

驾驶员D和导航员A分别爬上两侧的高地向更远的方位警戒，工兵和一名机枪手向车队前进的方向沿路检查地雷，临时协调员禁止我再靠近爆点，我于是留下来帮助医生为F和G输液。

医生很年轻，这是他从军校毕业后第一次就地处理战伤。

在现场巨大的压力下，他的话很少，我给他打下手，并为他提供F和G的伤势情况，以节省抢救时间和防止医疗程序出错。

医生往滴注袋里加入麻醉剂后不久，F终于不再呻吟，呼吸也变得缓和，甚至还开了句玩笑："我真他妈爱死吗啡了。"

G很年轻，但表现得很冷静，护士出身的他甚至告诉我不要忘给麻醉剂，我点了一支烟塞到他嘴里让他闭嘴。

这时听到耳机中搜寻人员汇报，说没找到M。

车里有两个人都被抛出了车外而且没有生命危险，这就是我们没有选择密闭的装甲侦察车做头车和二车的原因，也就是说，M就在残骸的附近。

不久后，机械师在右侧高地上找到了M，离爆点大概有十几米远，五六米高的地方。听到消息，所有人立刻进入防守状态，我也穿上了防弹衣并挂上步枪。

M还有极其微弱的脉搏，已经奄奄一息。捆扎M的过程相当小心而且持续了一段时间，因为担心他受到冲击后有体内骨折，怕在移动时对他造成二次伤害。在这段时间里，已有虎式和美洲狮直升机正从基地赶来。一架幻影即将从较近的尼亚美（尼日尔共和国首都）起飞赶来。

M是被冲击波抛射到空中的。

由于穿着防弹衣，M的上体比下体重，下落时就像羽毛球一样头部先着地，在这种重量和高度下，他的头盔就像瓜皮一样无济于事。

M的颅腔与颈部受到了致命伤，左脚从脚腕处被尖锐的岩石切断，只剩几根肌腱与腿部连接。

由于失血，他的脉搏极其微弱，找不到可以给他输入HSS（hypertonic saline solutions，医用高渗盐水，通过提高血液中的盐分使其他器官中的水分渗入血管进行补血）的血管，就在他右膝下打入了骨髓针（笔形医用弹射式空心钢针，通过释放弹簧将输液钢针打入骨骼的髓腔，从而对因失血过多而无法找到血管的伤员进行输液），并在他左腿扎了两根止血胶带。为了取出他卡在石缝里的脚，只能用剪刀连鞋底一起剪断了他那双LOWA（军靴品牌）。帮他脱防弹背心时，发现后背的整块陶瓷板都被摔变形了。

安装好红外标记的直升机着陆点，几分钟后，两架虎式直升机就赶到了，一架在空中警戒，用强烈的红外激光束在四周的高地上不断地扫描，另一架在更高的空中监视这一带的高地。

接着赶来的"美洲狮"落地带走了三名伤员，迅速得仿佛就是瞬间的事情。当美洲狮直升机在我们头顶掠过道别时，我看到了舱口机枪手夜视仪目镜的亮光，就像一双警惕的兽眼，于是朝他挥了挥手并竖起大拇指。

整个救援过程没有一丝可见光。夜视仪中，低空虎开始慢慢环形爬升，我收起标记灯，导航员A已经用红外激光帮我打好点，我要过去跟他会合。

因为还处于战斗状态，我小心翼翼地接近A，每翻越几块巨石或者在高地上移动个几米，就停下来并强行抑住呼吸，仔细地听周围的动静，并用红外枪灯扫察。

如果有人此时藏身在这巨石后面或是岩隙的阴影里，哪怕就是在几米外我也不能发现，即使是"虎"的眼睛也不能透视那些岩石。

直到看到高地顶处的红外发光源，我与A通过电台确认了彼此的位置以防止误伤，几分钟后终于与他会合。我们低声明确了分工后，我用风衣把他和电脑盖住，让他用无人机图像观察四周，并为我选择一个较好的防守位置，借助无人机是3D任务（三维任务、立体作战任务）的优势，但这台电脑的屏幕没有夜视仪模式（一种为夜间隐蔽行动或佩戴夜视仪时使用的微光屏幕模式）。而当地人长期生活在这样一个简单、自然的环境中，他们的听觉、嗅觉、昼夜间的视力远远超出我们。

我们认为那个埋雷的人就藏身于附近，甚至有可能就在我们背靠的岩石后。

夜色里，一切是那么平静，没有螺旋桨的声音，没有风，没有引擎的嘈杂声、耳机中的呼叫声、爆点的火光、窒息的浓烟，目镜中是翡翠般的夜空，和一片漆黑的、起伏的石海。

夜本来就应该是这样安静的，空气渐渐地变凉，渗入湿透了的蛙衫，我就把肩膀靠在还有余温的岩石上。

耳机中突然听到报告——出现了一辆不明车辆。

这辆车出现得太突然，我想无论它是不是和爆炸有关，一旦进入我们的视线，毫无疑问会被击毁。经过这一夜，现在我们当中还会有人记得清军团信条的第七条吗？

我把AG36（德国的一款步枪下挂型40mm榴弹发射器）换上红外照明弹，把随身携带的40枚榴弹也全都取了出来，在面前的石头上摆成一排。

夜还是那么静，只有耳机中的A不时汇报着这辆车的距离，在它进入外围高地后，我打开了武器保险。

在夜间，M那辆车的爆炸声可以传出很远，也许是8公里，也许更远，而高地上持续的火光，夜间的能见度在20公里以上。

居住在马里大沙漠北部的人都是日落而寝，这个时间不睡觉、独车、半道见了火光不躲闪，这些迹象都表示，来车中的人很可能就是躲在不远处的埋雷者，他们可能认为炸掉的是走私货物的车辆，所以正赶来哄抢物资。

左侧高地的精确射手宣布车辆已进入他的视线，紧接着，后方较高处的狙击手也宣布进入视线。

我折起枪托，朝车辆即将出现的转弯处抬起了枪管，右手从G36（德国的一款自动步枪）的握把移动到AG36的握把上，用枪机端部和G36的握把顶着肩。这个抛射动作会让我右肩瘀血，但它能最快、最准确地将全部的榴弹都倾泻到那辆车上。

经过长期训练和磨合，队员间的配合已经非常默契。我想，这时所有人都已据好枪，在等我的第一发红外照明弹。

就在那辆车即将进入射程的时候，A突然在电台里喊道：幻影！幻影！幻影！

从尼亚美赶来的幻影（法国的一款战斗机）出现在A的信道里，瞬间就从高地上掠过，随后而来的空气爆裂声把整个夜空又震碎了一遍。

那辆不明来历的车就这样被幻影赶走了，夜色里都没开车灯。

一直到黎明前，幻影都在高空盘旋着，引擎声时近时远，像在用噪声警告着这片沙漠里的观察者，不要接近我们。

直到天际出现了光芒，幻影才离开。

天亮后，高地的顶部已不再安全，我们退下山脊，隐藏到巨石的阴影中。

这里能清楚地看到爆炸现场。整个车体被冲击波撕碎，打翻在雷坑外几米处，大块的碎片和残骸七零八落地散布在周围几十米。

精确射手向我挥手，让我去帮他辨认和搜寻损失的器材。走过去的路上，看到遍地都是氧化后的粉末、散落的弹壳和裂开的电池、变形的弹药箱、结炭的轴承、残损的干粮袋，电台被烧成一页一页的铝灰，轮胎只剩下金属丝，Getac只剩下合金残片。

车体后方近百米处，有许多完好的纯净水和摔裂的罐头。

我认出一包被烧掉一半的红色万宝路，那是G的，捡起来一看里面还剩几根烟，就把它装进了肩部的口袋里，打算回去后还给他。

临时协调员向我们走来，看样子他很累，虽然走路仍很精神但他那张脸好像一夜间老了很多。他走到跟前问了一句："还好吗，小伙子们？"

我站起来微笑着跟他用力地握了下手，说："还好，要不是飞机有些吵，昨晚就睡着了。"

他用力地拍了下我的肩，笑着说："我也一样！"

精确射手问他有什么消息，他说接应车队已经在路上，中午左右会到达，伤员很稳定，但……M走了。

我们都陷入了短暂的沉默里，想说些什么又不知道该说什么，只是相互看着彼此那亮亮的、可以从中看到自己身影的墨镜片。

精确射手问："是吗？怎么回事。"

协调员回答道："颅部创伤，这是早晚的事。"

我考虑了一下，说："终身残疾不是他的性格。"

协调员又狠拍了我一下，微笑着说："你们已经做了所有能做的，谢谢你们所做的一切。我去通知其他人。"

大概是这一晚透支了太多体力，在捡起落在弹坑边上的一粒糖果时，我突然感觉到身体干枯又轻薄，生命简单又脆弱。

终于在M倒下的不远处找到了屏幕已经摔裂的DAGR（一种军用卫星定位仪），但它还在继续着它的运算，真是一台冷血的好机器。你的任务完成了，我心里想着，连机器都没关就把它的电池抠了出来。

两个队友在所有无法带走的残留物上布上了C4（一种军用塑性炸药）和导爆索，估计有十几公斤的量，然后我们退到安全的地方，望着即将消失的现场。

我突然想起了什么，告诉起爆员给我5分钟，然后跟同伴要了一瓶纯净水朝现场跑了回去。

气喘吁吁地跑到M倒下的那片焦石前，我想把上面的血迹洗去，不想让那些制造恐怖的人用别人的鲜血在网络上炫耀战果。

一瓶水倒下去，还没流到地上就被吸干，我掏出多功能钳用力地砸上去，只出现了一个个小坑，我一下一下地砸着，终于把它打碎，再把纯净水瓶切开，把砸下来的石头一块一块地装进去。

再把沙子填到坑里，把装着石头的纯净水瓶留在布满炸药的车体残骸上，然后跑了回来。

没人问我去做什么了，工兵喊了一声"耳朵"，就按下了起爆按钮。

我背对着这个爆点，和昨晚一样，后面传来"嘣"的一声闷响。不同的是，这次队友们都在身边。

再次经过现场，除了那个雷坑，昨晚的一切真的都消失不见了。

我们到了马里一直没有下过雨，结果车队被炸后，在追悼M的送殡仪式上却下起了雨，所有人都在雨点下站着，那是我到马里以来遇到的第一场雨。

第十一节　伞降沙漠潜伏侦察

6月的一个晚上，我们执行过一次侦察任务，需要渗透到马里沙漠地带。

因为那一带出现了不安定的苗头，用巡逻的方式解决不了问题，所以就把我们空投在那里潜伏一个星期，执行侦察任务。

执行任务时，可能打击目标的过程只有几分钟，甚至几十秒。但是行动前期和行动后期要做大量的工作：怎么到达目标点、怎么携带大量的武器弹药以及各种通信设施，还要有食物，执行完任务后怎么撤离，都要做好全面的准备。

在我们执行这次伞降侦察任务前，就已经有地面力量在相应的地点藏好了食物、水和其他物资，当然我们自己也带着水、食物、弹药和电池一起跳下去，那些地面上的物资仅作为应急用。

那天晚上，飞机在离目标地还有20多公里的地方，把我们从4000米的高空扔下去。

当时我身上带了很多东西，大部分是水，还有武器弹药，这些加起来已经跟我的体重差不多了，光是背后的一顶降落伞就有27公斤。但是整体重量又不能超过150公斤，要不然跳伞时，降落伞打开后绳子就会断了。

我们靠着降落伞、指北针、GPS，按照预定的路线，飘到20多公里外的一片沙漠上。

那次跳伞大家落得四面八方的，不是因为跳伞技术不行，而是受到地磁的干扰。沙子是有磁性的，导致那天GPS指着一个方向，罗盘指着另外一个方向，所以只能全凭经验，最远的一个落到预定地点3公里外，我落到1公里外。

那里是在战区，落地之后，我就戴上夜视仪，周围全是沙漠、深色的天空和浅色沙丘间的阴影，漆黑漆黑，什么都看不到。出发前我带了一个铁锹头放在包里，落地后就刨了一个坑，把降落伞埋到里面，再用GPS打好点。执行完任务回去要上交这个点，过一阶段会有巡逻车队路过这里，找到这个点把降落伞挖走。

判定方向后，打开枪的保险，小心翼翼地向集结地走，但很快就气喘吁吁，浑身是汗，虽然是晚上，可还是非常热。

这时看到前面几百米外的沙丘上有一个黑影，不确定是人还是枯树，于是就蹲下来观察，不敢出声，用肉眼不可见的红外激光一直瞄着目标。如果是自己人，他的夜视仪能看到我用红外线照他；如果是其他人或动物，几分钟之内一定会动，因为肉眼虽然看不到红外激光，但在某些时候视网膜却微微感觉得到。一分钟过去，两分钟过去，目标一动不动，应该不是人也不是动物，我就小心翼翼地继续缓慢往前走，走到相对比较近的时候才看出是一棵枯树。于是我就在这树下又刨了一个坑，把铁锹头埋到里面，再打好一个点，所有的东西不要埋在同一个地方。

沙漠的夜晚，月光下光滑的沙丘反光非常强烈，所以是有阴影的，夜视仪在数百米的远距离上只能看清阴影之外的东西，阴影之内的看不见，唯一可尝试的远距离观测阴影内有无隐藏物的办法，是用大功率红外激光照射阴影内部（单兵红外灯的聚光距离太短），如阴影内有物体就可能产生与沙丘光滑表面不同的反射。所以在夜间行进的时候，要尽量让眼前的阴影少，发亮的沙丘多（利用日月行进，如前面写到2009年考GCP时需要计算月升月落，这些都是特种战术的基本常识）。

除非他是一个不懂军事或战术的人，否则不管是敌人还是自己人，只要有人就一定会藏在阴影里，而2014年的时候热融合夜视仪（一种集红外、微光和热成像为一体的单兵夜视仪）在法军中还没有被普遍装备。

再往前走，发现前方似乎有人影晃动，不确定是不是人，还是蹲下，枪口的激光对着，过了一会儿，又动了，肯定是人。

到底是敌人还是自己人呢？这个时候看一下衣服底下的GPS，因为GPS夜间是会发光的，确定前方就是我们集结的定位点，有可能是先到达那里的队友。

但还是不能完全确认对方就是自己人，这时就尝试用电台去呼叫，不用说话，就按对讲机，按我们内部的默契，有规律地按动对讲机发射按钮。

我们用的是数字电台，不是调频电台，如果是调频电台，当你调到一个频段的时候，所有调到这个频段的电台都能听到你，但数字电台是所有参与行动的电台跳动的节奏和点，都是在出发前用一个电子钥匙插到电台里，彼此的电台只会接收曾经插过同一把钥匙的电台信息。

所以这个钥匙是极度保密的，如果有人把这个钥匙弄丢了，要上军事法庭，还要坐三年牢，整个法军从此以后也不再用这个频段，影响范围非常之大。

而每次行动每个队的编码和调频也都不一样，比如A小队用的是A钥匙，B小队用的是B钥匙，这时即使调频都在一个频段上，相互之间也是听不到对话的。

如果对方同样有规律地按动对讲机发射按钮，就可以确认对方是自己人了。

这时再打开头顶上肉眼不可见的红外灯，对方也打开他的红外灯。我们使用的不是普通的红外灯，而是带有一定闪烁频率的红外灯，如果彼此的频闪不一致，那对方一定是有问题的。

打开红外灯的主要目的是让对方别乱开枪，虽然通过电台沟通上了，但电台是不定位的，只知道彼此的大概距离，不知道彼此在哪个方向，所以当我走过来时，对方不知道走过来的是不是自己人，红外灯可以帮助我们彼此确认。另外也确保这时一旦出现意外情况，我们不会向脑袋上有红外灯的人打枪。

有的人就会犯这样的低级错误，就是突然发生战斗，他忘记了打开红外灯，结果被自己的战斗机炸死，或者被自己的队友开枪打死。

会合地点在无数沙丘中几棵零星的树下。它们不是很高，面积也不大，有枝没叶全是刺。指挥官也许认为这样做，伞降不会在沙子上留下脚印，树荫下也不会留下影子，避免我们的行军路线被敌人发现，否则他们可以根据我们的脚印，推算出我们有多少人、背了多少东西等等。

日间温度有43℃，地表温度最高时超过70℃，那次行动我们在这种环境下趴了五天五夜。

我们找到三两棵三五米高、几乎枯萎的树，但有差不多六七平方米的树荫，这样会稍微有点儿阴影。我们躲在树荫里，要不然真的会被烤死。太热了！

我们带有大量的侦察设备，卫星天线、照相机、计算机、电池等等，所有在五天内从这里经过的东西，只要是被发现的，全部要记录下来，作为此区域的无人机及其他侦察方式的信息补充和确认。

我们有十几个人，大部分人在观察时都是在太阳下曝晒的。沙漠是平的，一望无际，所以不能移动，而且观察哨位的位置是固定的，吃喝拉撒睡，都要在同样一个地方，你可以往左移2厘米，往右移2厘米，但是不能移20米。

沙子表面的温度能把鸡蛋烫熟了，我们只能趴在那上面。所以对水和食物的需求量很大，但是我们携带的水和食物，不足以让我们在那么高的温度下在沙漠里生存五天五夜，因为每天每个人至少要喝5升水，才能让身体里的血液正常循环。

所以上级就在夜间派小飞机空投。

小飞机快飞到时，关掉发动机，从高处飘下来，这时它基本上没有声音。

等到离地面400米左右时，扔下来一个降落伞。等降落伞飘远了，再开启发动机飞回基地。

我们这样做是为了生存，不让自己的体液过分流失，而当地的那些生物，它们的想法也和我们一样。

白天的时候，能看到蚂蚁、昆虫还有一些蜘蛛。我们有的时候趴着，有的时候躺着，趴着的是正在工作拍照的，躺着的是正在休息的，而蚂蚁就会从我们身上爬来爬去，就像我们的汽车爬山坡一样。

它们不会咬我们，但如果碰到它们，或者"啪"地打一下它们时，就有可能会被反咬几下，甚至还有一些会钻到你的衣服里。另外，它们会在我们流汗有盐粒的时候找过来，但如果你不去打它，它就把你身上的盐粒给搬走，而不会去咬你。

所以说顺应了自然之后，我们才能和这些生物为伍，而这些生物也不会去骚扰我们的工作。

有一种蚂蚁很奇怪，是银色的，就像一滴水银在沙子上滚动，它们非常聪明，因为那种银色可以反射太阳光。这种蚂蚁咬人非常痛，树下面有很多这种蚂蚁的巢穴。

沙漠很荒芜，对于沙漠上的生物来说，食物很稀少。如果把吃剩的罐头盒放在身边，就会招来很多蚂蚁，然后就会被咬得很痛。如果想避开蚂蚁，就要跑到太阳下面，如果想躲在树荫里，就要与这些蚂蚁为伍。打死一只野猪容易，但是每天让一个特种兵打死两万只蚂蚁，肯定是办不到的。

那五天五夜，白天的时候，我们除了工作什么都不干，并且尽量不吃东西，只喝水。

喝水的时候，水具不要对嘴，更不要添加粉末饮料在里面，小心高温下的细菌繁殖和变质。沙漠里很热，矿泉水也很热，所以要学会给水降温，稍微洒一点儿水在袜子上再把它套在矿泉水瓶上，迎着风放一会儿，水分蒸发了，再喝就不那么烫了。

在沙漠里的动物由于缺水不能随便乱吃，它们的血液里面有很多毒素。

到了晚上，蚂蚁不太活跃的时候，我们才开始吃东西，到一边去吃。晚上没有太阳了，就可以离开树了，到哪儿去都行。吃饭剩下的东西，都要放到塑料袋里封起来，再把它放进背包里，包括矿泉水瓶。如果埋在地下，早晚会被发现，人家就知道这里埋伏过我们的人。

白天我们是不动的，到了夜间才能排泄，还得弯着腰，走出去二三百米，刨一个深坑。

我们在那里待了五天五夜，消耗了大量物品，但是现场一点儿垃圾都没留下，要想不被发现，就一定要融入那个环境。这样做不但是保证自己的安全，还要保证下一批执行任务的队友的安全。

想想看，如果把这些垃圾挖个坑埋起来，能挖多深？一阵巨大的沙尘暴过去之后，就全部暴露出来了。这些垃圾被吹散之后，它的散布面积可达到几平方公里。也就是说，只要在几平方公里内有一辆摩托车从那里经过，就知道这个地方曾经有法国兵待过，因为那些垃圾全都是法国的军用口粮。

那么下一批战友再来这个地方，或者再到其他类似的地方执行任务时，迎接他们的可能就会是一个埋伏圈、一场伏击。

这五天五夜，没有爆炸，没有枪战，没有惊险刺激，看起来平淡到无聊，但是却特别难熬，就像一根弦，一直绷着，却不知道什么时候会断。

可以说这是我这辈子最难熬的五天五夜，我想我之所以能熬过来，都得归因于之前所接受过的那些训练。它们教会我大自然的法则，让我可以在最极端最严酷的环境下生存，此后回头再眺望撒哈拉金色的沙漠，我不会心有余悸，不会憎恨它，而是依然觉得它很美。

我们永远对抗不了大自然，但如果我们摸清了自然的规律，找到那个空隙，在那个空隙里发挥你各方面的能力，就会生存得很好。

我们的老祖宗从猿人时代就一直在延续着这种技能。

特种兵不是用来冲锋陷阵作战的，我们的任务主要是侦察，但这个任务范围也是非常宽泛的，可以由侦察转成作战，也可以由作战转成侦察，有时候作战本身就是一种侦察。

我们日常不需要站岗哨，也不开着装甲车去巡逻。我们一旦出动就是隐秘的行动，经常一出去就是一个直升机梯队，前面一辆武装直升机，后面一辆武装直升机，中间三架运兵直升机，每架直升机上都有机载武器。

有一次抓毒贩，前面已经把人抓走了，我在后面都没看清人在哪里。第一架武装直升机距离目标几百米时，朝那辆车前的地面上啪啪啪打一排机炮，警告它停下来，同时第二架武装直升机就在高处悬停警戒。

那些人很老实，人一下车就跪在地上，两手抱头，都知道你是什么程序。你一做动作，人家就知道是该起立、转身、把衣服撩起来，还是把帽子、头巾给摘下来。

不管是老百姓还是要抓捕的目标，对这个套路全都清楚。

在马里吃得也好，住得也好，还比较有自由度。

快要离开马里的时候，心里知道这辈子都可能没有机会再来了，于是就特别珍惜在马里的每一秒，体验了好多东西，收获满满。

第十二节　威赫尤高山演习

2014年8月，回到科西嘉。

不久，有一个专门拍纪录片的法国导演来到我们GCP，要拍摄一部有关GCP的纪录片。纪录片里还有一个演员，他每年都要去各个国家的特种部队，跟特战队员一起生活和学习，拍过很多军事题材的纪录片。

我们先是在卡尔维的营区附近跟法国演员一起训练了一个月，项目有模拟营救作战、跳伞、地面搜剿和武装直升机协同攻击等，最后去了威赫尤一个被遗弃的度假村，围剿恐怖分子，把这名演员挂在身上带着跳伞，落地之后对目标发动攻击等等，摄制组拍了好多精彩镜头。

我还把我的备用防弹衣给他穿，法国纪录片《内幕人》（*L'insider*）第一季第3集里面，他身上的A-TACS AU迷彩防弹衣（美国民企研发的一种三维有机像素荒漠迷彩，2013年年初GCP战备马里时，由中国民营品牌COMBAT2000为小队提供了10套此种迷彩防弹衣，作为C2产品实战测试用）就是我借给他的。

11月，我们又参加了威赫尤的高山演习。GCP分队去了十几个人，这是我们部队内部的演习，大概一周时间。

这次演习特殊的地方在于，这回是高山跳伞，我还是第一次经历。

当时，威赫尤已经下大雪了，因为海拔高，有近1500米。我们是开车去的，威赫尤距离我们驻地直线距离也就100多公里，但是开车过去走盘山道，需要两个多小时。

但威赫尤只是我们这次演习的一个点。

这次演习还有和以前不一样之处，以前作战计划都是在我们GCP的会议室筹备的，但这一次是在高山上筹备的。

我们的任务实际上是比较轻松的，主要是配合第二外籍伞兵团行动。

在这次演习里，我跳了很多次ISV。

第一次跳伞落地的时候，正赶上地面大风。我们队的代理队长（士官参谋）在我的正前方，我看他半天落不了地，心想这下完蛋了。等我降落到那层风里时，果然也是一样半天落不了地，就在天上被风吹着，像风筝一样。

由于地面热气流产生的风太强，降落伞的面积也太大，迎着风降落时，不但不会往下降，反而会被地面热气流吹着往上升，即使将强降锁（G9降落伞特有的下降增速装置，在两条前伞带上，可用于强风着陆）拉到底，也还是怎么都降不下去，这个时候只能被迫采用失重的办法。

所谓失重就是猛拉降落伞的尾部，让尾巴完全低下来，像飞机翅膀的形态。飞机翅膀不是平的，它是机头那边朝上，机尾那边朝下，这样才会始终有升力。降落伞的形状跟飞机翅膀刚好相反，向前的伞翼始终朝下，尾部稍微有点儿翘，这样在往前走的时候可以下降。

但这个时候做失重动作是非常危险的，因为降落伞会倒退着下降。那次大家都吓得够呛，很多人被吹出了空降场。

那天在几十米高的空中挣扎了好一会儿才终于落到地面上，如果我们不尽快落下来，就没有办法开辟空降场，不开辟空降场，头顶空投伞兵的飞机就一直在远处的空中盘旋着，如果是在军事行动中，从安全角度来讲飞机不可能在一个地方等的时间太长。

最终总算以这种非常危险的失重方式下来了，但脚刚一接触地又被风吹起来，赶紧再拉死尾部，用最快速度把单边的一条控制索全部抽到了手里。反而这个落地很舒服，没有遇到任何危险。

落地后，代理队长就向飞机报告说不能空投，风速超过了EPI（单兵伞具组）的安全限度。按照规定空投伞兵时的最高风速不能达到每秒6米，但是不知道什么原因，最后指挥层还是决定要空投，密密麻麻的人投下来，不少人摔伤了，那次非常惨。

完成任务刚回到空军基地，第二波任务又开始了。

这次是夜间跳伞，也是因为风的原因，好几个人差点儿落在高压线上。

空军基地在科西嘉的东南沿海，飞机跑道旁边一二百米就是大海，所以风很大，而且11月份本来也是科西嘉刮大风的时候，因为季节变化，海洋和陆地的温差比较大。

这次是我经历的最惊险，但是也可以说是最有惊无险的一次跳伞。

我们带着武器装备和辎重包跳出飞机之后，看到下面是陆地和海岸线，没几秒发现下面的陆地变成了一片大海。夜晚的大风正在把我们从陆地上空往海里吹，我们正在以自由落体的速度往大海里掉。这时所有人都赶紧调转方向，向着海岸的角度做Drive（自由落体动作，在不打开降落伞的情况下，利用空气阻力驱动身体向你要去的方向快速移动，类似翼装的"飞行"）。

当降落伞没打开的时候，向海岸方向做俯冲是有一定滑翔比的，头朝着海岸方向稍微向下，脚稍微向上，这时是边下降边往海岸方向飘，就像翼装飞行一样，做这个动作时如果下降和前进效率掌握得好，起码会争取到一定的距离，多多少少会离海岸近一点儿。如果大风情况下在海面上打开降落伞，有可能再也回不到陆地上，除非风向变成往陆地上吹。

等到降落伞打开后，就看到所有人的降落伞前端都冲着海岸，屁股对着漆黑且反射着残碎月光的诡异海面。

再往下落才发现，其实地面和飞机飞行员的计算蛮精确的，因为下层的风向瞬间变了，把我们往海里吹的这股风变成了从海上往陆地吹。我们现在是顺风，所以就飞得非常快，且不怎么下降。于是我们又被迫在天上开始走蛇形路线，本来应该向前方走直线，现在我们的高度还很高，为了能准确地落到前方目标，只能向右走一长段，再向左走一长段，然后再向右，等到高度合适的时候，再冲着目标直线过去。

但是当下降到一定高度，准备向目标点冲过去的时候，风向又变了，又把我们往海里吹。快落地的时候，脚下是一个半海半陆地的盐湖，是海水涨潮和渗透过岸线高点形成的一个湖，湖面上满满的都是月光，我们就在湖上飘。最后都冲着离湖边最近的陆地迫降，在下方首先接地的Leader（每次第一个跳出飞机的先导伞兵，起到空中编队的"向导"作用）快落地了才发现是葡萄园，赶紧用电台提示还在空中卖力飞过来的我们。葡萄园里每隔几米就有一个水泥桩子，桩子和桩子之间拉着铁丝，葡萄藤就缠在这些铁丝上。着陆过程中，我们有的人撞在葡萄架子上，被铁丝拦住了，有的一脚踩到水泥桩子摔下去了，因为夜间完全靠月光，看不清地面到底是什么东西，更看不清那些细铁丝了（夜间跳伞一般都使用裸眼着陆，因为夜视仪有倍率、焦点、分辨率、层次感、果冻效应、成像变形和立体状态等各方面问题，不适合精细操作和瞬间反应，而且头部真撞在一个物体上时，夜视仪对眼部制造的创伤会比不戴严重得多）。

我的落地也非常惊险，当我下降到距离地面还有五六十米的时候，离葡萄园还有100多米的水平距离，忽然发现前面一圈圈的黑色是一棵棵大树，排成了一个树墙，正好挡住我的去路，借着月光，我看到树墙中间有一个发白的地方，很可能是月光照到地面上反射过来的。那个位置肯定没有树，我就冲着那个缺口冲过去了。我也不知道我的降落伞能不能钻过那个缺口，但是我敢肯定，如果这个时候我逆风拐弯的话，要么撞到树上要么落在水里。

那个树墙缺口刚好比我的降落伞窄了一点儿，当钻过那个缺口时，我整个人都蜷缩到一起了，做好一旦降落伞被树枝挂住，瞬间摔下去的准备。

结果只听到"刺啦"一声，降落伞震动并停滞了一下，身体也被拖扯了一下，两脚甩向前方。我赶紧回头，因为降落伞很大，"刺啦"一声很可能只是部分通过，并不表示全都通过了，我要看一眼后面的部分有没有被挂住，所以赶紧扭头看，发现降落伞是在我身体后面，它本来应该在头顶上，现在跑到后面去了。这就是一瞬间的事，被挂住的降落伞还没来得及泄气，估计我距离地面有不到十米的高度。

于是我赶紧去拉前面的控制索，如果想让降落伞下得更快，做俯冲的时候就拉它，结果拉完又听到"刺啦"一下，整个降落伞从树枝里面挣脱出来，瞬间又跑到我的头顶上恢复了滑翔的形态，我就这样从间隙中间穿过来了。这时我又赶紧去捉后方两个控制索上的刹车，脚下的辎重包刚好触地发出"咚"的一声响，我一下子把刹车拉到了底，夜色里啥也看不清，只感觉双脚在沙土上滑行着，随即身体失去了重心，接着一屁股坐在了地上。

再回头看身后，从树墙中穿过来的降落伞正在泄气，它应该是在穿过的一瞬间，左右两边的伞角都被树枝挂到了，但刚好是柔软的降落伞布和树枝弹性的共同卸力，让我安全地用屁股着了陆。

真是有惊无险，我当时就感觉树在那里鬼笑，心里很是佩服自己的降落伞驾驭技术和好运气，觉得又增添了一次不同寻常的经历。

这时就听到一旁的葡萄园里有人小声在吼："谁在那边？谁有钳子？谁有钳子？！"肯定是有人被葡萄藤和铁丝缠住伞了。

我就赶紧也低声喊："不要用钳子剪。"

因为铁丝一剪开后，如果是陈年的铁丝还好，如果是新拉的铁丝，因为还有弹性，一剪开就像弹簧一样缩回去卷成卷，降落伞会被缠得死死的。

那次演习，我还拍了一些照片，有一张非常经典，是我在自由落体阶段，降落伞没打开的时候，从口袋里面掏出一个愤怒的小鸟的蓝牙音箱，因为我打算退伍了，以后跳伞机会越来越少，就掏出手机给这个小鸟在空中拍了一张照片做纪念，再把手机和小鸟放回兜里，再看高度表，再开降落伞。那时跳伞已经不再令我感到那样兴奋了。

演习期间我们反复跳伞，还有战斗机、武装直升机对靶场进行攻击，以及空中空投炸弹，地面有火力配合，是地面和空中联合行动的一次演习。

演习进行到半程时，我的脚扭伤了。

那次是在傍晚去一个海边度假村救人质，我们在距离度假村5公里的地方跳伞下去。落地集结后，就隐蔽在道路两侧的水沟里，我架好卫星天线，它的模样很像一台折叠的笔记本电脑，但它是三折的，打开就是一个卫星的平板型天线，我把线扯到一边连上计算机，发信息给指挥部，报告我们已经顺利落地，所有人员到齐，随时等待命令。

这时之前跟我借车的那个爱尔兰酒鬼背着降落伞包跑回来了，"嘣"的一下绊到了那根数据线，我们和指挥部的连线就中断了。

这个卫星天线的数据线插口是带卡口的，插进去还要转一下卡死，他这一绊，不是把线给绊断了，而是把卫星天线里面的插口整个给拔出来了。当时也没有焊接工具，没法修。于是我背的笔记本电脑、笔记本电脑的电池、卫星天线、卫星天线电池，这好几公斤的东西就都没用了。

没办法，只能拿手持式的卫星电话打电话回去报告。

但是手持卫星电话和大卫星天线的数据传输速度、信号强度是不一样的，小设备很容易受到自然环境的干扰，大设备就稍微好一些，它的定位性能比较好，接触性也好。

随即行动开始，我收拾完东西走在最后，没走几步，突然听到"咔嚓"一声，同时眼前一道闪电划过，然后就完全没有意识地一下子瘫软在地上，痛苦到不能动不能发声了。我的右脚踩进了一个兔子洞的坑里，把脚踝给扭了，那滋味太痛苦了。

缓了一会儿，终于能喘口气了，代理队长说："怎么样，还能不能继续？"我说："只能继续没有办法，你们谁还会用卫星通信？"当时如果是用电台通信的话，可能我就撤了，因为是演习，打个电话就可以叫救护车过来，但因为是卫星通信，而且主要通信设备还坏了。没办法，只能继续坚持。

代理队长就让别人帮我背着枪，包还是要我自己背，那么大一个包，别人如果背着就没法背他们的东西了。

我就一瘸一拐地跟着他们后面走，每一步都像是踩在烙牛排的铁板上，特别痛。奇怪的是越走越麻木，还越走越快，最后居然能跟上他们的步伐，而且中间时不时地要跳到沟里隐蔽，当然他们也因为我降低了一定的速度。

凌晨5点多，我们潜伏到了海边。科西嘉年底的时候一般在7点多才天亮。我们的行动往往会选择在天空发亮之前的这段时间进行，因为这段时间是人最疲惫、最放松警惕的时候。

早上6点多，我们到达目标点附近，距离几十米，戴着夜视仪能看到目标点房子里有人在抽烟。因为他每抽一口烟，房子里就会一下子变亮，然后又变暗，过一会儿又变亮。

我们在等上级领导发给我们的最后指示，但是手持式卫星电话却不好用了，我就不停地调试。海边的早晨有潮汐，会影响到卫星电话的信号，我怎调试都联系不上指挥部，所有人都急得要死，电话就是拨不出去。

我一会儿跑到树林里边，一会儿跑到树林外边，一会儿站到离海比较近的地方，一会儿站到离海比较远的地方，拼命找信号，显示的是有信号，但就是拨不出去。只好发短信，发送一条，英文显示正在传输数据，过了一会儿突然显示传输失败，更浪费时间，因为打电话打不出去马上就知道，但是从发短信到显示发不出去，几分钟就过去了。

天正在慢慢放亮。

终于，在太阳快升起来之前，大概是各种能影响卫星信号的电磁波减弱了，电话接通了。

刚一接通，电话就被我们代理队长抢走了，只听他对着电话说一声是，把电话一挂扔给我，就命令开始行动。

行动很成功也很顺利，因为里面的人确确实实非常疲惫，"咚"一脚把门踹开，就向屋里开枪把人打"死"。

周围都是度假村的那种小木屋，住在那些屋里的"武装分子"马上冲出来，但是我们早已经有人安插在那里，他们刚一出屋就绊上门口布置好的手雷。手雷是训练手雷，我们打的也是空包弹。这时对方外围的巡逻车赶来增援，我们就带着解救的人质往树林里跑，巡逻车进不了树林，就穿过树林一路跑到海边。我也跟着跑，而且又拿回了那4公斤重的枪，我还负责带着人质。其他人要么开路要么断后，我是通信兵，这时没有作战任务，也没有通信任务，所以把人质交给了我，我就带着人质在海边的沙滩上飞奔，从扭脚到这个时候也就是几个小时，一直飞奔到落在海边的直升机上撤离。

回到空军基地，右脚的靴子怎么也脱不下来了，队长也来帮我，但不敢用力，最后还是把鞋带剪了后硬拽下来的。脚已经肿得变形，袜子上的纹理都印在了上面，不过经过这一番折腾，起码知道没有骨折，随后我就被送到了空军基地卫生所。

但我并没有离队，后来又跟着部队返回威赫尤。这次是从海岸线的空军基地出发，大部队乘坐大批的卡车、装甲车一路往山上走，一直走到雪山里，睡觉时睡的行军床铺在雪里，特别冷。

我因为脚伤，没有参加后半程的演习，就搞地面后勤的通信工作。

演习结束返回时，是跳伞回去的，我因为不能跳伞，就坐车回去。回到驻地正在屋里坐着，突然所有人都往楼上跑，过了一会儿又跑下来，迅速开车出去了。

我知道肯定又出事了。

出事的人是一名GCP的新队员，他先后两次进过空降兵学校学习。

第一次是他考进GCP后，去空降兵学校学习，毕业后到GCP没多久，跳伞时把脚踝扭伤了，伤好后第二次回到空降兵学校重新学习。这次刚毕业没多久又出事了。

他是在跳出飞机打开降落伞时，人和降落伞缠在了一起，怎么也挣脱不开。这样他就没办法调整自己的姿势，也没有办法开备用伞，因为开了备用伞后只会把自己缠得更结实，所以他就自由落体地一直往下掉。

地面上负责保障的，是不久前绊断我的通信电台卫星天线的爱尔兰人。他正抱着能拍视频的热成像仪向空中观察，整个人都吓傻了。他站的位置比较低，掉下来的人落的位置比较高，而且后来又被树木遮挡，就看不到了，当时爱尔兰人以为这人肯定摔死了。

他就赶紧用电台呼叫，大家马上都开车赶过去找，最后找到了，人没死，只是肩关节摔脱臼了。

最后时刻他的备用伞还是打开了，这样就保证了安全。不过身体还是被缠着的，本来应该是用脚着地，但由于身体还是被伞绳缠着，头朝下调整不了姿势，所以被迫用肩膀落的地。

我们是有严格要求的，比如穿鞋子一定不能穿带倒钩的，就是严禁穿、戴有可能会发生钩挂的东西，但是没有办法，我们身上钩钩挂挂的东西太多了，头灯、枪管、防弹衣等，都特别容易挂。

如果人的姿势不对，开伞的时候就容易挂，开伞时降落伞包经常会碰到我们身体的一部分，这很常见，因为我们身上带的东西太多了，运气不好的碰上就挂住了。

第十三节　我想退伍了

我的合同是2016年到期，但我在2014年的时候就打算退伍了。

法军部队有一个规定，任何一个士兵在他合同到期前的18个月到12个月之间，都要有一次谈话，了解这名士兵的想法。领导手里掌握着这个名单和时间表。

2014年年底参加完各种演习，到了2015年年初，我们CEA连的连长就找我谈了话，GCP分队的行政管理是由他负责的。

我的决心很坚定，连长让我再考虑一下，其实还可以留下，还可以晋升，未来工资也会涨。并告诉我，我们第二年还会有什么样的军事行动安排，以我的资历和作战经验，在这次行动中会有很多事要做等等。当我告诉他还是要走之后，连长说："那好吧，你回去再考虑一下，我们以后会有时间商量这件事情的。"

这次谈话后，大家都知道我要走了，直接的影响就是我在2015年全年都不能在战斗状态。因为军队有规定，在士兵退役前的11个月，就要开始走各种为退伍准备的流程，因为法国的各种手续和流程走得非常慢，这种流程几乎全是以书信或邮件的形式进行。

而且当了这么多年的兵，也不太可能一退伍就能立刻找到一个像样的工作，需要有个缓冲期，所以部队考虑得比较周全，这11个月就是缓冲期，你可以在部队允许的范围内，选择未来的去向，找退伍办公室了解相关政策、谈自己的想法和获取一定的帮助，有关再就业而产生的一些符合条件的合理费用，部队都会给报销。

总之就是部队给你留出11个月的时间，让你去处理好有关退伍的事项和考虑退伍之后的计划。比如参加再就业培训、休一个长假处理家庭事务并顺便找一个工作、参加新工作的实习或到学校学习一段时间等等，最后回到部队还有好多行政流程要走……

做这些事，如果人在海外基地服役就很难沟通和处理，所以规定士兵在退伍前的11个月就要开始着手准备。

2015年5月，距离我的合同到期只剩下13个月，这个时点可以让我出国也可以不让我出去，队长考虑我毕竟是GCP的，就要退伍了，想让我退伍前的收入再多一些，而且离开部队后找到的工作，工资一般不会比空降兵部队的工资高。空降兵的工资再算上出国各种补助的话，在法国也算是中等收入了。最后队长决定还是让我去，而且还决定安排我去一个相对安全的国家，非洲的乍得。

我是单独一个人作为配属，跟着普通连队去乍得的。

出发前，我跟我们的队长说，我能不能把我的手枪和G36步枪都带去，因为用这么多年都习惯了。当时法军普通连队用的是法玛斯FELIN步枪，加上各种FELIN的光学器材，先进得简直可以打星球大战，但我还是喜欢用我原来的枪。

队长考虑了半天，没让我带，如果在一群拿着黑色法玛斯步枪的士兵中，只有一个人拿着喷成沙漠颜色、很短很轻的G36，实在是太特殊了。在普通单位中太特殊的话，可能会产生负面影响。

过去出去执行任务，都是十个八个人的集体行动，如果有什么特殊，也不是一个人特殊。但这次只有我一个人去，而且主要任务就是站哨，看守飞机场，属于普通的勤务工作，如果还是头发留得长长的，穿着不一样的服装，拿着不一样的枪，就会让其他人心理排斥。

是时候低调，再回到考进GCP前的行为方式上去了。

这是从一支枪，映射出退伍在一名士兵身上的变化。

这次去乍得不是作战行动，是岗位换防。

法军在乍得常年驻军，我这次是配属给我们连的米兰反坦克导弹排，三十来人，就是去机场站哨，负责保卫当地法军工作人员，等于是警卫排。虽然我的编制还在GCP，但我的工作已经不在小队了，而是配属普通连队，做的也是普通连队士兵的事情。

法军士兵从下连队开始，就习惯于经常和穿不同军装、用不同装备的其他部队甚至外国部队混编进行训练和执行任务。当然这样成本会相对高一点儿，但一旦发生实战，它就会产生高效的作用。

到乍得的工作非常顺利，因为我是从特殊单位来的，虽然我穿的衣服、用的东西都和他们一样，但大家还是对我另眼相看。所以我又回到了2010年刚考进GCP时的状态，谁都不管我，可能领导也是想让我生活得相对舒适和平稳一些，好适应未来退役后的民间节奏。

但是站哨也不是件容易的事情，除了热，还有就是很浪费时间，因为一个哨要站两个小时，而且一天是4个班。8个小时能做多少事情啊！我就觉得我的青春都白花花淌过去了，尤其在临近退伍的这个阶段，就觉得自己的生命在流逝，而且这种感觉越来越强烈。

我就希望把这个时间好好地给利用起来，在为军队服务的同时，也为自己服务，能做什么呢，那就是背单词了。当初我在当新兵的时候，背过法语单词，这次背的是英语单词。

这件事情很小，几个月的时间可能也就能背下上千个英语单词，对我的未来可能会有那么一点点帮助。但是最主要的，我已经为准备新生活迈出第一步了。

每天8个小时的时间，背几十个单词是没有问题的。做这件事的同时又启发了我其他方面的学习，背单词背到无聊，就记一些数学公式，做一些数学题，直到现在我都认为，经常练习数学，对一个人保持逻辑思维和提高行动能力是有帮助的。

有一天晚上站哨，我忽然发现，透过机场围墙上的铁丝网，有一个小孩，蹲在十几米外的墙角，借着我们营区的灯光在看书。我忽然意识到，几乎每次晚上来站哨都会看到他，但只有这一次才注意到他，因为我突然意识到这个小孩和我是一样的，他也在利用有限的条件学习。

当地小城因电力供应不足，所以家家户户晚上都是靠油灯照明。军用机场有自己的独立发电机组，为了安全，它的探照灯在夜间是一直开着的，这个孩子就坐在外面来偷光夜读。

看到他在刻苦学习，我突然想到，我也可以学习，可以报考学校啊！而不只是简单地背单词和做数学题，这些只能满足心理需求，但对未来退伍后找工作不会有实际的直接帮助。

这个小孩启发了我，我要报考学校。

那天晚上我很兴奋，下哨之后没有睡觉，回到我们的休息厅，就打开我的笔记本电脑，开始在网上搜索法国的函授大学。

我连续查找、研究和咨询了两个星期，最终锁定了几个学校，然后让法国战友帮我修改写给学校的申请邮件。从此我又开始学习法语，如果去大学学习，我目前的法语水平还是需要加强的。

其中有一个学校回信了，说可以考虑录取我，不需要考试，它是无条件录取。这个学校是下诺曼底冈城大学的经济管理学院，根据我的服役情况和学历水平，因为以前有基础，所以直接进入学习，是函授性质。同意我入读学校的企业管理专业三年级，学制是一年，等我从乍得回到法国，刚好可以赶上2015年入学季。我是在乍得被录取，回到科西嘉之后正式入学。

学费7000欧元，每个月上一次面授课，每次上课三天到一个星期，剩下全是线上课程，全靠自学，对我来说从经济负担和时间上都比较合理。

科西嘉在法国最南方的地中海，诺曼底是在法国的北部。我可以每个月请一次假飞过去。法国军队规定，士兵退伍之前可以享受40天左右的假期，用于处理退伍之前的私事。

在法国报考大学需要很多材料，包括中国的学历还有权威机构的公证，好在我最初就是来留学的，所以材料比较齐全。有一些材料锁在了科西嘉军营的柜子里，我就打电话给战友，让他到我的屋里，把柜子上的锁给砸开，把材料拿出来复印寄走。还要写个人简历，写志愿书，说明为什么要报考，将来有什么打算，等等。

整个流程很漫长，复杂程度超过我的预期。

当他们收到我的最后一封信，确定我是军人身份后，还非常高兴地鼓励我。

这些工作都是在乍得完成的。

当我报名成功，收到电子邮件告诉我可以上学时，我真是太高兴了。

感谢廉价的国际长途电话和军队免费的互联网，让我能连接亚非欧三块大陆，才有可能办成这件事情。

其间，我还打电话和发邮件咨询军队的退伍办公室，但我不太看好部队提供的那些培训和再就业教育，那些都太偏技术型，简单理解就是"技校"，结业后仍属于某一方面的技术人员，择业面还是太窄，其中最重要的就是领域限制和地域限制。

在法国，他们对一个从业者的要求和管理是非常严谨的，比如说你想做保安公司的经理，不是说你是精锐部队退伍的，懂得如何在高危地区去保卫要员就可以被重用。可能你会比较受青睐，会在职业发展中有更大的优势，但必须系统地接受那一道一道的培训，而不会因为你有特别的资历，就让你去做经理。

它的规定是，必须先学保安公司普通保安人员的课程，之后你要做一段时期普通安保人员的工作，到一定期限没有发生问题，再学中等保安队员的课程，然后晋升为管理人员，再工作一定的期限后，你才可以学保安经理的课程，结业后才有资格竞聘保安经理的职位。

我算过这个流程，正常情况下要7年时间。

看来在做任何事情之前，请首先不要把自己当特殊人才看待，否则你会连最普通的机会都把握不住。

我还看好了法国内政部开办的一个班，叫"保安公司中等管理人员"培训。每年办两次，是全国性的，但每次只收10多个人。我向他们写了申请，还请我的上级为我写了推荐书，我觉得我的条件都符合，但人家就是不收。

我还给法国里昂国家警察学院写过邮件，其中有一个"保安公司经理培训"，我们团一个原罗马尼亚籍的连长，临转业前就去学了这个。这个班的教学内容非常全面，包括如何创建一个保安公司，如何经营、管理等等，学完这个就可以去应聘保安公司的管理人员，或者开公司了，因为班里的学生全是待晋升的大保安公司中层管理人员。我很想上这种有官方背书，能够系统了解一个领域、获得行业资源的学校，但是人家不收我，虽然警察学院的校长每次给我回信都很客气。

所以最终还是被冈城的大学收了，可能老天不想让我从事此类工作吧！

办完上学手续后，剩下的时间就是等待。

由于有了上学这个底，我的心里也豁然开朗，平时的工作更加努力，待人接物也更加放得开。因此除了平时的站哨，我还和连长申请去卫生队帮忙。一方面因为我的战场急救水平相对普通战士来说比较高，有底气申请这份工作；另一方面，卫生队每天都免费开放给当地百姓，病患太多，人手紧张，很需要额外的人手帮忙。

在我们的营房外面，每天一大早就有很多老百姓来求医问药，多的时候能有上百人。我们每天上午有一个时间段，打开营门，由哨兵保护着军医，到这些病人里选择能治疗的，带回营房治疗，这个治疗是免费的。

去卫生队的申请被上级通过后，我就利用休息时间去卫生队做一些包扎换药、输液抽血的辅助性工作。

刚到卫生队没几天，我就和一名法军女护士一起救治了一名严重烧伤的病人，当时他的左胳膊外表都已经碳化了，整个左面的脸，还有脖子、胸口全部大面积烧伤。他是因为家里着火，往外抢东西时被崩塌的茅草屋埋在了下面烧伤的。

他刚来的那一天，奄奄一息，连睁眼的力气都没有。女护士给他输液时血管都找不到。我说我来吧，便把伤者的脚垂到病床下给踝部扎上止血带，用酒精湿透他脚面皮肤后终于看清一条血管。接着我用小时候看我妈给别人扎针的那一招，用手掌"啪啪"地拍打他脚背上的血管直至出现"青筋"现象，便利索地一针扎了进去。

接着，我们给他用蘸湿的无菌纱布擦净每一片皮肤，涂凡士林，用手术刀把被凡士林软化的痂削掉，再涂上烧伤药膏，包扎好。这个工作每天需要做一遍，每一遍都要用好久的时间。而他每天上午都早早地在部队门口等着，一开始是亲戚送他来，一段时间后自己可以走着来了。连续治疗了一个月左右，有些部位长出了新皮肤，有些部位长出了毛发。一见到我们就露出满口大白牙笑，整个人形象好了太多。

在医疗队我主要是医治各种外伤，治疗的对象有老人、有孩子。治疗过程，对我也是一次实习性的锻炼。这些医疗救助工作，让我有一种帮助到他人的宽慰感。

有一天，营地所有的人集合在一起，由最高指挥官把一枚勋章给我戴在了胸口，这是对我2014年在马里执行任务的突出表现给予的表彰。因为当时地雷爆炸后，我第一时间跑回去，救出了驾驶员和我们的队员。

所以我在乍得的营地备受大家尊敬，因为大家看得到我在这里都做了什么，很多对我不曾了解的其他单位士兵，也通过授勋，知道了我是GCP的，知道了我以前的经历。

在乍得，我们每个星期都会安排至少一次外出巡诊。有很多偏远地方的人，根本不知道有我们这样一个诊所，有的即使知道，也没条件过来，因为缺乏交通工具。

外出巡诊的目的，主要是搞好法国军队和当地居民的关系，再就是锻炼部队外出执行任务的能力，同时也是了解乍得在我们的驻地以外地区的伤情、病情和民情。

出去的时候经常是几十人，开车几个小时，走几十公里，一大早外出当天晚上返回。这几十人里还有法国驻守机场的消防队员，因为有些偏远地区缺乏饮用水，他们开着消防车跟我们一起去村里送水。我们也时不时地把从法国寄来的足球、铅笔带去送给那些孩子。

有的村子第一年还在，第二年再去就没有人了，因为这地方没水了，这样我们就要更新地图，才能在战术上做好准备，从哪里到哪里怎么走最快，如果在未来的某一天突然爆发战争，要知道该怎么走。

我们会带上当地的警察，帮助我们协调、翻译和沟通。

村子里的建筑大都是用泥巴和木头搭起来的简易房屋，很容易着火，所以当地烧伤的人比较多。

这次乍得之行，是我在外籍军团当兵这么多年，收获最多的一段时间，感觉内心很充实。

从乍得回来我就去了下诺曼底冈城大学学习，学校很大。

在阶梯教室第一次和同学、老师见面时，老师在讲台上让大家做自我介绍。因为是函授学校，很多同学比我的年纪还大，都是有一定的工作阅历的。他们基本都是法国人，我是唯一和他们不同的人，我有张亚洲面孔，还是个当兵的。

我坐在最后一排，当我告诉大家我是一个军人的时候，所有人都扭过头来看着我。我的法语是有口音的，而且说得不是很顺。我接着又说我是外籍军团的，这时很多女同学就整个人转过身来看着我，我又说我刚从海外的乍得回来，我是在非洲报名的。

我的自我介绍时间是最长的，很多时候是在考虑这句话用法语怎么说，所以我说得慢，大家都静静地听着。

当我讲到我是外籍军团的士兵的时候，老师就接了一句话说："那我们很高兴，我一下子感觉到我们安全了很多。"

因为前一段时间巴黎刚经历过一场恐怖袭击，死伤了很多人。

退伍这件事看着很简单，但是又说不太清楚，它很微妙。我觉得自己能在外籍军团的环境中，所学的东西几乎饱和了。

外籍军团里也有五六十岁的老士官，只要身体没问题，就可以一直在部队里面待下去。

我们有一个老士官，特别和蔼，他参加过20世纪70年代在扎伊尔的行动，还参加过1991年的海湾战争，他的年龄可想而知。我认识他的时候，他在团里负责军事新闻工作，但他也需要跳伞，只要在伞兵部队待着的人，就一定要会跳伞，至少每年要跳满12次，而且他的跳伞水平还非常高。

我们GCP里还有一个老士官，都已经五六十岁了，他是我们整个法国外籍军团里跳伞水平最高的一个，很多现任指挥官或伞兵教练都是他带出来的。他是比利时人，个子很高，年龄那么大，每次演习我们都是一起行动，一起爬山，一起跳伞，我们跳单人伞他跳双人伞，水平很高。

在部队里面到底能服役多少年，一个是要看个人志愿，另外一个就是要看体质。

第十四节　卡塔尔士兵的工资很高

从乍得回来没多长时间，我又被派去了卡塔尔，这也是长官们特意安排的一次海外训练机会，想让我出国去转一转。

很多欧洲的年轻人，来外籍军团当兵的目的就是能免费出国旅游，去看看世界到底是一个什么样子。

在欧洲，许多年轻人并不富有，对于那些中产以下的阶层来说，当兵会给他们一个好的机会，他们不仅会被大家尊重，也会得到一些社会福利。军人不需要很高的学历，也能拿到高学历阶层的工资，还能借这个机会学到很多东西，很多人刚开始来当兵时什么都不会，当兵后就学会了驾车、修车、医疗、通信等技能，这些技能能为他以后的再就业提供帮助。除此之外，当兵有机会到世界各国看一看。

卡塔尔在波斯湾的地理位置很重要，法国在这里也有驻军，但是数量不多。

卡塔尔军队很有意思，高层军官基本上都是卡塔尔人，但是低级军官、士官和士兵很少有卡塔尔人，普通士兵都是周边国家招来的，因为它自己人口不足，没有那么多兵源，不过士兵们的工资很高。

他们有些人是开着价值百万的豪车到军队来上班，进军营后换上军装就是一个普通士兵，到了下班的时候又换上自己的奢侈品一样的衣服，开着跑车回家，普遍都是这样。

卡塔尔是一个新兴国家，摩天大楼很豪华，我们参观过一家博物馆，据说是整个阿拉伯世界最大、最豪华的。短短几十年的时间，因为石油和天然气的开采，卡塔尔就从放羊的部落变成世界上最富有的国家之一。但它的工业体系却支撑不了国防需求，所有的武器装备都是从国外买的。各种装备买来以后，还需要培训怎么使用，光学会使用也不行，还要学会维护、保养和管理。

我们这次去要完成的任务，就是陪卡塔尔军队的官兵跳伞，用我们的战术和装备与他们交流。他们的武器装备真的很先进，甚至比我们都先进，但是战术经验和个人技能真的是很一般。

去的路上乘坐的是法国空军的专机，一二百个座位只有我们十几个人，空姐也是军人，可以一起聊天。

傍晚的时候到达。从飞机上一下来，接我们的军车就已经开到飞机跑道旁边了，全是英菲尼迪的越野车，一路上军车开道，最前面的车会提前跑到十字路口，把所有路口都堵上。我们的车队通过后，再从后面超过去赶到下一个路口封路，整个车队一路上不减速，也不停。

卡塔尔很小，小到开车两三个小时就能穿越整个国家，而且绝大部分的国土都是沙漠。

一进入卡塔尔首都的城区，就发现满眼全是摩天大楼，各种世界级连锁豪华酒店随处可见。给我们安排的住所不是在军营里，而是一家有亚洲风格的酒店，酒店里的服务人员全都是来自东南亚国家的，他们在这里干几年的收入，相当于在本国干十几年。

卡塔尔是波斯湾上的半岛国家，比较起来，当地的博物馆和城市环境对我的启发更大。

头两天没有训练，先让我们适应一下当地的环境，我们就穿着便装出去逛街，商业区有着浓郁的中东风格，大街小巷全是卖地毯、香料、首饰、纪念品的，游客和商贩熙熙攘攘非常热闹。但是在这个沙漠国家的商业区，地上居然一粒沙子都没有，比我见过的任何一个国家的商业区都干净。

很多商店都卖珍珠项链，可是仔细一看标签，上面贴着Made in China，原来卡塔尔负有盛名的珍珠是中国造的。再去看另外一家丝绸店，上面全是阿拉伯风格的印花，再一看标签，又是Made in China，我这才明白，原来我在这里买的商品都是中国造的，因为这里根本没有完善的现代化工业体系，连很多小东西都造不出来。

整个卡塔尔的工资水平都非常高，如果在当地开一家工厂，人力成本会非常高。所以这个国家所有的生产、生活资源甚至包括国防资源全部来自海外，包括他们的服务员，甚至连他们的军人都是外国人。

训练开始后，我们跟卡塔尔特种部队一块儿跳伞，他们只有队长是卡塔尔人，所有的士兵都是外国人。

他们的降落伞比我们的贵好几倍，士兵们每次跳完伞之后，降落伞往地上一扔就不管了，有专门的人来把降落伞收走，拉回降落伞仓库。

在仓库里给他们叠降落伞的人，全是英军的退伍兵，这些英国人只给他们叠降落伞，不负责教，因为劳务合同里签的是只负责叠降落伞。我们的队友里有一个英国人，当时就心动了，他去跟叠降落伞的英国老乡们聊了一下，流连忘返。

这些英军退伍兵的工资是法军的好几倍，可以带家人一起来，组织他们来的领队，住的是豪华别墅。卡塔尔伞兵不跳伞的时候，他们也没有事情干，就在公寓里面待着。这个英国人还问我退役后要不要一起来这里，卡塔尔军队给车给房的。

我们的任务就是教他们怎么叠G9降落伞，并利用伞场建筑教他们怎么在战场遇袭后进行急救。

　　他们用的是德系和美系的AR类步枪，如M4、HK416。我们在一起进行射击训练时，他们的陪同人员，全是德国乃至世界顶级特种部队KSK的退伍兵，这些人只是陪同人员，还不是教官。

　　这些德国人跟卡塔尔军队签了一个两年的合同，因为不是卡塔尔的士兵，所以不穿卡塔尔军装，随便穿什么衣服都可以。如果在这两年里发生战争也不用上战场，但平时训练需要和卡塔尔的士兵一起训练，他们的工资也很高。

　　我们的酒店就在离卡塔尔的伊斯兰艺术博物馆非常近的地方，所以我去这家博物馆参观了好几次，不是因为里面的东西多，而是因为里面的藏品令人震撼，都是从其他国家花重金买来的，一件件都非常有特点，给我印象最深的是一个铜制的航海仪表，做得异常精细。

　　在博物馆里看到最多的是木头门和窗户，它们的奇特之处在于都是用一块一块几何图形的小木头拼起来的，一扇门一扇窗户上有成百上千块小木头，那个时候的匠人能把几何应用得那么精密细致，真的说明阿拉伯人民的数学功底非常了不起。

　　不过，有一天，突然下起了大雨，我们路过丽笙酒店旁的高速路时，发现它门口停车场里所有的车都被水淹到了车窗，只有SUV还露出来一点儿。我们酒店的地势相对较高，但旁边停车场上仍有汽车被淹，所以一路上，好像看到整个多哈城（卡塔尔首都）都被灌满了泥黄色的水，满眼都是红红绿绿泡在泥水里的车。

　　这个国家的发展很迅速，但是基础设施还不完备。

　　在卡塔尔的这次训练类似于旅游，高难度的技巧无法施展，就是普通的跳伞训练和普通的射击训练。这次任务跟我去其他国家很不一样，去其他国家都是在军营里面待着，跟军人生活在一起，外出都是执行军事任务，虽然一待几个月，可是对当地的社会环境和城市基本都不了解。但是去卡塔尔反而有大把时间去了解当地的社会文化和当地人的生活。

　　我们的训练很轻松，跟卡塔尔的特种部队一起进行直升机吊降和战术演练时，飞机是法国制造的，降落伞是德国造的，军服是美国货，武器是德国货，开直升机的是意大利人，陪他们一起训练的是来自法国的我们。等到落地一看，我们跳的成绩非常好，他们跳的成绩非常差，他们的队员几乎落不到一起。

落地后，马上就有两个士兵抬着一个保温箱来到我们跟前，把保温箱打开，里面放满了冰块，冰块下埋着的全是可乐、雪碧，又拿巧克力给我们，巧克力也是冻在冰块里的，要不然会化。

去他们的指挥部开会，军官办公室的桌子上放的全是糖果饼干，各种各样的零食。他们真是太爱吃零食了，而且全是欧洲的甜食，几乎走到哪里都不停地会有人给你东西吃。

我们都烦了，每天不停地吃甜食。

他们的射击靶场也是我见过的最好的。射击训练时，站在我面前的卡塔尔特种部队士兵，拿了一支M4在那里打，打着打着卡壳了，就停下来，站在原地不动，回头看背后的军官好像在说"我的枪卡壳了"。他们不说英语的时候我什么也听不懂，说英语的时候由于口音问题我也听不太懂。后面的军官就明显地特别生气，向他挥手大喊着，好像在说："你自己解除故障啊！笨蛋！"那人就在那里折腾，半天也弄不好。

作为特种部队的士兵，出了故障自己不排除，还要跟军官汇报，这只有在新兵连训练的时候才有可能出现。

整个训练结束后，我们搞了一个简单的茶话会，双方的军官和士兵坐在一起聊天，喝茶、喝咖啡，交流一下感情，相互赠送纪念品。

我们的纪念品是在出发之前，提前一个月设计、定制的。

造型是我们GCP的logo，在法国专门请的手工艺人用铜做的，需要雕刻、翻模、灌铜、打磨、上色……做得很精致，镶在一块很有质感的旧木头上，算是一件精心制作的礼物，外面买不到。

双方交换礼物时，他们先赠送我们，我们所有的军官，每人获赠了一块镶满钻石的瑞士金表。我们的总队长和队长打开礼盒后，发现里面是金表，都大眼瞪小眼，然后就转脸对我们捂着嘴笑。赠送给我们这些队员的也是看上去不便宜的纪念品。

等到我们总队长回赠礼物时，全场所有人都起立，很有仪式感，但是能看到总队长的脸上有点儿不好意思。他们的指挥官一看这么大的丝绒礼盒，还挺高兴的，打开盒子一看是铜的，瞟了一眼就转手交给他的副官了。

这次去是以GCP的小分队为主，总部派两个人负责协调和管理，所以总队长也来了，这是法国军队和卡塔尔军队之间的交往。我们是代表法国陆军空降部队去的。

那几年法国正在向全世界宣传它的一款新型军用运输机A400M，非常先进，在电影《谍中谍5》开场的第一场大戏里，汤姆·克鲁斯被一架运输机带飞起来，电影里出现的就是这款飞机。

我们训练结束的时候，刚好法国空军有一架A400M要从卡塔尔离开，我们干脆就搭了便机，飞机上又只有我们十几个人，我嫌飞机后面空荡荡的太冷，便跑到二楼的驾驶舱和飞行员待在一起。我还是第一次坐这么先进的飞机，发现他们开飞机都不怎么用手，尤其是升空后，拧几个按钮就自动驾驶了，感觉很简单。

我们的飞行路线是从卡塔尔先飞到吉布提，在吉布提休息了几天，才回到法国。整个行程算起来半个多月。这次出国工资没有翻倍，法军规定在海外工作超过一个月才会发翻倍工资，我们去那里不到一个月，但是有跳伞补助，有海外行动补助。

进入2016年，还有几个月我就要离开部队了。那一段时间在部队几乎什么都做不了，连训练都不让我参加了，每天就是我自己管自己。

我很想让自己更充实一些，就报名参加了CMFP（Centre Militaire de Formation Professionnelle）培训，CMFP翻译过来就是退伍军人职业培训中心，有一些部队付费的学习项目，设置的专业挺多的，很多快退伍的老兵都会选择去CMFP学习。

我去的时候是2月，在那里学习了不到两个月，选择的课程叫"重新回到学校水平"这样一个文化课。因为有些人在当兵多年之后，会把以前的文化基础给忘掉，这是一个打基础的培训。

我觉得如果不知道自己将来会做什么，这个课程起码可以帮助我重新复习一下数学、历史、英语等方面的知识。

学校在卢瓦河地区一个叫丰特奈勒孔特的小市镇上，那个地方就是一个军营。建筑都是用大石头砌起来的，有几百年的历史了，是从拿破仑时期就有的一处兵营，房子很高，都是很小的木头窗，石头台阶都被磨出坑了。

到学校的那天是周末，整个营区里面都是空的，虽然亮着灯，但是没什么人，一到周末，不要说法军培训学校，就连法军军营里的人都特别少。

值班室的值班士官给了我钥匙。小房间很暖和，暖气发烫。第二天早上一大早在楼下集合，点名。

学员都是来自法国各个部队快要退伍的人，大家其实都有不同的需求，有些人确确实实是没有文化。我们这一个班有20多个人，有一个女生真的是没文化，她的家到2016年了都没有手机信号，她是到了部队以后才知道怎么坐飞机，我想象不到法国还会有这么落后的地方。

我的数学算是班里顶级的，而且掌握的速度很快。我那个时候确确实实很迷恋数学，每天不停地做题。有的法国人虽然法语说得比我好，但是作文写得还不如我。

那两个月，一到周末大家就都走了，我就一个人留在空荡荡的学校里，然后步行两三公里到超市买食品，几乎每个周末我都吃同样的东西：生菜、方便面、火腿肠，还有鸡蛋。做法很简单，把水烧开后，把鸡蛋打成糊倒进水里，鸡蛋熟的时候把方便面放进去，再把生菜放进去，几分钟后全都熟了，再加个火腿肠。

我从乍得回来之后，就养成一个习惯，每天晚上读书，没有一天落下过。一方面我读了商学院的企业管理，要做题要考试，另一方面也很想了解拓展性的知识。

在CMFP这两个月的学习，让我发现自己真的是缺太多的东西了，要想把这些知识学到手是需要时间的。

这期间商学院组织考试，我请了几天假去考试，结果一塌糊涂，考得最差的是会计，因为超时了。每做一道题的时候，我都很认真地把报表用尺子画出来，结果还没做完就到了交卷的时间，长期不参加考试，根本就没有时间观念。

这个阶段是我在2016年6月份退伍之前，最有空余时间的一个阶段。

CMFP学习结束，回到部队时已经是4月份了。

我那时候就想回中国，很向往未来。

商学院给我的是一种启蒙，每次去学校时间很短，一个月只需要上几天课，刚刚熟悉环境就要飞回科西嘉。但是到了CMFP，就彻底地认识到了，这里是一个纯粹的学习环境，只有老师、同学和教室。我整个人都彻底沉浸在书本里，方方面面的知识我都很想了解。于是我开始给国内的公司投简历，因为我的家人全在中国，在法国外籍军团的经历只是一个过程。我的舞台在中国，我纯粹是跟着内心去走的。

什么是对的？我自己想做的事情才是对的，我自己想要的生活才是对的。

| 第五章 |

这里才是我的舞台

第一节 军团挽留：七年之内大门随时为你敞开

我在外籍军团服役十年，在这十年中，我跟随部队去了很多国家和地区执行任务和训练，从比利牛斯山脉到红海，再到撒哈拉沙漠，可以说走遍了各种极端的环境。

看过了无数风景，人也将近30岁，我慢慢地感觉到自己的心里又在躁动了，总有一个心思在萌动，那就是，回中国去。而且随着时间的推移，这个念头越来越强烈。

人在不同的年纪，心理上是真的会发生一定程度变化的，我觉得自己的军旅生涯该告一段落了。

很清楚的是，我是不可能在这里当一辈子兵的。

不论你的过去多么优秀，作为一名士兵，只要你活在战场上、在训练场上，早晚有一天会被淘汰。在西方职业化的军队中，一个军人也只是国家机器中的一个零件。是零件，就会有磨合期、有衰老期，有发挥作用的时候，也会有出现故障的时候。因此，不可能没有备用零件，或质量更好的新式零件。

所以，如果评估自己的结果不是无可替代的话，就不要等到自身质量影响到机器运行的整体效率时再做选择。

　　我们每年都有年初考核和年终考核，年终考核的结果会决定你第二年的工作安排，你的工作是去非洲，还是留在法国本土。考核的内容都是最基础的游泳、引体向上等等，看你的体力还行不行。你只要是在部队里当兵就要达到这个标准，否则就要离开部队。年初考核是考核你今年一年的专业技术标准，测评你的专业技术水平。

　　每年都要参加这两个考核，任何人都逃不开，假如你暂时因为放假等原因跳开了，回来也要补考，没有这个考核结果，你就拿不到今年的从业执照。

　　如果考核结果符合跳伞要求，你就还在空降兵部队服役，不过你可能不适合狙击手的工作要求，就去爆破办公室上班，你如果不符合GCP的要求了，就派你去普通连队，你不符合一连的城市作战，就去二连的山地作战。但如果你的体能储备不适合当兵，你还不想走的话，就会死得很惨，可能会中暑死掉，可能会跳伞时摔死，可能会在早上跑步的时候心脏病发作……达拉斯是怎么死的，就是因为他体力达不到，硬撑着参加，所以就活活地被累死了。

　　自己不提出来走，部队不会开人，但会让你自生自灭，就跟达拉斯一样，他就是一个典型的例子，外籍军团不会考虑你的体力问题，你觉得行你就跟大家一起干。

　　部队里也有50多岁的人，但事实上他们只是个别例子，年轻人早就都走了。在部队继续做下去，眼前收入是很不错的，但会变得没有未来。将来有可能我过了40岁，或者因为意外，或者身体机能下降，那时候干不动了，那就不得不离开部队，但这时人已经四五十岁了，回到社会上还能干啥？

　　所以部队里很少有30年以上兵龄的人，士兵早晚都不得不离开队伍，被淘汰掉。

　　部队里确确实实也有那种后勤单位，不需要太多的体能，但是没有那么多的位置，而且那种位置一旦有一个人占着，就会一直占到他退休，甚至到了退休年龄他都不退。

　　我从18岁当兵开始，就只想待在战斗部队，而在战斗部队里，我也想在最优秀的战斗集体里面待着。如果把我换到一个普通连队的战斗连队去的话，我宁可退伍，也不会去。

我也想过考法国军校，但是入伍的时候年龄就超了，而且很难考，有好多看不见的因素影响结果。外籍军团也有外国人当军官，有一个日本人，有一个罗马尼亚人，但很少。欧洲的阶级制度延续了几百年，老百姓想跻身上流社会是很难的。有这个机会，但非常少，而且偶然性非常大。

法国不像中国，只要有本事，你就可以有很大变化，这是我要离开法国的一个非常重要的原因。

我快退伍的时候想开保安公司，就跟内政部申请进保安学习班，领导也帮我写了信。我是有追求的，结果就像我当初要报GCP的时候一样，所有人都告诉我，可能根本不收中国人。其实他们也不知道收不收，因为就没有一个规则，法国有好多地方是有潜规则的。结果很多人都跟我说："你就去焊飞机发动机吧，赚的钱也不少。"

可能真的需要好好思考一下接下来的路应该怎样走了，因为人生还有其他的精彩部分，我也非常渴望能有机会去体验。

所以我决定了提前走，要为我的未来去开辟新天地。

我向上级领导提出了退伍的决定。

没想到军团对我的整体态度是极力挽留的，并且对我说7年之内我如果想返回军队的话，大门随时为我敞开。

我不是处于综合素质下降阶段离开的。在军队的档案资料里，我是处于上升期，是在黄金阶段离开的。他应该是看了我的生命周期和健康状态后说的这个话。我也不知道他为啥说7年，大概是7年后，我学过的好多技术就过时了，包括体能也会下降了，我那个时候35岁。

在听到这样的话的时候，我心里其实还是有点儿骄傲的，虽然不知道军团是不是对任何即将退伍的人都说了这句话，最起码能让我感觉到，自己没有白做。

但是，既然已经做出了新的决定，我坚信自己，未来还会活出自己的另一份精彩。

从4月准备退伍到6月离开部队，这两个月我就在部队待着，中间也去大学上课、考试。

也有人来跟我道别，但是很少，因为大家天天都在训练。部队里经常有人退伍或者离开，可以说周围每天不停地有人来，有人走，所以在这种集体里没有太多的分离感。

平时我也根本见不着排里的那些人，和我当初天南海北地跑，四处奔波去演习训练的时候，也见不到值班室里的值班人员是一样的，所以没什么告别仪式。

原来天天工作的GCP办公室就在楼上，我偶尔回去看一下，但大部分时间就是坐在连队值班室里值班，因为他们怕我训练受伤，我马上就要走了，担心训练的时候不在状态，所以就会安排我做一些后勤工作，值班、接电话、领包裹等等。

我待着没事，每天就写一些军营生活的文章，写了一个多月。

他们告诉我，说："你再签一年，再多待一年的时间，服役满11年，就可以拿到2万多欧元的退伍补贴，而且还多拿一年的工资。大家知道你要走，你表现得也不错，所以这一年里肯定还会让你去海外的，也就还有机会享受出国的福利补贴，还可以申请更高级的培训。"总而言之，对我有很多好处。但是我都不愿意，因为我的心已经在向往着早日回国了。

这时的心情更多的是像在一个学校里面待了4年的时间，好不容易熬到毕业了，就想赶紧去拥抱一下新生活。

我是6月12日入伍的，先后签了两个5年的合同，一共10年整。

我跟外籍兵团签的第一个合同是5年，第一份合同永远都是5年，续签的时候，时间是可以谈的，有签几个月的，有签1年的，有签2年的，签3年的居多。我的预期也是3年，结果签了5年。

那时我刚考上GCP，续约是去俱乐部学完跳伞，回到科西嘉领装备时签的，签完了好去空降兵学校学习，如果不签合同是不送我去的。

既然签的合同是5年，那么就是5年前哪天入伍的，就在5年后的那一天退伍。

法军没有一个全国固定的入伍日子，那里是每天都有入伍的人，每天都有退伍的人，所以法国的部队在任何一天拉出去打仗都没问题。

退伍的手续陆陆续续地在办，到了6月份，办理最后的离营手续。

退伍人员拿着一张纸，那张纸的名字翻译成中文叫全部通过，上面有各种办公室的名称，这个名称下面有一个表格，列着所有要走手续的办公室名称。到了每一个办公室，和办公人员说，我过两天就要退伍了，现在来全部通过。他就会在办公室管理范围内的内部信息中去查，看你有没有欠钱，该给你报销的东西都报销了吗，是不是还有新的包裹等。查完了，没有任何问题了，他就在上面签字，最后就把这张纸送到连队的行政办公室。

那次办手续时，仓库的人告诉我："这么多年发给你的衣服你都没拿。"我就去拿，全都是崭新的军装、军靴、眼镜、手套，都是刚到外籍军团那几年发下来的，如果不是仓库的人提醒我，我都不知道我还有这么多衣服，所以当时把我搞得很蒙。

仓库的人说："你要走了，以后还会不会穿这些军装？"我说不会穿了。他说："我这里有的号码非常紧缺，我用不常用的号码跟你换一下吧！"所以我拿到的衣服要么特别大，要么特别小，实际都是穿不了的，一共7个大纸箱。我就把它们全都寄送给来法国的一位中国朋友了。

离开科西嘉后，先坐船到奥巴涅，再坐火车到了巴拉涅，也就是到了外籍军团总部，到那里的管理机构办理最后的行政手续。其间有一位团级军官问我："你真的不愿意签了吗？"那时候要是反悔的话，真的还可以再续签，因为他反复地问，我说不签了。

最后我和其他退伍的老兵一起，再参观了一遍军团博物馆的荣誉室，这些同一批退伍的人在一起合了一张影。这张照片会登在军团内部一份叫《白帽子》(*Képi blanc magazine*)的刊物上，在刊物的最后一页，叫"老兵退伍"。以前我每次拿到那个杂志，都能看到上面的退伍兵合影，这一次轮到我了。

合完影，那位团级军官跟我握手道别的时候，他说："欢迎你几年之后坐着直升机回来，到时候别忘了给我们捐一点儿款。"他们都知道中国是一个特别能赚钱的地方，大家心里都有数。他们都认为我是找了一个特别能挣钱的工作，所以才会退伍，否则不可能放弃这么稳定的收入。

部队也是个小社会，我在里面享受的就像一个技术领域知名专家那样的待遇，可能工资不是很高，但是在这个小社会里面是有保障的，放弃这么稳定的收入，大家就是不理解。

我为什么要退伍？就是感觉中国在不停地发展，我在法国待了10年的时间，我能感受到它也很好，但是这里没有什么发展，当然它也有变化，只不过非常地缓慢，不是那种翻天覆地的。你在这个地方拍一张照片，过了10年后，在这个地方再拍一张，两张照片对比，除了那里面的人可能变了，或者是植被因为春夏秋冬变颜色了，其他都没什么变化。

2006年我去法国时，欧元与人民币兑换比是1∶10，到了2016年是1∶7，而我的工资几乎还是两万欧元。这说明什么？就是欧洲在停滞不前，而中国的发展是日新月异的。

我一直都不想过端着一个保温杯、拿着一份报纸在办公室里度过自己漫长人生的生活，否则我当初就不会去当兵，也不会来法国。我不知道这样稳定的人生应该怎么继续过下去，我还是喜欢有点儿挑战性的环境，而不是稳定。

所以这时的我更向往投身于中国速度。

我在总部还有一些手续需要履行一下，要签一个协议，就是退伍后不参加任何恐怖组织、不做雇佣兵等等。

还会有一些比较复杂的手续，根据我都去过哪里，打过多少次仗，跳过多少次伞，坐过多少次飞机，根据一定的标准计算我的社会福利、社会保障都应该有多少，再告诉我到哪个网站去注册、登记，加入老兵协会。

最后再给我一个信封，我买了返程的火车票或者飞机票，到了地方后，就把票装到信封里再寄回来，给我报销后，打到我原来的账户里面。

第二节　我的舞台在这里

在奥巴涅把手续全都办完了，我就坐火车去里尔看望一位来法国留学的朋友，那七纸箱的服装就是寄给他了。

2012年的时候，我和国内生产防弹衣的厂家就开始联系了。最早的时候是找到他们的经销商买防弹衣，因为法国生产的防弹衣太贵了。那时中国的月球探测器都上天了，我当时突然一拍脑门，说我就不相信，中国的航天工业都这么发达了，连一个防弹衣都造不出来，不可能。于是就上网去找，果然找到了，我就打电话、写邮件联系到经销商，持续买了大概有一年的时间。

通过这件事，我就感觉到这时的中国确实已经不是2006年的中国了。

法国有一个外籍军团的华人网站，是非官方的论坛，一些当过兵的华人还有中国的军迷经常在论坛上活动，有时我就把买的这些装备和训练时的照片发上去。

有一天就看到我发的一张照片下面有人评论，对我买的防弹衣提了一些很专业的建议。可能是职业习惯，我对这个人很感兴趣，就和他聊了起来。后来某一天他突然意识到，照片上训练的那个人就是我。他知道他遇到大神了，因为我是一个真正的士兵，他只是一个军迷。他就要了我的联系方式，一开始只是通过邮件聊，我们讨论了很多关于军事方面的信息。

他那时刚大学毕业，在国内野战游戏俱乐部当培训师。他也很想到外籍军团来当兵，但是我劝他打消这个念头，因为他过去没有当过兵。我在这10年里，看过无数人的失败，"波兰"、宋、达拉斯……

没有强大的训练基础，来了只会吃很多苦头。

还有在阿富汗受伤的罗尼、阵亡的海哥，以及阵亡在马里的比利时老士官，和死在我眼前的M，战场上的每一次死亡，都是猝不及防的。

有一天他就说："你为什么不装微信，为什么不打微信电话？"我说："什么是微信？"他说："你下载。"我就下载微信加了他。因为他是军迷，天南海北的军迷之间的联络就像蜘蛛网一样，他就介绍其他军迷和我联系，国内就有很多人知道了我，但也是只有非常专业的中国军迷，还有生产防弹衣的企业老板才知道我。

新结识的军迷还认识更多的人，这一张网就打开了，这张网带给我最大的影响就是铺天盖地的中国信息迅猛而来。

如果没有他的出现，这个影响可能还要晚一些才会来。这就是他对我的影响和作用，是他这条线索让我了解了中国的现代化进程，尤其在互联网方面，法国的互联网真的是很落后，干什么事情都要写邮件。

有了微信，我开始发现中国正在迅速地发展，从而对国内的情况更加了解，各种各样的信息就像春天的芽孢一样呼唤着我，我越来越渴望早点儿回国。

如果还是通过邮件或者电话沟通，信息传递的速度就很慢，传递的信息很少。每天打开微信，会看到很多人在发朋友圈，不用再去寻找什么信息，信息自己就过来了。

邮件、书信和电话，属于文字和声音方面的信息，可是图像、图片或者视频传递的信息量就不一样，从里面读到的信息很丰富，这些信息能让我更迅速、更全面地了解自己的国家，自从有了这么一个软件，我的世界就改变了。

我退伍的时候，这位军迷朋友也来法国留学了，就住在里尔，我这次到里尔就是来看他。我一直不赞成他到外籍军团当兵，他果然也一直没当兵。来法国后，他娶了一位法国姑娘，做奢侈品工作。我们也一直保持着很好的关系。

我在里尔待了一个星期就回国了，当时心里就是很迫切地想回国，天南海北，沙漠戈壁雪原我都去过了，城市那种生活也都司空见惯了。

我从里尔坐火车去了巴黎，在巴黎坐飞机飞到上海。

回国后我在家里面待了一个月。

这十年和家里的联系，一开始是写信、发邮件，后来变成了发邮件、打电话，只是那时候电话费比较贵，也没有稳定的收入。等到了伞兵团后，我们每个连队旁边都有两三个电话亭，电话卡很便宜，打一个小时也就合人民币20多块钱，那个时候只要有时间就跟家里煲电话粥，这个习惯一直保持到去中非。

其间也写信，主要是为了寄照片。那时候的互联网还不是特别发达，数码产品也不是很普遍。等到了驻扎中非时，智能手机时代就开始了，就不再写信和写邮件了。

这十年的经历，做伞兵的危险、遭遇地雷等这些事都没和家里说，我对家里是只报喜不报忧的。

在退伍前的一两年，我已经和国内好几家生产防弹衣、防弹材料的厂家有了联系，当时的打算是回国后去给他们设计产品。

还有人从互联网上知道我要退伍了，就约我去带团，去泰国、老挝那里教人打枪，给的报酬也算很高了，带一次团只有几天的时间，每个月薪酬一万多元，但是我都没接。

我想对自己下半辈子有一个整体规划，不想看眼前的有利就去做，这样会造成损失，就是我在做这件事情的时候，没有办法发现其他对我更有价值的事情，所以回到国内我就给自己留出来一个月的时间，就好好地待在家里。每天父母给我做饭，叫我起床，但我当时并没有一个明确的目标。

在家待了一个月后，我去了趟广州。广州有我原先联系过的做防弹衣的企业，在那里又认识了新的朋友，也是国内的顶级军迷，收藏了非常多的军品。他把我推荐给北京的一个军事平台"战甲"，"战甲"还做军品，也做一些硬核的军事知识推广。

这些朋友联手在上海给我做了一个视频采访，主要是讲述我的经历，剪出来后分为上下两集，每集15分钟，就放到了互联网上。

一个月后，我接到军武大本营的邀请，让我去参加节目。接触了以后，我觉得很有意思。这是一个军事类平台，和我过去的经历也有紧密联系，在这个过程中彼此合作得很愉快。到了9月，我就入职军武了，一直工作到现在。

法国的那些战友，觉得我回来一定有一个好工作在等我。他们现在并不知道我在做什么，我当初也确实不知道回到中国能干什么。我学过财务，也学过企业管理，那时真不知道回国具体能做什么，只是觉得回中国才可能会有未来。

但实际上人家预言得也对。中国经济正在迅速发展，就像一条滚滚的长江，力量无穷大，我只要跳到这个洪流里面就一定会被冲着走，不管你是块木头，还是块石头，或是一片草叶，或是一艘船，只要掉到水里面就一定会被带着走。

这个是毋庸置疑的，如果要是这样的激流都冲不动我，我还生存得很艰难，那就说明我有问题。我是逆着流走，才可能会出现这样的情况。互联网上有一句比较经典的流行语，叫作"风大了，站在风口上的猪都会飞"，所以我能取得一些成绩并不是说我自己做得有多好，而是这个时代足够好。

用了15年，我把这一辈子该当的兵都当完了，是时候做点儿其他的事情了。现在，我的舞台在这里。

激发个人成长

多年以来，千千万万有经验的读者，都会定期查看熊猫君家的最新书目，挑选满足自己成长需求的新书。

读客图书以"激发个人成长"为使命，在以下三个方面为您精选优质图书：

1. 精神成长

熊猫君家精彩绝伦的小说文库和人文类图书，帮助你成为永远充满梦想、勇气和爱的人！

2. 知识结构成长

熊猫君家的历史类、社科类图书，帮助你了解从宇宙诞生、文明演变直至今日世界之形成的方方面面。

3. 工作技能成长

熊猫君家的经管类、家教类图书，指引你更好地工作、更有效率地生活，减少人生中的烦恼。

每一本读客图书都轻松好读，精彩绝伦，充满无穷阅读乐趣！

认准读客熊猫

读客所有图书，在书脊、腰封、封底和前勒口都有**"读客熊猫"**标志。

两步帮你快速找到读客图书

1. 找读客熊猫君

2. 找黑白格子

马上扫二维码，关注**"熊猫君"**

和千万读者一起成长吧！